A Grande Jogada

CLAUDE CUENI

A Grande Jogada

Tradução de
ANDRÉ DELMONTE
KRISTINA MICHAHELLES

EDITORA RECORD
RIO DE JANEIRO • SÃO PAULO

2009

CIP-Brasil. Catalogação-na-fonte
Sindicato Nacional dos Editores de Livros, RJ

C972g   Cueni, Claude, 1956-
        A grande jogada / Claude Cueni; tradução de André Delmonte e Kristina Michahelles. – Rio de Janeiro: Record, 2009.

        Tradução de: Das Grosse Spiel
        ISBN 978-85-01-07987-9

        1. Romance suíço (Alemão). I. Delmonte, André; Michahelles, Kristina. II. Título.

09-2030   CDD – 839.73
                        CDU – 821.112.2(494)-3

Título original alemão:
DAS GROSSE SPIEL

Copyright © Claude Cueni, 2006

Texto revisado segundo o Novo Acordo Ortográfico da Língua Portuguesa

Todos os direitos reservados. Proibida a reprodução, no todo ou em parte, através de quaisquer meios.

Direitos exclusivos de publicação em língua portuguesa somente para o Brasil adquiridos pela
EDITORA RECORD LTDA.
Rua Argentina 171 – Rio de Janeiro, RJ – 20921-380 – Tel.: 2585-2000
que se reserva a propriedade literária desta tradução

Impresso no Brasil

ISBN 978-85-01-07987-9

PEDIDOS PELO REEMBOLSO POSTAL
Caixa Postal 23.052
Rio de Janeiro, RJ – 20922-970

EDITORA AFILIADA

Para Annemarie

Capítulo I

PARIS, 1683

— Eu vou morrer? — perguntou o escocês. Seu nariz ferido de tanto assoar escorria sobre a capa escarlate que enrolara no corpo. Ele empurrou três moedas de ouro na mesa de carvalho escurecido, como se com isso quisesse subornar a morte, e recostou-se novamente na cadeira, encarando o interlocutor com os olhos bem abertos. Azedume e ira tinham tomado conta dele. — Eu vou morrer? — repetiu, com o forte sotaque escocês.

— Ora, o senhor não fez a longa viagem de Edimburgo até Paris para morrer aqui — disse sorrindo o doutor Cartier. — Não tema, senhor Law. Aqui o senhor está em boas mãos.

Eczemas avermelhados recobriam o couro cabeludo de Cartier. Em alguns lugares tinham caído tufos de cabelo. Ele cobrira o rosto com uma grossa camada de maquiagem clara para esconder as cicatrizes da varíola. O doutor Cartier apontou para uma tigela de vidro no centro da pesada mesa. Dentro, havia pedras com uma coloração estranha.

— São cálculos renais, senhor Law. Eles provocaram dores terríveis. As pessoas das quais extraímos estes cálculos, hoje estão livres de dor. Tais pessoas...

— Qual é a probabilidade de que eu venha a sobreviver, doutor Cartier? — interrompeu-o o escocês, pois estava habituado a receber respostas precisas e sem rodeios às suas perguntas. Ele trajava a capa escarlate dos ourives-banqueiros de Edimburgo.

O doutor Cartier debruçou-se sobre a mesa e encarou William Law de forma penetrante:

— Senhor Law, sou cirurgião, não matemático. Eu não ligo muito para essas novas ciências que viraram moda por toda parte. O mundo inteiro está fazendo contas de *probabilidades*. Permita-me dizer, senhor Law, que isso é uma tolice. Quem decide é tão somente Deus, não a matemática. Os mineradores suíços nos fustigaram durante séculos nos campos de batalha com os seus piquetes, e agora eles soltam os irmãos Bernoulli em cima da humanidade com os seus cálculos de probabilidades. Aquilo que valia até então, de repente, ficou errado. Tudo deverá ser explicado e interpretado novamente. E publicamente. E acessível a qualquer um. Todo e qualquer cavalariço deve entender de tudo nos dias de hoje. Isso é uma nova doença, uma peste. Mas o seu sofrimento, senhor Law, o seu sofrimento é curável. Nós extraímos cálculos segundo as mesmíssimas regras há 250 anos. São regras secretas. E isso por um bom motivo. Onde iríamos parar se cada um resolvesse chegar às suas próprias conclusões? Se até mesmo os fazendeiros da Holanda resolvessem praticar eles mesmos a episiotomia no parto dos seus animais? Mas não, querem que o mundo inteiro faça estatísticas e as coloque à disposição da humanidade! De repente, todos os pacientes querem tabelas e estatísticas. Cada paciente se torna um pequeno Bernoulli, um matemático, um prognosticador. Isso é uma heresia contra Deus e contra a monarquia! Números, fatos, concatenar as coisas... prever o futuro! Adivinhar os planos de Deus! Eles querem brincar de Deus! Vou lhe dizer uma coisa, cálculo de probabilidades é coisa para jogadores de cartas.

O doutor Cartier calou-se e respirou fundo. Ele próprio se surpreendeu por ter-se exaltado daquela maneira.

William Law acenou, amável, e debruçou-se por sua vez sobre a pesada mesa:

— Doutor Cartier, eu sou William Law, ourives e inspetor de moedas de Edimburgo na Escócia, conselheiro da Casa da Moeda Real. Quatro dos meus sete filhos e cinco filhas sobreviveram aos anos da infância. Isso corresponde à média estatística de Edimburgo. Assim me disse o meu filho John. Eu quero simplesmente saber do senhor como são as estatísticas do seu hospital. Para poder decidir se quero ou não correr o risco. A minha mulher e os meus filhos John e William estão me aguardando em Lauriston Castle, que eu adquiri há poucas semanas.

Os dois permaneceram sentados um em frente ao outro por um instante, espreitando-se com ar ameaçador.

Cartier suspirou, endireitou-se na cadeira e empurrou as moedas de ouro de volta para o centro da mesa.

— Senhor Law, para 31 pacientes em cada cem, a operação resulta em morte. Mas caso o senhor morra, não será pelos 31%. A própria morte é sempre 100% certa. É por isso que eu não ligo a mínima para esses cálculos de probabilidades. Basta um pouco de veneno para destruir um corpo. Às vezes só uma ideia basta. A nova matemática é pior do que a peste. Se ela vingar, nada mais será como antes.

— O mundo será *diferente*, só isso, doutor Cartier — respondeu o escocês, cansado. — Alguma coisa velha morre e alguma coisa nova nasce. O todo não morre nunca.

Law deu um sorriso conciliador:

— Na verdade eu só lhe perguntei sobre as estatísticas para agradar ao meu filho John. Não era minha intenção colocar em dúvida as suas habilidades de cirurgião. Caso tenha lhe causado esta impressão, sinto muito, e peço sinceras desculpas.

Cartier esticou seu braço e fez um agrado na mão de Law:

— Não tema, senhor Law, não permitiremos que o inspetor de moedas de Edimburgo morra. Nestes tempos ariscos isso poderia facilmente nos levar a uma nova guerra. E a Europa já teve guerras demais.

William Law recolheu a mão e sacou dois envelopes marrons lacrados de dentro do bolso interno da sua capa púrpura, colocando-os, hesitante, sobre a mesa.

— Esta carta é para a minha mulher, e esta outra é para o meu filho mais velho, John. John Law. Para qualquer eventualidade. Afinal, são 31%.

Pouco depois, os passos dos dois homens ecoavam pela galeria de colunas com pé-direito alto da Charité, enquanto se encaminhavam para as salas de cirurgia.

— Então o seu mais velho também vai se tornar ourives? — perguntou Cartier, tentando puxar um pouco de conversa.

— Na Escócia todo ourives também é banqueiro. Há muitas gerações a família dos Law tem se ocupado com a ourivesaria. São ourives ou pastores; alguns chegaram até a cardeal.

William Law estava com medo, estava passando mal de tanto medo. Uma tonteira o acometia seguidamente, provocando-lhe a sensação de que cairia no vazio a cada passo. Ele pegara um resfriado febril na longa viagem de carruagem de Edimburgo até Paris. Estava com frio. Um assobio penetrante nos ouvidos fê-lo se contrair. Seu coração disparou, como se quisesse irromper da caixa torácica e voltar sozinho e às pressas para Edimburgo.

— E então? — perguntou Cartier, enfatizando o tom de amabilidade. — O seu mais velho vai se tornar um ourives ou um cardeal?

— John tem apenas 12 anos — retrucou William Law, embaraçado — ele não tem muita habilidade para trabalhos manuais... — prosseguiu, depois de tomar um pouco de ar. Ele precisava de mais ar.

— Vai se tornar cardeal... — disse o cirurgião de pedras renais, colocando o braço sobre o ombro de Law, para animá-lo.

John, com seus 12 anos, enfiou o membro com movimentos ágeis e rápidos entre as pernas da empregada Janine, que as abrira cheia de luxúria. A menina estava sentada sobre a arca de madeira em frente à janela do quarto da torre. Sua cabeça estava jogada para trás, dentro do nicho da janela, como se quisesse observar o céu repleto de nuvens.

— Eu te ensinarei tudo, John — gemeu ela. — Todas as maneiras, toda a *finesse*, a arte da sedução, da doação prazerosa, a arte de prender uma amante e de se livrar dela, de possuí-la e de corrompê-la.

Rápida como um raio, a jovem de 20 anos segurou o quadril de John, empurrou-o de leve para trás, virou-se e ficou de joelhos, com o rosto virado para a janela em cima da arca. Ela olhou para o rio lá em baixo. Avistou uma mulher entre as árvores, que vinha caminhando apressada na direção da propriedade. John voltou a introduzir o membro, tal qual um jovem cachorro que não crê conhecer outra determinação. Impetuoso e violento. Ele era extraordinariamente alto para sua idade, quase tanto quanto um adulto. Só o ar travesso dos olhos escuros gentis denunciava a sua pouca idade. Janine lhe dissera certa vez que nunca beijara uma boca tão bonita.

Para John, Janine não era o *pisse-pot de nos maris*, o penico do dono da casa, como os franceses se referiam desdenhosamente às empregadas.

Muito pelo contrário, ela era, para ele, uma janela para o mundo. Ela servira como empregada a um ourives em Paris que se arruinara devido ao vício pelo jogo. Janine não apenas ensinara ao esperto John o jogo de cartas *Faraó*, mas também sobre o que se conversava nos salões dos ricos e poderosos. E ali só se falava de uma coisa. *"Fais-le bien"*, diziam os franceses na Corte do Rei-Sol. "Faça-o bem", e John queria ser o melhor, um verdadeiro libertino, um herói do seu tempo, um cardeal do erotismo.

— John! — ouviram a mulher gritar lá de baixo, enquanto se aproximava furiosa margeando o rio. Sua voz soava impaciente e cansada. O terreno de 70 hectares na margem sul do Firth of Forth fazia parte da propriedade de Lauriston Castle, uma construção senhorial de três pavimentos, com duas estreitas torrezinhas de defesa. A mulher aproximou-se da casa e parou diante da torre esquerda construída sobre apoios de pedra. Ela olhou para cima, em direção ao quarto da torre:

— John! Preciso falar com você.

Abriu-se uma janela. O jovem colocou a cabeça para fora e gritou:

— O que é que a senhora quer agora, mãe, estou trabalhando!

Depois que Janine serviu a refeição composta de sopa de legumes, pão e queijo, Jean Law disse uma pequena prece na grande sala de jantar. Seus 12 partos não passaram sem deixar marcas. Seus cabelos, outrora ruivos e até os ombros, tinham ficado frágeis e quebradiços. Ela os prendera com uma fita vermelha. O rosto era macilento, e os olhos contavam todo o sofrimento que ela tinha vivido e suportado. Jean Law tinha 36 anos. Quando ela terminou a sua prece, acrescentou baixinho:

— E que Deus... proteja William Law, para que ele retorne são e salvo para os seus.

Havia poucas semanas a família de seis integrantes ainda habitava uma apertada moradia no Parliament Square. Agora eram os orgulhosos proprietários de Lauriston Castle. William Law estava no ápice da carreira, no ápice do reconhecimento social. E se William Law retornasse com saúde, a sua alegria seria completa. Jean Law tinha medo deste pensamento. Ela desconfiava da felicidade. Não por já ter perdido oito filhos. Isso não era nada incomum em Edimburgo, onde as pessoas viviam amontoadas umas sobre as outras, como em nenhuma outra parte no mundo. A mortalidade infantil era coisa tão corriqueira, que as pessoas não achavam necessário batizar as crianças antes dos 7 anos, nem dedicar uma atenção especial a elas. Não, Jean Law desconfiava da felicidade, porque sabia que só raramente os trevos têm quatro folhas. E agora que eles eram proprietários de Lauriston Castle, ela se preocupava deveras com a ausência do marido. Ela era religiosa e supersticiosa na mesma medida.

Primeiro Janine serviu a sopa para Jean, depois para John, e finalmente para o irmão deste, William, um ano mais novo. As meninas gêmeas, de 6 anos, como de hábito comiam fora, na cozinha. Enquanto Janine servia a sopa, John Law voltou a olhar fixamente para os seus seios opulentos, cobertos só por um pano. John teria preferido voltar correndo até o quarto da torre. Janine o enfeitiçara de verdade. Ele pensava o tempo todo no seu traseiro, nas suas coxas brancas, e o seu pênis ereto fazia com que perdesse o juízo. Ele fechava os olhos frequentemente durante as aulas na escola para sentir o cheiro dos seus cabelos, o cheiro dos seus seios, a sua pele suada, suas coxas molhadas. E, quando voltava a abrir os olhos, deixava escapar um leve suspiro dos lábios.

— Então, John — começou sua mãe —, o teu professor voltou a me chamar para conversar hoje. Ele te acha muito inteligente. Ele é de opinião que você tem um dom muito grande para os números. Às vezes você chega a ter até mesmo um sopro de... de gênio. Foram exatamente essas as suas palavras.

William começou a rir, mas John não parecia perceber.

— Mas, mãe, a senhora acredita realmente que o meu professor esteja em condições de reconhecer um gênio?

— O que você quer dizer com isso? — perguntou a mãe.

— Ele entende muito pouco de matemática — respondeu John Law —, e desde que começou a me dar aulas ele próprio se deu conta disso.

— A soberba antecede a queda — gritou William. — Arrogante como um francês!

Mas John novamente não se deu por achado. Sua fala e gestos eram os de um adulto. Janine observava aquilo com uma satisfação silenciosa. Afinal ela lhe ensinara como se reprime toda e qualquer reação no jogo de cartas e como se acompanha a palavra falada com gestos.

— John! Deus há de te castigar algum dia pela tua soberba! — repreendeu-o.

— Desculpe-me, mãe, mas será mesmo sinal de soberba apontar ao meu professor os erros que ele comete? Será que eu devo me calar por humildade, só por ele ser o meu professor? Respeito deve ser merecido, mãe. Através de conhecimento e realizações. E não através de cargos e comendas.

— Mas cargos e comendas também não se devem a conhecimento e realizações? — perguntou sua mãe. Sua voz soava fraca. Ela tinha cada vez menos forças para aquele tipo de disputa.

— Estamos nos umbrais de um novo tempo, mãe. As cartas estão sendo embaralhadas novamente...

— Pare com isso, John! — gritou Jean batendo com a mão espalmada sobre a mesa. — Com essas palavras você vai atrair a fúria de Deus e do Rei contra a tua pessoa. Quem não aceita a ordem determinada por Deus é excluído da comunidade cristã!

— Eu lhe dou razão, mãe. Mas nós não devemos o nosso progresso exatamente àquelas pessoas que não se sujeitaram à ordem estabelecida e se afastaram propositalmente?

Jean jogou a sua colher sobre a mesa com um gesto violento e gritou:

— Não cabe a você julgar sua mãe e lhe dar razão ou não!

— Eu lhe peço desculpas, mãe. Não quis magoá-la.

E acrescentou com o sorriso de satisfação que lhe era peculiar, num tom mais baixo:

— Se a senhora quiser, mãe, posso até afirmar que o mundo é plano, só para não perder o seu amor.

Jean quis ralhar com o filho, mas o sorriso de John tocou o seu coração. Ela sentia um orgulho secreto do seu pequeno John, que crescera tão de repente. Ela segurou novamente a colher, mergulhou-a na sopa e prosseguiu:

— O teu professor disse que você é muito esquisito, e isso o perturba.

— Tudo o que ele não conhece e, por conseguinte, não compreende, o perturba. Talvez devêssemos trocar o professor.

O jovem sorriu.

— John — disse sua mãe com a voz séria —, quando o teu pai regressar, vou sugerir a ele que te mande para Eaglesham...

— Renfrewshire? Para aquele pregador insano? Dizem que ele é movido pelo diabo.

John voltou-se para Janine em busca de ajuda. Mas ela já tinha lhe dado as costas e estava a caminho da porta. John então pensou que Deus a presenteara com aquele traseiro maravilhoso da mesma forma com que o presenteara com o dom para a matemática.

— Meu pai certamente vai querer que eu fique aqui com ele — disse John, sorrindo. — Disso eu tenho certeza.

— Certeza? — intrometeu-se William. — Quanta certeza, mestre?

— *Cem por cento* de certeza — rosnou John, enfiando o garfo de duas pontas na coxa do irmão. William soltou um grito estridente.

Os gritos de William Law reverberavam pelos corredores da Charité de Paris. Um dos ajudantes de Cartier apertava os ombros de Law contra a maca de madeira. Assistentes à direita e à esquerda do paciente imobilizavam braços e pernas com traquejo. Cartier introduziu o bisturi ainda mais fundo no músculo da coxa do paciente, bem ao lado do ânus. Mais uma vez tentou sentir o cálculo com os dedos, enquanto William Law se contorcia aos berros. Cartier alargou o corte e tentou alcançar o cálculo na bexiga com um bico de pato. O cirurgião estava completamente borrado de sangue, como um açougueiro no matadouro. O cálculo ainda estava na bexiga e era gigantesco. Uma hora mais tarde os gritos se calaram. O doutor Cartier estava perplexo diante do baixo-ventre ensanguentado do escocês. Então ele segurou o pênis morno do escocês com a mão e introduziu novamente a sonda rígida na uretra, tentando localizar a entrada da bexiga. Ele não quis acreditar no que acontecera.

— Doutor Cartier — dirigiu-lhe a palavra o seu jovem assistente Dutronc, com voz pausada. — Doutor Cartier. O paciente está morto.

Cartier permaneceu calado. Olhava fixamente para o pênis murcho na sua mão. Por fim, largou-o. Enquanto lavava as mãos, a bacia tremia nas do seu assistente. A água manchada de sangue transbordou e caiu no chão, respingando.

Pouco tempo depois, Cartier sentou-se exausto no seu gabinete com as paredes revestidas com painéis de madeira. William Law, o inspetor de moedas de Edimburgo, estava morto. Ele morreu de hemorragia, no ano de 1683, durante uma litotomia, a intervenção cirúrgica mais antiga da qual se tinha notícia. Uma remoção até a distante Escócia era inviável. Ele seria enterrado sem formalidades no Colégio Escocês em Paris. Cartier olhava fixamente para o selo vermelho com o qual o escocês lacrara os dois envelopes marrons.

— Ele conhecia os riscos. Não lhe escondi nada. Não é verdade, Dutronc? O escocês conhecia os riscos!

Cartier olhou para Dutronc, que estava pacientemente de pé em frente à escrivaninha, como se aguardasse uma ordem.

— Eu sou sua testemunha, doutor Cartier. O senhor o alertou sobre os riscos.

Cartier sorriu.

— E é sempre Deus quem decide se alguém vai morrer ou ficar vivo. Não é verdade, Dutronc? Nós nos esforçamos ao máximo, mas Deus decide.

Dutronc permaneceu calado. Cartier olhou novamente para ele.

— O que foi, Dutronc? Ele está morto. Aceite o fato e volte a sua atenção para os vivos. Acredite, eu também preferiria que ele ainda estivesse vivo, e que nós não tivéssemos que levar estes envelopes até o correio.

— Talvez a morte dele pudesse ter sido evitada — disse Dutronc em voz baixa, sem olhar nos olhos de Cartier.

— O que é que você está dizendo? — perguntou Cartier num tom áspero. — Se Deus quisesse... Ou você está insinuando que eu fiz alguma coisa errada?

— Não, não, doutor Cartier, o senhor não fez nada errado. Talvez todos nós estejamos fazendo alguma coisa errada.

— Você queria fazer operações de cálculos renais com máquinas a vapor? Ou com magnetos misteriosos? — perguntou Cartier rindo com desprezo.

— Doutor Cartier, há mais de duzentos anos...

— As coisas são assim, senhor Dutronc! Há mais de duzentos anos a cirurgia de extração de cálculo renal é feita dessa forma. As pessoas sofrem com os seus cálculos, algumas podem ser ajudadas, outras morrem. Mas não mudou nada no modo com que operamos. Porque não existem alterações a serem feitas. A anatomia humana não se modifica, e os cálculos também não se modificam. E é exatamente por isso que pelos próximos mil anos as pessoas seguirão fazendo extrações de cálculos da mesmíssima forma como eu fiz hoje!

— Não, doutor Cartier — deixou escapar o jovem Dutronc, sem conseguir conter o seu temperamento juvenil. — Nós precisamos intercambiar os nossos conhecimentos, doutor Cartier, com os médicos e cirurgiões da Itália, da Holanda e da Inglaterra...

— Pare com isso, Dutronc! Se há uma coisa que eu não suporto é o fanatismo.

— Não é só a pólvora que está modificando a Europa. As pessoas estão fazendo novas descobertas no mundo todo.

— Cuidado com as palavras, Dutronc. Um músculo também pode ser distendido. E então ele se rompe!

— Nós distendemos um músculo pelo fato de não habitarmos mais as cavernas e nos alimentarmos de carne crua?

— Ouça, Dutronc, eu sei que está na moda nos salões dar ouvidos até mesmo às mulheres e às crianças. Mas a você, meu caro Dutronc, a você eu não darei mais ouvidos. Leve estes envelopes até o correio! E depois, no que me diz respeito, você pode pegar imediatamente a carruagem para Amsterdã. E ir encontrar o Frère Jacques de Beaulieu. Ele encomendou a um sapateiro um novo instrumento para a extração de cálculos renais. A um sapateiro! — berrou Cartier, colocando os dois envelopes nas mãos de Dutronc.

Dutronc os segurou e acenou com a cabeça. Ele se deu conta de que não fazia mais nenhum sentido continuar aquela conversa com Cartier. Então, fez uma pequena mesura, virou-se e seguiu até a porta.

— Dutronc! — gritou Cartier atrás dele. Dutronc voltou-se e os seus longos cabelos louros balançaram no ar. — Você está querendo brincar de Deus, Dutronc! Você está querendo criar um ser imortal, à imagem e semelhança de Deus, e Deus há de castigá-lo por isso!

Os olhos de Dutronc brilharam como possuídos por magia negra ou por um grande amor:

— Sim! — exultou ele com a voz inflamada. — Sim, doutor Cartier, e a questão sobre se há um Deus ou não também deve ser repensada. E um dia até mesmo o trono do seu deus será ocupado por um ser humano, e nós criaremos seres humanos à nossa imagem e semelhança. E máquinas farão todo o trabalho, enquanto nós voaremos satisfeitos pelos ares e visitaremos cidades que estão nas profundezas dos mares.

— Sonhador! — esbravejou Cartier. — Você é um sonhador possuído pelo demônio! Um maldito sonhador!

Capítulo II

Do quarto da torre, John Law e a empregada Janine observaram como a senhora subia na carruagem e partia. A carruagem desapareceu logo na névoa da manhã, e só se ouviam as batidas das patas dos cavalos, que iam ficando cada vez mais fracas. Janine fechou a janela, correu até o velho armário que ficava junto à parede e arrancou as roupas do corpo. John estava montado numa arca em frente ao armário e observava a jovem com desejo crescente. Apesar de já ter 20 anos, ela não era maior do que ele. Ele a observava enquanto desnudava o corpo para envolvê-lo, logo em seguida, em tecidos preciosos. Eram vestidos que a senhora usara muito tempo atrás.

— Você pode encarnar diversos papéis — ensinou Janine, apertando os olhos com ar zombeteiro, como sempre fazia quando queria ganhar John para si. — Você pode se fazer de jovem lânguido, de cavalheiro experiente, de libertino esperto. Mas faça-o de forma sempre galante, faça-o benfeito.

John inspirou profundamente. Ele não se cansava de admirar o corpo de Janine, estava à mercê dela. Janine se apercebeu disso com um sorriso matreiro e continuou a ensinar:

— O amor é um ofício, não um sentimento. Um ofício pode ser aprendido, e o amor pode ser fingido. Isso faz parte do ofício.

Janine colou uma mosca no queixo. John já conhecia aquele acessório extravagante. Moscas eram pintas pretas artificiais, em forma de círculo, meia-lua, animais ou símbolos. Elas reforçavam o contraste com a pele branca como mármore das damas. Uma pele que não tinha sido marcada por nenhum raio do sol, já que elas não precisavam ficar expostas ao sol inclemente como as camponesas quando trabalhavam nos campos.

— Preste sempre atenção na mosca, John, ela diz mais do que mil palavras. Se estiver colada junto do olho esquerdo, a dama já está comprometida e é fiel. Se o símbolo for um animal, ela é fiel, mas só condicionalmente. Isso significa que, com algum esforço especial, você poderá conquistar o seu vestido. Aliás, *deverá* conquistar.

Janine endireitou o pano que lhe cobria o colo, ocultando o regaço entre os seios. Depois segurou o leque na mão, balançou-o três vezes para lá e para cá e abaixou-o um pouco na direção de John.

— Você quer agora, imediatamente — disse John.

— Não — disse Janine, excitada. — Apenas estabeleci contato contigo. Percebi que você está me observando o tempo todo, e acabo de estabelecer contato.

Janine endireitou o lenço no pescoço.

— E agora? — perguntou ela.

— Agora sim, você quer, imediatamente.

Janine fechou o rosto:

— John, estou-lhe oferecendo o pescoço. Você agora pode se aproximar da dama. Esforce-se um pouquinho. Eu sei que você tem a melhor memória de Edimburgo.

John levantou-se e aproximou-se da jovem. Ele sorria de orelha a orelha.

— Agora é a vez do lenço que cobre o colo?

Janine afrouxou o pano que estava drapejado em volta dos ombros e da nuca. Para John, aquela era a peça mais refinada que se usava na arte da sedução feminina. Ela escondia o que se queria mostrar. Despertava a curiosidade e fazia com que se perdesse o juízo. Janine recuou um passo e fechou o leque para abri-lo logo em seguida.

— Eu não estou mais aguentando isto, Janine — implorou John. — Meu crânio vai explodir.

Janine recuou mais um passo e repetiu o jogo com o leque.

— Por favor, John, seja razoável. A linguagem do leque é a linguagem mais importante nos salões. Ela permite os diálogos mais íntimos. Sinaliza o agrado e o desagrado, o convite para a aproximação e a combinação para o encontro. Eu acabo de instá-lo a me seguir. Você percebeu o momento em que eu te comuniquei isso?

John abriu as calças impetuosamente, enquanto Janine abria o leque bruscamente, como a cauda de um pavão.

— Agora eu estou te repelindo — disse rindo Janine.

John segurou o leque com uma das mãos e o fechou com força.

— E agora você está me desejando. Neste minuto. O leque fala um idioma inconfundível — disse John com um sorriso, ajoelhando-se diante de Janine para acariciar suas pernas, até que a cabeleira rebelde sumisse debaixo do vestido de Janine.

Janine recuou e bateu na arca de vestidos da senhora.

— John — disse ela —, dê às senhoras nos salões a oportunidade de puxar os seus lenços e cheirá-los. O perfume fará com que elas enrubesçam, parecendo que não passam de meninas inocentes, que nunca participaram de orgias nos castelos de caça do lado de fora dos portões de Paris.

Janine escorregou até o chão e puxou John suavemente para cima de si.

A porta se abriu de repente. O jovem William Law estava lá de pé, olhando incrédulo para o irmão mais velho, que se afastou de Janine, contrariado.

— O nosso pequeno senhor é bem pior do que uma barata de cozinha. Uma barata que sabe subir escadas e abrir portas.

John encarou o irmão com ar de repreensão.

Uma voz masculina fez-se ouvir em frente à casa:

— Senhora Law!

John abotoou as calças displicentemente e foi até a janela. Do lado de fora estava um estafeta.

— Ele trouxe correspondência de Paris. Mas só quer entregá-la pessoalmente à nossa mãe — balbuciou William Law. Ele estava visivelmente nervoso e conturbado.

John saiu correndo do quarto e desceu apressadamente as escadas da torre.

Janine e William ficaram na janela e, lá de cima, observaram John sair correndo da casa. O estafeta tinha apeado do cavalo suado. John caminhou na direção dele.

— Tenho correspondência para a senhora Law — disse o homem.

John estendeu a mão.

— A senhora está na igreja, e eu sou John, John Law, o primogênito.

O estafeta não se moveu.

John encarou-o, mal-humorado.

— Um dia serei o senhor de Lauriston Castle, e, juro por Deus, se você não me entregar esta correspondência imediatamente...

O estafeta sorriu mostrando uma fileira de tocos de dentes marrons:

— Quando você se tornar o senhor de Lauriston Castle, eu já estarei apodrecendo no inferno há muito tempo.

Então John sacou um baralho.

— Vamos jogar. Se você ganhar, ganha meio tostão. Se eu ganhar, você me entrega a correspondência.

Então, os dois se sentaram na grama.

— E onde está o teu meio-tostão? — perguntou o estafeta.

— Me dá um pedaço de papel — disse John.

O estafeta hesitou, mas acabou retirando um pedaço de papel do bolso do casaco e o entregou a John.

— Pois bem — disse John —, eu tenho meio-tostão, mas ele não está aqui comigo, pois está se ocupando de um negócio em outro lugar. Você compreende? Eu emprestei meio-tostão para a nossa empregada, para render juros. Ele é meu, mas não está em minhas mãos. Para poder negociar contigo, apesar disso, concordemos em que este pedaço de papel valha meio-tostão. Você poderá trocar o pedaço de papel comigo a qualquer hora, menos hoje.

O estafeta arregalou os olhos e suspirou. Depois mordeu o lábio inferior e encarou o jovem John Law:

— Está bem. Como se chama este jogo?

Janine e William estavam lá em cima no quarto da torre observando aquela cena insólita.

— Eles estão realmente jogando cartas — disse Janine incrédula, balançando a cabeça.

— Sim — murmurou William, olhando incrédulo para o traseiro nu de Janine. Ele teve a sensação de que o traseiro estava retribuindo o seu olhar. — Sim — repetiu William, arrancando os olhos daquela visão. — A senhora sempre diz que o bom Deus deu a John o talento para a matemática, mas o diabo lhe deu o desejo de desperdiçar esse talento de maneira insensata.

— Ele só mencionou correspondência para a senhora — disse Janine baixinho.

— Isso está bem assim — murmurou William. — Correspondência para a senhora significa que tudo correu bem. Caso contrário, ele teria trazido correspondência para John também, como uma carta de despedida...

John e o estafeta dispuseram as cartas na grama do pátio. John puxou mais uma carta e disse:

— Estou servido.

— Dois valetes — disse o estafeta.

John abriu as suas duas cartas e levantou-se. Ele tinha duas damas.

— E agora me entregue a carta.

O estafeta olhou fixamente para as cartas no chão, olhou novamente as cartas na sua mão e as jogou com desprezo junto às outras. Levantou-se com um suspiro, foi até o cavalo e pegou um envelope marrom de dentro do alforje. John arrancou o envelope da sua mão, e já ia voltando para dentro de casa quando estafeta o deteve.

— Acabo de me lembrar... — O homem sorriu, mostrando novamente os dentes podres. — Eu teria mais uma carta para um certo John Law...

John prendeu a respiração. Ele voltou lentamente até o estafeta. Sentia as pernas pesarem como chumbo. Mais um envelope marrom vindo de Paris. Com o lacre vermelho do pai.

Os temporais de outono das últimas semanas tinham partido a macieira do pátio interno ao meio, provocando a sua queda. Ela havia sido deixada ali, em cima da grama. Os dois irmãos estavam sentados em cima do tronco que apodrecia. William cutucava a casca amolecida do tronco com um pedaço de palha. Ele estava caçando uma formiga.

— Você a ama? — perguntou com voz baixa, sem encarar o irmão.

John ainda olhava fixamente para as duas cartas na sua mão.

23

— Janine? Nós nos divertimos. Ela diz que ninguém quer ser amado. As pessoas nos salões de Paris simplesmente se divertem, diz ela. Elas podem até se desejar, às vezes, mas não se amam. O amor não serve para a sobrevivência. Só o dinheiro.

William deu de ombros.

— Você acha que os nossos pais se amaram?

John lançou um olhar rápido para o irmão. Ele provavelmente nem se deu conta de ter falado no tempo passado.

— Eles estabeleceram uma aliança. Contra a morte, contra as desditas do destino. Eles eram aliados. Talvez isso seja até mais do que amor.

— E por que você não abre o envelope?

— Ele é para a senhora, é por isso que eu não o abro.

— Você está mentindo — disse William em voz baixa. — Eu o estava observando da janela da torre. Uma das cartas é para você. Eu estava junto quando o nosso pai escreveu as duas cartas. Ele disse... — A voz de William engasgou. Ele abaixou a cabeça, envergonhado.

John fechou os olhos. A dor apertava a sua garganta. Ele sentiu as lágrimas invadirem os seus olhos. Depois de algum tempo, levantou o olhar para o céu e viu todas as grandes nuvens, que se arrastavam por cima de Lauriston Castle como se fossem gigantes brancos. Parecia que a alma se esvaía das paredes de Lauriston Castle, deixando para trás apenas um monte de pedras. De repente, tudo pareceu tão grande à sua volta. Ele sentiu-se como a pequena formiga que o seu irmão estava caçando na fenda da casca rasgada da árvore. De repente, sentiu-se muito só em Lauriston Castle. O que não teria dado para poder falar mais uma vez com o pai... Naquele momento, John ouviu o irmão soluçar alto. Ele abraçou-o suavemente. William deixou que o fizesse.

— John, você está chorando! — gemeu William, que levantara o olhar para o irmão mais velho. E, de fato, lágrimas escorriam agora sobre a fisionomia petrificada de John.

— É assim mesmo — disse John em voz baixa. — Como um barril furado pelo destino. Em algum momento, ele fica vazio.

— E depois, o que acontece com o barril? — perguntou William. John não respondeu. Ouviu-se ao longe uma carruagem se aproximando.

Quando a senhora Law entrou no pátio, seu olhar recaiu imediatamente sobre os dois meninos. E ao vê-los ali juntos, sentados sobre o tronco caído, soube imediatamente o que tinha acontecido. Depois que a carruagem parou, o cocheiro ajudou-a a saltar. Janine veio correndo de dentro da casa e jogou-se aos prantos nos braços da senhora. E a senhora pensou em todos os filhos que perdera nos últimos anos, e no seu esposo William Law, que sempre se mantivera fiel ao seu lado, que sempre a honrara e cuidara, e pensou em como ele tinha sido um bom marido. Quando ela levantou o olhar e vislumbrou a monumental fachada de Lauriston Castle, sentiu um indescritível cansaço invadindo-a. Ela viu os seus dois meninos, que olhavam para ela, indefesos. Ela precisava suportar aquilo, pelo amor dos filhos. Ela ainda não podia ir-se. Ainda precisavam dela neste mundo. Por mais alguns anos. John e William seriam crescidos o suficiente para cuidarem das suas pequenas irmãs. Então, ela poderia ir-se, finalmente, ao encontro do marido. Contrações violentas acometeram o seu corpo. Ela chorou em silêncio, enquanto maldizia aquele Deus cruel, que não conhecia o amor nem a piedade, que se comprazia com o sofrimento das pessoas cá embaixo na miserável Terra. Uma Terra arada com guerras sangrentas, adubada com epidemias de peste e regada com dilúvios. E, de repente, ela sentiu uma raiva intempestiva contra John Law, que se furtara assim tão fácil daquela miséria numa mesa de operações parisiense.

Um bando de gralhas sobrevoou Lauriston Castle. Um cachorro vagava pelo pátio de entrada vazio. A propriedade parecia vazia, como se estivesse morta. Uma voz ressoava em algum lugar, nas profundezas das suas paredes. Depois, fez-se o silêncio novamente. Um casal de gralhas ocupara a cornija de pedra do quarto da torre. O quarto não estava mais sendo utilizado.

Cemitérios eram locais de consolo para Jean Law. Os túmulos lhe diziam numa linguagem clara: *Veja, nós já estamos aqui. Nós já passamos por isso. A morte pode ser uma coisa injusta, mas as coisas são assim mesmo. Aceite o fato ou sucumba de desgosto. O que passou, passou para sempre.*

Jean Law deixou o olhar pairar sobre os túmulos. Ela já não estava mais chorando. Só estava se sentindo ainda fraca e cansada. O corpo todo lhe doía. Todos os músculos pareciam enrijecidos, todas as articulações luxadas e todos os órgãos inflamados. A boca seca, o bolo na garganta, o soco no estômago. Chorar sem derramar mais lágrimas. Chorar sem deixar os lábios tremerem. Ela conhecia esses sentimentos. Ela sabia que iria sobreviver. Mas não poderia aguentar mais do que isso. E nisso ela também pensava sempre. E o destino colocara mais uma pedra no seu caminho, fazendo com que a chama da dor ardesse com mais força.

Ela suportou aquilo. E suportou com dignidade, sabedora de que não podia mudar o que tinha acontecido. *Ela* precisaria se modificar para adaptar-se à nova situação. Tentou pensar em outras coisas. Em coisas triviais. Precisariam ainda de frutas para o inverno. E ela mandaria serrar a árvore caída no pátio, cortar a madeira e empilhar as toras num lugar seco. Para o inverno.

William agarrou-se com as duas mãos no seu braço. Com os seus 11 anos, ainda era uma criança. John, por outro lado, parecia muito contido. Ele amparava a mãe, beijando-a suavemente na têmpora, como se tivesse a consciência de que o destino lhe reservara um novo papel de uma hora para a outra. Ele segurava a mão direita dela carinhosamente, como se dessa forma pudesse transferir um pouco da sua energia indômita para a viúva sofredora.

Muitas pessoas tinham acorrido para prestar a última homenagem a William Law, o cambista e inspetor de moedas da cidade de Edimburgo. Cidadãos ilustres, mestres das corporações de ofício, representantes do Parlamento escocês, bem como da Coroa escocesa.

Jovens rapazes estavam sentados nas árvores atrás dos muros do cemitério, esticando o pescoço. Não era todo dia que se via a morte reunir tantas vestimentas bonitas num mesmo lugar. E um dos jovens espectadores lembrou-se daquela cerimônia ainda mais pomposa, quando James, o irmão do rei, o duque de York, foi nomeado vice-rei escocês. Com ele, a cidade fora catapultada da noite para o dia a um estranho tempo novo. As ruas estreitas passaram a ser bem iluminadas à noite com lanternas. Em todas as esquinas e cantos surgiram cafés modernos. Organizações comerciais internacionais estabeleceram-se por lá. Surgiram jardins suntuosos e propriedades senhoriais, acasteladas.

Apesar de William Law não ser um vice-rei escocês, o seu enterro fez jus a toda aquela pompa. Um raio do lendário Rei-Sol pareceu brilhar, vindo da distante Versalhes até Edimburgo. E o fato de o caixão estar vazio e o cadáver estar descansando em Paris não parecia incomodar a nenhum dos presentes.

O bispo de Edimburgo admoestou a congregação enlutada, reunida na igreja da Coroa, a não se desesperar naquele momento de aflição e confiar na decisão de Deus. John Law sacudiu a cabeça, amargurado, quando chegaram ao túmulo e o caixão estava sendo baixado. Ele se perguntou qual era o sentido de presentear as pessoas com a vida para tirá-la depois de uma maneira tão terrível. Será que Deus não passava de um jogador de cartas, que se limitava a jogar com a vida das pessoas? Seria Deus um cínico inescrupuloso, um sádico sem moral? Ou simplesmente um Rei-Sol imaginário?

John olhou para a mãe. Jean Law fechara os olhos com força e mal parecia respirar. Quando o filho quis aproximar-se do túmulo com ela, ela não saiu do lugar. Como transformada numa estátua de sal, pensou John. Finalmente, sua mãe abriu os olhos. Ela olhou para o vazio e sussurrou somente:

— William.

Em seguida, perdeu os sentidos.

Quatro dias mais tarde, John Law estava sentado, juntamente com a mãe e o irmão, no primeiro andar da casa do tabelião Roxburghe. John estava sentado junto à janela. O tabelião demorou muito. Sua casa ficava no bairro das corporações, onde bares e espeluncas se enfileiravam, e onde os negócios eram fechados com grandes canecas de cerveja. William Law trouxera seu filho John muitas vezes até aquela região. John acompanhara inúmeras conversas e negociações, e depois seu pai lhe explicara por que havia dito ou feito isto ou calado sobre aquilo. Seu pai sempre dizia que existiam dois segredos no mundo, o dinheiro e o amor. Do amor ele não entendia muito, dizia, mas a essência do dinheiro, essa ele tinha compreendido. Dinheiro, costumava dizer, não era aquilo que as pessoas pensavam que fosse quando pesavam o metal de uma moeda. Senão, quanto valeria uma promissória? Nada mais do que papel? Existe uma cotação, explicou-lhe então o pai com um sorriso, que se baseia tão somente na confiança. John Law achou aquela noção emocionante. Ele adorava aquele jogo de ideias. Refletir sobre o infinito, ou sobre o que poderia vir a ser, antes que se tornasse real.

Um ruído no aposento ao lado interrompeu os devaneios de John. Alguém tinha liberado gases, tão alto quanto o soar das fanfarras. William riu baixinho e olhou para o irmão. John riu de volta, sem empolgação, e olhou para a rua lá embaixo. Em poucos minutos ele se chamaria John Law de Lauriston. Ainda não compreendia aquilo muito bem. Um homem lá fora limpava com uma pá um monte de excrementos que se juntara na entrada de um café. Ele limitava-se a empurrar a sujeira uns poucos metros mais para frente. Edimburgo dava a impressão de ter sido coberta pelos excrementos de um deus desarranjado durante anos a fio. Para qualquer lado que se olhasse, lá estavam os montes de bosta. Um advogado inglês, um certo Joseph Taylor, defendera um dono de loja escocês alguns meses antes, por ter quebrado o braço ao sair da loja e escorregado nos excrementos. Ele bradara no tribunal de Edimburgo:

— Todas as ruas, todas as ruas de Edimburgo atestam a decadência dos seus habitantes. A cidade é uma latrina só.

Os apupos o calaram. A cena protagonizada pelo jurista inglês arrufara os ânimos durante semanas, demonstrando de forma cabal que uma união da Coroa escocesa com a inglesa era uma impossibilidade. Mas, de fato, a cidade fedia até mais não poder, e muitas pessoas só saíam de suas casas protegendo o nariz e a boca com lenços perfumados.

A porta do cômodo ao lado abriu-se por fim, e o tabelião Roxburghe entrou no recinto. Parecia pálido e exausto. Fedia a excremento. Trazia um amarrado de documentos nas mãos, que deixou cair sobre a pesada mesa de carvalho. Em seguida, desabou sobre um assento de carvalho, igualmente pesado.

— Senhora Law — começou ele —, eu gostaria de explicar em primeiro lugar que, por conta da profissão, o seu finado marido William Law exercia uma série de negócios financeiros abrangentes e complicados. Afinal, ele não era apenas o mais importante financiador do comércio de gado escocês. Ele negociava também com notas promissórias e títulos de desconto. Ele os utilizava como meio de pagamento... Eu não sei ao certo o quanto está familiarizada com isso tudo?

— Meu marido e eu... — disse Jean Law, calando-se por um instante. — Meu marido me falava bastante sobre os seus negócios.

O tabelião acenou impaciente com a cabeça, passou a ponta da língua sobre os lábios ressecados e cheios de abscessos. — Existem ainda algumas dívidas pendentes de pequeno montante, mas existe também um patrimônio de mais de 25 mil libras, que o seu finado marido...

Jean Law interrompeu o tabelião.

— Quem são os devedores?

O tabelião leu uma lista com os nomes, e Jean empalideceu. Toda a nobreza escocesa estava naquela lista; os Dundonald, os Argyll, os Burghly, os Hamilton, Seaforth, Mar... Até o tabelião Roxburghe estava na lista. Jean Law sabia o suficiente de transações financeiras para compreender que levaria anos para que o recebimento daquelas dívidas se consumasse. Vinte e cinco mil libras era uma soma respeitável, já que um bom operário ganhava cerca de três libras por mês. Vinte e cinco mil libras correspondiam aproximadamente a setecentos salários anuais de um operário. Jean Law olhou para John, como se quisesse assegurar-se da sua ajuda. De certa forma, ele já era um homem, tinha estatura alta, era autoconfiante e tinha uma aparência que despertava desejo e paixão no sexo feminino. Por outro lado, ainda era um menino. Jean Law temia em segredo que o seu filho John não tivesse aptidão para lidar com dinheiro. Ele amava as coisas belas, roupas bonitas, e cultivava comportamento e modos galantes. Adorava o jogo de cartas e as longas noites. Estava no melhor dos caminhos para tornar-se um verdadeiro dândi. E isso trazia uma grande preocupação a Jean Law. Pois ela sabia que, quando eles saíssem daquela sala, seu filho John seria um homem rico. Ele teria dinheiro, mas ainda não a maturidade para utilizá-lo de forma sábia.

O tabelião começou a ler o testamento do falecido. A recém-adquirida propriedade de Lauriston Castle e os recebimentos dos arrendamentos deveriam ser divididos em partes iguais entre a esposa Jean Law e o seu filho mais velho John Law. John deveria ficar com o título "de Lauriston" e, além disso, também com a bengala de passeio com o castão de ouro, o símbolo de status dos banqueiros escoceses. A bengala estava sendo guardada na Charité de Paris, segundo a vontade do falecido. Ela deveria ser entregue em Paris, algum dia, a John, pessoalmente.

— O senhor sabe o que está gravado nela — dirigiu-se o tabelião a John. — *Non obscura nec ima*. Nem insignificante nem pequeno.

O tabelião encarou John de forma penetrante.

— Prove ser digno do lema da família Law, John. O seu pai assim o desejou. Ele o acompanhará, e ao seu irmão William, por toda a sua vida.

William olhava furioso para o irmão mais velho. Sentiu ódio do pai por ter passado a metade de Lauriston Castle para John. Ele odiava a ideia de que, doravante, iria morar dentro das paredes do irmão. Jean Law sentiu uma pontada no seu íntimo. Ela tinha parido 12 filhos para o marido. E sempre o serviu e honrou. E agora tinha sido colocada no mesmo patamar de John, o primogênito de 12 anos. O tabelião lia e lia. Jean Law surpreendeu-se com o fato de já não estar mais prestando atenção. Ela tentava se concentrar nas palavras do tabelião. O falecido William Law havia escrito algumas linhas à sua família, e Roxburghe as estava lendo. William Law os encorajava. Ele elogiava os filhos. Enfatizava o fato de sentir muito orgulho do seu filho John. E destacava a sua aptidão para lidar com números, bem como para lidar com a sua espada...

— Ele dorme com a empregada — interrompeu-o o jovem William. Ele mesmo parecia surpreso com as próprias palavras e olhou encabulado para o chão. Sua mãe lançou-lhe um olhar severo.

— Seu pai evidentemente estava se referindo aos progressos na esgrima — disse o tabelião, tentando prosseguir a leitura. Mas William não aliviou.

— Ele faz isso com a empregada no quarto da torre — murmurou, obstinado.

John permaneceu sereno. Afinal, Janine lhe explicara suficientemente o que significava manter a postura.

— Meu irmão William está decepcionado porque estou herdando Lauriston Castle e ele somente o nome de batismo do meu pai.

William quis partir para cima dele tomado pela ira, mas a mãe o conteve.

— Prossiga, por favor — disse John, como se quisesse demonstrar a todos que era o novo senhor de Lauriston Castle.

O tabelião pigarreou um pouco, ajustou a distância do documento aos seus olhos e prosseguiu. William Law elogiava, portanto, as excelentes qualidades do seu primogênito, mas também externou preocupações. Temia que John pudesse esbanjar prematuramente os seus dotes, devido à sua arrogância e à sua leviandade inatas. Por esse motivo, desejava que o filho fosse protegido de si próprio e que fosse enviado para um internato longe das tentações da cidade grande. Para Eaglesham, em Renfrewshire.

William, que estava afundado na cadeira, endireitou-se novamente. Ele sorriu de orelha a orelha. Sua mãe repreendeu-o com o olhar. Ela sabia o que aquele desejo do falecido significava para John. Ele equivalia a uma condenação, um exílio.

John permaneceu olhando fixamente para frente. Ele compreendeu imediatamente a dimensão daquela disposição do testamento. Apesar de a metade de Lauriston Castle lhe pertencer, assim como os recebimentos dos arrendamentos, o título de nobreza e a bengala de ouro, ele não iria poder desfrutar daquilo tudo por enquanto. E também teria que continuar acatando as ordens da senhora.

Eu irei, pensou John, e aprenderei. E um dia retornarei e farei com que empalideçam de inveja. E aí partirei para sempre desta cloaca. John ficou orgulhoso com o fato do seu rosto não ter ficado vermelho de raiva, o seu peito não ter tremido e o seu juízo não ter se queimado como um cavalo derrotado. Ele percebeu mais uma vez que aquela capacidade o diferenciava das demais pessoas. Que ela o tornava forte. E assim ele teve uma sensação de satisfação, de superioridade, mesmo na hora em que o seu irmão William comemorava o que acreditava ser um triunfo.

Capítulo III

O cocheiro pressionou para partirem logo. Um temporal estava se armando. John Law levantou o olhar para as nuvens cinza-escuras. Realmente. Parecia que nem mesmo Deus tinha gostado da ideia do internato. John abraçou a mãe. A despedida era dolorosa, mas a raiva de estar sendo banido para o fim do mundo sobrepunha-se e abafava todos os demais sentimentos. Jean Law tinha consciência de que era bom saber que seu filho ficaria longe das inúmeras seduções de Edimburgo. Em Renfrewshire, ele poderia se dedicar inteiramente aos estudos. Mas ela não estava feliz. Estava perdendo o último homem da casa. John abraçou as duas irmãs menores. Elas pareciam não estar compreendendo que se tratava de uma despedida por um tempo bastante longo. Então, ele abraçou Janine. Quando a largou, pôde ver os seus olhos cheios de lágrimas. John teve que sorrir. Ele inclinou-se para frente e sussurrou no seu ouvido:

— Será que não havia um pouquinho de amor em jogo, afinal de contas?

Janine sacudiu a cabeça com força e começou a soluçar baixinho.

— Volte para dentro de casa, Janine — ordenou Jean Law. — John, diga adeus para o teu irmão.

John ficou olhando para Janine, que desapareceu dentro de casa.

Jean voltou-se para William, que se mantivera um pouco afastado:

— Despeçam-se, vocês são irmãos.

William estendeu a mão para o irmão. John apertou-a um pouco mais forte do que de hábito:

— Tome conta da minha propriedade, irmão querido — disse sorrindo.

William deu um chute em sua direção, mas John desviou-se com habilidade.

— Se você algum dia se tornar adulto, eu te desafiarei para um duelo. E se você vencer, te darei a minha parte em Lauriston Castle de presente.

Jean Law colocou-se entre os dois galos de briga e insistiu com John para que subisse na carruagem.

— Vá agora, John! — disse a mãe com voz firme. Enquanto o dizia, enfiou a mão no bolso do casaco dele, rápida como um raio, retirando um baralho lá de dentro.

John Law virou-se, perplexo.

— Senhora! — gritou espantado.

— Elas ficarão aqui, John, as cartas, os maus hábitos, a vida deprava-da. Você vai deixar tudo isso para trás, aqui em Lauriston Castle!

John quis protestar, mas a senhora limitou-se a segurar a porta da carruagem aberta. Ele não teve alternativa a não ser subir. Jean Law entregou-lhe uma carta dentro de um envelope.

— Para o meu primo, o capelão da escola. Reverendo James Woodrow. Você deve entregar esta carta imediatamente, assim que chegar lá.

John Law acenou com a cabeça.

— Sim, senhora. Como quiser.

Ele fechou a porta.

— Eu voltarei! — exclamou, olhando para o irmão através da janela aberta.

— E então nós vamos duelar! — gritou William.

John olhou por cima da cabeça do irmão, até o quarto da torre. Ele avistou Janine atrás da janela. A carruagem partiu.

Enquanto a carruagem passava por Baijen Hole, eles iam deixando as últimas lanternas das ruas de Edimburgo para trás. Agora viajariam por muito tempo, até chegar a um lugar onde não havia iluminação à noi-te, nem cafés, nem Janine. Só quartos apertados e livros científicos. John sentiu um nó na garganta. Ele adoraria ter abraçado a senhora mais uma vez. Ele amava a mãe. John fez uma careta, para reprimir os sentimentos. Ele precisava se compor. Se quisesse ter sucesso na vida e algum dia não ser "nem insignificante, nem pequeno", teria que estar disposto a sofrer. Se as coisas fossem assim tão fáceis, todo mundo teria sucesso, raciocinou John. Dependia dele, portanto, destacar-se das demais pessoas. Lamentar-se não iria adiantar nada. Quanto menos ele se lamentasse e se zangasse, mais fácil seria. Ele estava pronto a seguir este caminho.

Um sorriso brotou nos lábios de John. Satisfeito, constatou que havia encontrado as palavras certas para ajudar a si mesmo. Ele olhou para a estrada escura do lado de fora e pensou em Janine. Em seguida, sacou um baralho da bota esquerda. Repartiu as cartas com agilidade em dois montes e foi abrindo alternadamente uma carta de cada um dos montes separados. Enquanto fazia isso, ia calculando com a rapidez de um raio quantos pontos ainda havia nas cartas fechadas. Quando restavam somente três cartas fechadas, ele murmurou a soma, abrindo em seguida as três cartas. Tinha avaliado corretamente. Vinte e cinco pontos, um dez, um valete e uma dama.

— Mais uma vez — murmurou John.

Ele estava decidido a reprimir a sua tristeza ocupando-se daquela forma. Ele sabia que toda dor no peito melhorava com o tempo. Nenhum sofrimento era eterno. O tempo trabalhava a seu favor.

EAGLESHAM, ESCÓCIA, 1683

— Vocês são a escória.

O roliço reverendo Michael Rob estava com as mãos enfiadas no cordão branco que mantinha a sua corpulência unida, tal como os anéis de ferro dos barris de uísque. Os olhos pequenos e insípidos tinham sido praticamente engolidos pelo rosto inchado e esponjoso. Ele empurrou o lábio inferior para a frente, como se fosse um peixe doente dos pulmões:

— *Vous êtes incapables.* Vocês são incapazes.

O reverendo Michael Rob estava dirigindo a saudação de boas-vindas aos sete novos alunos do internato de Eaglesham. Estava deixando inequivocamente claro que eles não estavam ali para se divertir, e sim por terem sucumbido às tentações e descaminhos do mundo profano.

Aquele era o último reduto onde poderiam reencontrar uma vida honrada, uma vida a serviço de Deus e da Coroa.

— Vocês são a escória da sociedade escocesa, despejados em Eaglesham como objetos perdidos na praia, para que ainda possam se tornar úteis. Eu sou pago para que vocês se tornem cavalheiros ao sair daqui. Vocês não compreenderão muitas coisas, muitas coisas vão deixar vocês com raiva, mas um dia, quando deixarem Eaglesham, compreenderão o que eu, o reverendo Michael Rob, lhes ensinei. Aqui sopra um vento rude, e quem não se dobrar a este vento vai se quebrar como um galho seco na tempestade.

Os alunos estavam sentados na sala de música do internato, olhando fixamente para os painéis de madeira com os ornamentos e instrumentos entalhados. Os meninos olhavam para os painéis com cara de poucos amigos e pareciam pensar somente na fuga. O que tinham acabado de escutar ultrapassava os seus piores temores. Eles sentiam-se como se tivessem sido condenados injustamente, num campo de prisioneiros muito distante de qualquer vestígio de civilização.

Só John Law permaneceu sentado com ar sereno, como se estivesse aguardando a chegada da sua carruagem. Seu coração batia com a mesma calma e regularidade do relógio de pêndulo que ficava acima da lareira, seguro por dois anjos rechonchudos. John deixou o olhar percorrer o estuque dourado que ornava as bordas do teto. As janelas tinham sido aumentadas posteriormente, mas não tinham melhorado o clima escocês. Era sombrio e inamistoso, mas John Law não se deixou impressionar. Ele tinha a certeza de que iria suportar aquilo. Quando tudo terminasse, iria para Londres e algum dia para Paris, até o Colégio Escocês, onde ficava o túmulo do seu pai. E buscar aquela maldita bengala com o castão de ouro.

John instalou-se na casa do reverendo James Woodrow, um primo da sua mãe. James Woodrow tinha um filho, Robert, uma forte criatura simpática, tão pesado e calado quanto as rochas atrás das florestas de Eaglesham. Eaglesham ficava no fim do mundo. As pessoas eram tementes a Deus, viviam honesta e sobriamente, e à noite deitavam-se cedo. James Woodrow era um pastor municipal amável e de idade, que acreditava no lado bom das pessoas. Sua voz era suave, amável, e seu olhar era tão alegre e enlevado que dava para se pensar que ele era um imbecil. Rezava-se bastante antes das refeições. As conversas à mesa quase sempre eram proibidas pelo reverendo.

Mas lá também havia as duas filhas do reverendo. Eram gêmeas ruivas, com os longos cabelos presos em tranças. Durante as refeições, lançavam olhares lânguidos por cima das suas colheres para aquele jovem da cidade grande de Edimburgo, que se movia de forma tão natural e simpática, e que era tão galante e atencioso à mesa. O comportamento das filhas não passou despercebido ao reverendo James Woodrow. Passados alguns dias, ele já estava pedindo ajuda a Deus para banir a volúpia. Mas quando a primeira primavera chegou Deus parecia ter-se cansado das suas eternas súplicas. As duas meninas encontravam-se à noite com John Law no estábulo. Enquanto uma irmã montava guarda, a outra se satisfazia com John. Janine havia realmente ensinado um bocado de coisas a John.

A vida no internato de Eaglesham era totalmente voltada para o aprendizado. As línguas vinham em primeiro lugar: latim, francês, holandês. O reverendo Michael Rob não tinha muito a dizer sobre economia e finanças. O falecido William Law já tinha ensinado muito mais sobre o assunto ao seu filho John: os princípios do sistema financeiro público e privado, a estrutura do comércio e das manufaturas, a teoria e a prática das tarifas e os cálculos de probabilidades num novo ramo que estava surgindo: os seguros. Em Eaglesham não se sabia nada sobre essas coisas. A única variação era a aula de esgrima. Além disso, oferecia-se uma nova modalidade de esporte que tinha se tornado moda, o tênis. Mas John preferia a esgrima.

John fez amizade com George Lockhart de Carnwath, filho de um latifundiário escocês, da mesma idade. Era um sujeito incansável, incapaz de ficar sentado no mesmo lugar por mais de meia hora. George entendia menos de economia do que um cavalo que puxava carruagens. Talvez não fosse burro, mas não tinha paciência para ouvir e refletir sobre o que ouvia. Mas ele foi o único a permanecer à disposição de John para ser seu parceiro nos exercícios de esgrima, depois que este derrotou o professor logo na primeira aula. George enfiou na cabeça que venceria John algum dia, e este o incentivava.

— Enquanto você não desistir sempre terá uma chance — costumava dizer. — Se você desistir, aí sim terá perdido. A maioria das pessoas não fracassa, simplesmente desiste.

À noite, quando todos dormiam, John e George esgueiravam-se frequentemente até a cozinha de lajotas vermelhas dos Woodrows para jogar cartas à luz do luar. Enquanto jogavam, iam contando histórias sobre amantes e aventuras eróticas.

John queria sempre jogar a dinheiro. George não tinha dinheiro. John utilizava então fichas feitas de chifre. George as entalhava nas horas vagas. Uma ficha pequena equivalia a um *penny*, um tostão inglês. Duzentos e quarenta destes tostões equivaliam a 20 xelins. Isso equivalia a uma libra inglesa, que por sua vez correspondia ao salário de dez dias de um trabalhador. George e John apostavam tostões. Passadas alguma semanas, John já acumulara o equivalente ao produto do chifre de uma vaca adulta. A George restou tão somente a esperança de, algum dia, vencer John na esgrima.

Assim se passaram os anos, e os pupilos que ao chegar estavam convencidos de que não suportariam mais do que um dia no marasmo de Eaglesham havia muito tinham se acostumado à vida no campo, a ponto de não conseguirem mais se imaginar vivendo no aperto da cidade grande. Até mesmo as rígidas aulas do internato já tinham se tornado havia muito uma mera rotina. Certo dia o reverendo Michael Rob utilizou-se de um baralho francês para exemplificar um cálculo de probabilidade. O reverendo ficou muito espantado ao constatar que o jovem John foi capaz de calcular imediatamente na cabeça as combinações de cartas possíveis. E a John, por sua vez, não passou despercebido que as cartas do reverendo estavam muito manuseadas. Michael Rob devia ser um jogador. E ele tinha que ter algum dinheiro, pois ali naquele fim de mundo não havia como gastá-lo.

Por isso certa noite John resolveu procurar o reverendo Michael Rob no seu quarto de estudos. Este pareceu muito surpreso, agradavelmente surpreso. O homem corpulento estava ofegante junto à fresta da porta que mantinha aberta. Ele fedia a *malzbier*, como os cocheiros nos bares do porto de Edimburgo ao entornarem as suas enormes canecas.

— O que você quer numa hora tão avançada, meu filho? Dentro de meia hora estará na hora de se recolher — disse o reverendo Michael Rob arrastando a língua.

— Eu só queria agradecer-lhe, reverendo, por tudo o que faz por nós...

O reverendo Michael Rob meneou a cabeça, perplexo. Ele encarou John boquiaberto. Ninguém fica imune a um elogio. Com elogios pode-se subjugar a maioria das pessoas. O reverendo ficou sem palavras.

— Eu queria lhe perguntar qual a carreira que o senhor me recomendaria seguir após a minha formatura em Eaglesham.

O reverendo abriu um pouco mais a porta e fez uma expressão de estadista. Depois, levantou as sobrancelhas e disse decidido:

— Entre, John Law.

John entrou no quarto desarrumado que fedia a roupas sujas, a urina, a suor e a cerveja. Duas velas estavam acesas na mesa sob a janela. E sobre a mesa: cartas. Um baralho de cartas. John Law não mudou a expressão do rosto. Ele não se enganara.

O reverendo bateu a porta com um pontapé. Depois apertou o queixo contra o peito e arrotou. Ele refletiu durante algum tempo, deu alguns passos largos na direção de John e parou na frente dele, cambaleante:

— Matemática... o teu dom é para a matemática, John. Matemática... tem serventia... em muitas áreas.

John sorriu:

— Eu sei, reverendo. Até mesmo no jogo de cartas, a matemática tem serventia.

O reverendo deu um sorriso maroto. Ele deixou a desconfiança de lado e alegrou-se por receber a visita de um jovem de tão bela constituição numa hora tão avançada.

— Você precisa manter as suas predileções nas rédeas, se quiser ter sucesso na vida. O jogo de cartas é uma diversão e pode até mesmo tornar-se um vício, mas não é uma disciplina universitária, John. Não é matemática.

O reverendo Rob arrotou novamente. Um fedor de malte apodre-cido escapou-lhe da boca enquanto fazia um gesto com a mão, convidando John a sentar-se.

John sentou-se.

— Então o senhor não acredita que com matemática e cálculo de probabilidades seja possível calcular um jogo de cartas e ganhar constantemente?

O reverendo deixou-se cair sobre o seu banco de madeira e parou por um instante, para certificar-se de que estava realmente seguro em cima do seu apoio de madeira. Então pegou as cartas e começou a misturá-las.

— Beba um gole de cerveja, John. Já que vamos jogar cartas, bem que podemos nos embebedar juntos.

O reverendo deu as cartas:

— Você sabe jogar Faraó?

John sorriu. É claro que ele sabia. Até mesmo Luís XIV, o Rei-Sol, cujo brilho se espalhava sobre o mundo inteiro, gostava de Faraó.

— Vamos jogar a dinheiro? — perguntou John.

O reverendo parou e levantou o olhar para John. Aquele jovem de Edimburgo lhe agradava, a testa alta, a expressão suave, a boca benfeita e o nariz aquilino que lhe emprestava um ar individual de força e energia. Aquele jovem parecia uma força da natureza. Sentado ali ele preenchia todo o ambiente. O reverendo percebeu que um encanto emanava daquele jovem. Ele rogou a Deus para que aquele jovem não manifestasse mais nenhum desejo. Pois ele pressentiu que naquela noite não seria capaz de negar nada àquele John Law.

— Joguemos, pois, a dinheiro — disse o reverendo amável. — Se eu ganhar, doarei tudo para a igreja.

— Se eu ganhar, guardarei tudo para mim — disse John Law com um sorriso.

O reverendo Michael Rob fitou John Law com um olhar severo:

— E quem proporcionará mais alegria a Deus?

— Eu — riu John —, porque não menti.

O reverendo soltou uma gargalhada bem alta. Depois se levantou, parou por um instante até certificar-se de que conseguiria manter o equilíbrio, e foi cambaleando até a biblioteca. Pequenas gavetas ficavam integradas entre as ilhargas das estantes. Ele abriu uma delas. John ouviu o tilintar de moedas. O reverendo voltou com algumas moedas e as empilhou sobre a mesa. John sacou algumas fichas de chifre que ele ganhara de George no jogo noturno.

— Isso não é dinheiro — grunhiu o reverendo.

— Uma ficha corresponde a um *penny*, padre.

— Mas essa *moeda* não tem valor, John — disse rindo o reverendo, sorvendo prazerosamente um bom gole do seu copo de cerveja.

O reverendo sorriu e agarrou a mão de John que estava sobre um monte de fichas:

— Um *penny* vale um *penny*, porque um *penny* contém metal no valor de um *penny*. Mas nestas tuas fichas... — O reverendo pegou uma na mão e olhou-a sob a luz bruxuleante das velas. — Eu não consigo achar nenhum metal nas tuas fichas. Nem ouro, nem prata, nem bronze.

— E mesmo assim ela vale um *penny*, reverendo, pois lhe prometo que eu, John Law de Lauriston, proprietário do castelo de Lauriston em Edimburgo, pagarei ao senhor em troca dela um *penny* de verdade.

O reverendo riu alto novamente e serviu-se e a John com mais cerveja.

— Por que não simplifica as coisas, John Law de Lauriston? Por que não pega logo moedas de verdade?

— Eu emprestei as moedas de verdade. Vou ganhar juros por isso. Dessa forma, duplico o meu capital com estas fichas. Então posso agir como se tivesse o dobro do patrimônio. Imagine só o senhor, se este sistema fosse introduzido nas cortes europeias! O montante de dinheiro dobraria, e o comércio iria florescer.

O reverendo arrumou as cartas sobre a mesa em duas fileiras.

— O teu sistema se baseia em confiança, John Law. Se eu acreditar que você de fato será capaz de trocar as fichas por moedas de metal, então aceitarei as tuas fichas. No entanto, se eu não confiar em você...

— O senhor confia em mim, reverendo, eu sei disso. Caso contrário, eu não teria sugerido isto.

O reverendo sorriu, satisfeito:

— Esta ideia não é nem um pouco boba, John Law. A Europa não tem mais metal. Nós não podemos cunhar novas moedas. Nós fundimos canhões em vez de moedas. É por isso que o comércio está estagnado. Não se produzem mais mercadorias. As pessoas não conseguem mais trabalho. Nada mal, John Law...

— Mas?

— Falta a confiança. Até mesmo os reis da Inglaterra estão deixando de pagar as suas dívidas. As pessoas não confiam mais em ninguém!

— Mas as pessoas confiariam no Rei-Sol, não é mesmo?

O reverendo riu:

— Sim, no rei de França as pessoas eventualmente acreditariam. E você pretende convencer o Rei-Sol do seu sistema? Você não conseguiria nem mesmo uma audiência.

— Com todo o respeito, reverendo, o senhor não conseguiria nunca uma audiência com o rei porque não acredita nisso. Mas eu acredito. Por isso eu hei de tentar algum dia. E é por isso que as minhas chances de conseguir uma audiência junto ao rei de França serão maiores do que as suas.

— À luz da matemática eu não consigo te contradizer, John Law — disse sorrindo o reverendo —, mas no jogo eu vou te derrotar.

Os dois jogaram e beberam. John ganhou e o reverendo perdeu. O homem de Deus tomou um porre homérico. Ao final, acusou o seu jovem convidado de ter trapaceado no jogo. O reverendo estava ali sentado, com a cabeça muito vermelha, bufando qual um cavalo doente. John Law tentou explicar que não trapaceara, que apenas prestara atenção nos valores das cartas que haviam sido abertas. Dessa forma, ele sempre poderia calcular a probabilidade de alcançar este ou aquele total de pontos. Mas o homem de Deus vituperou e ficou ainda mais furioso e descontrolado. Ele afirmou que ninguém podia ter uma memória daquelas. E, se John afirmasse o contrário, aquilo iria beirar a blasfêmia. O reverendo empurrou todas as moedas para fora da mesa com um gesto amplo, e levantou-se. Ele estava muito pálido. Arrancou o cordão da cintura e tentou tirar o hábito.

— Eu sei por que você veio, John Law, eu sei — balbuciou o reverendo. — Deus te mandou até mim, para me testar, e eu vou mostrar para Deus que eu também não passo de um homem.

O reverendo conseguiu puxar o hábito pela cabeça com um esforço sobre-humano. Mas ele ficou pendurado. O homem corpulento ficou ziguezagueando trôpego pelo cômodo, com o corpo nu, enquanto a cabeça tentava desesperadamente achar uma saída daquele pedaço de pano.

John Law recolheu as moedas calmamente, enquanto o reverendo se estatelava no chão e continuava a se debater dentro do hábito.

Na manhã seguinte o sol raiou e iluminou com a sua luz forte a mesa do reverendo Michael Rob. Sua cabeça repousava sobre um atlas bem grande. Sua testa ostentava um galo enorme, coberto por um arranhão ensanguentado. O reverendo roncava. Seus sete pupilos estavam sentados na sua frente. Eles já estavam acostumados por causa das santas missas a ficar simplesmente sentados e calados.

John Law foi o primeiro a se levantar da cadeira. Seguido com desconfiança pelos olhares dos colegas, caminhou até a frente, passando por entre as carteiras. Passou pelo reverendo e foi até a grande janela. Então, se virou.

— Reverendo Michael Rob — começou John em voz alta. — O senhor é a escória da sociedade escocesa. Tal qual um objeto perdido na praia, despejado aqui em Eaglesham.

Um burburinho percorreu as fileiras dos estudantes. Os colegas de John encararam-no, incrédulos. John saltou até o peitoril da janela com um salto elegante, segurando-se com uma das mãos em um anjo gorducho. Ele sacou o seu sexo com a outra mão e urinou em cima do reverendo, que ressonava.

Pouco depois, quando o reverendo Michael Rob abriu os olhos, seus sete pupilos estavam sentados bem-comportados nas carteiras.

— Sim — murmurou o padre —, tanto pela Escócia.

Naquele dia George acompanhou o seu amigo até a casa dos Woodrows. Os dois fizeram um pequeno lanche na cozinha de lajotas vermelhas; carne de veado fria e vinho condimentado.

— Por que você fez aquilo? — perguntou George entre uma dentada e outra. — Ele partiu para cima de você?

— Muito pior — murmurou John Law.

43

— Ele fez isso de verdade? — disse George desconcertado.

— Não. Eu tinha uma ideia, e ele a destruiu — respondeu John, tomando um bom gole de vinho. George pareceu irritado. — Agora eu preciso de uma ideia nova — disse sorrindo John. — Mas o poder da Coroa seria a melhor coisa para impor a minha ideia.

— A Coroa pode impor qualquer coisa — respondeu George.

— Sim — disse John Law. — Mas a Coroa não tem ideias.

George já tinha desistido havia muito tempo de entender as coisas que John dizia. Eles viam as duas filhas ruivas do reverendo John Woodrow lá fora no pátio.

— Suas duas parceiras estão lá fora — disse George. Ele sorriu com malícia. Mas John nem ligou. Ele tinha outras coisas para tratar com George.

— O nosso tempo de escola está terminando, George.

John brincou com a faca, um pouco embaraçado.

— Pois bem, eu gostaria de ir trocando as minhas fichas aos poucos.

Ele levantou-se e pegou uma caixa de madeira que estava escondida atrás do fogão, colocando-a sobre a tábua de cortar que ficava ao lado do fogão. Ele abriu a caixa. Ela estava cheia até a borda com plaquinhas de chifre entalhadas.

— O quê?! — deixou escapar George.

— Sim — disse John. — Com o passar dos anos dá para juntar alguma coisa.

George inquietou-se.

— É claro que eu vou trocar as fichas para você... sem problemas. Um cavalheiro honra as suas dívidas.

— Quando? — perguntou John.

— Meu pai vai mandar uma carruagem para me buscar. O teu dinheiro vai estar nessa carruagem, John.

John calou-se e escondeu a caixa novamente atrás do grande fogão.

— E como é que são as meninas? — perguntou George. Pareceu-lhe mais sábio mudar de assunto. — Vocês fazem a três?

— Pode esquecer, George — disse John. — Um cavalheiro desfruta e se mantém calado.

George encarou o amigo. Ele pensou na dívida de jogo, nas duas meninas ruivas, no fim do seu tempo juntos no internato. George passara todos aqueles anos à sombra de John Law. Ele olhou para o fogão. Era incrível que John tivesse escondido a caixa atrás do fogão, bem diante dos seus olhos. Na primeira oportunidade, George poderia pegar a caixa e jogar o conteúdo dentro do rio. Será que John não acreditava que ele seria capaz de fazê-lo? Aquela autoconfiança beirava a arrogância. "Ele quer me humilhar", pensou George, enquanto engendrava planos de vingança na sua cabeça, descartando-os para, logo em seguida, engendrar novos planos.

Os sete alunos do internato estavam enfileirados no pátio poeirento atrás do estábulo que lhes servia de campo de esgrima. Sr. Hamilton, o professor de esgrima, estava diante deles. O reverendo Michael Rob estava sentado no banco de madeira sob o alpendre e lutava contra o sono. Diante dele havia uma pequena mesa. Ele colocou papel e pena sobre a mesa e levantou o olhar com ar sofrido. A luz do dia estava ofuscante. Ele tomou mais um gole da sua caneca de cerveja e acenou afirmativamente.

Hamilton deu um passo à frente e fez um pequeno discurso:

— Esta é a sua última aula de esgrima. Todos vocês adquiriram muita destreza. Aprendam a lidar com esta destreza. A esgrima é uma atividade esportiva. Ela se presta à disciplina e às disputas amigáveis. Aqueles que fazem mau uso das suas habilidades acabam na forca. É meu dever lembrá-los, ao término da sua formação, de que duelar é proibido sob pena de morte. Na Escócia, na Inglaterra, na França... Pensem nas minhas palavras.

George e John trocaram olhares durante o discurso. George mudara desde a sua última conversa. Ele parecia até mesmo estar quase com ares de inimigo. John lembrou-se das palavras do seu pai, que costumava dizer: Sucesso custa muitas amizades, e muito sucesso faz com que surjam inimizades. John lembrava-se muito bem o quanto seu pai tinha se tornado solitário ao ser nomeado conselheiro real da Casa da Moeda pelo Parlamento escocês. Depois disso, cada vez mais pessoas tentaram aproximar-se dele, mas havia cada vez menos amigos entre elas.

Os alunos foram divididos em dois grupos. O professor de esgrima juntou-se a eles para que se formassem quatro pares. Esgrimiram amigavelmente e com correção. Ninguém queria ferir ninguém na última semana de aula. Quatro espadachins foram excluídos na primeira rodada. Não houve surpresas. John, George, Sr. Hamilton e Robert, o filho do reverendo James Woodrow, passaram para a rodada seguinte. Como de hábito, John derrotou o seu colega Robert, enquanto Sr. Hamilton e George duelavam em pé de igualdade. O professor de esgrima limitava-se principalmente à defesa elegante, o que foi deixando George cada vez mais excitado, levando-o a alguns ataques agressivos. John viu George ficar com raiva. O olhar de George bateu subitamente sobre ele, e John compreendeu que George queria vencer para poder desafiá-lo em seguida. George atacou com um gesto forte, atingindo o professor de esgrima entre as costelas. George parou, endireitou a postura e inclinou levemente a cabeça, desculpando-se.

— Você venceu, George — disse sorrindo Sr. Hamilton. — Meus parabéns.

— Agora é a vez dele — exclamou George, apontando com a ponta da espada para John.

O professor de esgrima apertou discretamente um lenço contra a ferida que sangrava e seguiu lentamente na direção de George.

— George, você não deveria continuar lutando. As emoções não são boas conselheiras.

George recuou um passo e gritou:

— Eu quero desafiá-lo. Eu tenho este direito. Eu derrotei o senhor.

O professor de esgrima olhou para John. Este acenou positivamente sem mudar a expressão.

— Estou à sua disposição, senhor.

— George — tentou o professor de esgrima novamente. — Será que você não aprendeu nada? Quer ficar na história do internato como um esgrimista brigão, descontrolado e de cabeça quente?

Ele tocou o ombro de George suavemente com a mão. George arrancou-a dali cheio de raiva.

Então Hamilton perdeu a paciência. Ele arrancou a espada da mão de George com um gesto firme e jogou-a para longe:

— Eu o proíbo de toda e qualquer contenda dentro do território de Eaglesham. Você tem habilidade e força para manejar essa arma, mas não tem juízo!

Por um momento pareceu que George iria partir com as mãos vazias para cima do professor de esgrima ou de John, ou até mesmo dos dois. Mas ele se conteve. Virou-se sobre os saltos e saiu em desabalada carreira do campo de esgrima.

O reverendo Michael Rob era um pregador abençoado. Lá em cima do púlpito ele se empolgava. Disparava os seus raios contra tudo e contra todos. John Law detestava aqueles domingos, tendo que suportar aquilo na capela do internato. Mas aquele era o seu último domingo em Eaglesham. O reverendo estava se despedindo dos seus alunos. Ele disse que todos eram homens e que os homens às vezes cometiam erros. Ele também não passava de um homem, um servo de Deus, que às vezes também cometia erros. Lá do púlpito, ele lançou um olhar rápido para John Law. E, quando John Law retribuiu o olhar, o homem de Deus pareceu perder o fio da meada. Ele pigarreou e começou a censurar as tentações da carne aos brados, como se, no seu íntimo, temesse ter falhado diante de Deus. Gritou cheio de ira, como se quisesse culpar a Deus por ter criado tentações iguais àquela. George cutucou Robert com o cotovelo e fez um sinal com a cabeça apontando para trás. Algumas fileiras atrás estavam as duas irmãs ruivas, com as cabeças abaixadas e as mãos postas para rezar. Só quando elas levantavam as cabeças para olhar para frente é que se podia imaginar a beleza dos seus seios, que estavam cobertos com uma pala muito grande.

— Eu não aguento mais isso — gemeu George. — É assim que eu imagino o inferno.

George segurou involuntariamente a braguilha. Robert o empurrou.

— Preste atenção, George. Tire as mãos das minhas irmãs!

— Ah, é? Você diria a mesma coisa para John? — sibilou George.

— John Law? Isso é verdade?

Robert ficou vermelho de raiva.

George calou-se. Robert compreendeu que era verdade.

Nuvens escuras e pesadas passaram por cima de Eaglesham enquanto os pupilos saíam da capela, quando um salmo anunciava a revelação da graça de Deus nos homens. Robert e George foram para a casa dos Woodrow. Robert ainda tinha serviço a fazer nas cocheiras. Enquanto tirava o esterco das baias, George falava ininterruptamente sobre o que John fazia às escondidas com as duas irmãs. Noite após noite.

Por fim, Robert perdeu o controle e enfiou o forcado com tanta força na parede da baia que ele se partiu. Um sorriso tomou conta do rosto de George. Ele jogou um forcado novo para George e saiu da cocheira. Já conseguira o que pretendia.

Ele ainda ficou algum tempo parado do lado de fora, no pasto cercado. Gotas de chuva, grandes e quentes, começaram a cair em Eaglesham. Uma égua marrom aproximou-se de George. Ele quis acariciá-la acima das narinas, mas ela se assustou e saiu de lá galopando. Ouviam-se trovões ao longe. George cantarolou a música sacra que haviam cantado no final da missa. Ele só fazia esse tipo de coisa quando estava muito animado — ou com medo.

John largou o corpo nu de Anne e voltou-se para a sua irmã Mary. Mary já havia se despido e ajoelhou-se diante de John. Ninguém falava. Todos sabiam que seria o último encontro. Logo, logo, John teria que regressar para Edimburgo. Eles talvez nunca mais voltassem a se ver.

Do lado de fora caía um temporal parecido com um furacão sobre a pequena Eaglesham, ameaçando inundá-la. Trovões e raios impeliram os moradores tementes a Deus para dentro de suas casas. Eles ficaram ali ajoelhados, rezando respeitosamente para Deus todo-poderoso.

As duas irmãs se esqueceram de todos os cuidados que tinham tido até então. Nenhuma delas ficou atrás da pequena janela espiando o pátio do lado de fora. Eles se amaram bem alto e com força, apaixonada e rudemente, como se tivessem que saciar o prazer por muitos anos.

Ninguém viu quando uma figura se levantou na última baia. Era Robert. Ele parecia realmente ameaçador com o chicote nas mãos. Ele limpou o feno das suas costas sem fazer barulho e saiu de dentro da baia. Ninguém ainda o vira. Ele foi passando de uma baia para a outra em silêncio. Suas duas irmãs estavam na última baia. Uma delas estava deitada de costas, de olhos fechados. Ela estava evidentemente desfrutando o esvair da excitação que inundara o seu corpo. A outra irmã estava beijando o sexo de John. John foi o primeiro a ver a expressão fantasmagoricamente petrificada de Robert. Ele empurrou a menina para o lado. Naquele instante Robert fez estalar o chicote pelos ares, deixando-o cair com toda força sobre John Law. A ponta mais curta, presa com uma tira de couro, atingiu o ombro direito de John. Robert não disse nenhuma palavra. John cambaleou para trás. Um segundo golpe atingiu-lhe as costelas. John virou-se e pegou um forcado que estava enfiado no feno. Ele o segurou, protegendo-se antes que um terceiro golpe o atingisse.

As duas irmãs pegaram avidamente suas roupas e correram na direção da porta do estábulo. Robert pareceu distrair-se por um instante. O forcado de John atingiu-o diretamente no pé direito. Robert se contraiu todo e caiu ao chão. A dor era tão grande que ele não conseguiu emitir nenhum som. Só quando John arrancou o garfo de dentro da carne é que ele choramingou e rolou pelo chão. Ele ficou segurando o pé que sangrava com as duas mãos, enquanto gemia.

— Como é que você soube que estávamos aqui? — perguntou John. Robert só gemeu. Ele pareceu não ter ouvido o que John dissera. John jogou o forcado para o lado e levantou Robert. Ele empurrou-o rudemente contra a parede da baia.

— Robert, eu te desafio para um duelo.

Ao ouvirem tais palavras, as duas irmãs correram de volta, jogaram-se em cima de John e lhe imploraram que não o fizesse. Mas John bateu com a mão espalmada sobre o rosto de Robert e repetiu:

— Eu te desafio para um duelo.

— Ele não pode — implorou Anne.

— Ele está ferido, John — acrescentou a irmã.

— Eu vou aceitar o desafio no lugar dele — disse subitamente uma voz.

Todos se viraram. Uma figura surgiu no escuro. Era George. Ele caminhou lentamente na direção de John e ficou de pé na sua frente, examinando-lhe a nudez. A pele já tinha começado a mudar de cor no lugar onde o chicote o atingira.

— E não se esqueça de trazer as fichas, John. Eu gostaria de trocá-las para você antes do duelo. Quem sabe, não teremos um tempo para isso depois do duelo?

— Como queira. Amanhã, ao nascer do sol, junto à ponte — disse John, Depois se inclinou de leve, vestiu-se rapidamente e saiu do estábulo.

Do lado de fora ainda chovia a cântaros. John estava sentindo dores. Os sangramentos no ombro e nas costelas tinham aumentado. John entrou na casa dos Woodrow e seguiu para a cozinha. Ele tentou esfriar as escoriações com um pano molhado. Depois de algum tempo, levantou-se e fez alguns exercícios de relaxamento. Doía. John trincou os dentes e tentou outros exercícios. Também é possível acostumar-se à dor, pensou. É tudo uma questão de postura.

Por fim, jogou fora o pano molhado. Foi até o fogão para procurar a caixa com as fichas.

Ela sumira.

Naquela noite John Law não conseguiu pregar os olhos. Ele já estava de pé muito antes do amanhecer. Quando a primeira luz clareou o céu, ele se pôs a caminhar. Atravessou o pátio sem calçamento que ligava a pequena igreja de Eaglesham ao estábulo do reverendo Woodrow. O piso estava encharcado até o tornozelo. Pedaços de lama grudavam nos sapatos, dificultando os passos. John pegou o caminho ao longo do pasto cercado e seguiu em direção ao rio. O rio tinha transbordado, mas a ponte não estava inundada.

George já estava lá. Ele batia a espada impacientemente na perna esquerda, enquanto dava cinco passos para a frente e depois recuava cinco passos. Só então John Law percebeu que alguns espectadores tinham se acomodado debaixo de um grupo de árvores que ficavam na extremidade do pasto. Quando se aproximou, reconheceu os seus colegas. Todos tinham vindo. George os chamara. Como testemunhas. Sim, George providenciara tudo para aquela manhã.

Quando John Law chegou à ponte, limpou os bolos de lama da sola dos sapatos num pedaço de madeira. Robert separou-se do grupo dos espectadores e foi mancando até a ponte.

— Este é o meu padrinho — gritou George apontando para Robert. John acenou:

— Eu não preciso de padrinho, as testemunhas ali daquele lado bastam.

— A decisão é tua — retrucou George, dirigindo-se em alto e bom som a Robert: — John machucou-se ontem devido a uma queda. Pergunte a ele se está em condições de duelar, se ele está prejudicado pelo seu ferimento, e se é de sua livre e espontânea vontade...

— Eu estou em ótimas condições físicas e duelarei por livre e espontânea vontade — gritou John Law, sem esperar pelas palavras de Robert.

— Mas nós não íamos acertar primeiro uma questão financeira? — disse sorrindo John. Ele queria humilhar George. Mas, para sua grande surpresa, Robert puxou uma caixa que ele conhecia muito bem de debaixo da sua capa de chuva, colocando-a aos pés de John.

Agora George estava sorrindo de orelha a orelha.

— Achei que talvez a caixinha fosse muito pesada para você. Por isso pedi para que a trouxessem. Ou será que você duvidou do meu sentimento de honra?

John Law ficou irritado. Ele avaliara mal o adversário. George estava demonstrando que queria ater-se às regras. Que era um cavalheiro. John ajoelhou-se para dar uma olhada na caixa e sentiu uma pontada dolorida perfurá-lo como uma faca entre as costelas. John achou que um verdadeiro cavalheiro não desafiaria um homem ferido para um duelo. Não, George só estava se fazendo passar por um cavalheiro. No seu coração, continuaria sendo o rude e irascível filho de um latifundiário. John abriu a caixa. As fichas tinham desaparecido. No seu lugar, havia um punhado de moedas de ouro e de prata. Com o olhar treinado de jogador de cartas que conseguia avaliar imediatamente o valor de moedas empilhadas, ele constatou que a soma estava correta.

— Você não deseja conferir? — perguntou George.

John Law levantou-se novamente e deu um passo na direção de George.

— George — começou ele com um sorriso amigável. — O que você acha de fazermos mais uma aposta? Eu gostaria de apostar as moedas de ouro. E também as moedas de prata que você adicionou como juros.

George perdeu a fala. Como é que alguém conseguia avaliar tão rapidamente o valor de moedas, para concluir que o montante a mais correspondia a uma taxa de juro usual para um período de cinco anos? E como é que alguém que estava evidentemente ferido podia estar tão certo da sua vitória? George entregou a espada ao padrinho Robert. Depois, soltou uma bolsa de couro do seu cinto, abriu-a e retirou algumas moedas de ouro e de prata lá de dentro. Com um gesto amplo ele as atirou dentro da caixa de madeira.

— O vencedor fica com tudo — gritou George. — Esta é a vontade de ambos.

Ele se voltou para as cinco testemunhas que também tinham descido até a ponte. Robert repetiu em alto e bom som que os dois duelistas estavam com saúde, que duelariam por livre e espontânea vontade, que a luta duraria até que um deles desistisse ou não conseguisse mais prosseguir, e que o vencedor ficaria com todo o conteúdo da caixa de madeira. Depois, George retomou a sua espada e desceu a ponte batendo os pés no chão. Robert o seguiu.

John baixou a cabeça, concentrou-se e fez alguns movimentos de luta de olhos fechados. Ele sentiu o corpo recuperando as forças a cada respiração. Jurou para si mesmo que iria vencer e que não iria sentir dores. Fixou a ideia de que se tratava de uma luta de vida ou morte, de que George queria matá-lo. Ele se convenceu de que iria lutar pela sua mera sobrevivência. É claro que sabia que George não queria matá-lo. Tudo o que George queria era humilhá-lo. Mas para John era importante colocar tudo numa só cartada: tudo estava em jogo — seu dinheiro, sua reputação, sua vida. *Non obscura nec ima*, murmurou John quando os dois adversários se colocaram a postos.

Robert deu o sinal. George veio andando pela ponte com passos rápidos, agitando a espada com raiva. John limitou-se a dar alguns passos, colocou-se em posição e aparou o primeiro golpe furioso com destreza. As dores eram muito maiores do que o esperado. John queria esquecê-las. Ele estava certo de que iria acostumar-se com as dores nas costelas e no ombro depois de mais alguns ataques. George partiu para o próximo ataque, ainda mais selvagem e irado do que o primeiro. John fez com que ele recuasse mais uma vez, avançou e o atingiu na região das costelas. George pareceu atônito. Ele segurou o ferimento, colocou a mão ensanguentada na frente dos olhos e, tomado de ira, encarou John. John estava calmo, de pé sobre a ponte, aguardando o próximo ataque.

— Vamos parar com isso, George? — perguntou John.

— Nunca! — exclamou George partindo novamente para cima de John. Mais uma vez John aparou o golpe com sucesso. George não pôde recuar. John prendera com firmeza o braço com o qual ele empunhava a espada. As duas espadas apontavam para o céu, retas como velas. Seus rostos só estavam separados pelas lâminas. George espumava de raiva. Ele não conseguia se livrar daquele apertão. John não demonstrava nenhuma emoção. Estava ali de pé como uma rocha, inabalável, sem se deixar impressionar. Tomado de raiva, George atingiu John abaixo da cintura com o joelho. John curvou-se. George atacou, golpeando-o com o punho metálico da espada na cabeça. Mas George estava muito perto para conseguir atingir John de verdade. Só quando John recuou, visivelmente atordoado, e se endireitou, George aprumou a espada e atacou. John esquivou-se novamente para trás escorregando sobre as tábuas molhadas. Ele foi ao chão e ficou deitado de costas. George soltou um grito feroz de alegria. Ele parecia estar pensando como iria terminar a luta. Mas John rolou rápido como um raio por baixo da travessa inferior da amurada, jogando-se dentro do rio. Por sorte, as águas do rio estavam altas e ele não bateu contra uma pedra. A água gelada por pouco não lhe roubou os sentidos. Ele levantou-se, cuspiu água e ficou de pé sobre o leito do rio. Ele ainda estava segurando a espada com firmeza.

— Nós ainda não terminamos, John — gritou George da amurada da ponte. John lutou contra a correnteza em direção à margem. George foi até a cabeceira da ponte e desceu o talude. John ficou de pé dentro da água. O leito do rio era de pequenos seixos, o que lhe conferia uma postura bem melhor do que a de George, que estava escorregando pelo talude enlameado da margem. Em pânico, tentou endireitar-se novamente.

— Não é permitido a um cavalheiro golpear com o joelho — disse John, indo lentamente na direção de George, sem no entanto sair de

53

cima do seguro leito do rio. George conseguiu aprumar-se. Ele empunhou a espada e impeliu-a para frente com a rapidez de um raio. Mas John aparou o golpe com firmeza e passou a sua espada sobre a bochecha de George como se fosse uma foice. George gritou alto, deixou a espada cair e segurou a orelha esquerda.

John retirou a espada de George de dentro da água e voltou para a margem.

— Cavalheiro — exclamou John para os seus colegas —, a luta terminou.

Com estas palavras, ele arremessou a espada conquistada para bem longe. Depois acrescentou:

— Se puderem me trazer a minha caixa, eu ficaria muito agradecido.

John Law caminhou pelo piso enlameado até o pasto.

Havia um bebedouro em frente ao estábulo. John lavou o rosto ali e esfriou o lugar na cabeça em que George o golpeara com a espada.

— John, ainda não terminou!

John virou-se e empunhou a espada que ele tinha apoiado sobre o bebedouro de pedra. George vinha obstinado na sua direção, seguido por Robert, que aparentemente tentava demovê-lo do seu intuito. George apertava um pedaço de pano com a mão esquerda sobre a orelha que sangrava. Na outra mão ele empunhava a espada, e John lamentou não tê-la partido em mil pedaços.

— Deixe as coisas como estão, George — disse John, recuando alguns passos.

George jogou o pedaço de pano fora e partiu para cima de John sem dizer palavra. Mas George estava enfraquecido. John aparou o golpe com destreza e com um ágil movimento circular fez com que a espada de George se voltasse contra ele próprio. George soltou a espada que voou por cima do pátio descrevendo um arco bem alto. George tentou alcançar a arma, mas John atingiu-o com a espada no ombro. Não profundamente, mas de forma a fazer doer. George alcançou a arma, empunhou-a e disse entre dentes:

— Ainda não acabou, John.

John golpeou-o com a rapidez de um raio entre a terceira e a quarta costela.

— Acabou, sim, George.

George curvou-se lentamente e caiu de joelhos. Depois esticou o braço para frente e tentou levantar a cabeça enquanto se mantinha de quatro. Suas mãos não conseguiam ficar firmes. Elas escorregaram lentamente para frente, enterrando-se bem fundo no chão enlameado. O tronco foi se inclinando lentamente para frente, como se o tempo fosse parar. Seu rosto estatelou-se numa poça. George estava caído, meio de costas, arfando pesadamente. No lugar onde uma hora atrás ainda havia orelha, o sangue jorrava misturando-se com a água da chuva dentro da poça marrom.

John ajoelhou-se:

— Um homem deveria saber quando está derrotado.

— Você saberia? — perguntou George, com o olhar vidrado.

John não conseguiu ver se tinha arrancado toda a orelha de George. Muito sangue. Mas George deve ter conseguido escutar o que ele disse:

— Terminou, George — repetiu John Law. — Terminou definitivamente, George. — John Law levantou-se novamente.

— Não vai terminar nunca, John, nunca.

Robert e os outros alunos estavam todos juntos debaixo do portão que levava ao estábulo.

— Tirem-no logo daqui — gritou John na direção deles. — Ou vocês querem que ele morra de hemorragia aqui mesmo?

John atravessou o pátio, seguido a uma pequena distância por Robert, que levava a caixa. John entreviu uma silhueta atrás de uma das janelas do primeiro andar do dormitório. Era senhor Hamilton, o professor de esgrima.

Capítulo IV

EDIMBURGO, 1693

John Law tinha 22 anos quando passou em frente à Lauriston Castle com uma carruagem. Ele logo soube que não ficaria ali muito tempo. Seu primeiro olhar se dirigiu ao quarto da torre. Os excrementos de pombo, que antes recobriam toda a cornija de pedra, haviam sido removidos. John Law surpreendeu-se ao ver como toda a propriedade estava limpa e bem cuidada.

— Preciso elogiá-la, senhora — disse, depois de abraçar a mãe no salão.

— Lauriston Castle está mais vistoso e bonito do que jamais esteve.

Jean Law sorriu benevolente e ia responder alguma coisa, quando Janine irrompeu no salão. Ela viera correndo para abraçar o seu pequeno John, mas o homem adulto, imponente e elegantemente vestido que estava ali, diante dela, com um sorriso charmoso, não era mais o menino que outrora ela apertara contra o seio e acariciara. A sua face enrubesceu instantaneamente. De repente, ela se envergonhou das lições eróticas que ministrara ao pequeno John. Ela aproximou-se alguns passos, cabisbaixa, inclinou-se levemente e disse:

— Seja bem-vindo a Lauriston Castle... senhor...

John Law tomou-a carinhosamente nos braços e beijou-a nos dois olhos. Jean Law desviou o olhar, indignada, dirigindo-se ostensivamente até a mesa. Depois foi William quem apareceu. Selvagem e impetuoso. John percebeu logo que Janine e ele tinham um relacionamento. Ele pôde ver isso nos olhos de William. E viu também que os sentimentos de rivalidade e inveja que existiam havia dez anos, quando da sua despedida, ainda estavam lá.

— Meu pequeno irmão William — disse John, amigável.

— Eu sou William Law — retrucou o jovem, obstinado. John deu um passo em sua direção e quis estender-lhe a mão. Mas William esquivou-se. Janine esgueirou-se discretamente para fora do cômodo. Seus domínios eram a cozinha e o erotismo, não a diplomacia.

— Você ainda não superou o fato de ter herdado somente o nome do meu pai?

— Eu tenho uma memória notável — retrucou William, obstinado, apertando os lábios.

— Você quis dizer que é rancoroso. Eu também possuo uma memória notável, mas apesar disso não sou rancoroso. Não por ser generoso, William, nem por uma questão de juízo. É simplesmente assim. Não é mérito meu. O que passou, passou. É por isso que estou lhe estendendo a mão, irmão querido.

William não se moveu um milímetro sequer.

— Existem pessoas que duelam por motivos irrisórios e acabam morrendo — acrescentou John. — Você é meu irmão, William. Você mora na minha propriedade, debaixo do meu teto.

— A metade, John, somente a metade — disse Jean Law, convidando-o a sentar-se à mesa com um gesto.

— Eu sei, senhora, só a metade — disse John, sentando-se à mesa. — E William provavelmente mora na outra metade.

William saiu do recinto sem dizer palavra. Jean Law suspirou. Depois dirigiu-se a John.

— Você tem planos, John? Com a sua capacidade, deveria ir para uma universidade.

— Eu possuo diversas capacidades, minha mãe — sorriu John e procurou Janine com o olhar. Ela estava lá na cozinha, ocupada diante do fogão. — Passei dez anos em Eaglesham, senhora. Não há nenhum outro calabouço mais sombrio em toda a Escócia. Eu agora vou divertir-me um pouco. Eu mereço isso agora, não, senhora?

Jean Law fechou os olhos, resignada. Mas John segurou sua mão e acariciou-a suavemente:

— Quero apenas descobrir qual das minhas capacidades me diverte mais, senhora.

Ele disse aquilo com um olhar tão dócil, tão cheio de amor e simpatia, que a senhora não conseguiu segurar um sorriso de admiração pelo filho.

Desde o primeiro dia da sua chegada, John Law tornou-se um convidado muito bem-vindo nos salões das casas proeminentes de Edimburgo. Um primoroso embaralhador de cartas, um exímio calculador e interlocutor charmoso. Apesar de seus 20 e poucos anos, comportava-se como uma raposa velha que dominava facilmente todos os costumes e as regras de convivência social nos círculos aristocráticos. As jovens damas demonstravam cada vez mais abertamente a sua simpatia em relação a ele, colocavam as suas pintas em posição de "capitulação" e acenavam impacientemente com os seus leques, chamando John Law.

John raramente retornava para Lauriston Castle antes das primeiras horas da manhã, e isso quando voltava. Frequentemente dormia no local onde distribuíra a última carta. Sua mãe, Jean Law, percebeu logo qual das suas aptidões o divertia mais, e que aquela aptidão não podia ser burilada em nenhuma universidade do mundo inteiro.

E foi assim que John Law de Lauriston perdeu todo seu patrimônio, a metade de Lauriston Castle, para um matemático francês de nome Antoine Arnaud, praticamente desconhecido na cidade de Edimburgo.

Foi nas primeiras horas da manhã daquele fatídico dia que uma carruagem levou John Law de volta para Lauriston Castle. Como John não estava em condições de saltar sozinho da carruagem, o cocheiro ajudou-o. A chuva da noite anterior encharcara o solo. O cocheiro afundou ainda mais na lama, devido ao peso daquele homem grandalhão, e acabou ficando preso ali, enquanto John se arrastou até a fonte, ajoelhando-se e enfiando a cabeça dentro da água.

Jean Law estava atrás da janela do seu quarto de trabalho e observou a cena.

— Seria melhor que ele sumisse — disse William, abraçando carinhosamente o ombro da mãe.

— Alguma hora ele vai sossegar — respondeu Jean Law.

— Quando uma raposa fica raivosa, é preciso bater nela com um pedaço de pau até a morte, para que ela dê sossego.

— Não quero que você fale do seu irmão nesse tom, William. Eu quero que vocês façam finalmente as pazes.

William sorriu.

— Caim e Abel também não eram irmãos?

Jean Law virou-se. Irritada, apontou para a porta:

— Fora daqui, William. Já chega. Deus sabe que eu já tenho preocupações demais.

Depois que William saiu, Jean Law esperou um momento, indecisa. Finalmente, levantou-se para ir procurar John no quarto dele. Quando chegou lá, John já estava deitado na cama. Ele estava pálido como cera e pressionava um lenço molhado na testa. A água escorria pelas têmporas e pingava em cima do travesseiro.

— John — começou a senhora de Lauriston Castle, com cuidado —, na primavera você disse que tinha muitas capacidades e que gostaria de descobrir qual dessas capacidades mais prazer te proporcionava. Já descobriu?

John Law olhou para a mãe com os olhos apertados de dor.

— O gim de Edimburgo certamente não me proporciona nenhum prazer, senhora — murmurou John, respirando pesadamente, como se aquela frase o tivesse extenuado. — O gim prejudica a matemática. Talvez Londres seja mais adequada para mim.

— Londres? — perguntou-lhe a mãe, com os sentimentos confusos.

— Sim, senhora, Londres. Eu li que vão fundar um banco em Londres no ano que vem. Um patrício. William Paterson. Eu gostaria muito de conhecê-lo.

— Um banco... — repetiu Jean Law.

— Sim, senhora, um banco. O Bank of England. Ele vai receber depósitos em dinheiro das pessoas, para guardá-lo, remunerar com juros e emprestar para outras pessoas. Ele vai fazer câmbio, fazer empréstimos...

— Você quer dizer que ele vai fazer o mesmo que o teu falecido pai William fazia?

— Sim, senhora, mas não haverá mais cambistas, somente o Bank of England.

Jean pensou no seu finado marido. A dor da lembrança cedera depois de todos aqueles anos. Restara apenas um sopro de melancolia. Ela teria gostado de conversar com ele sobre este novo banco, de ouvir a sua opinião a respeito. Instintivamente ela rechaçou aquele banco. Como todas as pessoas mais velhas rechaçam aquilo que não compreendem mais nos novos tempos.

— O teu pai foi um homem muito bem-sucedido e respeitado, John. Porque...

John deu um suspiro sonoro e acenou negativamente com a mão:

— Por favor, madame, o mundo está mudando, mas não vai acabar. Velhas profissões se extinguem e novas profissões surgem. Meu pai, que Deus o tenha, pensava exatamente dessa forma...

— Falaremos hoje à noite sobre isso, John, durante o jantar — disse Jean Law ao sair do quarto. Ela não sabia o que fazer. Naqueles momentos sentia muita falta do marido. O que não daria para poder se aconselhar com ele...

John Law levantou o tronco e pegou a vasilha debaixo da cama. Vomitou novamente. Momentos depois, quando tentou se endireitar, bateu com a cabeça com força no caixilho que apoiava o teto inclinado. Ele caiu no chão, completamente atordoado, e continuou a vomitar.

Por volta do meio-dia surgiu um mensageiro do senhor Arnauld, acompanhado de vários soldados. Ele se deteve ao lado da fonte de pedra e chamou por John Law. Quando este saiu da casa, o mensageiro se identificou.

— John Law de Lauriston, estou aqui para cobrar a sua dívida de jogo de ontem à noite.

— E para isso o senhor trouxe quatro soldados? — perguntou John descontraído. Ele olhou para os homens armados com ar de troça.

— O senhor Arnauld fez questão disso. Para o caso de o senhor não estar em condições de quitar a sua dívida.

— O senhor Arnauld está me ofendendo? — disse sorrindo John Law. — Mas, apesar disso, fico lisonjeado, já que o senhor acredita ser necessário recrutar quatro soldados para conseguir enviar um John Law para a prisão dos devedores.

Foi a vez do emissário sorrir e retrucar:

— John Law... O senhor é o John Law que afirmou ao senhor Arnauld ontem à noite não dispor de nenhum outro patrimônio além da metade de Lauriston Castle.

— Ah, este sou eu? — brincou Law.

O emissário acenou afirmativamente com a cabeça.

— E o senhor tem certeza de que eu estava realmente lá, ontem à noite, quando disse isso?

Os soldados trocaram olhares irritados. Seria possível que aquele John Law ainda estivesse bêbado?

— Vocês são impagáveis — disse rindo John.

Mas o emissário permaneceu cortês, embora obstinado:

— Não pagos, senhor Law, não impagáveis.

— Pois bem, pelo que estou depreendendo da situação, o seu senhor pretende realmente me jogar na torre dos devedores caso eu não pague a minha dívida imediatamente.

— É isso mesmo — respondeu o emissário sem se abalar. — O senhor Antoine pretende deixar Edimburgo em breve. Ele insiste, portanto, em acertar este assunto ainda hoje.

— Eu pagarei — disse uma voz feminina ao fundo. Jean Law saiu de dentro de casa e dirigiu-se até o emissário. — Qual é o montante?

John Law abaixou-se e sussurrou alguma coisa no ouvido da mãe. O sangue se esvaiu de sua face. Ela pareceu envelhecer alguns anos em um instante.

O tabelião Roxburghe estava entrincheirado atrás de uma pilha de livros, jornais e documentos. Montanhas de papéis estavam empilhadas no chão, até a altura do peitoril da janela.

— Cada vez mais papel — sussurrou Roxburghe com voz rouca. — Como é que o homem vai conseguir sobrepujar esta avalanche? Cada vez mais jornais. Quem é que vai ler tudo isso? E todos estes livros...

Roxburghe envelhecera muito nos últimos dez anos. A cabeça estava calva, as bochechas caídas, o homem inteiro era só pele e ossos. E ele ouvia mal. Era preciso gritar quando se queria conversar com ele. Não escutava mais nem as ventosidades que escapavam dos seus intestinos, empesteando o ar. Roxburghe não sentia mais nenhum cheiro. Ele sentava-se entrincheirado atrás da sua escrivaninha e queria viver. Ele estendeu um documento para John Law. John assinou e passou o documento adiante para a sua mãe. Ela assinou e devolveu o documento para Roxburghe. Seguiram-se outros documentos.

— Seu pai levou uma vida inteira para conseguir comprar uma propriedade como Lauriston Castle — espicaçou Roxburghe com voz rouca. — E o senhor perdeu a sua parte numa só noite. Na mesa de jogo.

— Sim, senhor. Eu perdi para um jogador profissional que joga cartas segundo severas regras matemáticas. Durante o jogo ele calcula o risco, a probabilidade do improvável...

Roxburghe acenou com veemência.

— Imbecil — insultou ele. — Eu já estou velho demais para ter que ouvir certas coisas e estou lhe dizendo que o senhor é um imbecil. E se o senhor ainda fica se justificando, sem querer reconhecer a sua imbecilidade, nem ao menos aprendeu alguma coisa com isso tudo!

John Law calou-se. Ele tinha jogado e tinha bebido. E perdido. As coisas eram assim. Ele olhou para Antoine Arnauld, que recebeu a nota de crédito.

— A partir de agora — disse Roxburghe, parando para pigarrear com força —, a partir de agora a sua mãe, Jean Law, é a única proprietária de Lauriston Castle. O senhor não terá mais participação nos recebimentos. O senhor poderá continuar usando o título "de Lauriston". Mais nada, além disso. A sua dívida de jogo para com o senhor Arnauld foi quitada com uma parte do montante. O resto o senhor recebeu da sua mãe na forma de uma nota de crédito.

Roxburghe fez uma pequena pausa e encarou John Law com ar pensativo.

— Guardar dinheiro é bem mais difícil do que ganhá-lo. O senhor gastou muito dinheiro com aprendizado escolar sem ter recebido nenhum título universitário. Somente escárnio e ironia.

Jean Law olhou amargurada para o filho que estava sentado ali, impassível, escutando o tabelião. Doía-lhe o fato de seu filho ter fracassado. Doía ainda mais do que a raiva pelo dinheiro perdido.

Antoine Arnauld inclinou-se um pouco diante da senhora Law:

— Encare desta forma, senhora. Caso seu filho tenha aprendido alguma coisa com o seu erro, então isso irá se pagar. É sempre melhor gastar dinheiro com educação enquanto se é jovem. Perde-se menos, porque se tem menos.

Depois ele retirou um livro de dentro da sua capa. Entregou-o a John, que o segurou contrariado. Trazia o seguinte título: *Lógica ou a arte do pensamento*.

Antoine Arnauld sorriu:

— Não pude deixar de perceber que o senhor possui uma notável capacidade para a matemática. Mas se utiliza muito pouco dela, senhor Law. Está em suas mãos transformar esta derrota numa vitória.

Só quando o francês deixou o escritório do tabelião é que John se deu conta de quem era o autor da obra que ele segurava nas mãos. Era Antoine Arnauld. John encolheu-se como se tivesse sido atingido.

— Não se esqueça da bengala do seu pai, John Law. Ela ainda está em Paris.

— Eu sei — respondeu John em voz baixa. — Aquela com o castão de ouro...

— É a inscrição, John. A inscrição. *Non obscura nec ima*. Nem insignificante nem inferior... Vá buscar essa bengala, John.

John olhou para o tabelião e depois olhou novamente para o livro. Ele estava decidido. Partiria naquele mesmo dia. Não rumo a Paris, para buscar aquela maldita bengala. Não, ele iria a Londres.

Já escurecia quando William Law segurou a porta da carruagem para o seu irmão John no pátio de Lauriston Castle. Ele inclinou-se com um gesto teatral.

— Senhor. John Law de Lauriston, nós lhe desejamos uma boa viagem.

John olhou uma última vez para a mãe. Ela envolvera a cabeça num lenço vermelho xadrez. Uma brisa fria soprava no local, levantando a poeira num redemoinho. Ele envergonhava-se por ter causado tanto sofrimento à senhora. Ele podia ver a dor que ela sentia por estar perdendo o filho para a grande metrópole. Sentiu também que a senhora, a despeito de tudo o que acontecera, desejava que ele pudesse finalmente encontrar em Londres a felicidade que desperdiçara de uma forma tão vexatória.

* * *

Londres ficava a uma distância de uns bons dez dias de viagem de Edimburgo. Quando as estradas não estavam encharcadas pela chuva, a carruagem avançava bem, passando pelas estradas esburacadas que faziam os passageiros sacolejarem com força por horas a fio. Uma verdadeira tortura, principalmente para alguém que havia ingerido uma quantidade considerável de bebida na noite anterior. John Law seguia na carruagem ao lado de um senhor de idade chamado Beaton. Beaton viajava na companhia da sua jovem esposa e da sua filha. O senhor Beaton pareceu ser um homem calado, e John ficou feliz com aquilo.

Ele ainda ouvia as palavras que a mãe lhe dissera por ocasião da despedida.

— John — dissera ela —, muita gente possui talentos, mas são poucas as pessoas que sabem usá-los, por serem muito fracas e não terem disciplina. John, dentro de alguns anos não fará a menor diferença quantas mulheres você fez perder a cabeça, nem quantas partidas de carteado você venceu. Em poucos anos, tudo o que vai contar é a tua profissão. Você vai passar mais tempo com a profissão do que com todas as mulheres juntas. O seu pai, William, amou a profissão que tinha. Ele viveu para a sua profissão. Foi por isso que obteve sucesso e reconhecimento, e pôde deixar Lauriston Castle para a sua família, que ele amava acima de tudo. Cuide-se, John de Lauriston. Quando você tiver dinheiro nas mãos, evite o gim. E quando beber, não pegue em dinheiro.

As palavras da mãe o comoveram. O gim faz com que as pessoas fiquem sentimentais e chorosas. Só agora é que John pareceu ter se dado conta do que havia feito ao jogar fora quase toda a sua herança numa única noite. Ele estava indo bem no jogo de cartas. Mas se tornou arrogante, e acabou caindo na oferta aparentemente amigável dos parceiros de jogo e festejou a sua sorte passageira com gim. John se apercebeu do ocorrido sem rancor nem aborrecimento. Ele compreendeu que talento, sem esforço e sem disciplina, de fato não tinha valor algum.

John quis refletir sobre aquilo tudo. Ele fez de conta que estava dormindo para não ser envolvido em nenhuma conversação, mas a jovem moça na carruagem não parava de pigarrear e fazia com que o seu leque falasse, movimentando-o em todas as ocasiões que se apresentavam.

Mas John não estava interessado. Na mãe também não, pois ela também fez o seu leque falar, decentemente, mas de forma inequívoca. Mãe e filha começaram a competir. Mas John fechou os olhos. Ele estava feliz por estar deixando a Escócia. Ele estava feliz por estar deixando Edimburgo e os seus bordéis.

Um sorriso percorreu-lhe os lábios quando ele se deu conta de que carregaria consigo pela viagem todas as suas fraquezas e vícios, caso não desenvolvesse a firmeza e a disciplina necessárias para fazer valer as suas novas convicções.

Os viajantes pernoitavam em albergues simples. Quando todos tinham se deitado, John Law começou a ler. *Lógica ou a arte do pensamento*, de Antoine Arnauld. O livro tratava da teoria do jogo de dados. As teorias da Lei de Probabilidades eram esclarecidas com precisão científica através do jogo de dados. Por que a probabilidade de obter um nove era maior do que a de um dez, quando dois dados eram jogados? A probabilidade de obter um nove com dois dados era de uma em nove. A probabilidade de obter dez com dois dados era de uma em 12. Antoine Arnauld evocava estudiosos do século XVI, como Gerolamo Cardano, Galileo Galilei, o matemático Chevalier de Mère e os Bernoullis. John leu sobre as leis do "grande número", tão importantes para os cálculos de risco dos seguros e das loterias oficiais que estavam começando a surgir, quanto para os jogadores de cartas e de jogos de azar. John Law lia e lia, e percebia o significado das palavras e a extensão das teorias, sorvendo tudo como se fosse o vinho mais nobre. Os modelos e fórmulas matemáticas atiçaram nele uma paixão, que até então só havia sentido no colo das mulheres. Ele admirou os estudiosos que procuravam novas fórmulas com as quais poderiam explicar o mundo real e resolver os problemas desse mundo. Eles buscavam soluções que fossem irrefutáveis e que pudessem ser comprovadas. Todo mundo conhecia os números, mas só alguns poucos sabiam como agrupá-los em fórmulas, em algoritmos que possibilitavam um cálculo das probabilidades. Só alguns poucos eram capazes de utilizar números para calcular modelos matemáticos que orientavam o fluxo de dinheiro e de mercadorias e decidiam sobre a ascensão e a queda de nações.

Assim, a viagem para Londres transformou-se para John numa viagem para um novo mundo. E por ter sido tão terrivelmente mexido com os sacolejos, sobreveio-lhe o sentimento de ser um navegador destemido, que desafiava as tempestades mais terríveis, navegando semanas a fio pelos mares para descobrir novos horizontes. Um Colombo da matemática, um Cabral das finanças.

Para o senhor Beaton e sua pequena família, a viagem terminou em Birmingham. No lugar deles embarcou na carruagem uma dama que devia ter uns 35 anos. Chamava-se Mary Astell e escrevia para um jornal londrino, o *Greenwich Hospital News Letter*. Mary Astell começou a envolver John em conversas todas as vezes que ele ameaçava cair no sono. Assim John ficou sabendo que o *Greenwich Hospital News Letter* se gabava de ser o primeiro jornal da Europa a publicar cartas de leitores e, além disso, anúncios nos quais comerciantes e mercadores ofereciam os seus produtos.

John mostrou-se impressionado. Mas, assim que fechava os olhos, ela prosseguiu.

— Londres é a cidade dos belos, os dândis, eles vão e vêm, e nós nos perguntamos onde essas pessoas conseguem o seu dinheiro — disse a mulher, encarando-o.

Mary Astell era atraente. O seu jeito irrequieto e caloroso a tornava ainda mais desejável, mas ela falava aos borbotões. E, ao falar, evitava quase que completamente o movimento dos lábios.

Aquilo que soava tão elegante devia-se apenas ao fato de aqueles londrinos viverem em pântanos infestados por mosquitos, pensou John. Se eles abrissem a boca direito, ficariam com a boca repleta de mosquitos.

— O dândi é um exemplo de vaidade, composta de ignorância, orgulho, tolice e extravagância: um sujeito burro e irritante, três quartos de enganador para um quarto de bonitão. Uma espécie de loja de tecidos, que hoje exibe um tecido e amanhã já exibe outro, e cujo valor se baseia exclusivamente no preço das suas vestes e do saber do seu alfaiate. Um rebento da nobreza que herdou os vícios dos seus antepassados e que provavelmente não deixará nada para trás neste mundo além de desprezo e enfermidades.

Mary Astell fez um biquinho arrogante e olhou fixamente para a volumosa peruca preta de John, que era cheia junto ao repartido e caía pelo lado esquerdo e pelo lado direito até os ombros. O laço da gravata de seda seguia a moda. O casaco francês, um *justaucorps* de tecido marrom-claro com os mais finos adornos de rosetas, ele o usava aberto. Os braços repousavam sobre as coxas. Desse jeito, as largas lapelas do casaco ficavam ainda mais em evidência. Assim que o olhar de Mary Astell recaiu sobre a espada de John, ele murmurou prontamente:

— E quem é o mais belo dândi de Londres?

Mary Astell ficou radiante. O escocês mordera a isca. Ela não estava certa se o escocês tinha mesmo se dado conta de que toda aquela ironia era dirigida para ele.

— Edward Beau Wilson — disse Mary Astell. — Ele é tido como a maior das atrações nos salões londrinos. Veio do nada. Ninguém sabe do que ele vive. Possui uma equipagem suntuosa, da qual só dispõem os nobres mais abastados: casa, mobiliário, carruagens e cavalos, tudo do bom e do melhor. Ele possui uma carruagem com seis parelhas de cavalos e tem mais empregados do que muitos parentes do nosso rei. Todos os banqueiros da cidade emprestam dinheiro a ele. Deve gastar 6 mil libras anuais para manter o seu estilo de vida. Imagine só o senhor! Nem mesmo Betty Villiers, a amante preferida de William III, ganha tanto dinheiro pelos seus préstimos. Como é que Edward Beau Wilson pode ter tanto dinheiro?

John, sem conseguir continuar fingindo cansaço, abriu um olho:

— Ele joga cartas?

— Sim — deixou escapar Mary Astell. Ela estava extremamente contente com o fato do seu interlocutor finalmente entrar na conversa. — Ele joga cartas, mas sempre perde.

John abriu o segundo olho. Estava completamente desperto:

— Eu também gosto de jogar cartas. E ficaria profundamente agradecido, se a senhora pudesse me apresentar ao senhor Edward Wilson. Pois eu ganho, e sempre.

Mary Astell soltou uma gargalhada.

— O senhor não quer se apresentar?

— A senhora não acabou de fazê-lo? — perguntou John. — Permita-me: John Law de Lauriston.

— Beau Law — disse sorrindo Mary Astell. — Jessamy também seria adequado; mas por que eu deveria apresentar o senhor a Edward Beau Wilson? Quem é o senhor?

— Jessamy, a senhora não acabou de dizer Jessamy?

Mary Astell deu um sorriso matreiro e sacou animadamente o leque:

— Agora eu fiquei curiosa, Jessamy...

— Minha grande paixão é devotada ao jogo de cartas. E é sem falsa modéstia que eu digo que sou o melhor jogador de cartas de Edimburgo.

— Sem falsa modéstia?

— Não. É um fato. Mas somente quando estou sóbrio.

Mary Astell enviou suas mensagens com o leque para John Law. Pareceu-lhe que em Londres a linguagem dos leques também tinha um sotaque diferente. No meio tempo ele deixou de achar esnobe o hábito que ela tinha de praticamente não mover os lábios enquanto falava. Passou a achá-lo até mesmo bem erótico. Sim, John Law já superara o seu abatimento de Edimburgo e estava pronto para novos feitos.

Quase ao mesmo tempo em que John se aproximava de Londres, chegou um cavaleiro a Lauriston Castle. Ele perguntou por um homem de nome John Law, dizendo que ainda lhe devia alguma coisa. Jean Law ofereceu-se para assumir as dívidas do filho. Mas o estranho disse que não era John Law e sim ele, o estranho, quem tinha uma dívida para ser saldada. Jean Law pareceu surpresa com aquilo. O estranho prosseguiu dizendo que só poderia saldar aquela dívida na presença de John Law. Quando ele ouviu que John Law estava a caminho de Londres numa carruagem, enfiou as esporas no seu cavalo e seguiu galopando.

— O estranho tinha a orelha esquerda mutilada — contou Jean Law mais tarde a seu filho William — e uma cicatriz no rosto. Ele alguma vez te falou alguma coisa sobre um amigo que só tinha uma orelha?

William limitou-se a sorrir...

Capítulo V

LONDRES, 1694

Primeiro veio o fedor. Um lodaçal de excrementos, podridão e fuligem, que provocava mal-estar. Nas últimas milhas antes de Londres, a carruagem sacolejou através de intermináveis poças. Um mar de lama só. A sujeira era arremessada para dentro da carruagem. Todos os animais que vegetavam ali estavam cobertos por uma camada uniforme de fuligem. Até mesmo os pássaros mal podiam ser reconhecidos. Mas não foi o fedor que surpreendeu John. Foi o barulho. Um bramir e um zunir contínuos que chegavam aos ouvidos dos viajantes ainda longe da cidade, e que iam se tornando mais altos a cada milha, como se tivesse irrompido uma guerra civil dentro dos muros da cidade de Londres.

— O que está acontecendo? — perguntou John, afastando-se dos lábios de Mary Astell.

— Isto é Londres, Jessamy. Londres — respondeu Mary Astell, ajeitando as vestimentas.

Massas humanas gigantescas se espremiam aflitas e gritando pelos intestinos da cidade, entupindo todas as vielas e ruas, e gritando em coro com os cavalos, bois, gatos, cães, porcos, ovelhas e galinhas que estavam por toda a parte e que tinham que ir para todos os lugares. As crianças se rebelavam com guinchos e tambores. Uma enorme manada estava sendo tocada na direção de Smithfeld, até as feiras livres de Londres. Em meio a tudo isso, dezenas — melhor, centenas — de carruagens e carroças tentavam penetrar na cidade entupida. O ruído murmurante de mais de 15 canais invadia as vielas próximas ao rio como uma onda. As casas de madeira e gesso ao longo dos eixos viários atuavam como buzinas, arremessando aquele barulho infernal como se fossem balas de canhão pelas ruas de Londres, nas quais todos apregoavam alguma coisa: ervilhas, meio porco, poções mágicas, amuletos, peixes, o fim do mundo que se aproximava, gim, um cavalo aleijado, sexo, um passeio pelo rio, um pernoite. Os moradores de Londres pareciam oferecer tudo com berros vindos do fundo da alma, e alguns pareciam até já ter perdido o juízo havia muito tempo ao fazê-lo.

— Isto é Londres — gritou Mary Astell.

A carruagem parou abruptamente. O cocheiro soltou um impropério e estalou o chicote. Pessoas berravam, ameaçavam, gritavam, mãos de crianças agarravam-se na porta, tentavam abri-la, mendigavam por dinheiro, ajuda contra os fantasmas que os londrinos acreditavam ouvir por toda a parte e o tempo todo. As crianças de rua batiam com as panelas e jarros de água, para que ninguém deixasse de ouvi-las, como o tinham feito a Virgem Maria, e todos os rebentos divinos.

— Seja bem-vindo a Londres, Jessamy — gritou Mary Astell, enquanto dava umas batidas com a bengala no teto da carruagem, dando a entender ao cocheiro que ele devia parar.

— Eu perguntei onde poderia pernoitar aqui! — gritou John.

— Pergunte por Bugs — gritou Mary Astell enquanto saltava da carruagem —, e a mim você poderá achar no Clube da Imprensa...

Aconselhado por sua companheira de viagem, John Law hospedou-se no subúrbio de St. Gilles, que fora quase completamente destruído por ocasião do grande incêndio do ano de 1666 e agora era habitado por estrangeiros, artistas e dândis. St. Gilles ficava em um morro pitoresco que se sobressaía no centro de Londres. A maioria das casas novas tinha sido construída com pedras. As ruas entre as casas eram mais largas do que na City londrina, uma lição tirada do grande incêndio. De St. Gilles era fácil para os jogadores de cabeça quente, os janotas e os estroinas notórios (que passavam a tarde inteira se preparando para a noite) chegar aos salões que abriam logo depois do almoço. Existiam muitos salões, e eles eram avaliados em função das celebridades que os honravam com a sua presença. E os convites para frequentar os salões eram decisivos para a sobrevivência social dos jovens cavalheiros em ascensão.

Law iniciou sua carreira londrina pelos salões dos atores e das atrizes. Para um belo jovem como ele, foi uma brincadeira de criança penetrar naqueles círculos. Principalmente para alguém com maneiras tão demasiadamente galantes quanto John Law. John se apresentava como cientista, matemático, que se ocupava com a teoria das probabilidades e que estava escrevendo um livro sobre o assunto. Com isso, ele também sinalizava que não tinha necessidade de procurar um trabalho remunerado. À noite, frequentava as casas de espetáculos da cidade, com preferência pelo Drury Lane Theatre. Não por causa das peças, mas porque ali se apresentavam as atrizes mais atraentes. Era importante mostrar-se, ser visto, e depois encontrar-se com as pessoas nos salões.

As tardes eram preenchidas com longos passeios, desde que nenhum vento maligno soprasse os vapores, exalações e cheiros acumulados de Londres na direção de St. Gilles. John Law preferia o St. James Park, Vauxhall Garden e naturalmente o grande mercado de flores em Covent Garden. Ali havia uma igreja maravilhosa. Ele adorava aquela igreja, ou melhor, aquilo que acontecia atrás da igreja. Damas cobertas por véus, esnobes e mal-humoradas, andavam em círculos debaixo da sombra das torres da igreja. Todas elas casadas vinham das nobres mansões das redondezas. Falavam baixo, eram coquetes, e mal conseguiam esperar para arrancar as roupas do corpo e entregar-se ao amor. Ao mesmo tempo, todo aquele árduo processo de fazer contato e combinar encontros, uma mera protelação do primeiro encontro, parecia aumentar-lhes ainda mais o desejo.

John também frequentava muito as lojas famosas. Na aristocrática New Exchange podia-se comprar tudo o que tivesse sido feito por mãos humanas. Nenhuma outra cidade no mundo fazia frente a Londres nesse aspecto, nem mesmo Paris.

Na hora do almoço, John costumava ir a uma das inúmeras tabernas londrinas. Na Half Moon, por exemplo, eram boas as chances de encontrar uma dama abastada sentada sozinha à mesa. Discreta e rapidamente, ela dava a entender com o seu leque se o lugar à sua frente estava ocupado ou não. Quando alguém tão bonito quanto John Law entrava no Half Moon, os leques começavam a chamar de todos os lados, convidando de forma discreta e charmosa, ou dominadora, ou até mesmo instando-o vulgarmente. Quem almoçava no Half Moon tinha que ser abastado, pois uma refeição naquela taberna custava mais do que a viagem de carruagem de Edimburgo a Londres.

Não era sempre que John buscava uma companhia feminina para o almoço. Muitas vezes almoçava sozinho. Ele aprendeu com o pai que quanto mais raro um metal, mais valioso se torna.

De vez em quando, John passava as tardes lendo em casa ou então ia até os famosos cafés tais como o Will's, em Covent Garden, o The Royal, atrás de Charing Cross, o The British, na Cockpur Street, ou o Slaughter's Coffee House, na St. Martin's Lane. O Slaughter's era o reduto de um francês de nome Moivre. Ele fugira de Paris para Londres em 1688 por causa da sua crença religiosa. Sentava-se quase sempre no canto mais recôndito do salão, onde nenhum raio de sol pudesse incomodá-lo durante a leitura ou quando escrevia. Moivre não era um dândi, nem um janota, nem um aventureiro. Ele não se interessava nem por roupas bonitas, nem por mulheres bonitas. Para ele o seio feminino não passava de uma forma geométrica. Ele mal conhecia a cidade, apesar de morar lá havia mais de seis anos. Para ser mais exato, Moivre não morava em Londres, ele morava no Slaughter's Coffee House, na St. Martin's Lane. Quem quisesse visitar Moivre tinha que se acomodar naquele café. Isaac Newton era um dos seus amigos. Mas, ao contrário de Moivre, Newton era um homem expansivo, que costumava se relacionar com as outras pessoas de uma forma natural. Moivre só costumava se relacionar com números e com teorias — teorias econômicas, teorias de jogos, teorias de seguros. Moivre era o melhor exemplo de que o maior dos talentos não tem nenhum valor, se for o único talento.

Assim que John entrou pela primeira vez no Slaughter's, a figura desleixada do senhor Moivre chamou imediatamente sua atenção. O que o deixou curioso foram os inúmeros livros sobre a sua mesa. Moivre estava sentado diante de uma pilha de papel e escrevia, escrevia. Ele sempre levantava os olhos, agitado, sem tomar conhecimento da presença de ninguém no recinto, e continuava a escrever. John Law simplesmente sentou-se ao lado dele e ficou calado. Ele sabia que qualquer pessoa era acessível, desde que se falasse a sua língua. John Law sentou-se, portanto, à mesa de Moivre, pediu um chá e desfrutou do silêncio.

— Pode-se definir o risco como probabilidade de prejuízo? — perguntou Moivre de repente, sem parar de escrever. Aparentemente, ele tinha tomado John por um estudante.

— O risco de perder uma determinada quantia é o reverso da expectativa, e a sua verdadeira medida é o produto da soma arriscada, multiplicada pela probabilidade do prejuízo.

Moivre nem levantou a cabeça.

— Qual é a probabilidade, quando se tem 12 agulhas defeituosas numa produção de 100 mil peças, de que na produção total a efetiva média de peças defeituosas seja da ordem de 0,01?

— Senhor — respondeu John, amável —, esta é a fórmula da probabilidade-a-posteriori na Lei de Bayer. Mas eu não tenho a intenção de me apresentar nas feiras como um mestre da memória.

O senhor Moivre prosseguiu sem levantar o olhar:

— E o que é que o senhor quer? Um emprego numa companhia de seguros? Price Water está procurando matemáticos que saibam confeccionar uma tabela com os índices de mortalidade da população londrina, para derivar, a partir dela, os prêmios para os seguros de vida e pensões vitalícias.

Moivre abaixou a pena e encarou John Law. O francês fedia a peixe e alho. Seu rosto estava pálido, e a barba, por fazer. Os cabelos da nuca se espalhavam em todas as direções. Moivre tinha somente 30 anos, mas sua aparência era de alguém que passara os últimos dez anos com um imenso estoque de gim nas profundezas de uma mina.

— Thomas Neale o enviou? — perguntou Moivre, uma vez que John não lhe respondera.

John Law deu um sorriso maroto. Ele não conhecia nenhum Thomas Neale, mas quis saber onde o francês queria chegar.

— Talvez.

— Pois então — começou Moivre, irritado —, foi Thomas Neale quem o enviou. Diga a ele que já existe uma loteria oficial em Veneza. E existe outra na Holanda. E agora ele também quer montar uma. Pois então que monte. Mas eu não me ocupo com teorias sobre loterias oficiais. Para isso ele pode contratar qualquer estudante.

— Concordo plenamente. Mas, por favor, me diga: quem é Thomas Neale — disse John, sorrindo com o rosto inteiro.

Moivre tentou dar um sorriso maroto, mas pareceu ter desaprendido. Ele murmurou, mal-humorado:

— O senhor não conhece Thomas Neale? O mestre-tesoureiro do rei? Se o senhor quiser jogar a dinheiro em qualquer salão, precisa ter uma permissão de Thomas Neale.

Moivre tornou a olhar para John Law e perguntou:

— Se dois dados forem jogados 77 vezes, qual é a soma que vai sair mais vezes, qual é a probabilidade disso e em quanto monta a probabilidade relativa?

— A soma que vai sair mais vezes é o sete, a probabilidade é de 6/36 e a probabilidade relativa é de 1,17 — respondeu John pacientemente.

— O senhor é um jogador. Um jogador profissional — constatou Moivre, decepcionado, sem se preocupar em esconder o seu desprezo.

— Não, senhor. Eu me ocupo com sistemas e teorias econômicas que poderiam contribuir para o saneamento das exauridas finanças públicas, ajudando o país a alcançar um novo florescimento econômico.

Moivre empurrou os seus papéis para o centro da mesa. Agora, sim, John Law pareceu interessá-lo.

— A guerra consumiu tudo. Os reis na Europa precisam parar com suas guerras. A guerra não produz mais-valia. A guerra só faz consumir o nosso dinheiro. Não temos mais metais para fundir moedas. Cada vez existe menos dinheiro em circulação, e ao mesmo tempo nós precisamos de cada vez mais, pois as mercadorias ficam mais caras. E qual é a sua reflexão sobre este assunto, senhor?

— A criação de um banco imobiliário.

Agora foi a vez de Moivre sorrir de orelha a orelha.

— O senhor é escocês?

John acenou afirmativamente.

— John Law de Lauriston.

— O meu nome é Moivre — respondeu o francês. — O seu compatriota William Paterson está em vias de fundar um banco inglês. Mas o senhor, o senhor quer fundar um banco imobiliário?

— Sim — disse Law. — O senhor tem um terreno. Este terreno tem um valor. Por este valor o senhor recebe um documento do banco imobiliário, que confirma o valor. Este documento é dinheiro feito com

76

papel. Papel-moeda. Com este papel-moeda, o senhor pode adquirir mercadorias e serviços.

— E o banco imobiliário torna-se temporariamente dono do terreno.

— Perfeitamente. Ele tem, de fato, um valor real. A moeda vale tanto quanto o metal que ela contém. E o papel-moeda teria o mesmo valor do terreno que foi consignado para esse fim. Com isso o senhor transforma da noite para o dia todo o território da Inglaterra em dinheiro líquido.

— O senhor sabe quantos terrenos já forram arruinados pela guerra?

— O senhor me perguntou com que tipo de questões eu me ocupo.

Moivre acenou, pensativo.

— William III precisa de dinheiro novo. Mas ninguém quer emprestar dinheiro ao rei, pois os seus antecessores ainda não pagaram as suas dívidas até hoje. O nome do problema, senhor Law, é confiança. Se Deus estivesse por trás do seu banco imobiliário, talvez ele pudesse funcionar. Mas digo com sinceridade ao senhor que não confio nem em Deus. A probabilidade de que ele exista é menor do que 1%. Mas isso eu lhe conto outra hora. Hoje eu ainda tenho o que fazer.

Moivre pegou novamente a pena e passou a parte de cima dela nervosamente sobre os lábios.

— O senhor sabe, senhor Law, existem em Londres dezenas de milhares de ideias originais, modelos e teorias. Mas muito poucas sobreviverão aos próximos meses. E surgirão novas ideias, modelos e teorias, e dentro de cem anos talvez um punhado delas tenha sobrevivido. Por terem dado bons resultados. Senhor, para o seu modelo o senhor não necessita apenas de um pedaço de papel e de uma curva matemática. Não, para o seu modelo o senhor precisa de todo um povo e de um rei que lhe permita fazer uma experiência com o seu povo. E se o senhor conseguir inventar o dinheiro rápido, um dia o senhor será o homem mais rico sobre a face da terra.

Moivre sorriu.

— Ter-se-ia que inventar um novo termo para isto, milionário.

A conversa com o senhor Moivre deixou John Law pensativo, e assim ele passou os dias seguintes na sua casa em St. Gilles, lendo e matutando. Era possível que ele tivesse visto as coisas de uma forma muito simples. Ele precisava urgentemente ter acesso a círculos melhores, que lhe permitissem apresentar as suas teorias a instâncias superiores. Mas os seus próprios meios financeiros, dos quais ele ainda dispunha, estavam ficando escassos. Ele precisava, portanto, urgentemente de uma nova fonte de rendimento. Ou então uma amante que o sustentasse. No mínimo, uma.

O salão de lorde Branbury tornou-se rapidamente o preferido de John Law. Lorde Branbury era um homem amável, calado, que simplesmente gostava de receber convidados. Ele mantinha-se discretamente à parte, fazia com que todos fossem generosamente servidos e alegrava-se com as damas atraentes que o honravam e com os dândis que se sentavam às mesas de jogo para jogar Faraó.

Jogava-se Faraó com um baralho de 52 cartas. Havia copas e ouros vermelhos, e paus e espadas pretos. A menor carta era o dois, e a maior o ás. A mesa de jogo era composta por uma tapeçaria na qual todas as cartas eram representadas por meio de bordados. Os jogadores colocavam somas de dinheiro sobre as cartas bordadas e a banca puxava uma carta de um de dois montes. Havia diversas possibilidades de ganhar, apostando-se na cor, par ou ímpar, a 6 ou 7 a 13. Conforme o jogo avançava, ficava mais fácil apostar, pois a banca tinha cada vez menos cartas à disposição, aumentando assim a probabilidade de avaliar corretamente. Quem quisesse ganhar neste jogo tinha que possuir uma memória excepcional e dominar a arte de fazer cálculos de probabilidades com a velocidade de um raio. Era o jogo de John Law. Era costume da casa que se trocasse dinheiro por fichas na antessala. As fichas eram de chifre e representavam deuses ou animais da mitologia grega ou romana. Eram cópias daquelas placas de cobre dos tempos antes de Cristo, quando as moedas ainda não eram redondas e pequenas e ainda correspondiam ao valor de um boi, motivo pelo qual, no princípio, os romanos utilizavam a mesma palavra para gado e bens: *pecunia*. Mais tarde, *pecunia* passou a significar somente dinheiro. Decerto também se podia jogar com dinheiro de verdade no salão de lorde Branbury, mas, como estavam presentes jogadores de nações diferentes, a banca não precisava calcular a cotação. Essa tarefa ficava para o proprietário do salão, que pesava as moedas estrangeiras e as trocava por fichas que, por sua vez, podiam ser destrocadas ao final da noite.

— Se o rei William III emitisse fichas de papel, ele poderia simplesmente dobrar o dinheiro circulante existente — brincou John Law, ao trocar 10 mil libras na antessala. Lorde Branbury, que tinha o hábito de acompanhar cada um dos seus convidados até o salão, olhou admirado para John Law. Gostou daquele escocês. Ele não tinha somente dinheiro, tinha também boas maneiras, era extremamente benquisto pelas damas e fascinava as pessoas na sua mesa de jogo.

— Eu temo — respondeu lorde Branbury — que ninguém trocaria moedas de metal por papel.

— Mesmo se o rei assinasse esses papéis pessoalmente e garantisse a troca de volta por moedas de metal? — perguntou John Law num tom casual.

— Mesmo assim, senhor Law. Os nossos reis têm fama de não saldar suas dívidas. Os nossos reis podem até ter vencido alguma batalha depois de 25 anos, mas perderam a confiabilidade pelos próximos cem anos.

John Law tomou conhecimento daquela sinceridade com uma amável reverência e cochichou:

— O senhor decerto desfruta de mais confiabilidade do que o rei William III. Eu trocaria toda a minha fortuna com o senhor.

Lorde Branbury agradeceu por sua vez com uma reverência galanteadora.

— Betty Villiers está entre os meus convidados desta noite — sussurrou lorge Branbury tão baixinho, que chegou a parecer conspiratório. — Ela é muito... bem... muito próxima do nosso rei. Portanto, caso o senhor tenha algum assunto que possa ser de algum interesse para sua majestade o nosso rei...

Betty Villiers era de fato uma mulher extremamente fascinante e atraente. Quando John estava com a banca, ela gostava de ficar à sua direita. Ela devia estar no final dos 30, mas dispunha de todos os atributos que podiam agradar a um rei que estava envelhecendo. E ela nunca usava um leque.

Catherine Knollys também nunca usava o leque. Ela tinha 20 e poucos anos, e a sua pele pálida como alabastro tinha um sinal do tamanho de um palmo na face esquerda. Lorde Branbury a apresentara como sua irmã. Constava que ela era casada com lorde George de St. Andrews, mas este teve que fugir para Paris depois de ter caído em desgraça junto ao rei por ser um católico notório e ter passado vários meses na prisão de Newcastle. Ele tinha, portanto, deixado a esposa para trás. Sem se despedir, segundo constava. Viajantes relatavam que lorde George vivia em Paris e que tinha se juntado a um grupo de pessoas que eram próximas de James II, o antigo rei católico da Inglaterra. Outras fontes afirmavam que o seu marido era um traidor e um espião, que estava planejando a derrubada de William III no exílio. Na política também existiam inúmeras teorias. E, onde faltava conhecimento, vicejavam os boatos.

Lady Knollys era uma mulher que chamava a atenção pelo silêncio. Mesmo quando estava distante das mesas de jogo, na penumbra, John sentia os seus olhares, a sua proximidade. Ela lhe pareceu íntima logo de saída. Às vezes, ao distribuir as cartas e tagarelar, da forma como os convidados esperavam, ele podia sentir o calor do seu olhar. E então, quando ele levantava a cabeça lentamente e procurava a jovem mulher na penumbra, acreditava ouvi-la falar. A simples presença dela o fazia feliz.

Um dos convidados mais chamativos no salão de lorde Branbury era um homem pequeno, baixinho, com marcas de varíola, que atraía todos os olhares com o seu jeito nervoso e irrequieto. Ele era sem dúvida um jogador obsessivo. Mas a sorte lhe era tudo, menos favorável. Ele perdia e perdia e não conseguia parar. Quando as suas fichas acabavam, um empregado lhe entregava uma promissória, que ele assinava apressado, para em seguida continuar a jogar. Seu nome era Neale, Thomas Neale, o tesoureiro do rei, que tentava havia anos montar uma loteria em Londres. Mas Thomas Neale não era apenas o tesoureiro do rei, era também um camareiro. Ele era um funcionário real. Cabia a ele conceder licenças para os jogos de azar nos salões. Fazia parte das suas funções testar os dados e as cartas. Ele tinha que dirimir querelas nos salões. Sem as suas bem-sucedidas especulações imobiliárias, que ele só podia mesmo exercer na qualidade de protegido do rei, Thomas Neale já teria empobrecido havia muito tempo e estaria vegetando num barraco podre de madeira no porto de Londres.

Thomas Neale lidava com as fichas como se fossem as coisas mais imprestáveis do mundo. Seu rosto parecia uma enciclopédia das formas de expressão humana. Às vezes, ele apertava os lábios de tal forma que ficava com a aparência de um animal. Depois ele cacarejava sem querer e se encolhia, por ficar envergonhado, e no mesmo momento arregalava os olhos, entreabria a boca e olhava fixamente para a carta que John Law acabara de puxar. Thomas Neale apostara na carta errada. John Law já vira muitos jogadores, mas nenhum deles tão obcecado quanto Thomas Neale. Não havia lei no mundo capaz de impedir o tesoureiro do rei de jogar.

O cavalheiro sentado à mesa de John Law endireitou a longa peruca de cachos dourados, puxou a echarpe de seda azul, pegou a folha seguinte do manuscrito, pigarreou e levantou a voz:

— Pois toda a sorte ou infelicidade desta vida está fundamentada no fato de você estar presente ou não. O que as pessoas não fazem para conquistá-lo? Que perigos não enfrentam, quais as velhacarias que não perpetram por sua causa? Por você, reis se transformam em tiranos, súditos são oprimidos, povos são destruídos, pais são assassinados, crianças são repudiadas, amigos são delatados. Por você, a virgem entrega sua honra, o homem honesto se desencaminha, o sábio se transforma num idiota, o íntegro num estroina, o amigo num traidor, o irmão num estranho. Cristãos se tornam pagãos, seres humanos se tornam demônios. Você é o grande leme que determina o rumo do mundo, o grande eixo em torno do qual o globo terrestre gira.

John Law estava sentado com Mary Astell numa das mesas do Clube da Imprensa londrino, ouvindo as palavras daquela enlevada ave rara, que se deixava levar para novas tiradas debaixo da gritaria dos presentes.

— Do que é que essa criatura está falando, afinal? — perguntou John Law.

— Do dinheiro, senhor. Ele sempre fala sobre dinheiro; sobre o dinheiro que ele tem; sobre o dinheiro que teve; sobre o dinheiro que não tem e sobre o dinheiro que gostaria de ter, mas nunca terá. Esse é Daniel Foe. Recentemente ele passou a se chamar *de* Foe — licença artística — e agora, como autor, ele quer se chamar *Daniel Defoe*. Ele acha que o seu nome deveria se transformar numa marca, como Bushmills, o uísque irlandês no qual ele mergulhou o seu juízo.

— Ele é escritor? — perguntou John Law.

-— Ele comprou um navio mercante e o batizou de *Desire*. Infelizmente, o *Desire* naufragou uma semana depois de partir. Apesar de endividado, ele fundou, em seguida, o primeiro seguro de navios de Londres. Bestamente, fez o seguro precisamente da esquadra inglesa, aniquilada poucas semanas depois na guerra contra a França. Em seguida, fez um contrato de arrendamento com a cidade, sobre a área pantanosa no Tâmisa em Tilbury, por supor que algum dia a administração municipal iria construir uma fortificação no local. Mas ele pagou 6% de juros pelo crédito, e só recebeu 5% pelo arrendamento.

— A senhora está dizendo que ele não é bom em matemática e que, portanto, deve ser um escritor genuíno?

Mary Astell riu, deixando todos os seus belos dentes à mostra. John olhou para ela encantado, lembrando-se do que acontecera poucas semanas antes na carruagem para Londres.

— Sim, é um escritor que tentou ser bem-sucedido como empresário e fracassou. Agora ele transformou o seu fracasso numa ideologia e está fustigando a sociedade e o Estado. Ele sabe atrair as pessoas.

De repente fez-se uma gritaria. Soldados irromperam no salão. Quase todos os presentes se levantaram e tentaram fugir. Mas os soldados tinham um só objetivo: o homem que se chamava Defoe. Eles agarraram o escritor e falaram rispidamente com ele. Mas John Law não conseguiu entender o que diziam por causa da gritaria reinante.

Mary Astell inclinou-se na direção de John Law:

— Pelo jeito, a Casa Real declinou o seu pedido de clemência.

Defoe foi arrastado para fora do recinto. Mary Astell levantou-se e convidou John Law a acompanhá-la:

— Aqui em Londres, o teatro às vezes oferece espetáculos vespertinos. O senhor poderá me acompanhar.

Eles deixaram o prédio juntos e seguiram a massa irritada, que acompanhava Defoe e os soldados pelas vielas.

— Do que ele está sendo acusado? — perguntou John Law.

Mary Astell riu-se, divertida.

— Não é por causa das dívidas. O senhor Defoe sempre tem dívidas. Não importa qual o negócio em que se meta, sempre termina num desastre financeiro. Agora está tentando ser o editor de panfletos anônimos, pregando a repressão brutal do opositor político, o partido dos Dissenter. Ele foi acusado pelos Tories por este motivo. O que confere um toque todo especial à coisa toda é o fato de que o próprio vira-casaca do Daniel Defoe é um Dissenter. Ele está pregando anonimamente a repressão do seu próprio partido, para empurrar a dívida para o outro partido. Assim é Daniel Defoe, é assim que ele conduz as coisas.

Quando eles chegaram à grande praça atrás do Clube da Imprensa, os soldados tinham levado Daniel Defoe para cima do palanque, onde o carrasco de Londres já aguardava com o pelourinho. Ele agarrou Defoe pela nuca com suas mãos treinadas, imprensando-o contra o travessão, bem na reentrância redonda feita para encaixar o pescoço. Dois soldados seguraram cada uma das mãos do escritor, apertando-as nas extremidades do travessão. Por fim, a outra metade do equipamento foi apertada contra a nuca de Defoe e aparafusada com firmeza. Daniel Defoe berrou. Ele gritou. Implorou. Choramingou. Depois, recomeçou de repente a proferir xingamentos desencontrados. Uma grande multidão se aglomerara na praça enquanto aquilo acontecia. Todos estavam em volta do palanque de madeira, sobre o qual tinha sido montado o pelourinho. Era um pelourinho onde se ficava de pé. Isso significa que o delinquente não ficava ajoelhado, como era costume nas outras cidades. Assim, todos podiam vê-lo. Afinal de contas, Londres era uma cidade com mais de 700 mil habitantes.

E o povo de Londres se divertiu. Um repolho podre foi a primeira coisa a acertar o escritor em cheio no rosto. A multidão urrava enquanto o carrasco, seguindo os ditames da lei, queimava publicamente o panfleto anônimo de Daniel Defoe. Ele cerrou os olhos. Aquela humilhação pública, não muito distante da sua casa, que tinha ido a leilão pouco tempo atrás, partiu-lhe o coração. Assim que o panfleto acabou de queimar, o carrasco e os soldados saíram do pelourinho, abrindo caminho até uma viela pelo meio da multidão que urrava. As pessoas não se contiveram mais. Tudo o que não estava preso ou pregado, foi arremessado na cabeça do editor falido do panfleto desprezível: o lixo das cozinhas, bolas de terra, ratos e ratazanas mortas; alguns embrulhavam esterco em trapos e arremessavam no rosto do autodenominado poeta. Defoe tentava em vão se desviar dos projéteis, distendendo e contraindo a musculatura da nuca. A postura com os braços esticados e a nuca curvada começou a provocar dores infernais. Defoe gritou por socorro. Ninguém se apiedou. Em Londres ninguém se apiedava, já que o destino também não tinha clemência com Londres. Os londrinos tinham sofrido com a peste, com incêndios e guerras. Deus alguma vez apiedara-se deles por causa disso?

Criou-se um novo tumulto nos fundos da praça. Algumas pessoas tentavam abrir caminho à força até o pelourinho. Eram jovens trabalhadores no porto que se haviam comprometido com Daniel Defoe a correr para protegê-lo caso a Coroa não concedesse o perdão solicitado. Os rapazes brandiam clavas de madeira. Postaram-se em volta do pedestal de madeira e ficaram olhando ferozes à sua volta. Os espectadores compreenderam que o espetáculo havia terminado e se dispersaram. Então vieram cães sem dono; sem temer os pontapés, tentavam conquistar um lugar sob o palanque. Ali havia mais sombra e mais lixo do que num banquete real.

— Quanto tempo ele terá que ficar ali?

— Até a noite. O senhor quer me fazer esperar tanto tempo? — brincou Mary Astell, enquanto um senhor de idade, com trajes à moda francesa, subiu no pedestal e começou a ler, cheio de paixão, um dos panfletos de Defoe:

— Te saúdo, monstruosidade que me castiga e faz com que caia na mais profunda pobreza. Detém-te, monstruosidade, para que eu não seja obrigado a roubar, a saquear o meu próprio vizinho ou até mesmo matá-lo e comê-lo...

— Onde posso encontrar Beau Wilson? — perguntou John Law.

— No Green Dog. Ali há leilões diariamente. Semana passada, leiloaram a cama de uma rainha francesa. Mas Beau Wilson deu um lance maior do que o meu. Ele ama o que os outros desejam.

— A senhora queria realmente comprar uma cama?

— Por quê? O senhor por acaso não estaria pretendendo me fazer uma proposta com duplo sentido, estaria?

Thomas Neale, o tesoureiro do rei, era viciado em praticamente tudo o que uma cidade grande poderia oferecer em termos de seduções a uma pessoa instável. Quando percebeu que John Law não apenas demonstrava um silêncio de compreensão para com a forma como conduzia a sua vida, mas parecia até mesmo admirá-lo, acolheu com prazer o homem de Edimburgo sob suas asas. Quando Thomas Neale não estava em seu trabalho na Torre de Londres, conduzia John Law pelos bordéis de luxo da cidade, onde se podia adquirir sífilis com muito pouco dinheiro. Thomas Neale mostrou a ele cada um dos salões de jogos londrinos, cada um dos bares nos quais circulavam financistas, comerciantes e homens de negócios, e apresentou John Law a todas as pessoas que tinham alguma relevância em Londres.

Em Londres existiam mais de 2 mil cafés, e cada um dos grupos profissionais tinha a sua preferência. Os cultos membros da Royal Society se encontravam no Grecian, em Deveraux Court; advogados frequentavam o Nandos na Fleet Street. Os jogadores notórios e apostadores podiam ser encontrados no White, e os belos iam ao Man's no Tâmisa. E sempre se sabia quando e onde alguém podia ser encontrado. Os panfletos da cidade estavam à disposição para a leitura nos cafés. Portanto, quando se queria tornar alguma coisa pública, mandava-se imprimir um panfleto distribuindo-o via o novo Pennypost para todos os cafés da cidade. Com um tostão pago à *dame de comptoir* podia-se beber tanto café quanto se quisesse e, além disso, dar umas baforadas nos longos cachimbos de barro.

Certa noite, Thomas Neale levou John Law para o Green Dog. O café era frequentado por muitos novos-ricos que queriam equipar muito rapidamente as suas casas recém-adquiridas com mobília no padrão adequado. Já era alta noite, para não dizer que já era de manhã cedo, e assim encontravam-se por ali todos os dândis e estroinas conhecidos da cidade que necessitavam de umas xícaras de café bem forte para recuperar a sobriedade depois de terem dado conta do seu árduo trabalho naquele dia. Enquanto o faziam, iam lendo as listas dos leilões dos dias seguintes.

Thomas Neale pedia um café atrás do outro. Quem tomava café demonstrava que não era um homem de ontem. Para os mais velhos, café não passava de água de poça, suja e fedorenta, que tornava os homens impotentes. Para o homem cosmopolita, o café desfrutava, assim como o chá, o chocolate e o tabaco, da aura do novo, pois vinham de continentes longínquos, tendo sido descobertos e explorados por bravos comerciantes viajantes. Mas o café também era a única coisa que servia para se recuperar pelo menos um pouco a sobriedade, depois de visitar cervejarias, clubes e tabernas, e se poder trabalhar no dia seguinte. O aroma do café em grão recém-moído, a fumaça adocicada do tabaco da Virgínia, os jornais recém-impressos e os rumores mais recentes vindos da Corte e de suas adjacências — isso sim era, para os que podiam pagar, a verdadeira vida. Apesar de o Green Dog ter a fama de ser um lugar de classe, àquela altura da noite mais parecia uma espelunca.

— Veneza montou uma loteria. Ouviu falar disso, senhor? — berrou Thomas Neale, tentando sobrepujar o barulho reinante, oferecendo o cachimbo de barro ao seu vizinho enquanto falava.

— Decerto que sim. A Holanda também quer instituir uma loteria pública — respondeu John Law em voz alta. — Mas eu desprezo as loterias por questões morais. Elas dão falsas esperanças aos mais pobres e acabam por tirar deles o dinheiro que lhes resta.

— Não, não, senhor — disse Thomas Neale, retumbante. A sua voz soava como a de um trabalhador do nordeste da cidade, onde manufaturas e oficinas brotavam do chão como se fossem cogumelos. — Com uma loteria seria possível financiar a guerra do rei contra a França. Nós venderemos quotas públicas no valor de 10 libras cada. Num total de 1 milhão de libras. Os juros serão de 10%, o prazo será de 16 anos, um prazo enorme. E o Estado garantirá o investimento inicial e os juros. Semelhante a Veneza, nós deixaremos as quotas participarem de uma extração anual. Essa quota, ou empréstimo de sorteio, ou obrigação do Estado, ou seja lá como o senhor quiser chamar o pedaço de papel, seria portanto ao mesmo tempo um cupom do sorteio. Calculei que nós poderíamos dar a cada ano prêmios no valor total de 40 mil libras. Mas eu precisaria de alguém que pudesse calcular o mapa de ganhos.

— Eu detesto loterias públicas — retrucou John Law mais alto do que pretendia, olhando cuidadosamente à sua volta.

Thomas Neale bateu com o punho na mesa e pediu mais um café.

— Logo o senhor, John Law, vai querer me dizer que detesta jogos de azar? No final das contas, o senhor também é um jogador!

— Estou falando de loterias públicas, senhor Neale. Eu não sou o governo. E, enquanto cidadão, não sou um mero jogador, senhor Neale. Desenvolvi uma forma acadêmica de jogar. Procuro calcular as probabilidades ao jogar. Estou tentando fundar a ciência do acaso. Este é o meu anseio. Qual é a probabilidade de determinada carta ser aberta? Procuro calcular o risco. Este é um negócio sério, senhor Neale. Nas mesas de jogo, eu testo modelos que algum dia poderão vir a ser de alguma relevância para o Estado.

John Law percebeu que alguém na mesa ao lado estava prestando atenção na conversa deles. Era um jovem vestido de forma chamativa, querendo aparentar mais nobreza que o rei da Inglaterra, sentado em frente a um cavalheiro armado, ao que parecia um subordinado.

Quando eles estavam saindo, entrou um pequeno jornaleiro oferecendo a recém-impressa *London Gazette*. A *London Gazette* era publicada três vezes por semana, com tiragem de 7 mil exemplares e era tida então como uma importante formadora de opinião. John Law e Thomas Neale compraram um exemplar cada. Quando Thomas Neale viu as moedas que o garoto colocou de troco sobre a mesa, o tesoureiro do rei explodiu. Ele levantou o dinheiro e berrou tão alto, que todas as outras conversas cessaram.

— Você está querendo nos empurrar moedas gastas, seu malcriado? Está pensando que já estamos tão bêbados, a ponto de não perceber que estas moedas não valem mais nada?

A *dame de comptoir* veio correndo e tentou acalmar Thomas Neale. Mas Thomas Neale bateu as moedas sobre a mesa e apontou para o *cor-*

pus delicti. As faces das moedas de prata estavam tão gastas que deviam ter no máximo a metade do seu peso original e, portanto, metade do seu valor.

— Que culpa tem o garoto de as moedas estarem em circulação há tanto tempo? Eu aposto que têm mais de cem anos — disse a dama, colocando as moedas novamente sobre a mesa e empurrando as pessoas em volta energicamente para trás. Ela tivera uma noite muito puxada.

Mas Neale ficou ainda mais possesso e arremessou as moedas ao chão com um gesto violento das mãos. Acabou batendo com o cotovelo no cachimbo de barro do seu vizinho, enfiando-o garganta abaixo. O tal vizinho caiu para trás e agarrou o pescoço arfando, como se fosse sufocar, mas levantou-se de forma totalmente inesperada, desferindo um soco no rosto de Neale. Neale pareceu atordoado por um momento. Ele caiu do banco como se fosse um saco. Quando tentou se levantar de novo, o outro o atacou por trás. Em poucos instantes começou uma pancadaria violenta. Xícaras e cachimbos de barro voaram pelos ares, cadeiras despedaçaram-se e alguns clientes fugiram. A estalajadeira perseguiu os vigaristas pela rua. Alguém berrou por socorro, chamando o delegado.

John Law permaneceu o tempo todo calmo à sua mesa. Em meio ao tumulto, viu o jovem que, apesar da confusão, aparentemente ainda o observava. Mesmo sem a linguagem dos leques John Law percebeu que o desconhecido queria alguma coisa dele.

Quando o delegado entrou no recinto acompanhado de alguns homens empunhando alabardas, a calma voltou imediatamente. O guarda logo reconheceu o tesoureiro do rei e perguntou-lhe o que tinha acontecido.

Thomas Neale tentou manter o equilíbrio. O sangue escorria do seu nariz. E quando deu um solavanco, empurrando a barriga para frente para esticar as costas, vomitou o brandy francês, o uísque escocês, o rum das ilhas das Índias Ocidentais e tudo mais que havia entornado naquela noite, numa golfada imponente sobre o piso de madeira. E em seguida veio um arroto baixinho.

O jovem que observara John Law por tanto tempo levantou-se, sendo seguido pelo seu acompanhante. Ambos dirigiram-se para a saída.

Um pouco antes de o dândi passar por John, ele parou e olhou nos olhos do escocês. Sob o manto de veludo o desconhecido usava uma roupa de pelúcia com botões dourados e debrum dourado. A peruca devia ter custado no mínimo uns 40 xelins. As luvas recendiam a creme de amêndoas. Cada uma das peças de couro nas suas vestes fora esfregada com manteiga de jasmim, tornando-se maleáveis dessa forma.

— Em que salão poderei admirar as suas artes, senhor? — perguntou ele, sem mudar a expressão.

— Amanhã à noite, na casa de lorde Branbury — respondeu John Law, igualmente impassível.

O jovem se chamava Edward Wilson, o chamado Beau Wilson. O homem que não saía do seu lado era o capitão Wightman. Um indivíduo musculoso com olhar inquieto. Uns diziam que o capitão Wightman acompanhava Beau Wilson para protegê-lo, por ele ser tão abastado. Outros afirmavam que Wilson se fazia acompanhar por um guarda-costas exatamente para causar essa impressão. Homens e as suas estratégias...

Edward Wilson estava com o melhor dos humores quando John Law distribuiu as cartas na noite seguinte no bem frequentado salão de lorde Branbury. Law tinha o privilégio de ficar com a banca e de poder dar as cartas. John Law tornara-se uma atração em poucos meses. Nenhum outro jogador antes dele conseguira calcular com tanta habilidade as chances das cartas. Ninguém na Inglaterra tinha o dom de determinar de forma tão rápida o risco que se poderia correr numa ou em outra oportunidade. Seu dom exótico tinha se espalhado pela cidade como um rastilho de pólvora. Cada vez mais jogadores se esforçavam por conseguir um convite para o salão de lorde Branbury.

Naquela noite John Law reconheceu um velho conhecido: o francês Antoine Arnauld. Ele também ouvira falar na fama de John Law e viera para medir forças com ele mais uma vez.

Nas primeiras horas da manhã, quando a maioria dos convidados já tinha ido embora, Arnauld ainda estava sentado à mesa de jogo. E jogava. Beau Wilson também tinha ficado. Bem como Betty Villiers, a suposta amante do rei. Ao fundo, quase escondida, estava a misteriosa

Catherine Knollys, a irmã de lorde Branbury. Depois de cada partida John Law misturava as cartas novamente. Enquanto o fazia, ele levantava a cabeça e procurava Catherine Knollys com os olhos. Às vezes, tinha a impressão de que os seus olhos sorriam para ele, que ela o animava a continuar jogando, a continuar ganhando, a subjugar aquele francês Arnauld. Ela parecia uma aliada. Mas ela não reagia aos seus sinais, aos seus sorrisos, aos seus olhares. John Law não conseguia compreender como um homem podia ter viajado, deixando uma mulher como Catherine Knollys simplesmente para trás na Inglaterra. Ele tinha certeza de que Catherine Knollys teria seguido o marido a qualquer parte. Que teria dado tudo por ele. O comportamento do marido, portanto, devia doer-lhe demasiadamente. John Law teria preferido mudar de religião a deixar uma mulher como Catherine Knollys em apuros.

John Law ganhara grandes somas de dinheiro de Antoine Arnauld até altas horas da madrugada, mas o francês não desistia. Ele recuperava ficha por ficha. Quando as apostas se igualaram, John Law propôs o término da partida. Mas Arnauld quis continuar jogando. Era uma questão de honra conceder-lhe aquele pedido. O francês tentou puxar conversa com John Law, talvez com a intenção de distraí-lo. Conversas sobre algo que ele chamava de "Economia Nacional". Ninguém jamais ouvira falar naquela palavra. Arnauld tentava começar conversas sobre teorias monetárias, sobre sistemas que seriam capazes de amenizar a enorme falta de dinheiro vivo. Conversas sobre cotações paralelas e de substituição, sobre os escritos de Petty, Barbon, Hugh Chamberlen, Bernoulli. Sempre Bernoulli de novo. E até mesmo sobre Deus. Que valor tem Deus? Deus pode ser comprado? Terá Deus realmente algum valor? Uma ideia pode ser negociada?

John Law foi perfeitamente capaz de acompanhar a discussão e ao mesmo tempo de fazer os seus cálculos de cabeça numa velocidade espantosa. Ninguém conseguiu uma vantagem significativa. Amanheceu. Ambos eram mestres nas suas disciplinas. Por fim, Antoine Arnauld tentou se utilizar de um velho aliado. Como o fizera daquela vez em Edimburgo. Antoine Arnauld pediu gim para si e para John Law. Um criado serviu imediatamente as bebidas.

Mas John Law recusou agradecendo:

— Não se deve cometer o mesmo erro duas vezes, senhor Arnauld.

Antoine Arnauld bebeu alguns copos, e depois de uma hora pediu uma rodada final. John Law concedeu-lhe o pedido. Antoine Arnauld pediu que as apostas fossem decuplicadas. John Law concedeu-lhe mais esse pedido. Antoine Arnauld estava querendo forçar a sorte. Apostou tudo numa única carta. E perdeu. De repente todas as conversas emudeceram. Todos olharam para Antoine Arnauld. O que ele iria fazer?

Antoine Arnauld sorriu e levantou-se da sua cadeira:

— Meus cumprimentos, senhor Law. O dinheiro que o senhor perdeu naquela ocasião em Edimburgo foi um investimento excepcional.

John Law fez uma pequena reverência e retribuiu o sorriso.

— E qual é a pessoa que pode se gabar de ter alcançado lucro através de um prejuízo?

As pessoas em volta deles não compreenderam o significado daquela conversa e trocaram olhares intrigados. Mas aquela noite os impressionara.

— Uma lástima que o nosso rei não tenha podido estar aqui — sorriu Betty Villiers. — Ele sabe apreciar capacidades excepcionais.

John Law agradeceu com uma pequena reverência e sorriu.

— Estou sempre à disposição.

Risos contidos. Alguns dos presentes pareceram ter interpretado mal ou querido interpretar mal aquela observação. Arnauld deixou o salão. Pelo seu modo de andar, ele aparentemente tinha sido vítima da sua própria estratégia. Bebera o gim que John Law recusara agradecido. Alguém bateu palmas baixinho. Foi Edward Wilson. Ele tinha se aproximado despercebidamente de John Law. Ele acariciou a bengala com um ar enlevado e passou a língua pelos lábios frivolamente.

— Meus cumprimentos, senhor. Estou encantado, enfeitiçado. Trata-se de sorte, conhecimento, feitiçaria ou de um simples truque? — Ele inclinou a cabeça para o lado num gesto teatral, como se a ideia de que não pudesse ter se tratado de nada além de um simples truque lhe partisse o coração e o fizesse cair na mais profunda melancolia.

— Sou um matemático, senhor, e não um jogador. O que eu pude demonstrar aqui foi a matemática do acaso e da probabilidade, usando o jogo de cartas como exemplo.

— Oh — deixou escapar Wilson, enquanto acariciava a seda do seu lenço verde-esmeralda, perdido nos seus pensamentos. Depois voltou-se para os presentes: — Estamos impressionados. Nós agradecemos a lorde Branbury por ter nos apresentado John Law de Lauriston no seu salão.

John Law percebeu que Wilson tinha muito pouca inteligência para compreender o significado matemático do jogo de cartas. Wilson parecia pertencer à *jeunesse dorée*, que dispunha de dinheiro e boas maneiras, mas praticamente nenhum espírito capaz de entreter uma noite inteira. Quando Wilson se certificou de que tinha a atenção de todos os que estavam ao seu redor, voltou-se novamente para John Law:

— Ouvi dizer, senhor Law, que o senhor alugou uma casa em St. Gilles. O apartamento no pavimento térreo ainda estaria livre?

— Isso está correto, senhor...

— Edward — Beau — Wilson.

Ele estava radiante. Abriu os braços, benevolente e caridoso, regozijando-se com o sorriso de admiração dos presentes. Depois voltou-se novamente para John Law:

— Posso perguntar se o senhor teria a bondade de alugar esse apartamento para a minha irmã?

John Law estava surpreso. Ele não estava compreendendo aquilo muito bem. Sua intuição lhe disse que Wilson era um homem que deveria ser apreciado com cautela. Seu olhar procurou instintivamente por Catherine Knollys. Ela pareceu acenar com a cabeça. Talvez ela tivesse simplesmente mexido a cabeça.

— Com prazer, senhor Wilson — respondeu John Law. — Venha tomar chá comigo amanhã.

Lorde Branbury voltou a agradecer a John Law pela sua imponente apresentação e assegurou-lhe que sempre lhe seria concedido o privilégio de ficar com a banca enquanto assim o desejasse. Ele enfatizou o quanto apreciava o fato de John Law recusar os convites de outros salões, mantendo-se fiel a ele. Aquela observação devia ser tomada mais como uma indicação de que ele não podia deixar de fazer senão exatamente aquilo. Lorde Branbury acompanhou John Law até o vestíbulo. Quando passaram por Catherine Knollys, o lorde se deteve para dar a oportunidade ao seu convidado de se despedir de lady Knollys.

John Law beijou-lhe galantemente a mão. Lorde Branbury afastou-se discretamente. John Law elogiou a flor vermelha que Catherine Knollys tinha prendido no vestido. Era tão misteriosa e atraente quanto a dama que a usava. Para sua surpresa, Catherine Knollys não respondeu nem com o leque nem com um sorriso. Disse apenas que aquela flor era oriunda do Novo Mundo.

— Esta é a flor da vagem de fogo. Eu a compro todas as quartas-feiras às 11 horas em Covent Garden.

— Onze horas — repetiu John Law, acrescentando: — Eu gravo números muito bem, senhora.

O dia seguinte era uma quarta-feira. John Law saiu da casa que não poderia continuar pagando por muito tempo e seguiu em direção ao sul. O cocheiro puxou as rédeas da carruagem de quatro cavalos enquanto eles passavam pelos campos e alamedas que levavam às propriedades senhoriais. As ruas tinham sido reconstruídas depois do grande incêndio de 1666. Na altura de Covent Garden, John bateu duas vezes com o punho da bengala no teto da carruagem. Os cavalos pararam. John Law pediu ao cocheiro que esperasse por ele.

John Law verificou suas roupas, a posição da peruca e estufou o peito. Em seguida pôs-se a caminho. Corria um ditado em Londres segundo o qual se podia economizar com comida e com bebida, ou então com as damas e com os prazeres noturnos; com as vestimentas, jamais.

John Law surpreendeu-se com a quantidade de rostos conhecidos que passavam por ele, e quão amigáveis as pessoas lhe pareciam. John Law estava vendo e sendo visto. Inúmeras carruagens esperavam ao longo da rua pelos belos e ricos que visitavam o mercado de flores de Covent Garden. John Law cumprimentava com reverências pequenas, mas simpáticas, à esquerda e à direita. Um aroma maravilhoso pairava como uma cobertura de flores sobre o mercado. Ao fundo, ele viu a igreja de St. Martin in the Fields. John Law percorreu as arcadas de pó de pedra até chegar aos fundos da casa de Deus pelo caminho de cascalho. Instintivamente ele olhou na direção certa. Catherine Knollys estava debaixo de uma arcada. Ela cobria uma parte do seu rosto com o leque. Na outra mão segurava uma cesta vazia. John Law sentiu um suave tremor nos membros. Ele queria se controlar, não demonstrar nenhum nervosismo. Em vão. Já tinha se rendido a Catherine Knollys antes mesmo de tocar sua mão.

— A senhora me dá sorte — disse John Law e parou radiante diante da jovem mulher. Ele a admirava, acariciando-a com o seu olhar cálido. Seus olhos pareciam sussurrar que a amava, que ele a desejava, que ela tomara posse de todos os seus pensamentos e sentimentos.

— A senhora é minha aliada quando eu jogo.

Ele não queria ter dito aquilo.

— Eu sei — disse Catherine, baixando a cabeça, quase envergonhada. — Eu sempre desejo que o senhor ganhe. Gosto de observá-lo enquanto joga.

— E eu observo a senhora — sussurrou John Law ao tocar sua mão. — Inclusive nos meus sonhos...

Catherine Knollys sorriu.

— Então é o senhor, de fato, nos meus sonhos. Às vezes tenho a sensação de que...

Ela parou abruptamente e cumprimentou um casal que passava pela praça na direção ao mercado.

— Qual é a sensação que a senhora tem às vezes, senhora Knollys?

— Isso não tem importância. O senhor mesmo não disse pouco tempo atrás, na mesa de jogo, que algumas coisas simplesmente acontecem?

— Sim — respondeu John baixinho —, também aconteceu alguma coisa, e eu quero que continue acontecendo.

Catherine Knollys acenou quase que imperceptivelmente com a cabeça.

— Venha, vou lhe mostrar as flores do Novo Mundo.

O desconhecido arrastou suas botas de montaria sobre o piso do Rainbow. As pranchas de madeira do assoalho do café na Fleet Street estavam cobertas de areia, chegando a formar pequenas dunas debaixo das mesas sujas. Havia escarradeiras espalhadas por todo o piso. As lâmpadas nas paredes piscavam. O desconhecido sentou-se diante de uma vasilha de café e ficou pensando. Agora que o pequeno jornaleiro já tinha distribuído os novos panfletos e noticiosos, o silêncio voltou ao Rainbow. Os londrinos davam baforadas nos cachimbos, atentamente, sorvendo o elixir da vida que consistia em boatos, escândalos, especulações e histórias de arrepiar os cabelos. O desconhecido dirigiu-se ao homem com o avental de couro que estava sentado na sua frente. Provavelmente um comerciante de vinhos.

— Estou procurando um homem — começou o desconhecido.

— Aham — retrucou o outro, sem levantar o olhar do jornal. — Há muitos homens em Londres.

— Ele tem uns 20 anos, é alto, e alguns o acham bem-apessoado...

O comerciante de vinhos levantou rapidamente o olhar.

— E o que ele faz para passar o tempo? Se o senhor souber isso, talvez eu possa lhe dizer onde ele toma o seu café.

— Ele joga cartas.

— Hummm... um jogador de cartas. Há jogadores de cartas por toda a parte, lá embaixo no porto, mas nos salões mais finos também...

— Ele deve circular pelos salões mais nobres.

O comerciante de vinhos aprofundou-se novamente na leitura do jornal, murmurando que só conhecia os salões mais finos de ouvir falar.

— Ele não está na cidade há muito tempo. Talvez tenha dado o que falar. Com casos femininos, duelos, truques nas cartas.

— Pergunte no Lincoln's Inn Fields, é lá que se encontram os jogadores estrangeiros...

— Mas eu acabo de dizer: ele está provavelmente jogando nos salões mais finos.

O comerciante de vinho jogou o jornal sobre a mesa, cuspiu no chão, errando visivelmente a escarradeira.

— Então não posso lhe ajudar. Pergunte a outra pessoa!

O desconhecido levantou-se. Ele era grande e forte. Só então o comerciante de vinho prestou atenção nele.

— Meu Deus, o que houve com sua orelha? — exclamou.

Mas o desconhecido já tinha saído pela porta afora.

Edward Beau Wilson apareceu naquele mesmo dia em St. Gilles na hora do chá. John Law foi ao encontro do convidado na escada externa.

Wilson trouxe a irmã consigo. Ela estava vestida segundo a mais recente moda francesa. Pairava como um pavão envaidecido sobre o piso de tábuas corridas do apartamento que John Law pretendia alugar. John não gostou logo da mulher. Ela era esnobe e arrogante. Nada mais. Não tinha presença de espírito, não tinha charme. Sim, era simplesmente bonita, como quase todas as mulheres naquela idade. O apartamento agradou-lhe, o que John Law lamentou. Ou será que tudo aquilo já não estava acertado? Será que Edward Beau Wilson queria que ele se relacionasse com a irmã? John Law suspirou no seu íntimo. O que deveria fazer? Ele precisava urgentemente de entradas adicionais de dinheiro. É bem verdade que ele era tido como uma atração na cidade e desfrutava do privilégio de ficar com a lucrativa banca em muitos salões da cidade. Mas ele não conseguia ganhar com isso o suficiente para financiar o seu estilo de vida cada vez mais dispendioso.

Um bom par de sapatos de fivelas custava mais do que meio ano de aluguel. E se ele quisesse realmente apresentar algum dia as suas teses ao rei, seria necessário bem mais do que um par de sapatos com fivelas.

Sendo assim, a irmã de Wilson ficou com o apartamento. Mas não ficou com o coração de John Law. Isso já não seria possível, depois daquela manhã.

Shrewsbury tinha uns 50 anos e era um subalterno. Quem lhe via o rosto, com aqueles olhos saltados de sapo, não se esquecia dele tão cedo. Shrewsbury estava sempre muito bem-vestido; usava calças pretas até os joelhos, meias pretas de seda e um lenço branco, sempre imaculado, no pescoço. Inicialmente, estudara ourivesaria, assim como o pai de John Law, depois começou a negociar divisas. Agora era um banqueiro viajante. Concedia créditos baseados em avaliações de probabilidades. Para fazê-lo, ele desenvolveu ao longo dos anos um algoritmo próprio.

Shrewsbury e John Law encontravam-se frequentemente no Chapter, o café dos livreiros e escritores. Ali podiam ser feitos contatos com gráficas que também atuavam no meio editorial. No Chapter podiam ser encontrados não só matemáticos geniais com manuscritos ainda não publicados, mas também gente como o semeador de intrigas Daniel Defoe, que propagava a ideia de que ficaria rico no futuro como escritor por encomenda. A ideia viera, assim como tudo o que Daniel Defoe propagava, não dele mesmo, mas dos párocos que procuravam o Chapter e lá escreviam sermões por encomenda por dois xelins. O Chapter era o mercado da palavra escrita, e Shrewsbury amava o Chapter. Principalmente o canto nos fundos, com a janela para o pátio. Ali se reunia diariamente o *Wet Paper Club*, a associação dos "jornais bêbados". Os escritores que a ela pertenciam faziam total justiça ao nome.

— A sua mãe está muito preocupada — começou a dizer Shrewsbury, voltando-se para John Law. — Ela acha que o senhor não aprendeu nada com os seus erros em Edimburgo.

Shrewsbury deu uma baforada no cachimbo de barro e, em seguida, enfiou o dedo indicador na caneca de café para verificar se a bebida quente já estava em condições de ser tomada. Depois encarou John Law com um olhar penetrante.

John Law deu de ombros.

— Eu já lhe disse que as minhas atividades fazem parte de um plano. Não estou vendendo mercadorias de madeira ou de vidro, estou vendendo uma ideia. Não estou construindo uma fábrica para produzir mercadorias de madeira ou de vidro, estou tecendo uma rede de relacionamentos, para fazer contato com potenciais compradores da minha ideia.

— Contato com o rei? — perguntou o banqueiro.

John Law acenou afirmativamente.

— E isso custa dinheiro — respondeu secamente.

— John — recomeçou Shrewsbury. Ele não parecia convencido. — Até agora nós sempre fizemos bons negócios um com o outro. Eu me disponho com prazer a fazer novos negócios com o senhor. Mas preciso chamar sua atenção para o fato de que o senhor precisa urgentemente buscar novas fontes de renda.

Shrewsbury retirou uma carta da sua bolsa de couro e a entregou a John Law. A carta tinha o selo de Lauriston Castle. Era uma carta da mãe de John para Shrewsbury. Ela encarregava o banqueiro de entregar 400 libras ao filho, John Law, residente em Londres. Shrewsbury colocou um documento sobre a carta, que certificava que ele, Shrewsbury, mediante a apresentação e entrega daquele documento, pagaria o valor de 400 libras em moedas de metal.

97

— Mas veja se não vai sair correndo com isto para o primeiro alfaiate, John. Com os seus gastos seria possível vestir uma vila inteira.

— Eu não tenho nada mais a acrescentar ao que já lhe expliquei, senhor Shrewsbury.

Shrewsbury encarou John Law com um olhar cético.

— A sua ideia me agrada, John, mas o senhor sabe que ainda neste verão deverá ser fundado um banco inglês.

— Minhas ideias vão bem além, senhor Shrewsbury. Vou vender o futuro.

— O senhor está brincando, John?

— Não, senhor Shrewsbury, eu ainda estou dando os últimos retoques nelas. Mas algum dia as pessoas vão pagar com moedas de metal por coisas que ainda não existem.

— Isso seria uma nova forma de vigarice — disse Shrewsbury com ar divertido.

— Não — deixou escapar John Law. — O país inteiro seria provido, da noite para o dia, de uma liquidez nunca antes vista...

— E o senhor acha que o rei vai entender isso? — interrompeu-o Shrewsbury, dando baforadas prazerosas no cachimbo. Um homem bateu nas suas costas por trás. John o reconheceu imediatamente. Era Daniel Defoe. Ele sentou-se com um manuscrito ao lado do banqueiro. A sua longa peruca dourada tinha perdido todo o brilho.

— O senhor de novo, não, Defoe. O senhor é responsável pela morte de muitos banqueiros e ourives — disse rindo Shrewsbury. — O senhor só deveria colocar as suas ideias em prática nos livros, não no mundo real, com dinheiro de verdade.

Daniel Defoe sorriu.

— Continue com o seu sarcasmo. Gênios precisam suportar o sarcasmo alheio.

— Mas nem todo aquele que suporta o sarcasmo alheio é um gênio — disse John Law com um sorriso.

— Senhor Law, por favor, ajude-me a convencer o senhor Shrewsbury do meu projeto e eu lhe conseguirei uma entrevista com o ministro de Assuntos Escoceses.

Law levantou as sobrancelhas com um ar cético.

— Ele está procurando escoceses para montar um círculo de agentes secretos em Edimburgo —, deixou escapar Daniel Defoe. Alguns clientes da mesa ao lado se viraram.

— O senhor não quer publicar isto de uma vez nos jornais? — brincou Shrewsbury acenando para o pequeno jornaleiro que acabara de entrar no café.

Daniel Defoe voltou-se para John Law. Mas este não o deixou falar:

— Senhor Defoe, o senhor deveria escrever um livro sobre a sua bancarrota empresarial. Isso seria, em primeiro lugar, um bom entretenimento, e, em segundo, iria evitar que as pessoas fizessem coisas semelhantes.

— E os banqueiros não precisariam fazer fila para se jogar no Tâmisa — disse rindo Shrewsbury, enquanto dava uma olhada nas informações da primeira página da *London Gazette*.

— Estou de acordo, meus senhores. Mas, nesse caso, concedam-me um crédito para que eu possa escrever esta obra — retrucou Defoe.

Nada, mas nada mesmo parecia ser capaz de desarmá-lo. Enquanto estivesse sóbrio. Ele pediu uma caneca de café em voz alta, agradecendo a Shrewsbury pelo suposto convite, e agradeceu ao banqueiro por estar financiando a sua obra mais recente.

— Evidentemente eu lhe darei uma participação nos rendimentos.

— Isso significa que eu irei à falência — ironizou Shrewsbury.

— Invista no futuro! — gritou Defoe entusiasmado, feliz com o fato das pessoas no Chapter voltarem-se novamente para ele.

— Mais um querendo me vender o futuro — resmungou Shrewsbury.

— Mas pensando melhor, senhor Defoe, quem é que vai querer ler a história de uma pessoa que fracassou? — perguntou John Law.

— Pois então eu não escreverei a *minha* história — retrucou Defoe, — e sim a história de um marinheiro que consegue salvar-se como único sobrevivente numa ilha. E sobrevive!

Shrewsbury fez um sinal negativo com a mão.

— Os jornais estão repletos desse tipo de histórias.

— Exatamente! — gritou Defoe. — E por que é que os jornais estão cheios de notícias como essa? Porque as pessoas gostam dessas histórias! O que eu faria se, de repente, ficasse sozinho numa ilha? Lagartos gigantes medonhos, selvagens negros com costumes terríveis, canibais...?

— E mulheres ardentes — berrou alguém na mesa ao lado. Gargalhada geral.

Mas o senhor Defoe não fez coro com a gargalhada. Ele abafou a voz:

— Eu descreveria a vida solitária dessa pessoa como se eu mesmo tivesse estado lá. Como se tivesse estado lá para escrever um relato sobre o assunto para um jornal. Ninguém ainda escreveu dessa forma.

Shrewsbury sugeriu a Defoe que fosse sentar-se com os poetas bêbados e escondeu-se por trás do jornal. Defoe lançou um rápido olhar para Law. John Law estava irritado. Agora seria impossível pensar em conseguir obter um empréstimo de Shrewsbury. Daniel Defoe notou o silêncio de Law.

— Nós estamos à frente do nosso tempo. Não é verdade, senhor Law?

John Law permaneceu calado.

— Com o senhor acontece o mesmo que ocorre comigo quando o senhor divulga as suas famosas teorias financeiras para as pessoas — murmurou Defoe, deprimido. Ele pareceu ter perdido todo o seu entusiasmo.

John Law olhou para o escritor com ar conciliador.

— Não é nenhum mérito estar à frente do seu tempo, senhor Defoe. Chega a ser um pouco estranho. E, na *maioria das vezes,* é trágico.

Capítulo VI

Foi Edward Beau Wilson quem ajudou John Law a investir em moda todo o dinheiro que Jean Law enviara para o filho. Era quase impossível manter uma conversa razoável com o dândi; mas de moda ele entendia como ninguém. Ele conhecia todos os chapeleiros, todos os fabricantes de botões, todos os alfaiates e todos os fabricantes de seda. Foi com satisfação que Edward Wilson tomou conhecimento de que John Law não se satisfazia com um só par de sapatos de fivela, tendo comprado logo dois pares. Ele recompensou o seu novo companheiro por essa leviandade solidária, introduzindo-o em círculos cada vez mais exclusivos. John, por sua vez, retribuía deixando o dândi ganhar de vez em quando, ao jogar contra a banca. Wilson podia ser a porta para o rei William III. Mas aquela porta tinha que se abrir antes de John Law ir à bancarrota.

Certo dia, por insistência do dândi, John Law aceitou um convite para ir a um castelo de caça. Beau Wilson seguiu na frente, tarde da noite, numa carruagem puxada por seis cavalos. O dândi se limitara a revelar que John provavelmente iria encontrar ali um homem a quem ele poderia apresentar a sua teoria da maravilhosa multiplicação do dinheiro. Quando John Law respondeu que somente um rei seria capaz de ajudá-lo, Beau Wilson sorriu faceiro e, como de costume, mostrou-lhe a ponta da língua.

A carruagem subiu a Tottenham Court Road em direção ao norte. Beau Wilson falou das suas últimas compras, dos móveis que comprara num leilão no Green Dog, sobre garanhões de haras reais e dos seus novos criados que já tinham trabalhado na Corte.

— A sua fortuna deve ser inesgotável — disse John Law, reconhecido. Edward Wilson limitou-se a inclinar a cabeça para o lado e passar a língua pelo lábio superior com ar divertido.

— Posso lhe perguntar com que tipo de negócios o senhor conseguiu amealhar o seu patrimônio?

Edward Wilson soltou uma gargalhada.

— Ora, senhor Law de Lauriston. Toda Londres se pergunta sobre a origem do meu patrimônio. Não foi o senhor mesmo quem disse que algumas coisas simplesmente acontecem?

— Deve ter-me interpretado mal, senhor Wilson — respondeu John Law com um sorriso discreto. — Todo segredo desperta a curiosidade das pessoas. E toda moeda não deve ter uma origem?

O castelo de caça ficava escondido nas profundezas das florestas a noroeste de Moorfields. Era cercado por altas grades pretas de ferro e vigiado por escudeiros elegantemente vestidos. Eles usavam trajes históricos de teatro, no estilo da Renascença italiana. E estavam armados. Depois que Wilson se identificou com um pequeno cartão, os guardas deixaram a carruagem passar. O caminho até o castelo de caça estava iluminado por archotes. Os jardins pareciam não ter recebido cuidados havia muitas gerações. As árvores à direita e à esquerda já tinham atingido uma altura considerável. Parecia mais uma floresta enjaulada do que um jardim. A intenção talvez fosse mesmo que a visão do castelo de caça ficasse bloqueada. A construção devia ter uns duzentos anos de idade. Tinha dois andares e, à esquerda e à direita, era fechada por torres redondas de defesa. A fachada limpa e o tapete vermelho colocado sobre os largos degraus de pedra contrastavam vivamente com a propriedade malcuidada.

A carruagem parou em frente ao portal de entrada. Ali também foram recebidos por jovens rapazes em trajes renascentistas que usavam máscaras de carnaval brancas. Eles abriram galantemente as portas da carruagem e ajudaram no desembarque. Um dos jovens acompanhou os convidados pelo castelo adentro. Quase não se escutavam vozes. Tudo transcorreu em silêncio.

No interior do castelo, foram recebidos por mais um homem mascarado, que trajava um colete preto de veludo de seda bordado com fios de ouro. Por baixo uma camisa branca com uma gargantilha amarrada. As calças apertadas correspondiam à idealização do corpo humano, tal como tinha sido costume nos países italianos. A braguilha era desproporcionalmente grande, coberta por um tapa-sexo bordado de forma chamativa. Com um gesto, o guarda convidou os visitantes a lhe entregarem os sobretudos e vestirem capas pretas com capuzes. Em seguida, receberam máscaras douradas para cobrir o rosto. O mascarado indicou-lhes o caminho. Eles seguiram-no sem pressa pela escada em caracol mal iluminada até o segundo andar. Havia mascarados armados por toda parte. Assim que paravam de caminhar surgia um criado de um nicho escuro na parede pedindo em silêncio aos convidados que seguissem adiante.

No andar de cima ouvia-se música baixinho. John Law não conseguiu classificá-la. Ela soava sacra, solene e ao mesmo tempo sinistra. Dois mascarados abriram as portas duplas do salão superior. Um grande salão se abriu diante deles. Uma galeria abobadada. Por toda a parte havia pessoas com mantos negros, capuzes levantados e máscaras nos rostos. Jovens nuas moviam-se ao som da música no centro do recinto. Elas se moviam tão lentamente que pareciam estar flutuando. E usavam máscaras de pele de leopardo.

— Ele está aqui, em algum lugar — sussurrou Wilson. John Law virou-se na direção do amigo.

— O rei? — sussurrou John de volta, mas Beau Wilson já se afastara dele. John viu Wilson se encaminhar para o salão seguinte. John olhou à volta. As paredes cobertas com grossos *gobelins* eram iluminadas por lâmpadas bizarras. Elas brilhavam como diamantes e jogavam raios de luz finos e fortes sobre as máscaras mudas dos presentes. John quis seguir Edward Wilson, mas ele desaparecera na massa de mantos pretos. John saiu do salão e entrou num corredor largo. Um jovem mascarado com colete curto e calças justas estendeu uma bandeja de prata com um cálice de estanho para o escocês. John não estava com vontade de beber vinho. Mas quando recusou, dois guardas se aproximaram. Eles acenaram enfaticamente para John. John encarou-os, perplexo. Então, compreendeu. Pegou o cálice e entornou todo o seu conteúdo de uma vez. Só assim pôde seguir caminho. O corredor passava por inúmeras salas. As figuras de preto estavam por toda parte, cercando em silêncio as jovens nuas, observando-as com rigor científico, enquanto homens mascarados as satisfaziam. Elas gemiam baixinho, como se estivessem sentadas na plateia da ópera e não quisessem importunar os visitantes que ouviam a música com devoção. O corredor levava a muitos outros salões. Com outras apresentações musicais surgiam novas figuras que permaneciam na escuridão, imóveis e rijas como pinceladas sobre uma pintura sombria. E em algum lugar no meio delas, carne clara e desnuda, em calada doação.

Numa das salas jogava-se Faraó. Um mascarado conduzia a banca. Mascarados acompanhados de mulheres nuas estavam sentados à mesa. Elas também usavam máscaras de leopardo. John Law aproximou-se da mesa e observou o banqueiro que distribuía as cartas com movimentos treinados.

— Eu sabia que iria encontrá-lo aqui — disse uma voz feminina. John Law sentiu a mão dela no seu sexo. Ele segurou suavemente a mão desconhecida e levou-a até a sua boca para beijá-la.

— O senhor não gosta disso, senhor?

— Estou observando, senhora — respondeu Law. Ele não conseguiu classificar o perfume. A jovem afastou-se lentamente. Ela saiu balançando suavemente as cadeiras e meneando os braços. John Law achou que já a vira alguma vez. Em seguida, vislumbrou uma figura coberta até a metade pela porta aberta. Ela estava ali de pé, trajava uma capa preta como todos os outros e parecia observá-lo. Mas o seu corpo era acentuadamente formoso. Devia tratar-se de uma mulher. Ela usava uma máscara vermelha de couro. John Law encarou-a e fez uma pequena reverência. Ela retribuiu. Naquele instante John sentiu uma mão em seu traseiro. Ele agarrou a mão mantendo-a presa. Law sentiu a força que vinha daquele braço.

— Não se vire — sussurrou uma frívola voz masculina. — Por que desprezou a jovem?

— Estou observando a mesa, senhor.

— O senhor gosta de diversificar?

— Sou extremamente polivalente. Mas no amor a minha paixão recai totalmente sobre o sexo feminino. Lamento ter que decepcioná-lo.

O homem que estava atrás de Law deu um passo à frente. Recendia a óleo de amêndoas. Wilson. Ele já não estava mais usando a capa preta, e sim um casaco preto. Abriu o casaco. Estava nu. Deixou à mostra o seu membro semiereto.

— O senhor acaba de decepcionar a minha irmã — sussurrou Wilson. — E agora está me decepcionando. Eu o teria apresentado ao nosso rei esta noite. Ele está por aqui, transando com a árvore genealógica inteira da Coroa inglesa. O senhor teria tido a oportunidade de apresentar-lhe a sua teoria do dinheiro rápido. Mas se o senhor não lhe estender o seu precioso traseiro, ele não lhe dará ouvidos.

Wilson também se aproximou da mesa de jogo e tocou as costas de uma jovem que estava de pé atrás do banqueiro. Ele acariciou sua nuca, segurando-lhe os seios por trás.

John Law olhou involuntariamente para a porta. A figura com a máscara vermelha sumira. Seu olhar percorreu febrilmente o salão. De repente, viu-a passar do lado de fora, pelo corredor. Ele saiu do salão, foi para o corredor e seguiu a figura com a máscara vermelha de couro. Ela pareceu estar esperando por ele. Quando percebeu que John a estava seguindo, continuou andando pelo corredor. Então parou, virou-se, esperou um instante até se assegurar de que ele a seguiria. Ela o conduziu por uma galeria estreita, passando por inúmeros quartos. Parou em frente a um deles. Olhou de novo para trás, rapidamente, só para se certificar de que ele ainda a seguia, e entrou no quarto.

John entrou rápido atrás dela. Dentro do quarto havia uma grande cama coberta com veludo vermelho. Law fechou a porta. A figura desconhecida caminhou em sua direção e pôs as mãos sobre os seus ombros. John Law sentiu sua respiração. Quando a puxou para perto de si, sentiu o quanto o seu coração estava acelerado. Beijou-lhe suavemente os lábios. Ele mal tocou nela.

Ela começou a falar:

— Quando deito à noite, penso no senhor. Fecho os olhos e procuro o seu rosto, tento fazer com que o senhor surja na minha lembrança. Eu só penso no senhor. Meus pensamentos circulam, circulam à sua volta.

Ela retribuiu o beijo, quase tímida.

— O senhor me reconheceu? — A sua voz soava amedrontada. John apertou-a contra si de repente, beijando-a apaixonadamente. Então ela se livrou dele abruptamente. — O senhor me reconheceu?

— A senhora é a mulher que me traz sorte.

— Não, não — disse a mulher. — O senhor deve dizer isso a todas as mulheres...

— Eu disse isso só uma vez. Em Covent Garden.

A mulher enlaçou a nuca de John com um movimento selvagem, puxando-o violentamente para junto de si. Ela parecia quase desesperada de paixão e desejo.

Quando John Law e Catherine saíram do quarto, a vida no castelo se apagara. As sentinelas estavam curvadas nos seus postos. Restavam poucas pessoas nas salas. A maioria dormia, quase sempre no mesmo local onde se lhes havia enchido o cálice pela última vez. As jovens nuas tinham sumido. No salão, onde poucas horas antes se jogara Faraó, só se via uma mesa de jogo virada.

Quando John desceu a larga escada que dava na galeria do andar inferior, ouviu repentinamente os altos brados de um homem. Ele parou na escada e olhou para a galeria superior.

— Você desdenhou algo que é suficientemente bom para o rei — berrou o homem. Era a voz de Edward Wilson. O dândi, que estava agarrado a uma coluna, subiu na balaustrada. Sentou-se nu sobre o peitoril e berrou: — John Law, você desprezou minha irmã, você desprezou o meu membro. Ele serve para o nosso rei William; mas você, seu maldito escocês, você o desprezou. Desse jeito, a Inglaterra e a Escócia jamais chegarão a uma união.

Quando John ia começar a andar, Edward Wilson urinou em cima dele. O jato não foi forte o suficiente para acertar John Law. John esperou que Edward Wilson esvaziasse a bexiga e desceu os últimos degraus até o hall de entrada. Quando olhou a última vez para cima, viu alguém arrancar Edward Wilson de cima do peitoril.

Quando Catherine Knollys e John Law chegaram do lado de fora, o vento frio da noite bateu neles, em frente ao castelo. Catherine ofereceu-se para levar John para casa na sua carruagem. Eles não disseram uma só palavra durante toda a viagem. Ficaram sentados calados lado a lado dentro da carruagem. Eles estavam se sentindo satisfeitos com o amor. Uma grande paz se apoderara deles. Era como se eles tivessem encontrado a sua alma gêmea depois de longos anos de inquietação. Era um sentimento muito comovente, que não necessitava de palavras. Só as suas mãos se tocavam.

* * *

Na tarde seguinte John Law recebeu a notícia de que Betty Villiers pretendia lhe fazer uma visita. Catherine saíra poucas horas antes sob os olhares desconfiados da irmã de Beau Wilson no andar de baixo. Mas uma amiga íntima do rei não podia ser simplesmente dispensada. Muito menos sendo a sua amante. Os seus préstimos certamente satisfaziam mais o rei do que a presença de certos convidados importantes, que só queriam mendigar-lhe alguma coisa. E quem satisfazia o rei, imaginou John Law, decerto tinha mais influência na sua lista de audiências.

John Law recebeu Betty Villiers no salão. Como de hábito, ela estava encantadoramente bela, esbanjando energia, expressiva e dominante. Ela pertencia indubitavelmente àquele grupo de mulheres que só com o avanço da idade desenvolviam os traços de personalidade que as tornavam atraentes e irresistíveis.

— Senhor Law — começou Betty Villiers —, ouvi dizer que ontem à noite aconteceram certas coisas num castelo de caça a noroeste de Moorfields que poderiam desagradar ao rei.

John Law não demonstrou nenhuma reação. Queria ouvir o que ela tinha a dizer. Ele tinha certeza de que Betty Villiers também estava presente na noite anterior. Tanto quanto o rei.

— O senhor já desafiou Edward Beau Wilson para um duelo? — perguntou Betty Villiers sem rodeios.

John arregalou os olhos. Então era isso.

— Até agora não — respondeu ele, surpreso.

— O que significa isso? Que o senhor ainda pretende fazê-lo ou que ainda não pensou nisso? Beau Wilson aparentemente ofendeu a sua honra, senhor Law de Lauriston.

Betty Villiers fez uma pausa e sorriu.

— Estou seguro de que o senhor Wilson virá pedir desculpas a mim ainda hoje — disse John Law.

— E o senhor aceitaria as suas desculpas? — perguntou Betty Villiers, impaciente.

— Talvez — respondeu John Law, recuperando a autoconfiança. — Mas talvez não.

— A Corte teria total compreensão se o senhor recusasse as desculpas.

John Law agradeceu com uma reverência elegante. Betty Villiers pareceu estar bastante satisfeita. Ela sorriu de forma implicante, arrebitou o traseiro e começou a brincar com o leque.

John Law recusou o jogo de galanteios e conduziu sua visita até uma cadeira com braços dourados. Assim que a senhora Villiers se sentou, ele começou a andar para cima e para baixo na sala.

— Se me permite perguntar: como é que um homem como Edward Wilson, que não possui nenhum imóvel, terras ou manufaturas, consegue levar uma vida desse tipo? — perguntou, encarando-a.

Betty Villiers sorriu.

— Muitas pessoas em Londres gostariam de ver essa pergunta respondida.

— A senhora sabe a resposta, tenho certeza.

— É mais difícil enxergar através das pessoas do que das cartas, senhor Law — disse Betty Villiers, puxando o peitilho, como se estivesse sofrendo ondas de calor.

— Eu não enxergo nada nas cartas, e sim nas pessoas que as seguram em suas mãos — disse sorrindo John Law. — A senhora gostaria de assistir se eu duelasse com Edward Wilson?

— Ninguém vai recriminá-lo por causa disso, senhor — disse sorrindo Betty Villiers.

— E o rei iria até mesmo saudar tal coisa? — perguntou John Law com um sorriso charmoso. Ele agora estava atrás de Betty Villiers e puxou-lhe suavemente o peitilho. Betty Villiers enrubesceu e fechou os olhos.

John Law tocou os seus ombros.

— Caso a senhora desmaie agora, acho que deveria passar a dar aulas de teatro para as jovens.

Betty Villiers abriu os olhos com a rapidez de um raio. John Law devolveu-lhe o peitilho galantemente. Enquanto recolocava o drapejado entre os seios, ela disse:

— Senhor, se deseja uma audiência com o rei, poderei lhe conseguir uma. Mas somente se a sua honra estiver intacta.

John Law encarou a amante do rei com ar pensativo.

— Edward Wilson o ofendeu, senhor Law de Lauriston. É um direito seu exigir uma retratação — disse ela num tom enérgico.

— Se é um direito meu, por que está sujeito à pena de morte?

— Senhor — respondeu Betty Villiers com um tom de voz ameaçador. — Na sociedade londrina o duelo é a única possibilidade de um cavalheiro restabelecer a honra manchada. E ele está sujeito à pena de morte, sim, é verdade. Mas desde a ascensão do rei William ao trono, nunca um vencedor de duelo foi condenado à morte. Não é só para o carteado que existem regras!

— Creio ter compreendido o jogo que a senhora está me propondo — concluiu John Law.

— O rei em pessoa colocará sua mão protetora sobre o seu destino. Se a sua honra ficar intacta, nada mais impedirá uma audiência. A não ser que a Inglaterra sucumba. E isso ainda é muito mais impossível — disse Betty Villiers, recomeçando a brincar com o leque.

— Nisso eu lhe dou toda razão, senhora. Afinal, cálculos de probabilidades são o meu forte.

Quando Betty Villiers desceu a escadaria, a porta do apartamento térreo estava aberta. Beau Edward Wilson tinha vindo visitar a irmã. Aparentemente, ambos estavam no meio de uma discussão. Ao ver Betty Villiers, Edward Wilson perdeu o controle. Ele correu para fora e exclamou:

— A minha irmã agora está morando num bordel?

John Law ouviu a gritaria e desceu a escada imediatamente. Beau Wilson e Betty Villiers estavam frente a frente, encarando-se ameaçadoramente. Wilson brandia a sua bengala no ar e não parava de gritar:

— O que nos distingue um do outro, senhora? Ambos somos prostitutos do rei. O rei da Inglaterra adora a sua xoxota e adora o meu rabo.

— O senhor está comprometendo Sua Majestade, o rei da Inglaterra, senhor Wilson — disse Betty Villiers entredentes. — O senhor perdeu o juízo? E como é que o senhor foi capaz, ontem à noite, de publicamente...

— Ora essa — berrou Wilson —, esse maldito escocês negou-se a mim e ao rei! Quem ele pensa que é, afinal? Minha irmã não é suficientemente boa para ele! Eu não sou suficientemente bom. Nem mesmo o rei é suficientemente bom para ele!

John alcançou-os neste momento. Ele aproximou-se de Wilson lentamente. John descalçou a luva com toda a calma.

— Eu talvez até tivesse aceitado desculpas pelo que aconteceu ontem à noite, senhor. Mas não pelo que acabo de ouvir — disse, batendo com a luva no rosto de Wilson. Ele estava convencido de que Wilson era um covarde e que iria desmoronar no instante seguinte. Mas, para sua grande surpresa, Wilson disse:

— Amanhã ao meio-dia, Bloomsbury Square. O capitão Wightman será o meu padrinho. O seu padrinho será...?

John Law pensou. Betty Villiers respondeu por ele:

— Eu lhe enviarei alguém, senhor.

John Law fez uma reverência diante de Betty Villiers. Ele viu a satisfação em seus olhos.

John passou o resto do dia dentro de casa. Não queria desperdiçar nenhum pensamento com o duelo do dia seguinte. Como de hábito, utilizou o tempo livre para retocar e aperfeiçoar o seu modelo matemático. Ficou irritado por ter tão pouco material numérico à disposição. Parâmetros em demasia baseavam-se em meras estimativas. Apesar disso, ele trabalhou até tarde da noite, sem pensar no dia seguinte. Naquela noite dormiu melhor do que o esperado... Na manhã seguinte John Law preparou-se para a luta. Ele treinou alguns passos de ataque, incrementou a rapidez e a habilidade. Tentou reprimir o pensamento de que não quisera aquele duelo. Ele só queria pensar na vitória. Também não quis pensar que Beau Wilson talvez pudesse desistir do duelo. De repente, alguém bateu na porta do apartamento.

— Entre — gritou John Law. Um homem parou no umbral. Tinha aproximadamente 38 anos e o rosto inchado pelo gim e pelas adversidades da vida. A peruca loura também já vira dias melhores.

— Daniel Defoe? — disse John Law, incrédulo. — Eu não o vi há pouco tempo no pelourinho?

— Não, não. Já fui libertado há muito tempo da prisão dos devedores. Nós nos encontramos pela última vez no Chapter, não se lembra? Estivemos lá com o seu banqueiro. Ele não quis financiar o meu livro.

— Um homem sábio — brincou John Law.

— De fato, mas assim que o senhor saiu da mesa eu falei a ele sobre uma nova ideia — disse rindo Defoe, aproximando-se. — E agora sou proprietário de uma olaria em Tilbury.

John Law se fez de desentendido.

— Sei que o senhor se lembra muito bem do nosso último encontro, senhor Law. O senhor se lembra de todos os rostos que vê. Como se fosse um quadro. O senhor é um jogador. Lembra-se de cada ruído, de cada palavra. O senhor estava simplesmente querendo me ofender, quando disse ter-me visto pela última vez no pelourinho...

— O senhor vai tomar satisfações? — interrompeu-o John Law asperamente.

Daniel Defoe reagiu perplexo e disse em voz baixa:

— O senhor está me ofendendo.

— O senhor tem o direito de me desafiar para um duelo. Faça-o ou então deixe isso para lá. Não tenho tempo para me ocupar com gente na bancarrota! Preciso de um padrinho, não um falido.

— Eu sou o seu padrinho — interrompeu-o Defoe. — Betty Villiers me enviou.

John Law olhou para o escritor com os olhos arregalados.

— O senhor? Permita-me dizer que eu esperava um pouco mais de Betty Villiers. Um padrinho com um pouco mais de prestígio.

— Se a sua intenção foi ofender-me novamente, senhor Law, conseguiu. Mas não o desafiarei para um duelo por causa disso. É preferível uma vida na desonra a uma morte heroica! Nesse aspecto, também estou à frente do meu tempo.

— O senhor tem alguma experiência como padrinho? — perguntou John Law.

— Não só como padrinho. Eu mesmo já duelei. Nós nos sujamos um pouco e nos manchamos com sangue... Infelizmente o outro morreu por conta disso. Ele tinha mais medo que eu.

Daniel Defoe aproximou-se da janela. À luz do dia, o escritor parecia ainda mais cinzento e desgastado.

— O senhor... é conhecido da senhora Villiers? — tentou John Law.

— O senhor pode se surpreender, John Law de Lauriston, com o fato de um fracassado como eu receber incumbências de pessoas próximas ao rei. Mas é isso mesmo. Do conde de Warriston em pessoa.

John Law limitou-se a dar de ombros.

— Não se esqueça de que estou entre os escritores mais conhecidos de Londres. Eu poderia abrir mais portas para o senhor do que Beau Wilson.

— Isso não deveria ser muito difícil, já que a expectativa de vida de Wilson não é das maiores...

John Law encarou o interlocutor com desdém.

Daniel Defoe sorriu, martirizado.

— Quanto a isso, deve ter razão, senhor.

— Peço desculpas caso o tenha ofendido — disse John Law depois de algum tempo, sorrindo de modo conciliatório.

Defoe pareceu comovido. John Law temeu que Defoe fosse irromper em lágrimas de tanta comoção. Mas, em vez disso, perseguiu com determinação o seu objetivo de cair nas graças de Law.

— Fui nomeado membro da comissão fiscal pública na semana passada.

— Oh, e eu achando que o senhor estava prestes a dirigir o serviço de espionagem britânico na Escócia — brincou John Law.

— Eu vim até aqui para ajudá-lo, e tudo o que me é dado a ouvir são escárnio e ironia — disse Defoe, amargurado. Então o rubor da ira subiu-lhe à cabeça. Ele gritou:

— Quantos duelos o senhor está querendo levar a cabo hoje?

John Law desviou-se de Defoe.

— Por que a Coroa quer me ajudar, Defoe?

O escritor percebeu que não faria sentido tentar se esquivar com algum tipo de desculpa.

— O senhor é escocês. A resistência na Escócia contra uma incorporação no Reino da Coroa Inglesa está maior do que nunca. O rei necessita de escoceses de estirpe e de nome que se empenhem pelos seus interesses. E, já que temos um escocês tão abençoado entre nós, resolvemos apoiá-lo. O rei ouviu falar do senhor.

— E o seu papel, Daniel Defoe?

— Se por acaso quiser estar ao meio-dia em ponto no Bloomsbury Square, senhor Law, precisa se apressar.

Era o dia 9 de abril de 1694, ao meio-dia, quando John Law passou pela Court Road na companhia de Daniel Defoe. A carruagem parou na suntuosa Bloomsbury Square, cercada em três dos seus lados por fileiras de casas novas, com fachadas de tijolos vermelho-escuros. As residências com ares de palácios ali haviam sido erigidas por comerciantes novos-ricos. Casas feitas como para durar eternamente. Ali na Bloomsbury Square não soprava somente o perfume das flores frescas, soprava também o perfume do ocultismo. Ali também tinham se estabelecido inúmeros espíritas, astrônomos abastados, sociedades de ordens misteriosas, ligas secretas e lojas maçônicas que afirmavam deter o conhecimento sobre as coisas mais secretas, originárias dos tempos do dilúvio. Naquele local eram disputados os duelos proibidos de Londres.

Pouco tempo depois de John Law chegar com o seu padrinho, chegou uma segunda carruagem. Wilson e o seu padrinho, capitão Wightman, saltaram. Espectadores se detiveram. John Law afastou-se alguns passos da carruagem. Ficou ali de pé sozinho. Aguardou. Sentiu-se livre e despreocupado.

— Wilson — exclamou Law —, que surpresa! Que obra do acaso o trouxe a esta hora para Bloomsbury Square? O senhor também deseja desculpar-se comigo?

Wilson desembainhou imediatamente a espada e seguiu rapidamente na direção de John Law. Quando estava a alguns passos de distância, John Law também desembainhou a sua, desviando-se do agressor no último segundo. Wilson foi atingido em cheio pela sua espada. John Law o acertara bem no meio do coração. O duelo nem começara direito, e Wilson estava morto. John Law mal podia acreditar.

Um policial abriu caminho através da multidão de espectadores, que crescia rapidamente. John Law guardou a espada. Observou calmamente o policial enquanto este se ajoelhava ao lado do Wilson morto para sentir-lhe a jugular. O capitão Wightman parecia ter criado raízes ao lado do seu patrão morto. Sem perder o escocês de vista, Wightman disse:

— Policial, o morto não é ninguém menos do que o famoso Edward Wilson. O rei ficará tremendamente irado.

O policial levantou-se e dirigiu-se a Law.

John antecipou-se às suas perguntas:

— O senhor Wilson me atacou. Eu simplesmente me defendi. Temos testemunhas suficientes aqui.

— E quem é o senhor? — perguntou o policial.

— Law. John Law de Lauriston.

— Duelos são passíveis de pena de morte, senhor.

— Não houve duelo. Eu fui atacado e me defendi — repetiu Law. — Muita gente testemunhou isso.

O guardião da ordem virou-se e fez um sinal para os seus ajudantes, que aguardavam ao fundo.

— John Law, você está preso, em nome da Coroa inglesa, por duelo não permitido.

John Law olhou para Daniel Defoe, que embarcara na carruagem. Ele ainda quis dizer alguma coisa para o seu padrinho, mas a carruagem já tinha partido.

Newgate era a antessala do inferno. Newgate era a essência do sofrimento. Em Newgate a morte era perdão e salvação ao mesmo tempo. Quem passava pelo umbral de Newgate deixava para trás tudo o que o ligava ao mundo. Centenas de prisioneiros morriam de sede na escuridão e na podridão dos calabouços subterrâneos. Alguns prisioneiros estavam acorrentados sobre o chão de pedra. Outros, amarrados ao tronco ou fixados nas prensas de tortura. Um canal de esgoto, aberto e malcheiroso, passava pelo meio da prisão, como se os cidadãos livres quisessem espezinhar ainda mais os seus ocupantes com os seus excrementos flutuantes. Dava para sentir o fedor de Newgate a milhas de distância. Sentia-se o cheiro de sujeira, fezes e podridão. Ouviam-se os lamentos, gemidos, xingamentos, choro e sons amedrontadores que não podiam mais ser classificados em nenhum idioma humano. A maioria dos presos ficava deitada um ao lado do outro, como os mortos da peste. Alguns condenados, outros não. A maioria estava infectada com tifo. Ratazanas e piolhos andavam pelos presos. Eles ficavam ali deitados, com o olhar perdido, as barbas mofadas, inertes como as pedras que os cercavam.

E um deles era John Law de Lauriston. A notícia espalhou-se como um rastilho de pólvora por toda a cidade. Assim que ouviu a notícia, Catherine Knollys seguiu imediatamente para Newgate com o irmão, lorde Branbury. Newgate já era a prisão mais mal-afamada de Londres desde o século XII. Ela fora reconstruída depois do grande incêndio. Dominava a paisagem com os seus cinco andares imponentes, como se fosse um símbolo, ocupando a Newgate Street entre a Giltspur Street e o Snow Hill. E em algum lugar daquele maldito colosso estava John Law, acorrentado no meio de ladrões, assassinos, falsários e vagabundos degenerados.

John Law ainda estava irritado, desesperado; ele não compreendia o que estava acontecendo. Ele não sabia se alguém ainda tinha controle sobre aquela situação. Estava sentado em cima de um bloco de pedra, espremido entre figuras lamuriosas que fediam a dentes podres, intestinos estragados e fezes, perguntando-se febrilmente se havia caído numa armadilha.

— Você vai se acostumar — murmurou alguém na escuridão. — O homem se acostuma até ao inferno. Com o tempo, você verá que há dias melhores e dias piores. Igualzinho ao lado de fora. Foi muita sabedoria do bom Deus ter feito os homens desse jeito. Você sempre pensa: esse é o limite, nenhum ser humano consegue aguentar mais. E apesar disso você consegue aguentar sempre um pouquinho mais. E se acostuma.

Na manhã seguinte, quando o guarda abriu a pesada fechadura do calabouço, John Law acabara de adormecer pela primeira vez. Ele ficara a noite inteira repisando sempre os mesmos pensamentos, lutando contra o medo que espremia o seu estômago e as vias respiratórias como se fosse uma garra de ferro. E os pensamentos rodavam na sua cabeça. O que acontecera de fato? Betty Villiers, a amante do rei, o teria atraído para uma armadilha? Será que ela se utilizara dele para se livrar de Wilson? Por ele ter se tornado um estorvo para ela? Ou a Corte temia que Wilson pudesse comprometer o rei? Ou Betty Villiers talvez tivesse tido um caso com Wilson e queria evitar que o rei acabasse tomando conhe-

115

cimento do fato? Ela estaria com medo de perder a sua pensão anual de — pasmem! — 5 mil libras? Wilson gastava sabidamente 6 mil libras por ano. Isso equivalia a 170 salários anuais de um operário londrino. Até mesmo o diário londrino *Greenwich Hospital News Letter* fizera uma reportagem sobre o assunto e não identificara nenhum tipo de atividade com a qual Wilson pudesse ter auferido uma libra sequer. De onde viria aquele dinheiro então? Só o rei poderia levantar uma quantia daquelas. Wilson teria então se tornado um risco para o Estado, por não ter sido capaz de conter a sua língua no castelo de caça? John Law sabia que poderiam existir inúmeras explicações que parecessem plausíveis e que, apesar disso, estariam completamente erradas. A vida não seguia modelos matemáticos. Nem todas as coisas eram coerentes. Até mesmo o acaso tinha as suas probabilidades.

Enquanto isso, o guarda entrou no calabouço com uma tocha e chamou John Law. Quando John se identificou, o guarda abaixou-se e abriu os grilhões que prendiam a sua perna.

— Levante-se e venha comigo — disse o guarda. Os outros prisioneiros começaram a se mexer, queixando-se do seu sofrimento, gemendo, tentaram segurar John Law, agarraram-se nas suas pernas e imploraram para que não fossem esquecidos. Alguns gritavam nomes de pessoas que poderiam testemunhar sua inocência. Quando John Law chegou à galeria do lado de fora, o guarda tornou a fechar a porta e empurrou o ferrolho com as duas mãos.

— Você tem amigos influentes, escocês.

John Law ficou calado. Ele foi transferido para o Kings Block, a ala real no quinto pavimento. Em Newgate não havia distinção apenas entre os prisioneiros que podiam pagar pela sua alimentação e os que não dispunham de meios para fazê-lo. Havia também celas individuais mobiliadas para a clientela bem-nascida. As celas dos ricos e famosos eram cômodos espaçosos, claros, com luz do dia e o conforto de uma pensão simples para cocheiros. Ali eles podiam receber seus amigos poderosos.

Catherine Knollys e lorde Branbury já estavam à sua espera. Catherine estava visivelmente comovida, mas manteve-se ao fundo. Lorde Branbury falou com voz calma e pausada. Ele aconselhou John Law a não confessar nada. Era a coisa mais segura a fazer. Ele disse que todas as testemunhas presentes tinham feito descrições diferentes da sua pessoa. Isso seria uma chance.

— Eu agi em legítima defesa, lorde Branbury. Wilson veio correndo na minha direção e foi o primeiro a desembainhar a espada. Há testemunhas disso. Só depois é que eu desembainhei a minha espada e aparei o golpe. Nisso, atingi Wilson de forma muito infeliz. Talvez ele tenha até tropeçado.

Catherine Knollys suspirou profundamente e olhou para o irmão, implorando. Ela esperou com insistência por um sinal de que a opinião de John Law também seria a do tribunal.

— As famílias Ash, Townsend e Windham já se pronunciaram diante do rei. Todos são parentes de Wilson. Eles afirmaram que foi um assassinato pérfido.

— Estou tranquilo em relação ao processo, lorde Branbury.

John Law tinha 23 anos de idade e, com seu otimismo inabalável, estava convencido de que o tribunal iria lhe dar razão.

— Betty Villiers me contou que durante o reinado do rei William nenhum homem foi condenado à morte por causa de um duelo.

Lorde Branbury meneou a cabeça, irritado.

— Então o senhor será o primeiro, John Law. O senhor é escocês. E tem as famílias Ash, Townsend e Windham contra o senhor. O senhor não deve lutar pela sua liberdade, o senhor deve comprá-la. Deve subornar os jurados ou, melhor ainda, fugir de Newgate. Compreenda isto de uma vez por todas, John Law de Lauriston. Suas cartas estão péssimas! Reconheça isso logo, pelo amor de Deus! O senhor está na pior página da sua vida!

Catherine Knollys acenou concordando:

— Fuja. Vá embora da Inglaterra!

— Não — retrucou John Law com um sorriso estranho nos lábios. Ele lançou um olhar caloroso para Catherine Knollys. — Deixar a Inglaterra? Jamais!

— Então negue simplesmente ter ido a Bloomsbury Square naquele dia. Negue simplesmente! É a sua vida que está em jogo! — implorou lorde Branbury.

— Mas eu já declarei que estava lá. Isso já consta nos autos. Agora é tarde.

O juiz Salthiel Lovell era um gigante; uma montanha feita de carne, gordura e pneus de banha. Parecia uma morsa atrás da mesa três degraus mais alta que as demais na King and Queen's Comission. Sua nuca era larga como a de um touro, reforçando a impressão de que, a qualquer momento, ele poderia recolher a sua cabeça, fazendo-a desaparecer naquele monte de carne como se fosse uma tartaruga. Salthiel Lovell odiava as pessoas, e as pessoas o odiavam. Ele iria ficar ali trabalhando furiosamente durante três dias, explicando durante três dias aos jurados a *ratio decidendi*, enchendo seus ouvidos com o que era relevante ou não para chegarem a uma sentença. Afinal de contas, ali se tomavam decisões segundo as leis vigentes e não segundo o assim chamado bom senso. Tratava-se do direito, não de fazer justiça. Vinte e sete casos aguardavam para serem julgados em três dias pela morsa. Salthiel Lovell amava o seu trabalho. Ele se gabava de poder comprovar a maior cota de condenações de Londres. Quem parasse na sua frente já estava praticamente morto. Quem olhasse nos seus olhos já sentia a corda no pescoço.

Os primeiros acusados tinham cometido um grande roubo, os seguintes tinham cometido estupro, falsificações ou cortado moedas. Todos foram condenados por Salthiel Lovell, após breves depoimentos e deliberação dos jurados. As condenações dependiam muito menos da gravidade dos delitos do que do fato de os acusados não disporem de condições financeiras para subornar os jurados e Salthiel Lovell. Era possível comprar a liberdade. Essa lei não estava escrita. E era por isso que John Law estava confiante de que aquela farsa logo estaria acabada.

John Law foi conduzido até o tribunal acorrentado. Ser conduzido acorrentado ao tribunal era algo que não estava previsto na lei. Era uma lei de Salthiel Lovell. Lorde Branbury tentara em vão pronunciar-se diante do juiz para poupar John Law daquela humilhação. Mas Salthiel Lovell nem ao menos recebeu lorde Branbury. Naquele tribunal ele era rei e soberano incontestável. Ali demonstrava para toda a nobreza londrina quem mandava. Branbury até oferecera dinheiro para poder se pronunciar diante do juiz. Ele recebeu o dinheiro. Mas não adiantou nada. Talvez as influentes famílias do finado Edward Wilson tivessem simplesmente oferecido uma quantia maior.

O interesse naquele processo era enorme. Mesmo que se tivesse alugado o maior teatro de Londres, ele não comportaria todas as pessoas. O estroina mais famoso de Londres tinha sido morto num duelo por um matemático e jogador de cartas escocês. Os boatos mais loucos percorriam as tabernas, os cafés, os salões e até mesmo a Corte do rei. Nas primeiras fileiras estavam sentados todos os que detinham alguma posição ou algum nome em Londres. Os nobres salões de café, as tabernas e os botecos deviam estar às moscas naquela manhã.

Quando John olhou à sua volta, reconheceu entre os espectadores a mulher que lhe trazia sorte: Catherine. Ela estava sentada na primeira fila. À sua esquerda estava lorde Branbury. A seu lado estava o conde de Warriston, o ministro responsável pela Escócia no Parlamento, que sempre intercedia por Law. Um pouco mais para trás estava Daniel Defoe, que ainda não podia supor que dentro de alguns anos estaria diante daquele mesmo juiz. Atrás dele estava sentado Samuel Pepys, com seus 61 anos. Ele fora preso várias vezes depois da publicação do seu *Memoirs of the Royal Navy* e agora estava marcado pela doença e pela idade. Contava-se nos salões que, quando jovem, Pepys escrevera um diário erótico que só poderia ser divulgado após sua morte. Alguns admiradores de literatura desejavam secretamente a morte de Pepys para poderem finalmente ter acesso àqueles textos que se supunha serem tremendamente obscenos.

Betty Villiers também estava presente, assim como Mary Astell, a escritora de língua ferina, e Arnauld, o matemático e jogador francês. John Law teve a impressão de estar vendo um outro rosto conhecido. Mas ele não sabia bem onde enquadrá-lo. O estranho tinha uma certa semelhança com o seu velho colega de escola George, George Lockhart de Carnwath. John não conseguiu ver se o homem tinha uma orelha mutilada. Mas por que diabos George Lockhart de Carnwath estaria exatamente naquela sala?

Do outro lado do corredor central estavam os parentes e partidários do finado Edward Beau Wilson. Capitain Wightman e os representantes das famílias Ash, Townsend e Windham. Eles tinham sido trazidos por Robert, o irmão de Edward, e ficaram visivelmente satisfeitos ao perceberem que John Law estava sendo conduzido acorrentado, tal qual um criminoso perigoso. Ouviu-se um rumor de indignação vindo dos partidários do acusado quando o juiz proibiu o guarda de soltar as correntes de John Law.

O juiz recebeu o protesto com um sorriso cansado. Solicitou mais de uma vez que se fizesse silêncio. Em seguida, leu o libelo de acusação. O escocês John Law de Lauriston estava sendo acusado de ter duelado premeditadamente com Edward Beau Wilson e de tê-lo matado no duelo. A pena para isso era a morte. Salthiel Lovell leu o depoimento do acusado de que tinha saltado em Newgate e terminou com as palavras:

— O ato não foi contestado pelo acusado.

O juiz dirigiu-se a John Law:

— Chamo sua atenção para o fato de que o senhor não tem o direito de defender-se pessoalmente, de ser defendido por um terceiro ou de chamar testemunhas que não tenham sido mencionadas nominalmente no seu depoimento. O seu depoimento por escrito é a única peça aceitável por parte dos jurados.

O juiz dirigiu-se aos jurados. Alguns estavam sentados com a expressão grave, e os outros mal conseguiam conter o nervosismo diante de tanta gente importante em meio às fileiras da plateia — olhavam assustados para o juiz.

— Senhores jurados — grunhiu Salthiel Lovell inclinando-se bem para frente —, não lhes interessa saber se o acusado agiu em legítima defesa. Os senhores devem simplesmente decidir se o acusado tinha ou não tinha marcado um duelo com o morto em Bloomsbury. O acusado afirma no seu depoimento por escrito que teria encontrado a vítima Edward Beau Wilson acidentalmente. Não tem nenhuma importância quem foi o primeiro a sacar a espada, como já mencionamos. Tampouco é relevante se um dos dois estava meramente se defendendo. O objeto deste julgamento é, portanto, exclusivamente saber se o duelo tinha sido ou não sido combinado entre ambos. Caso os senhores cheguem à conclusão de que o acusado John Law havia combinado sua ida para esse duelo devem condená-lo à morte. Caso, no entanto, os senhores cheguem à conclusão de que o encontro na Bloomsbury Square se deveu a uma infeliz coincidência, e que os dois combatentes duelaram tomados por uma súbita emoção, devem condená-lo por assassinato.

John teve dificuldades para compreender todas aquelas firulas, já que todo e qualquer cavalheiro da ilha britânica esperava que a sua honra tivesse que ser defendida com a própria vida. Quem não o fizesse seria desprezado como um pária, o que equivalia a uma morte social para um homem jovem e ambicioso.

Os parentes de Wilson apresentaram inúmeras testemunhas no decorrer das horas seguintes. Apesar de muitos deles terem caído em contradição, todos foram unânimes num único ponto: John Law estava esperando por Wilson na sua carruagem. John Law devia ter marcado um encontro ao meio-dia em ponto na Bloomsbury Square. Essa versão foi ratificada também pelo fiel acompanhante de Wilson, o capitão Wightman. Ele acrescentou:

— Todos os que conheceram Beau Wilson podem atestar que ele abominava profundamente duelos e toda e qualquer forma de violência. Não por medo ou covardia, como afirmavam os que o invejavam, mas devido à sua educação e à sua fé inabalável. O estrangeiro John Law sabia disso. Ele forçou Edward Beau Wilson a aceitar o duelo porque esperava ganhar algum dinheiro com isso. Ele achou que Edward Beau Wilson iria lhe oferecer muito dinheiro, para que John Law desistisse do duelo. Como todos na cidade sabiam, Edward Beau Wilson era um homem abastado. O escocês John Law, no entanto, é um jogador de cartas, que depende da sorte inconstante nos salões. Ele está na bancarrota, é um aventureiro. Em meio às suas dificuldades financeiras, forçou o honrado Edward Beau Wilson a aceitar o duelo, contando que este fosse pagar para não participar. Foi um tipo de extorsão, movida pelos motivos mais baixos. Foi um plano ardiloso. O plano do estrangeiro John Law.

A fala do capitão Wightman foi interrompida diversas vezes pelos resmungos e murmúrios dos presentes. Depois que ele terminou, um silêncio macabro tomou conta do tribunal. Wightman voltou para o seu lugar.

A irmã de Wilson também se pronunciou. A amargura que ela sentiu por ter sido preterida por John Law estava estampada no seu rosto. John Law viu o desprezo nos seus olhos enquanto ela divulgava prazerosamente que John Law tinha problemas financeiros e que, por esse motivo, fora obrigado a alugar um apartamento em sua residência. Ela também testemunhara a briga entre John Law e o irmão. Foi por causa de dinheiro, afirmou ela. Ela inclusive fora obrigada a presenciar aquele rude escocês bater no seu irmão e desafiá-lo para um duelo. Ao meio-dia em ponto, em Bloomsbury Square, gritava ele na escadaria. E o seu irmão teria se rendido ao seu destino, homem honrado que era.

John Law balançou a cabeça enquanto observou-a retornando para o seu lugar. Naquele momento, John Law viu o rosto do misterioso desconhecido que ele acreditou conhecer. Ele realmente não tinha uma das orelhas. Era George Lockhart de Carnwath.

Então o juiz chamou as testemunhas que John Law mencionara no seu depoimento por escrito. Em Newgate. Eram testemunhas que iriam confirmar a sua reputação imaculada. John Law o pacífico, John Law o dócil, o senhor de si, o galante, um homem de espírito, um homem de juízo; resumindo: um homem que não duelava. Um homem de boa família, filho do antigo inspetor de moedas de Edimburgo; um escocês, decerto um escocês, um escocês protestante. Aquela carta fora colocada na manga de forma a corresponder ao anseio de Londres pela reunificação com a Escócia.

Um pouco mais tarde, quando os jurados retornaram ao tribunal, o juiz perguntou se eles tinham chegado a uma decisão. O porta-voz se levantou:

— Os jurados se retiraram para a apreciação e chegaram a um veredicto. Não escolhemos o caminho mais fácil para chegar a uma decisão. Depois de verificar seriamente todas as acusações e depoimentos favoráveis, chegamos à conclusão de que existia há meses um conflito crescente entre a vítima Edward Beau Wilson e o acusado John Law. Em virtude de uma situação financeira sem perspectivas, o acusado amadureceu a ideia de desafiar Wilson para um duelo, para que este pagasse pela não realização do mesmo. O acusado sabia que Wilson não era um bom espadachim e que tampouco era dado a chegar às vias de fato. O acusado combinou um duelo com Edward Wilson na manhã do dia 9 de abril de 1694 na Bloomsbury Square. Os jurados chegaram, portanto, à conclusão de que o acusado John Law, no que tange à acusação, é culpado.

Gritos no tribunal. Os partidários de John Law levantaram-se e protestaram. O outro partido estava triunfante. O juiz Salthiel bateu com a mão espalmada sobre a sua mesa e berrou:

— Condeno o acusado John Law à morte por enforcamento. Evacuem o tribunal e tragam o próximo acusado.

Depois da sua condenação, John Law foi transferido para a prisão de Southwark, em King's Bench. Lá dispunha de uma cela espaçosa só para ele, com luz do dia, e podia receber diariamente visitas breves. Poucas horas depois da sua transferência apareceu o conde de Warriston, um homem irrequieto e resoluto, que estava disposto a fazer de tudo pela libertação de John Law.

— John — apressou-se a dizer o conde, assim que o guarda fechou a porta atrás de si —, as coisas não estão muito boas. O irmão de Wilson está pleiteando uma audiência com o rei para pedir que a sentença seja cumprida o mais rápido possível! Eu mandei imediatamente emissários até a Escócia, para que todos que têm algum nome ou posição possam defender o teu perdão!

John Law estava de pé ao lado da janela gradeada, de braços cruzados:

— Por que é que querem me enforcar? Só porque Robert, irmão de Wilson, pagou por isso? Então vamos simplesmente aumentar o cacife. Eu ofereço o dobro.

— Pare com isso, John — exclamou o conde, começando a andar de um lado para o outro da cela —, isso não é um jogo. Se você for enforcado, e nesse meio tempo eu não estou mais excluindo a possibilidade, a Escócia não votará em hipótese nenhuma pela unificação das Coroas. E isso significaria que o trabalho de toda a minha vida estaria arruinado. Senhor Law! Será que um duelo inconsequente poderia decidir sobre a reunificação com a Escócia?

— Fale sobre isso com o rei!

— É o que farei! Vou requerer o seu perdão!

— E consiga-me também uma cela aquecida. Já peguei uma infecção na bexiga nesta cela.

As noites de John Law tornaram-se cada vez mais agitadas. Ele realmente fora condenado à morte. Aos 23 anos de idade. No começo, ele simplesmente se recusou a acreditar naquilo. Passados alguns dias, foi tomado por um grande abatimento, que depois se transformou em ira. Com aquele rei no poder, nunca um duelista fora condenado à morte. Todos duelavam quando a sua honra tinha sido ofendida. Todos faziam isso! Duelos estavam na ordem do dia. Tudo bem, acabava-se na frente de um juiz, isso fazia parte, mas só se era condenado pró-forma, e depois colocado em liberdade. Por que justo ele deveria ser a primeira criatura a ir para a forca por causa de um duelo? John Law sentiu o medo se apoderando dele. Ele caíra num jogo cujas regras não dominava. E não avaliara os seus oponentes. Ele tinha inimigos poderosos; sim, com certeza. Inimigos que dispunham de um patrimônio imensurável e que cultivavam ótimas relações com o rei. E ele era um estrangeiro. Inferior e insignificante.

Ele se ocupava com esses pensamentos, quando alguns dias depois lorde Branbury entrou na cela com uma expressão muito preocupada.

— Inúmeros nobres escoceses estão intercedendo por você, John Law. Mas o rei insiste em que você seja enforcado. Ele não quer indultá-lo, porque o ato foi cometido por motivos baixos.

John Law olhou-o com ar indagador. Ele sentiu que Branbury desistira dele como se fosse um navio afundado.

— Eu não sabia que o senhor tinha problemas financeiros tão graves. Eu temo... — disse Branbury, baixando a cabeça, envergonhado.

— Lorde Branbury, o senhor está dando crédito a esses rumores sem me escutar antes? Recebi uma remessa de 400 libras, da Escócia, pouco tempo antes do duelo. Da minha mãe. Procure por Shrewsbury, o meu banqueiro. O senhor poderá encontrá-lo no Chapter. Ele pode confirmar isso. E vá até a minha casa. Lá poderá encontrar a nota de crédito. No meu quarto, numa fresta sob o teto, atrás da terceira viga.

Branbury pareceu surpreso e aliviado ao mesmo tempo. Ele fitou John Law com ar pensativo.

— Confie em mim, lorde Branbury.

Lorde Branbury parecia estar refletindo. Depois de algum tempo, perguntou:

— O senhor tem um relacionamento com a minha irmã?

John Law respondeu prontamente:

— Não, mas eu seria o homem mais feliz do mundo se ela se tornasse minha esposa.

Branbury sorriu.

— O senhor está dizendo que se eu o salvar da forca vai se envolver em seguida com uma católica casada? Pois bem, eu confio no senhor.

Catherine Knollys encontrou a nota de crédito no apartamento de John Law, debaixo da terceira viga do teto. Ela abriu o documento, leu-o cuidadosamente e segurou-o com firmeza.

— Senhora?

Catherine Knollys quase morreu de susto. Havia um homem de pé no portal. Ele soltou a corrente que prendia a sua capa de chuva de couro em frente ao pescoço com um gesto elegante. Ele deixou a capa escorregar para o chão.

Catherine recuou um passo.

— O que quer aqui?

— Eu é quem ia lhe perguntar isso. A senhora já encontrou alguma coisa?

Catherine dobrou o documento e segurou-o com o punho cerrado. O desconhecido sorriu. Só então Catherine percebeu que ele não tinha uma das orelhas. O homem aproximou-se um passo. Rápida como um raio, Catherine agarrou uma espada que estava sobre a cômoda.

— A senhora quer lutar?

— Fique onde está!

— Eu a observei no tribunal. A senhora ouviu o que o juiz disse. Se eu matá-la agora, não será um assassinato, já que nós não combinamos um duelo.

Catherine colocou a espada em riste com um gesto ágil. O desconhecido desviou-se com elegância e desembainhou a espada.

— A senhora não gostaria de me revelar por que um de nós deveria morrer?

Catherine ficou calada.

O desconhecido prosseguiu:

— Talvez nem valha a pena.

O desconhecido guardou a espada. Catherine deu mais um passo na direção da sala, com toda a cautela. O desconhecido deixou que ela o fizesse. Assim que ela chegou na mesma altura em que ele estava, agarrou o seu braço com um gesto rápido, puxou-o e abriu a sua mão. Assim que ele segurou o documento, Catherine arremeteu-lhe o joelho no baixo-ventre. Ela agarrou um vaso que estava sobre a cômoda e destroçou a peça valiosa na cabeça do desconhecido, que já estava gemendo enquanto apertava as mãos contra o baixo-ventre. Ele foi ao chão e permaneceu caído. Catherine pegou outro vaso. Então, de repente, o desconhecido começou a rir. Enquanto se protegia de novos golpes com um dos braços, ele usou a outra mão para abrir o documento roubado:

— Quatrocentas libras.

Catherine Knollys estava segurando o outro vaso com as duas mãos sobre a cabeça. Ela estava pronta para golpear novamente:

— Devolva-me o documento!

O desconhecido saltou para o lado com um sorriso, buscando proteção atrás da mesa:

— Com isto aqui a senhora conseguirá provar ao rei que John Law não agiu por motivos baixos...

Catherine hesitou. Ela não compreendeu exatamente de que lado o desconhecido estava. Distraída, tentou recolocar o vaso sobre a cômoda. Com a excitação, soltou o vaso muito rapidamente, fazendo com que ele caísse e se espatifasse no chão.

Então o desconhecido caiu novamente na gargalhada. Ele saiu de detrás da mesa e sentou-se pesadamente sobre a grande mesa do salão.

— Este papel pode provar que John Law tinha bastante dinheiro. Que ele não foi levado a duelar por motivos baixos. Quando o rei ler isto, a sua resistência em anistiar Law cairá por terra.

— Quanto o senhor quer por ele?

— Os parentes de Wilson certamente pagariam uma fortuna por isto aqui. Para que eu o queime.

— Diga o seu preço!

— A senhora ama John Law?

— Eu sou casada, senhor.

— Ele tem uma predileção por mulheres casadas, o nosso escocês lascivo. John Law ama o que é proibido, o perigo, o risco, a possibilidade de fracassar. John Law é um jogador. A senhora ama um jogador. Ele irá partir o seu coração.

Ele lançou o documento de volta para Catherine Knollys com um gesto elegante.

— Vá correndo até o rei, minha cara. Seria uma pena se John Law fosse enforcado.

Catherine pegou o documento e fitou o desconhecido, incrédula.

— O senhor é amigo de John Law?

— Eu quero uma revanche. Se John Law for pendurado no cadafalso, ele não poderá me dar uma revanche.

— O senhor quer jogar contra John Law?

— Jogar? — disse rindo o desconhecido. — Que tipo de jogo é esse no qual se perde uma orelha? Diga a John que eu o estou aguardando.

— Quem é o senhor?

— John me disse certa vez que um homem deveria saber quando foi derrotado. Eu só sei que ainda não fui derrotado. Diga isso para o seu John Law. Caso algum dia ele saia com vida de dentro dos muros da prisão, eu estarei do lado de fora esperando por ele.

Certa noite Catherine Knollys apareceu na cela de John Law quando a escuridão já havia caído. Teve que sacrificar uma pequena fortuna para que a deixassem vê-lo àquela hora da noite. Ela entrou na cela e aguardou até que o guarda fechasse a porta. John estava sentado diante de uma escrivaninha. Ele escrevera algumas páginas sob a luz trêmula de uma vela. Catherine foi ao seu encontro e sentou-se em uma banqueta. Ficaram sentados frente a frente, acariciando-se com olhares silenciosos.

— Você está escrevendo o seu testamento? — perguntou ela depois de algum tempo.

John sacudiu a cabeça.

— Por quê? O rei precisa de mim. O dinheiro em circulação não deveria apenas equivaler a todos os bens já produzidos, mas também a todos os bens projetados. Até agora eu tinha dado pouca atenção a este aspecto. Eu poderia decuplicar o dinheiro do rei, centuplicar.

— Mas para isso você precisa permanecer vivo. E o rei quer vê-lo enforcado. Entenda isto de uma vez por todas! Você precisa fugir!

Catherine agarrou as mãos de John e segurou-as com firmeza, como se quisesse evitar que ele fizesse outras coisas.

— O rei me concedeu um prazo de indulto, senhora. Depois da comprovação do meu patrimônio, ele já não acredita mais que foram motivos baixos que me levaram a duelar.

— Robert, o irmão de Wilson, deu entrada num recurso hoje pela manhã. Uma queixa por assassinato. Se o tribunal de apelação não lhe der razão, nem mesmo o rei poderá evitar mais a sua morte! Você precisa fugir, John. Fugir!

— Se eu fugisse — disse John, pensativo —, nunca mais a veria. Eu seria procurado por assassinato e não poderia retornar nunca mais para a ilha. E se a Escócia se unir à Coroa britânica, não poderei retornar nunca mais à Escócia.

— Mas eu poderia abandonar a ilha também — disse Catherine baixinho, e começou a chorar em silêncio. — Eu iria para Paris, John, e uma bela noite iríamos voltar a nos ver em algum salão.

— Paris não trouxe sorte para o meu pai. Ele morreu lá numa operação de cálculo renal. Ele está enterrado no colégio escocês em Paris. E deixou uma bengala para mim. Eu ainda hei de reaver essa bengala.

— Meu marido está em Paris, John. Quando o rei James foi expulso da Inglaterra meu marido o seguiu. Os Stuart católicos querem se reconstituir em Paris...

— Catherine, eu nunca seguiria um rei. Só seguiria você...

— Fuja para Paris, John. Visite o túmulo do seu pai!

— Não, Catherine. Vou comparecer diante do Supremo Tribunal. Até hoje eu nunca fugi.

E assim John Law compareceu novamente diante do juiz no dia 23 de junho de 1694. O juiz de apelação, John Holt, era um homem simpático. Permitiu que John Law fosse trazido sem as algemas. A acusação reforçou mais uma vez os motivos baixos que tinham motivado a ação do acusado. A história de um assassinato brutal foi contada novamente, com cores ardentes; a história de um escocês astuto, que mata por dinheiro e depois do ato foge covardemente da responsabilidade, é caçado durante dias a fio, até que seja possível fazê-lo prestar contas do seu ato. John Law foi apresentado como um jogador inescrupuloso, que seguia de mesa em mesa, de mulher em mulher, de duelo em duelo.

As chances de John Law obter algum tipo de justiça iam ficando cada vez mais escassas. Seu advogado agarrou-se num último fiapo de esperança: falhas no processo. Os órgãos investigadores tinham deixado de definir a hora exata e o local do delito. O juiz John Holt deu tal importância a esse detalhe, que no final do dia decidiu recolher-se para deliberar e só prosseguir com o julgamento depois do verão. No meio-tempo John Law deveria retornar para a prisão em King's Bench.

— John — implorou o conde de Warriston. Ele fora para Southwark às pressas, imediatamente após o julgamento. — John, nós pagamos muito dinheiro para que você ficasse nesta prisão. Trata-se da prisão mais mal guardada de toda Londres. Eu falei com o rei. Ele não poderá indultá-lo. Certas obrigações dele para com a família Wilson tornam isso impossível. Mas ele fechará os olhos caso você fuja. Então fuja, pelo amor de Deus. A sua transferência para King's Bench é um convite à fuga! Quando o rei diz sim a King's Bench, ele está dizendo sim à sua fuga.

John fitou o conde com ar pensativo e falou, depois de algum tempo:

— Eu entendo alguma coisa de números, sei até duelar com sucesso, mas como é que eu vou fugir desta prisão? Temo que se trate mais uma vez de uma armadilha. Serei abatido durante a fuga.

O conde ergueu as mãos.

— John, será que vou precisar mandar alguém com um archote para iluminar o caminho? Pelo amor de Deus: fuja logo! Ainda esta noite! Lorde Branbury vai aguardá-lo com uma carruagem. Vá até o rio. Até o cais 24. À esquerda da ponte estará um barco com bandeira francesa. É o barco postal de Paris. O capitão foi informado. Ele já recebeu dinheiro. Suba no navio. Em hipótese alguma tente ir para a Escócia. Lá é o primeiro lugar onde irão procurá-lo.

John Law achou graça quando se deu conta de que aparentemente se sentia mais seguro na sua cela de morte do que numa fuga.

— Agora eu preciso ir — disse o conde, interrompendo os seus pensamentos. — Boa sorte.

E desapareceu em seguida.

Lorde Branbury levantou o olhar para o céu noturno com impaciência. Ele não compreendia como uma pessoa tão aquinhoada como John Law aparentemente não fosse capaz de sair da prisão mais mal guardada de Londres.

— Já está amanhecendo. Temo que o bom escocês acabe na forca.

Lorde Branbury meneou a cabeça e olhou para Catherine, que parecia petrificada de frio e apreensão sentada dentro da carruagem.

John foi batendo suavemente nas tábuas do assoalho para ver se descobria algum espaço oco. Os ruídos abafados lhe pareceram todos iguais. Ele foi seguindo sistematicamente até a porta, de tábua em tábua. Até a pesada porta de carvalho. Quando bateu na última tábua, percebeu que a porta estava se movendo. Ele levantou a cabeça e olhou para cima, até a fechadura. A porta não estava trancada. Havia uma fresta aberta. Levou algum tempo até perceber que alguma coisa estava diferente do que de costume. Não apareceu nenhum guarda para fechar a porta ruidosamente. John esperou mais um pouco, depois se levantou e abriu a porta, até que a fresta estivesse grande o suficiente para sair do cativeiro. Ele foi se esgueirando em silêncio pelo corredor. Chegou logo a uma pequena antessala onde um guarda dormia. John Law prendeu a respiração. Ele teve a impressão de que o dorminhoco abrira levemente um olho e o fechara no mesmo instante. Sua respiração também estava muito agitada para alguém que dormia. Então John viu a espada sobre a mesa. Do lado de fora já amanhecia. Os primeiros pássaros começavam a cantar. A noite acabara. A carruagem de lorde Branbury deixou a alameda em frente aos portões de King's Bench ao amanhecer. Naquele momento um grito quebrou o silêncio matinal. Lorde Branbury mandou o cocheiro parar. Ele saltou para o lado de fora e ficou observando. Uma figura saiu de dentro do matagal em frente aos muros da prisão e

130

foi mancando na direção deles. O lorde fez um sinal para a irmã esperar na carruagem e foi na direção da figura. Aquele tinha que ser John Law. O lorde alcançou a figura coberta por um capuz, segurou-a pelo braço e quis levá-la até a carruagem. Naquele momento a figura jogou o corpo para trás. O capuz caiu da sua cabeça e lorde Branbury viu a carranca barbada e desdentada de um bêbado.

O lorde largou o homem e se afastou assustado. Aquele não era o homem que ele estava procurando.

Onde estava John Law?

Daniel Defoe arrancou a peruca loura da cabeça e gritou:

— O senhor perdeu o juízo? O senhor vai ser enforcado! Será que o senhor precisa de um convite por escrito do rei para sair de dentro destes muros? Levando em conta a sua parca habilidade manual, nós abrimos a porta da cela para o senhor na noite passada, nós subornamos o guarda...

John Law estava encostado na janela, com a cara fechada, e interrompeu o escritor:

— O guarda não estava dormindo. Eu sou um jogador, e como tal sei ler toda e qualquer expressão num rosto. Era uma armadilha. Estão procurando um motivo para me matar durante a fuga.

Defoe abaixou-se para pegar a sua cara peruca e recolocou-a.

— O senhor está deixando a Corte em apuros. Quantas pontes ainda teremos que construir para o senhor? O guarda tinha instruções para fingir que estava dormindo. O pobre coitado ficou a noite inteira fingindo dormir, e quase acabou dormindo de verdade.

John Law olhou para Defoe com ar cético.

— Uma carruagem ficou a noite inteira a sua espera do lado de fora!

— O rei deseja realmente a minha fuga?

— A sua inteligência aguçada faz com que o senhor tire conclusões imprevistas — disse rindo Defoe. — O rei não pode indultá-lo porque as famílias de Beau Wilson são muito poderosas. Mas ele também não quer que o senhor seja enforcado, porque há décadas nós não enforcamos mais pessoas que duelam. E o primeiro a parar no cadafalso não pode ser precisamente um escocês. Justo agora que o seu conterrâneo Paterson inaugurou o Bank of London, no dia de ontem, e está cogitando uma unificação com o reino britânico. O senhor me compreendeu até aqui? O rei quer a sua fuga, e impreterivelmente esta noite!

John Law sentou-se na beirada do catre. Defoe mostrou-lhe um desenho.

— Uma planta do prédio. Eu marquei a sua rota de fuga. Assim que o senhor alcançar o pátio interno, vire à esquerda para a estrebaria. Pegue o corredor central e volte. Do lado direito ficam guardados os arreios. Ali fica uma janela que dá direto para o lado de fora.

— Grades...

— Elas estarão serradas. O senhor só vai ter que subir na janela e pular para baixo. Na pior das hipóteses vai destroncar o pé. Mas sobreviverá. A carruagem irá levá-lo até o cais 24.

John Law guardou o desenho e levantou-se. Defoe retirou uma sacolinha de couro de dentro do bolso interno do seu casaco de veludo vermelho-vivo e entregou-a para Law. John Law avaliou o peso da sacola com a mão.

— Uma moeda para cada guarda — disse Defoe —, três moedas para o capitão, o resto é para o senhor.

— O senhor está fazendo um bocado por mim, Defoe. Eu lhe devolverei o dinheiro, é claro, com a maior taxa de juros que Londres jamais viu.

Defoe riu.

— Talvez algum dia eu deseje algo que o senhor possa fazer por mim. E não precisará necessariamente me salvar da forca.

Defoe ficou muito sério repentinamente, e baixou a voz:

— O senhor vai pegar o barco postal francês. Ele partirá à meia-noite. O senhor irá procurar o castelo de James II em Paris.

— James II ? — perguntou John Law com ar cético.

— Sim, o rei francês colocou um castelo à disposição dele em St. Germain-en-Laye. Pelo tempo que durar o seu exílio. Um ponto de encontro de todos os jacobinos e escoceses.

— O senhor por acaso acaba de me incumbir a servir como espião da Coroa inglesa?

— Não, estou meramente lhe passando sugestões sobre onde poderá encontrar um refúgio seguro em Paris. Talvez o senhor nunca mais ouça falar de mim. Em primeiro lugar, eu já me considero suficientemente recompensado com a sua história.

Defoe recobrou a velha alegria.

— Eu irei descrever a aventura da sua fuga, a luta contra 13 guardas reais, a sua descida da torre com uma corda...

— Pensei que o senhor estivesse se sentindo comprometido com um novo estilo literário. O senhor queria escrever romances, com a linguagem de um jornalista, realista e sóbria, como se o senhor tivesse sido testemunha do ocorrido.

Daniel Defoe riu de orelha a orelha.

— A sua fuga será a mais misericordiosa de todo o século. Se eu descrevesse a sua fuga de acordo com a realidade, ninguém compraria um livro desses, e eu iria novamente à falência.

— O senhor não é um bom homem de negócios, Defoe, é por isso que está sempre indo à falência. O senhor deveria aceitar este fato, assim como eu aceitei o fato de que não tinha aptidão para a ourivesaria. Se o senhor aceitar isso, terá tido mais ajuda do que se recebesse um empréstimo.

Daniel Defoe riu.

— É por isso mesmo que eu ainda ia pedir ao senhor, muito particularmente...

A porta da cela abriu-se abruptamente e um guarda entrou na cela.

— Pronto. Já basta!

Defoe e Law deram-se as mãos.

— O senhor me deve um favor, John Law de Lauriston.

Law acenou afirmativamente com a cabeça.

O guarda riu.

— Então ele terá que agir muito rápido.

Assim que Defoe saiu da prisão, foi primeiramente ter com lorde Branbury para informá-lo da mais recente situação em que as coisas se encontravam. Em seguida foi ao Maryland, para comer alguma coisinha antes de ir dormir. Ele ouvira dizer que alguns comerciantes russos andavam por ali havia algumas semanas. Defoe abriu bem os olhos e os ouvidos e encontrou um Vladimir a quem ele pudesse iluminar com o novo empreendimento que tinha em mente. Defoe pretendia construir um escafandro para descer ao fundo do mar e resgatar as preciosas cargas de navios naufragados. O russo entusiasmou-se imediatamente, mas depois de uma hora já estava caindo de bêbado, e ainda assim conseguiu a proeza de vender setenta gatos de Civet junto com as gaiolas para Daniel Defoe. Esses gatos produzem uma essência aromática parecida com o almíscar, de grande importância para a produção de perfumes. A perfumaria sempre interessara a Daniel Defoe. E o depósito onde estavam guardados as animais ficava exatamente no caminho para King's Bench. Que coisa tremendamente prática, pensou Daniel Defoe.

John Law deixou a sua cela uma hora antes da meia-noite. Na antessala encontrou novamente o guarda que pretensamente dormia. Ele colocou uma das moedas que Defoe lhe dera sobre a mesa, para o guarda. Esgueirou-se diante dele silenciosamente. De repente ouviu uma voz cansada:

— No final do corredor, a escada à esquerda.

John Law virou-se. Ainda viu o vestígio de um sorriso nos lábios do guarda que dormia. A moeda já desaparecera para dentro da sua bolsa de veludo.

John desceu a estreita escada em caracol até o pátio interno e esgueirou-se cuidadosamente até as estrebarias. De repente ouviu um ruído. Um guarda estava deitado no chão, de costas para a parede. O homem parecia estar dormindo. Mas, estranhamente, estava com a mão estendida. Igual a um mendigo de rua. John Law colocou cuidadosamente uma moeda na sua mão aberta, como se quisesse evitar acordá-lo com aquele gesto. O guarda manteve os olhos fechados e murmurou:

— Obrigado, senhor.

John Law chegou às estrebarias. Novamente fez-se ouvir um ruído. Ele seguiu naquela direção. Dois guardas estavam limando as barras de ferro sob a luz bruxuleante de uma lanterna.

— Meus senhores, eu gostaria de prosseguir com a minha fuga aventureira — sussurrou John Law.

Os dois guardas olharam mal-humorados para John Law e continuaram limando.

Naquela mesma hora Daniel Defoe estava diante de uma parede de gaiolas, nas quais vegetavam desgrenhados gatos de Civet. O russo vomitou o gim que conseguira engolir nas últimas horas e finalizou o seu ruidoso espetáculo com um arroto animalesco. Daniel Defoe aquiesceu com uma expressão séria, mencionou um banqueiro escocês que iria encontrar ainda naquela noite. Então ele percebeu que já passava da meia-noite. Defoe correu até a carruagem. O russo foi atrás dele. O cocheiro sumira. Por fim, encontraram-no bêbado num depósito. Ele esbarrara num barril de gim e aproveitara para furá-lo. Defoe ficou tão furioso, que o tratou a pontapés. Mas ele não conseguiu mais levantar-se. Simplesmente não estava mais em condições de fazê-lo. O russo ofereceu-se para conduzir a carruagem. Por fim, o russo e Defoe sentaram-se na boleia e percorreram as docas.

Enquanto isso, John tentava espremer-se pela abertura da janela, passando primeiro a cabeça. Ele conseguiu passar com o tronco, mas pareceu ter ficado entalado na altura dos quadris; então os guardas que tinham limado as grades o empurraram com toda a força para fora. Um deles empurrou, e o outro aliviou John Law do seu saco de dinheiro. Finalmente John Law conseguiu escorregar pela abertura no muro. Ele aterrissou suavemente, pois os guardas tinham colocado alguns fardos de palha debaixo dos arbustos. Aquilo estava incluído no preço. Um dos guardas passou a cabeça pela abertura e desejou tudo de bom para John Law. Então mostrou-lhe sorridente o saco de couro com o dinheiro que tinha surrupiado:

— Isto é pela palha, senhor. O tratamento de uma clavícula quebrada iria lhe custar mais caro.

John Law não desperdiçou nenhum pensamento com o dinheiro. Ele seguiu em frente, agachado, até chegar à alameda que passava em frente a King's Bench. Então viu a carruagem atrás de algumas árvores. Correu até lá e tentou abrir a porta. Mas ouviu um gemido lascivo sair lá de dentro.

— Catherine?

O gemido parou abruptamente. A porta se abriu: um cocheiro baixinho e seminu saiu e bufou para John Law:

— O que eu faço dentro da minha carruagem não é da sua conta!

Só então John Law viu o menino despido que estava lá dentro.

— Eu preciso de uma carruagem — sibilou John Law.

— Seu escocês maldito! Suma daqui! Eu não levo escoceses!

Como o cocheiro começou a falar cada vez mais alto, John Law desistiu do seu intuito. Ele deixou o cocheiro falando sozinho e começou a descer pela alameda.

Quando o eixo da carruagem de Defoe quebrou, o russo saiu voando, descrevendo uma curva até cair na rua e bater com a cabeça numa árvore. Defoe ainda conseguiu se segurar. O encosto de madeira se quebrou. A carruagem caiu de lado. O escritor foi arremessado para o chão. Então fez-se o silêncio. Só se ouvia o bufar nervoso dos cavalos. Ouviu-se um guarda-noturno gritar em algum lugar distante. A sua voz soou doente e sofredora. Assobios estridentes ao longe. Figuras sombrias surgiram no meio da escuridão, vestindo farrapos andrajosos, e vieram correndo de todos os lados na direção da carruagem virada. Os sujeitos pareciam doentes pestilentos enfaixados. Eles gritavam e xingavam coisas ininteligíveis. Empunhavam pedaços de madeira e barras de ferro. Longas cabeleiras com barbas mofadas, olhos enormes em órbitas escuras. Todo o sofrimento da Londres noturna parecia estar espelhado ali. Uns espancavam o russo desacordado, arrancando-lhe os sapatos e as roupas do corpo; os outros partiram para cima de Daniel Defoe, que estava mancando rua abaixo enquanto gemia. Em vão. Do lugar onde alguns momentos antes só se vira o contorno de uma árvore, surgiram vultos andrajosos que impediram a sua passagem. Ele colocou a mão na frente do rosto para se proteger e gritou:

— Eu sou Daniel Defoe, o poeta.

— Cale a boca — bufou um deles e bateu com uma barra de ferro na canela de Defoe. Ele se curvou. Um joelho acertou-o no meio do rosto, um golpe na nuca, um chute no estômago. Alguém puxou os seus sapatos, outro arrancou o seu casaco de seda do corpo, quase destroncando o seu ombro.

* * *

John Law correu com passadas largas na direção do Tâmisa por entre vielas e ruas estreitas e mal iluminadas. Ele pensou ouvir vozes em cada vão dos muros. Gritos, gritos desesperados chamando, e de repente silêncio; passos rápidos, trote de cavalos, um boi gemendo, o estalar de uma carroça. Novamente gritos de socorro, alguém pedindo dinheiro, botas com bicos de ferro batendo no calçamento, gemidos lascivos num andar mais alto. Depois novamente a voz sofrida de um vendedor de frutas e legumes, chicotadas, galos de briga se atacando. John Law seguiu correndo em direção ao Tâmisa, debatendo-se no meio de montanhas de lixo e tralhas, animais mortos, cachorros latindo e mendigos assustados, que o insultavam ou tentavam segurá-lo. John escorregou em montes de cocô, caiu em cima de restos de peixe podre, e seguiu correndo e correndo, até acreditar que conseguiria alcançar o Tâmisa.

Os dois guardas que tinham serrado as grades em King's Bench não ficaram muito surpresos ao abrir a bolsa de couro de John Law: nada além de pedras sem nenhum valor.

— Aquele maldito jogador de cartas — disse o primeiro guarda.

— Como é que ele pôde ter pensado tão mal de nós! — vituperou o segundo guarda.

— Nós deveríamos dar o alarme. Acredito que um preso tenha fugido — raciocinou o segundo.

— Sim, creio que ele serrou as barras de ferro — concluiu o segundo.

— Nós precisamos de barras mais grossas — opinou o primeiro.

— Isso de jeito nenhum — disse rindo o segundo. — Estas já deram um trabalho mortal.

Uma floresta pareceu erguer-se no fim da rua, uma floresta de centenas de mastros. Mas o caminho até lá lhe pareceu interditado. John Law viu as carroças, carruagens, cavalos, bois, carrinhos de mão e as pessoas que caminhavam de um lado para o outro, como formigas. Aquilo tudo ainda o separava do Tâmisa. Ali fazia tanto barulho à noite quanto durante o dia. A plebe ficava escondida por toda a parte, espreitando lenços, lenços de cambraia, bolsas de dinheiro, perucas, caixas de rapé ou bengalas de passeio, que pudessem ser facilmente surrupiadas no meio daquela multidão. Ouviam-se xingamentos, gritos e pedidos de ajuda por toda a parte, mas ninguém se voltava, pois era impossível tentar ir ajudar alguém no meio daquela massa de gente. Eles normalmente vinham em três ou quatro. Enquanto um surrupiava alguma coisa ao esbarrar, os outros três lhe davam cobertura na fuga gritando furiosamente com a vítima, por ela pretensamente ter esbarrado neles. Transformavam a vítima em algoz. As pessoas eram atingidas por fezes e urina arremessados das casas próximas, como se o juízo final tivesse chegado. Os londrinos também tinham o hábito de esvaziar os seus penicos pelas janelas. Os caminhos que levavam ao Tâmisa, por conseguinte, fediam e eram escorregadios. Algumas pessoas só chegavam incólumes e sem mijo porque aquela multidão toda tinha evitado que eles escorregassem e caíssem em um dos inúmeros porões abertos onde se vendiam mercadorias.

De repente John Law sentiu o bafo quente de um cavalo na sua nuca. Uma carruagem grande tentava abrir caminho. O cocheiro berrava e estalava o chicote. As pessoas pulavam para o lado xingando e gritando. Rápido com o um raio, John Law segurou uma alça na boleia, pegou impulso e montou nela. O cocheiro gritou alguma coisa incompreensível para ele e tentou chicotear John Law para que ele descesse da boleia.

— Você vai chicotear um banqueiro? — disse rindo John Law, segurando o braço do cocheiro com firmeza. O cocheiro encarou-o confuso. — Você vai me deixar saltar na ponte, senão vai parar nas galés — gritou John Law. — Doca 24.

O cocheiro deu de ombros e continuou a atiçar os cavalos. De vez em quando ele chicoteava os vagabundos que tentavam se agarrar na carruagem. E observava o passageiro indesejado com o canto dos olhos. Ele parecia um cavalheiro, afinal. Talvez sobrasse alguma coisa para ele no fim das contas.

A carruagem passou pelas inúmeras refinarias, cervejarias, sítios, depósitos, cafés e mercados que surgiam em número cada vez maior à medida que eles iam descendo em direção ao Tâmisa. Finalmente chegaram ao primeiro cais, que tinha aumentado cada vez mais nos últimos anos. Ali se viam galeras venezianas, caravelas dos Países Baixos, centenas de barcos menores e barcaças. E sempre os carregadores que retiravam as cargas dos navios: chá e pimenta da longínqua Ásia, rum, café, açúcar e cacau do Caribe. Quase tudo o que chegava à Inglaterra era descarregado ali.

O cocheiro parou em frente a um depósito que ficava bem embaixo da ponte. Ali eram descarregados tabaco, milho e arroz da América.

— O senhor pode me revelar o seu nome? — perguntou o cocheiro enquanto John Law saltava da boleia.

— Ele vai estar nos jornais amanhã — exclamou John Law, e foi abrindo caminho pelo meio dos carregadores de tabaco. Ele seguiu apressado para as escadas das margens e desceu até o cais onde estavam amarrados os navios maiores. De longe conseguiu enxergar a bandeira do Rei-Sol francês, sob a luz das inúmeras lanternas do navio. O navio estava ricamente adornado com flâmulas. Dois homens aguardavam na ponte de embarque. Um deles era o seu banqueiro londrino, Shrewsbury, e o outro o capitão do navio. John correu na direção deles totalmente sem fôlego.

Shrewsbury fez um sinal para o capitão:

— Este é o homem. O senhor pode levantar âncora.

Shrewsbury andou em direção do jovem escocês enquanto o capitão subia a bordo do navio.

— Finalmente! Nós já estávamos achando que você não viria hoje à noite de novo. John quis dizer alguma coisa, mas Shrewsbury impediu-o de falar com um gesto. Ele retirou uma carta do bolso interno do seu casaco e entregou-a a John Law.

— Uma vez em Paris, leve isto para o maître le Maignen... Você o encontrará no castelo St. Germain-en-Laye. Ele irá lhe emprestar 10 mil libras mediante isto. Visite também o duque de Saint-Simon. Ele sabe tudo sobre Paris. Ele conhece a Corte. Ele já teve inclusive a honra de poder esvaziar o penico de Sua Majestade durante o *petit lever*.

John Law guardou a carta e apertou a mão de Shrewsbury, agradecido. Subiu a bordo sem dizer uma só palavra. O capitão, um lobo do mar a quem os solitários anos em alto-mar pareciam ter feito perder a fala, soltou os grampos de ferro da ponte de embarque. John Law pisou no deque. A ponte de embarque feita de madeira foi puxada aos solavancos. O capitão gritou algumas ordens curtas. Marinheiros soltaram as amarras. O navio partiu. Ele deslizou sobre o Tâmisa, o rio que algumas pessoas chamavam de o lugar mais escuro do mundo.

John Law sentou-se sobre um banco de madeira na proa e ficou olhando para aquela Londres que tanto lhe dera, e que mais ainda lhe tomara. Pensou em Catherine. Pensou que, no caso de uma unificação da Inglaterra com a Escócia, a sua sentença de morte passaria a vigorar também na Escócia.

Um marinheiro ofereceu-lhe uma caneca com café quente. Um cadáver inchado passou boiando na água escura. Eles estavam passando pelos mausoléus. O silêncio voltou a reinar. Só se ouvia a água batendo na quilha, que a dividia fazendo-a espirrar.

Capítulo VII

Alguns dias depois, lorde Branbury entrou bem-humorado na sala do café da manhã e encontrou sua irmã Catherine. Trazia na mão o *London Gazette* do dia 7 de janeiro.

— Imagine só, Catherine, parece que aquele escocês, John Law, fugiu de King's Bench na semana passada. Dizem que está fugindo para a Escócia a bordo de uma carruagem.

Catherine sorriu.

— Se está escrito aí, então deve ser verdade. As famílias dos Townsend, Ash e Windham devem estar morrendo de raiva.

Lorde Branbury olhou para o jornal.

— Todavia os parentes da pobre coitada da vítima conseguiram fazer com que fosse publicado um mandado de captura na edição de hoje. Quem prender esse escocês receberá 50 libras do comandante de King's Bench.

— Só 50 libras? John Law ficaria muito desapontado se ficasse sabendo disso. Eu acredito que ele seria capaz de voltar para Londres e desafiar para um duelo a pessoa que ofereceu uma recompensa tão pequena. Cinquenta libras é realmente uma ofensa grave.

Lorde Branbury leu o mandado para a irmã.

— Cinquenta libras pela captura do escocês John Law, preso em King's Bench por causa de assassinato; 26 anos, uns seis pés de altura, com grandes cicatrizes de varíola no rosto, nariz grande, fala alto e devagar...

Satisfeito, lorde Branbury colocou o *London Gazette* de lado, enquanto Catherine, igualmente satisfeita, bebericava seu chá de frutas quente.

— Eu não tinha me dado conta de que ele tinha grandes cicatrizes de varíola no rosto, nem que falava alto e devagar — brincou lorde Branbury.

Catherine levantou o olhar sorrindo.

— Eu lhe agradeço, meu irmão!

— Fiz isso pela Inglaterra, pelo nosso rei, pelo saneamento das finanças do governo, em prol dos banqueiros escoceses, pela união com a Coroa escocesa... e por você, minha muito querida irmã.

Lorde Branbury levantou-se e saiu do salão fazendo uma pequena reverência. Ele virou-se quando chegou ao umbral da porta.

— Nós lhe demos a liberdade, e com isso perdemo-lo para sempre. Ele não poderá voltar nunca mais para a Inglaterra.

Catherine acenou com a cabeça e subitamente as lágrimas brotaram nos seus olhos. Ela pensou que às vezes a morte era mais fácil de suportar do que uma separação para toda a vida. O irmão, percebendo a sua mudança de humor, voltou para junto dela na mesa. Catherine levantou o olhar para ele. As lágrimas escorriam-lhe pelo rosto.

— Ouvi dizer que o senhor George de St. Andrews juntou-se à comitiva do foragido rei James II em Paris. Estou pensando se não deveria ir visitá-lo. Ele ainda é o meu marido.

— Temo que o que você iria ver e ouvir lá sobre o seu marido não deve ser muito agradável. Fala-se muito, quando as noites são longas.

— Eu sei que não significo mais nada para ele — disse com hesitação Catherine. — Mas, se John Law não pode mais pisar na Inglaterra, então sairei da Inglaterra e me dirigirei a Paris.

Lorde Branbury inspirou profundamente.

— Eu temia que algo parecido fosse acontecer. Talvez fosse mais prudente, neste caso, dirigir-se à Holanda ou à Itália. Mas melhor ainda seria esquecer esse John Law. Paris não é um solo muito bom para protestantes ingleses. Somente os católicos ingleses é que se refugiam em Paris. Quem vai para Paris é tido, em Londres, como traidor ou espião. Siga o seu bom senso, Catherine, e evite Paris.

— O meu bom senso não me faz feliz.

— John Law não a fará feliz. Durante um verão, talvez sim. Mas não por toda uma vida.

Catherine sorriu.

— Talvez valesse a pena.

— As pessoas dizem isso, Catherine, mas não é verdade. Depois do verão vem o inverno. Não se pode viver de lembranças. Lembranças não nos satisfazem. Lembranças nos fazem adoecer. Você deve esquecer John Law, assim como ele irá esquecê-la. Ele é um homem dos números e das fórmulas. Ele enfiou na cabeça que vai multiplicar de forma miraculosa o dinheiro disponível para que a Europa possa voltar a florescer. Ele vive para essas ideias Catherine, não para uma mulher. Conheço esse tipo de pessoa. São obsessivos. Vivem num mundo onde não conseguimos acompanhá-los. Nesse mundo existem somente números, diagramas, tabelas, estatísticas... mas nenhuma pessoa, Catherine. E nenhum amor.

— O que você está dizendo me parece razoável. Pode até ser que você tenha razão, mas algumas vezes um beijo vale mais...

— Ele a beijou? — perguntou lorde Branbury arregalando os olhos.

— Ele fez mais do que isso. Mostrou-me o valor do amor.

Catherine sorriu absorta.

O irmão sacudiu a cabeça, irritado.

— Como é que você pode falar de amor? Qual é o homem que ama a sua esposa e qual é a mulher que ama o seu marido? Desde quando o amor tem algum valor? O amor físico, sim. A conquista, a satisfação dos desejos; mas o amor puro não tem nenhum valor. Ele é infantil e bobo. O amor arruína a razão e fortunas inteiras.

— Lorde Branbury, John Law me perguntou certa vez o que é que determina o valor de uma moeda.

Aquela discussão desagradava cada vez mais a lorde Branbury.

— O metal que ela contém. Sempre foi assim.

Catherine sorriu deixando à mostra os dentes brancos como pérolas, o que para os padrões londrinos era uma raridade.

— Mas não será assim para sempre, é o que diz John Law. Algum dia uma moeda terá o valor que o Bank of London determinar. E por que é que a mesma coisa não pode vir a acontecer com os nossos sentimentos? Por que algum dia o sentimento do amor não poderá valer mais do que um dote, valer mais do que todo o metal existente neste mundo? Por que algum dia duas pessoas não poderão vir a se casar somente por amor?

— Meu Deus todo-poderoso — deixou escapar lorde Branbury, rindo alto —, esse escocês roubou completamente o teu juízo. Se você questionar todos os nossos valores, acabará não conseguindo mais se conter!

Catherine esvaziou sua xícara e serviu-se novamente. Ela parecia absorta. Falou baixo, como se sentisse vergonha das suas palavras:

— É maravilhoso não conseguir mais se conter. Vai-se caindo, caindo, até esbarrar em alguma coisa nova. Alguma coisa desconhecida. Nós saímos das cavernas e construímos choupanas de madeira. Saímos das choupanas de madeira e construímos casas de pedra. Apagamos os archotes e iluminamos as ruas de Londres com lanternas... John Law me contou inclusive sobre uma máquina a vapor que consegue fazer o trabalho de vinte homens. Talvez algum dia todos os homens tenham trabalho e dinheiro para poder pagar um médico. Talvez todas as pessoas tenham um bom padrão de vida, e não precisarão mais entrar em relacionamentos matrimoniais para garantir a sobrevivência financeira, mas sim porque poderão se dar ao luxo de casar por amor.

— É possível que seja o caso, algum dia. Mas nós dois não estaremos mais aqui para vivenciar isso. E nós vivemos hoje. Portanto, pare com isso, Catherine. Leve em consideração que você ainda é casada com o senhor George de St. Andrews. *Isso* é que tem algum valor para a nossa família, e não é um valor pequeno. Diga-me, em contrapartida, qual é o valor do amor! O amor traz dinheiro, casas, terras ou heranças?

— Paixão — disse Catherine baixinho, tornando-se muito séria —, o amor liberta... a paixão. Ela fortalece. Ela traz forças. Ela move montanhas. É isso que é a paixão.

Lorde Branbury sentou-se ao lado da irmã e tocou-lhe a mão.

— Mas, Catherine, qual é o valor que tem a paixão? A paixão carece de todo e qualquer juízo, toda a razão. O seu casamento com o senhor George de St. Andrews foi um casamento ajuizado, porque trouxe dinheiro e reconhecimento para a nossa família. Mas o que é que nos trazem o amor e a paixão?

— O amor é tão valioso, que nem ao menos pode ser comprado.

— Ninguém quer comprá-lo, é por isso que ele não tem valor. Ele não vale absolutamente nada, Catherine. Meninas pequenas amam os seus cachorrinhos, mas esse amor não vale nada. Cachorros podem ser afogados no Tâmisa.

— Lorde Branbury, a água do Tâmisa é valiosa? Qual é o preço da água? Não tem preço? E por isso não vale nada?

— A água do Tâmisa não tem valor porque nós a temos em abundância.

— Então é a disponibilidade e a quantidade que definem o valor das coisas? — perguntou Catherine.

Lorde Branbury sacudiu a cabeça, confuso.

—Talvez o amor seja assim tão caro e valioso exatamente por ser raro como um diamante.

Lorde Branbury coçou a bochecha, pensativo. Aparentemente, menosprezara o que acontecera entre John Law e a sua irmã nos últimos meses. Ele a fitou e permaneceu em silêncio.

— Qual é o valor de Deus? — disse Catherine. A sua voz agora soava teimosa e raivosa.

— Deus?

— Se o amor não tem valor, Deus também não vale nada.

— Isso é uma blasfêmia — retrucou lorde Branbury.

— Qual é o valor de Deus? Ele nos traz dinheiro, casas, terras ou heranças? Ele assegura a nossa sobrevivência financeira? Deus vale mais do que uma garrafa de gim?

— Isso é blasfêmia — sussurrou lorde Branbury.

PARIS 1695

Maître le Maignen entregou o recibo a John Law.

— Seis mil libras trocadas por 100 mil livres, pagas em ouro. — Maître le Maignen empurrou duas bolsas de couro recheadas por cima da mesa. — O seu saldo, por conseguinte, importa em 4 mil libras.

John assinou o recibo e devolveu-o ao tabelião e banqueiro.

O salão que o estado-maior do rei inglês James II, exilado em Paris, colocara à sua disposição não era luxuoso, mas John Law estava agradecido por ter encontrado imediatamente um porto seguro, assim que chegou a solo francês.

Maître le Maignen agradeceu com uma reverência honrosa. Ele observou atentamente aquele escocês de grande estatura e bela aparência.

— Se desejar mais alguma coisa, senhor Law...

John não precisou de muito tempo para pensar.

— Preciso do melhor alfaiate da cidade.

O maître sorriu, prometeu tomar providências nesse sentido e saiu do salão.

A luz do sol brilhava através das janelas altas e artisticamente ornadas do salão, parecendo amealhar um sorriso dos bonecos de porcelana, em tamanho natural e ricamente vestidos, que estavam enfileirados nas paredes. Os bonecos estavam vestidos como obras de arte representativas, incorporando tudo o que o Rei-Sol francês, Luís XIV, havia levado para o mundo inteiro, como sendo uma escritura sagrada da moda: uma expressão fantasiosa, rigidamente regulamentada, vaidosa, de ostentação, com toda a sorte de galões, punhos, pontas, bordados, apliques de peles, fitas, botões, faixas, plumas, guarnições, guirlandas e borlas. Casacos cinza, curtos e apertados, *justaucorps* até os joelhos, calças vermelho-escuras até os joelhos, e coletes apertados. E ainda meias brancas de seda, gravatas, perucas fofas até os ombros — as caras perucas do tipo *allongé* que conferiam até mesmo ao calvo Rei-Sol a aparência de um leão dono de uma força exuberante.

O mestre-alfaiate Duvalier viera acompanhado dos seus melhores alfaiates, costureiros e até mesmo o mestre-botoeiro real. Ele manteve-se a dois passos de distância de John Law, curvado, e observou o escocês atentamente.

— Permita-me perguntar qual a ocasião? Grande Parure?

— Quero falar com o rei — retrucou John Law sem se voltar para Duvalier. Ele caminhava impaciente ao longo dos bonecos.

— Nossa majestade adora as cores luminosas. Ama os tecidos de seda, os veludos, os brocados com bordados de ouro e prata. Adora panos prateados, ratiné cinza, assim como tecidos cor de damasco, veludo cereja...

— Eu desejo trajes confortáveis, menos afetados — interrompeu-o John Law secamente.

— Mas, senhor, o mundo inteiro olha para Paris e copia as roupas que o rei usa.

— Eu vim de Londres. Lá a névoa é tão densa, que não se enxerga praticamente nada de uma parede até a outra, isso para não mencionar o canal até Paris. Mas parece-me que a moda vem se tornando gradualmente mais prática, confortável, agradável — disse John Law, parando em frente a um boneco que vestia calças brancas e um *justaucorps* azul.

O mestre Duvalier pareceu atordoado. Ele trocou alguns olhares com os seus assistentes e dirigiu-se a John Law:

— Estes modelos são um pouco mais antigos, senhor.

John Law abriu um sorriso.

— Eu sei, da época em que os uniformes ainda ditavam a moda das roupas. Mas eu não estou querendo usar nada que lembre a Guerra dos Trinta Anos. Quero vestir algo que aponte para o futuro. Num futuro não muito distante não haverá mais guerras. Nós nos deixaremos guiar pelo bom senso e pelo pragmatismo, nossas reflexões serão sóbrias e lógicas. Tudo o que faremos poderá ser comprovado objetivamente, será real.

— Senhor, temo não o estar compreendendo.

John Law inclinou-se na direção de Duvalier e sussurrou no seu ouvido:

— Desejo alguma coisa que não me castre.

John Law passava as noites quase sempre no salão vermelho dos ingleses católicos no castelo St. Germain-em-Laye. Ali jogava-se diariamente, e coube ao jovem e talentoso escocês a honra de ficar com a banca. O senhor George de St. Andrews também visitava o salão vermelho regularmente. Ele aproximou-se do escocês logo no primeiro dia.

Assim John não se surpreendeu quando certa noite o inglês finalmente esperou que todos os outros visitantes se retirassem para dirigir-se a ele.

— Recebi correspondência de Londres, senhor.

John Law distribuiu as cartas e empurrou um monte para o senhor George por cima do feltro verde. O segundo monte ele guardou para si.

— O que há de novo em Londres?

O senhor George pegou uma carta, fez sua aposta e abriu sua carta.

— Toda Londres comenta a sua fuga espetacular.

John Law também abriu uma carta. Ganhara novamente. O jogo seguiu como de hábito, rodada após rodada.

— Ouvi dizer que o senhor conheceu a minha esposa em Londres, Catherine Knollys.

— Sim, eu também joguei no salão de lorde Branbury. — John não demonstrou nenhuma emoção. O tom inquiridor do senhor George não lhe passara despercebido. — Terei o prazer de poder cumprimentar a senhora sua esposa em Paris?

O senhor George perdeu novamente. Inspirou profundamente e pediu novas cartas. De repente, deixou escapar:

— Como é que o senhor consegue, senhor Law? O senhor já perdeu alguma vez?

— Já aconteceu. Mas não com frequência. Eu encaro o jogo de cartas como profissão, e não como diversão.

— Revele-me os seus truques, senhor. Tem que haver um truque.

— Não há nenhum, senhor George de St. Andrews. É matemática. No começo do jogo todas as cartas têm a mesma probabilidade de serem tiradas. A cada nova rodada a probabilidade percentual a favor de algumas cartas se modifica. Elas devem ser calculadas. E rapidamente.

— E é esse o seu dom, calcular rapidamente? Ninguém consegue realmente fazer cálculos desse tipo em tão pouco tempo.

— Acabo de lhe provar o contrário a noite inteira. Ou o senhor estaria duvidando da minha correção?

— Oh, não! — retrucou o senhor George de St. Andrews, decepcionado. — Eu não tenho a intenção de duelar com o senhor, senhor Law. Eu admiro a sua ... capacidade. Eu nunca... me deparei... com um jogador como o senhor. Foi isso que eu quis dizer.

John Law distribuiu as cartas novamente. O senhor George apostou as suas últimas fichas no sete. Saiu o oito. Ele ficou com o olhar fixo, furioso. E então explodiu:

— O senhor pode me tomar a minha esposa, mas não vai me tomar o meu patrimônio!

Ele empurrou a cadeira para trás e deixou o salão, furioso.

Marc-René de Voyer de Paulmy, marquês d'Argenson e chefe de Polícia de Paris, estava sentado no seu gabinete mal iluminado na abadia bene-ditina no Faubourg St. Antoine, e refletia. Ele tinha uns 45 anos. De-baixo da frondosa peruca preta brilhavam dois olhos espertos e atentos. Mas a arcada dentária grande e projetada para fora conferia ao homem um ar animalesco, ameaçador. Depois de algum tempo, perguntou:

— As pessoas aí fora gostam de mim?

Ele inclinou-se mais um pouco sobre a mesa e olhou bem nos olhos da encantadora Marie-Anne de Châteauneuf.

— As pessoas têm medo do senhor, marquês d'Argenson. Dizem que não existe ninguém nesta cidade de quem o senhor não saiba exata-mente a que horas acorda de manhã, aonde vai, o que faz e o que pensa. E o que pretende fazer no dia seguinte.

O marquês d'Argenson sorriu entediado. Ele não tinha perguntado a sério. Ele se divertia com o fato de que as pessoas respondiam até mes-mo às perguntas mais descabidas, por puro medo. Ele fitou a mulher que estava na sua frente e observou os seus seios subindo e descendo enquanto respirava. Ele tentou imaginar Marie-Anne de Châteauneuf nua. Mas aquilo não o excitou. Ele ficou calado. A calma aparente e o destemor que ele exalava conferiam-lhe uma periculosidade que ficava na memória de todos os que já tinham estado diante dele alguma vez. Pressentia-se que alguma coisa incomum acontecia dentro daquele ho-mem, alguma coisa que algum dia poderia se transformar em fatalidade para alguém. Ele não era um homem de palavras galantes. Quando sor-ria, causava medo nas pessoas. Achavam-no capaz de tudo. De proteger contra a Corte real, de desterrar nas galeras francesas ou de mandar para as masmorras subterrâneas. O marquês não tolerava erros.

149

— O rei não me paga para ser querido, La Duclos.

La Duclos. Era assim que toda Paris chamava a consagrada atriz Marie-Anne de Châteauneuf, que reunia nos seus salões qualquer pessoa que tivesse nome e posição em Paris. Era uma criatura baixinha, com aparência de rapaz. Estava sempre em movimento, como se padecesse de uma inquietação interior. Ela usava os cabelos mais curtos do que as outras mulheres, tinha uma boca bonita e carnuda, olhos grandes que faziam com que alguns corações batessem mais forte. Era difícil não se apaixonar por ela.

— Eu adoraria convidá-lo para o meu salão — disse ela sorrindo. — Afinal, o chefe da Polícia de Paris é sempre um convidado bem-visto...

— Um convidado temido — disse o marquês também sorrindo.

— Um convidado respeitado — corrigiu-o La Duclos.

O marquês d'Argenson percebeu a adulação. Ele fez uma careta.

— Ele veio de onde?

Foi a vez de La Duclos sorrir.

— Senhor marquês... o senhor vai querer que eu acredite que não sabe do que toda Paris já está falando?

— Ele veio de onde? — perguntou d'Argenson secamente.

— Da Inglaterra. Parece que matou um dândi num duelo por lá.

— O que ele quer aqui?

— Jogar. O senhor precisa vê-lo jogar. Enquanto joga, discorre casualmente sobre questões de teoria financeira. E enquanto as pessoas prestam atenção, fascinadas, tentando acompanhá-lo, perdem todo o dinheiro que estão jogando. Muitos acham que ele é um gênio.

— Oh, *voilà*, então nós temos um gênio em Paris.

— Por favor, dê-lhe uma chance, senhor marquês. Ele ainda não fez nada passível de culpa.

— Deveras? — disse d'Argenson com um sorriso. — Ouvi dizer que o senhor George de St. Andrews o toma por um trapaceiro genial. O escocês tomou-lhe muito dinheiro no castelo St. Germain. Eu gostaria muito de ver isto com os meus próprios olhos. Só que como sou chefe de Polícia, evito ir ao castelo dos jacobinos.

Lá estava de novo aquele sorriso incomum, que fingia amabilidade e causava medo e susto nos presentes.

— O senhor acha que eu deveria convidá-lo para o meu salão? — perguntou La Duclos, surpresa. O olhar penetrante do marquês a deixou encabulada, e ela mexeu sem jeito no peitilho. D'Argenson ficou calado. Ele fitou La Duclos e se perdeu nos seus olhos. Ele se perguntou se alguém como La Duclos não tinha mais poder do que o prefeito de Paris. Ela retribuiu o sorriso, hesitante e encabulada. Só então ele se deu conta de que tinha sorrido para ela. Ele sabia que não conseguia sorrir direito. Que o seu sorriso parecia atormentado, aleijado e desfigurado. Mas La Duclos retribuiu-o como se tivesse se apaixonado imediatamente por ele. Ela fazia isso com todos os homens. Não por premeditação, mas por pura alegria de vida. Ela era assim mesmo. Amava a vida e as pessoas. E as pessoas a amavam e admiravam por isso. D'Argenson tentou imaginar La Duclos sendo sua amante, mas abandonou logo tal ideia. D'Argenson não seria mais D'Argenson tendo La Duclos como amante. Uma La Duclos ao seu lado tiraria todo o medo que ele provocava.

— O senhor George de St. Andrews mandou-me dizer que gostaria muito que eu desse uma boa olhada nesse escocês — disse D'Argenson depois de algum tempo.

— Está bem, vou convidar John Law para o meu salão. Mas só se o senhor me prometer que não irá expulsá-lo na primeira oportunidade.

— Eu ainda não prometi nada a ninguém, La Duclos. Eu não tenho nada contra gênios. Gênios são inofensivos. Pelo menos enquanto não têm ambições.

O navio postal que passou pelo canal da Mancha naquela manhã cinzenta e fria tinha poucos passageiros a bordo. Um deles era o capitão Wightman. Ele observava atentamente uma jovem e bela mulher que estava no convés, desfrutando o vento fresco que soprava no seu rosto. Passado algum tempo, um estranho vestido de forma singular aproximou-se dela. Ele usava botas de montaria e um casaco de couro com capuz. Pareceu-lhe que a mulher e o estranho tinham começado uma discussão. O capitão Wightman seguiu decidido até a proa e aproximou-se da mulher.

— Desculpe, meu nome é capitão Wightman. Senhora, se eu puder ajudá-la em alguma coisa...

A mulher voltou-se para ele. Olhou-o com surpresa:

— Eu o vi no tribunal. O senhor era o ajudante do falecido Beau Wilson.

— Exatamente. E a senhora é Catherine Knollys. Eu a vi no tribunal.

O capitão dirigiu-se bruscamente ao estranho:

— O senhor não quer se apresentar?

— Peço desculpas: George Lockhart de Carnwath.

O estranho com botas de montaria inclinou-se um pouco.

— Ele quer duelar com John Law — disse sorrindo Catherine.

— Ele me deve uma satisfação — acrescentou Lockhart de Carnwath de forma elegante e amável.

— Por que o senhor não mencionou isso no tribunal? — perguntou o capitão Wightman, sem disfarçar a ira na sua voz.

— Eu não conseguiria duelar com alguém balançando no cadafalso — retrucou Lockhart de Carnwath.

— Temo que o senhor não vá ter esta sorte, pois fui incumbido de desafiar John Law para um duelo a fim de expiar a morte de Edgar Beau Wilson.

O capitão Wightman colocou a mão com firmeza sobre o punho da espada e encarou Lockhart com determinação.

— Lamento, capitão Wightman, meu direito a uma satisfação é mais antigo. A preferência é minha.

Lockhart de Carnwath colocou por sua vez a mão sobre o punho da espada e estufou o peito.

— O senhor já duelou uma vez com John Law — disse Catherine Knollys. — O senhor perdeu e se recusa a aceitar este fato. O senhor não quer uma satisfação, quer um novo duelo, apesar de não existir um motivo para tal.

O capitão Wightman inclinou-se diante de Catherine e dirigiu-se então a Lockhart de Carnwath com palavras ásperas:

— Sou muito grato por esta revelação esclarecedora. Pretendo matar John Law. No entanto, se ele me matar, o que é muito improvável, o senhor estará livre para desafiá-lo novamente para um duelo.

— Capitão Wightman, eu estou tomando suas palavras como uma afronta — disse Lockhart de Carnwath com a voz firme e alta.

Catherine dirigiu-se divertida ao capitão Wightman:

— Ele está dizendo que o senhor o ofendeu. Meus senhores — enquanto os senhores duelam aqui fora, eu vou para a cabine do capitão tomar um chá quente. Os senhores precisam de ajudantes?

Catherine afastou-se da amurada e seguiu até as largas escadas de madeira que levavam às cabines. Os dois homens ficaram para trás, tensos e estudando-se agressivamente como dois mastins furiosos defendendo seu território.

— Minhas senhoras e meus senhores, tenho o grande prazer de lhes apresentar esta noite um homem que precede a sua fama. A de ser um dos melhores nas mesas de jogo da Europa. Senhor John Law de Lauriston.

Dois pajens puxaram as pesadas cortinas de veludo vermelho-púrpura. Um homem adentrou o suntuoso salão de La Duclos; uma aparição como a de um rei de um novo mundo. Com seu 1,90 de altura, John Law sobrepujava todos os duques, marqueses, condes, atores, sábios, cientistas, dândis e jogadores muito viajados que estavam presentes. Ele parecia uma força da natureza, ao entrar com seu grande casaco de veludo em decentes cores pastel com lapelas brancas. As mangas eram incomumente largas com punhos grandes e chamativos, e as lapelas largas. John Law dirigiu-se com determinação até a mesa de jogo central. Ele retribuiu galante e soberanamente os olhares de reconhecimento. Tudo naquele estranho de grande estatura com aquela gravata exclusiva parecia verdadeiro. A sua calma não era fingida, os seus galanteios não eram forçados. Sem comparação com o egocêntrico e atarracado Rei-Sol equilibrando-se em seus saltos altos. Aquele John Law preencheu todo o salão com a sua presença, atraindo os presentes para si de forma irresistível, antes mesmo de dizer uma só palavra ou de distribuir uma só carta.

O marquês D'Argenson estava de pé ao lado da mesa central e instou o senhor George com um sinal a se oferecer para jogar uma partida.

— Ele está usando algodão — sussurrou D'Argenson —, apesar de o rei ter baixado um decreto contra a importação de algodão.

O senhor George compactuou com D'Argenson, fazendo uma careta azeda.

— Isso é uma afronta, uma provocação deslavada. Será que com isso ele está querendo insinuar que a França perdeu a sua hegemonia no mundo?

— Pelo jeito, ele acha que os ditames de indumentária do nosso rei são antiquados — disse sorrindo D'Argenson.

— Pelo menos ele está usando uma peruca tipo *allongé* — disse o senhor George, sentando-se à mesa.

— Pois ele terá que segurá-la muito bem com ambas as mãos, pois logo logo um vento gelado irá soprar no seu rosto.

De fato, o conjunto usado por John Law era uma ruptura com todos os costumes. Porém cada um dos que estavam se mostrando chocados com aquilo sentia uma certa alegria no seu íntimo, pois a ordem rígida do Rei-Sol absolutista estava se desfazendo. A aparição de John Law deixou entrever o quão frágil a sociedade parisiense tinha se tornado e como todos os diques se romperiam, tão logo a morte do envelhecido Rei-Sol fosse divulgada.

La Duclos concedera a John Law o privilégio de ficar com a banca. Jogaram contra ele o senhor George e dois outros nobres cujos nomes não eram familiares a John Law. D'Argenson decidira espreitar a mesa como se fosse um leão. Fez isso na tentativa de irritar o escocês. Ele se manteve permanentemente em movimento. Ora ficava ao lado de John Law, ora atrás do senhor George, olhando fixamente para os punhos largos do casaco inovador de John Law. Ele procurou se manter onipresente, intimidando John Law. Diferentemente da indumentária rígida e justa dos demais convidados, as peças amplas e confortáveis que John Law encomendara faziam com que a sua grande estatura parecesse ainda maior e mais imponente. Aquilo, somado à incomparável calma que o escocês irradiava, fazia parecer que ele entendia ainda mais da vida e de suas normas. A calma do escocês era ímpar. Suas palavras eram pensadas, bem refletidas e muito bem formuladas, como se ele as estivesse citando de algum livro.

Quer se gostasse do escocês ou não, ele deixava uma impressão indelével em todos os que tivessem estado com ele. Depois de algumas partidas, um dos convidados já tinha envolvido o escocês numa conversa sobre a utilidade do recém-fundado Nationalbank em Londres. Enquanto seguia concentrado no jogo dos adversários, John Law esclarecia os pontos fracos daqueles sistemas bancários inconsistentes e defendia, como de passagem, a introdução do papel-moeda para contornar a escassez de metais. Quase ninguém no salão conseguiu seguir as explicações de John Law. As pessoas entendiam as palavras, mas não compreendiam o seu significado nem a utilidade daquilo para a França.

D'Argenson, no entanto, compreendeu muito bem o que o escocês dizia. E havia ainda um segundo homem que seguia as explicações atentamente. Ele tinha aproximadamente a mesma idade de John Law. John percebeu rapidamente que as mulheres tinham uma forte queda por aquele jovem extremamente atraente. Um sorriso de reconhecimento mútuo deslizou pelos seus rostos quando seus olhares se cruzaram. Eles souberam de pronto que gostavam um do outro e que se compreendiam. Um olhar bastou para comunicarem um ao outro que amavam as mulheres, o vinho, o mundo dos belos e poderosos e os salões nos quais se jogava e onde eram trocados todos os pensamentos novos e excitantes.

— O senhor John Law de Lauriston — disse o jovem — não gostaria de nos revelar quais são, em sua opinião, os motivos da desoladora situação econômica da nossa nação?

John Law percebeu imediatamente que aquele jovem devia desfrutar de uma proteção especial na Corte do rei. De outra forma, não se explicaria como ele podia estar chamando publicamente a situação econômica da França de desoladora.

— Se eu fosse ministro das Finanças, evitaria as inúmeras guerras: vinte anos de guerra, um exército de prontidão com mais de 200 mil soldados, a exagerada quantidade de obras... — Um murmúrio percorreu o salão enquanto John distribuiu as cartas, esperou as apostas dos jogadores e prosseguiu sem se abalar — a emigração de meio milhão de huguenotes...

As vozes de desagrado ficaram mais altas. D'Argenson, que já estava furioso por não ter conseguido pegar o escocês trapaceando com as cartas, cortou-lhe a palavra:

— Não acho que um escocês protestante deva dar qualquer tipo de conselhos à França.

— Pediram-me literalmente que o fizesse, senhor — disse sorrindo Law, apontando com um gesto galante para o jovem.

— O duque d'Orléans gosta de brincar, senhor Law — respondeu d'Argenson.

— Eu também — respondeu John Law, amealhando risadas amistosas. John Law acenou com reconhecimento e simpatia para o duque; enquanto juntava com um gesto discreto as moedas que o senhor George acabara de perder.

— O duque d'Orléans é sobrinho do rei, senhor Law — murmurou o senhor George com indisfarçável malícia. John Law voltou-se novamente para o duque, demonstrando seu respeito com uma nova reverência.

— Não tema, senhor Law, não falarei sobre isso com o rei — disse sorrindo o duque d'Orléans.

— Eu ficaria feliz se o senhor o fizesse. Vim a Paris com a finalidade de apresentar ao rei os meus planos para o saneamento das finanças públicas francesas.

Os olhares de d'Argenson tornaram-se ainda mais sombrios. Não passou despercebido a John Law que d'Argenson fervia por dentro. Ele voltou-se com simpatia para o marquês e disse:

— Senhor, alguém ser ou não capaz de apresentar um conselho financeiro não é uma questão de nacionalidade, mas de conhecimento de causa.

D'Argenson voltou-se para La Duclos e sussurrou:

— Um gênio com ambições, senhora.

La Duclos despiu-se rapidamente e se sentou no largo banco sob a janela. Puxou John Law avidamente para si, apertou-lhe a cintura, arranhou-lhe o traseiro e gemeu tão desinibidamente que, àquela altura, muito provavelmente toda a criadagem já estava escutando atrás da porta.

Enquanto John Law acarinhava-lhe o pescoço, viu as luzes lá embaixo no pátio. Viu uma carruagem. Dois homens saltaram. O senhor George e d'Argenson.

— Tome cuidado com d'Argenson — gemeu La Duclos.

— É aquele homem com cara de chimpanzé?

— Sim — gritou La Duclos tomando fôlego —, ele é o chefe de Polícia de Paris.

Enquanto arrancava gritos cada vez mais altos da bela atriz com suas estocadas vigorosas, John viu d'Argenson apertar a mão do senhor George.

D'Argenson olhou fixamente para uma janela no segundo andar. Ele pensou ter reconhecido o contorno de duas pessoas.

— O populacho agora faz essas coisas até mesmo nas escadarias — observou o senhor George com desdém. O olhar de d'Argenson não se moveu.

— Não notei ninguém tão alto em meio à criadagem, senhor George. Quanto o senhor perdeu esta noite?

— Dinheiro demais.

— Não posso lhe devolver o dinheiro, mas posso providenciar para que não perca mais.

La Duclos puxou a cabeça do escocês para si e beijou-o intempestivamente na boca:

— O seu casaco novo deixou meus convidados encantados. As pessoas pensavam que a moda das vestimentas do nosso rei moribundo iria vigorar eternamente. Elas achavam que, se essa moda desaparecesse algum dia, todos nós teríamos que andar nus por aí. Esta noite o senhor provou que isso não é verdade. Algo novo está vindo. O senhor disse hoje à noite: *Quando alguma coisa morre, algo novo surge*. E todos no salão acharam: "Este escocês tem razão." Mesmo se o rei morrer, a França não morrerá, somente o rei.

— As pessoas ouvem, mas não compreendem. Se eu tiver sorte, o rei me dará ouvidos. Mas será que ele vai compreender que o dinheiro é um meio de troca, que não tem valor em si, e consequentemente não pode ser medido pelo seu conteúdo em metal?

— O senhor está sendo injusto comigo, senhor Law — disse uma voz na escuridão. La Duclos soltou um grito de medo, escorregou para fora do banco da janela e juntou suas roupas. A porta de um salão se abriu. A luz bruxuleante de archotes invadiu a escadaria. O duque d'Orléans estava diante deles, com um manto púrpura sobre os ombros — por baixo, o duque estava nu. Algumas damas, igualmente com pouca roupa, soltavam risinhos atrás dele. — Finalmente um homem inteligente em Paris. Por favor, junte-se a nós, e explique-me mais detalhadamente as suas teorias. Se o senhor conseguir cortar as dívidas públicas pela metade com as suas maravilhosas teorias financeiras, talvez até mesmo o meu tio possa aboná-las. Abonar, não compreender. Nosso Rei-Sol está cercado de tal forma por conselheiros que já está na escuridão há muito tempo.

John Law e La Duclos vestiram-se às pressas e seguiram o duque d'Orléans até um salão que estava na penumbra. John Law sentou-se ao lado do duque num sofá macio e observou os corpos nus que se aninhavam em silêncio e à meia-luz sobre os preciosos gobelins que cobriam o chão. No ar havia um cheiro adocicado de incenso oriental. Uma moça tocava cravo na outra ponta do salão. Outras moças estavam deitadas aos seus pés, sugando os bicos de um narguilé. Reviravam os olhos enquanto sugavam, como se estivessem possuídas por demônios.

— Precisa me contar mais, senhor Law — disse o duque depois de algum tempo. — Alguém que domina as mesas de jogo porventura pode também entender de finanças públicas. No final das contas, ambas baseiam-se em fórmulas matemáticas. Num algoritmo. Não se acanhe. Se suas teorias me convencerem, não vou lhe oferecer uma mesa de jogo para comprovar se estão corretas, e sim toda uma nação. O senhor não irá jogar com fichas, e sim com milhões de pessoas.

O duque pegou uma jarra cheia de vinho e tomou um gole. Em seguida, passou-a adiante para John Law. Ele levou-a aos lábios, esvaziando-a em poucos goles.

— Venha — disse o duque rindo, e levantou-se com um pulo.

John Law seguiu-o na penumbra pelo salão, ao longo de pesadas cortinas, passando por corpos despidos que pareciam ter se perdido em sonhos loucos. Mãos tocavam-no a todo instante, tentando detê-lo. Mas o duque continuou puxando-o devagar e com um sorriso, até chegarem a uma mesa sobre a qual estava uma grande arca. Dentro da arca moviam-se pequenos camundongos. Um jovem, de torso nu e com calças vermelhas apertadas, ocupava-se com um cilindro de vidro. O cilindro movia um volante. Moças seminuas observavam a experiência.

— Este é o fogo elétrico — sussurrou o duque, olhando misteriosamente para John. — Eletricidade gerada por atrito.

O jovem com calças apertadas segurou dois fios e os encostou num camundongo. O pequeno animal foi arremessado contra a parede interna da caixa e ficou caído, inerte.

— Ele está morto? — perguntou John Law.

O duque d'Orléans segurou o camundongo pelo rabo e ergueu-o. John Law segurou-o nas mãos. Estava morto.

O jovem que fizera a experiência deu um sorriso largo mostrando os dentes podres.

— Peguemos agora um rato maior — sussurrou o duque. — Eu.

Um burburinho se espalhou pelo salão. Cada vez mais vultos escuros aproximaram-se da caixa misteriosa. O jovem colocou o volante novamente em movimento, procurando fazer uma expressão extremamente deprimida. De repente, agarrou a mão de uma moça que se apoiava languidamente nele, tocando nos fios ao mesmo tempo. A moça foi atirada ao chão com um grito lancinante e ficou caída inerte.

— Impressionado? — perguntou o duque.

— Ela está morta? — perguntou Law.

— Não, não — disse o duque rindo, enquanto os circundantes colocavam a menina novamente em pé. — Talvez algum dia nós consigamos fazer paralíticos andarem. Ou ganhar a guerra contra a Inglaterra. — Aqui neste salão, senhor Law, o senhor está vendo coisas que qualquer criança vai dominar dentro de cem anos: experiências magnéticas, bombas inovadoras, máquinas movidas a vapor. Estamos no umbral de uma nova era, na qual tudo poderá ser explicado e reproduzido. E no final não restará nenhuma pergunta sem resposta. E Deus irá descansar, deixando-nos com todos os nossos pesares.

O duque voltou-se para uma jovem que estava próxima, buscando aplauso. Ajoelhou-se diante dela e começou a beijá-la apaixonadamente.

No cemitério atrás do Hospital de Paris sempre havia, como por toda a Europa, túmulos recém-escavados. A morte não era algo incomum.

Era um acontecimento frequente. Da mesma forma como se sabia que os cachorros vivem somente 10 ou 13 anos, sabia-se que as pessoas nunca envelheciam juntas. Quase nunca. Pessoas morriam. Casais eram frequentemente separados. Perdia-se o marido ou a esposa uma, duas, três, quatro vezes. Perdia-se meia dúzia de filhos, antes que um deles conseguisse finalmente chegar ao sétimo ano de vida. Morria-se permanentemente, em toda a parte e a qualquer momento. A morte era onipresente. Fechavam-se acordos para sobreviver, acordos temporários, para juntos se conseguir suportar melhor os horrores do destino. John Law entrou no caminho que atravessava os túmulos. Ele levava na mão a bengala do ourives de Edimburgo, a bengala do seu pai, com o castão de ouro e a inscrição *non obscura nec ima*. Nem insignificante nem pequeno. O médico que tinha operado o seu pai já falecera. Ele não pôde falar com ninguém sobre o pai. Também não havia nada sobre o que ele ainda fizesse questão de falar. Sua morte acontecera havia 11 anos. O jovem passou pelos túmulos e finalmente parou diante de um túmulo modesto. Estava coberto por ervas daninhas. Não havia lápide. Somente uma placa colocada no chão, na qual constava o nome do pai. *William Law*.

John Law apertou a bengala com força. Comunicou ao pai, em pensamento, que viera fazer os seus votos.

— Não prometa muita coisa ao seu pai — ironizou uma voz ao fundo. — *Eu*, em todo caso, nunca faço promessas.

John Law virou-se. O marquês d'Argenson veio lentamente em sua direção. Ele estava com aquele sorriso que dizia a todos que era impossível esconder alguma coisa dele, o chefe de Polícia de Paris.

— Está perturbando o sossego dos mortos, senhor marquês.

— E desde quando uma pessoa de tanto bom senso como o senhor acredita que os mortos necessitam de sossego?

D'Argenson ficou a dois passos de John Law. Parou diante dele e olhou dentro dos seus olhos.

— Os meus documentos não estão em ordem? — perguntou Law.

— Ontem à noite eu não consegui perscrutá-lo, senhor Law. Não sei como consegue, mas o senhor trapaceia. É algum tipo de truque sujo no carteado.

John permaneceu à vontade. Viu o fogo nos olhos de d'Argenson. Ele sabia que d'Argenson queria deliberadamente provocá-lo, mas não se deixou provocar.

— Não jogo cartas como um entretenimento, e sim como um trabalho científico. Eu calculo o risco. Como um contador. Como uma companhia de seguros.

D'Argenson sorriu.

— E o que é que o senhor faz durante o dia? O que é que um escocês protestante, condenado à morte na Inglaterra, procura em Paris? O senhor certamente não veio até aqui para engravidar La Duclos...

— Eu me ocupo com documentos científicos...

— O senhor é um jogador — interrompeu-o d'Argenson rispidamente —, um desses infames cavaleiros da sorte que cruzam a Europa, de salão em salão, trapaceiam um pouco, transam um pouco...

— O senhor está querendo me ofender, senhor marquês?

— O senhor pretende me desafiar para um duelo? — disse sorrindo d'Argenson.

— Não, eu vou convencer o rei das minhas ideias!

— Temo que não terá mais esta oportunidade. O senhor tem exatamente uma hora para sair de Paris, e outras 12 horas para sair da França.

— Baseado em quê, senhor?

— Eu posso atirá-lo na prisão até que me ocorra o parágrafo do código penal correspondente, senhor Law.

John Law sorriu.

— Seus argumentos são muito convincentes. Mas será que o senhor também vai conseguir convencer o duque d'Orléans?

— Eu não sei o que o sobrinho do rei lhe prometeu. Não importa o que tenha sido, ele já esqueceu hoje de manhã. Sua carruagem está esperando. Em direção a Veneza ou Amsterdã... Ou será que o senhor prefere Londres?

John Law acenou com a cabeça.

— Eu voltarei, senhor.

— Todos dizem isso. Mas a única que volta é a peste.

* * *

Os homens que se moviam em direção a Paris numa fileira interminável tinham as cabeças raspadas. Vestiam os casacos de feltro vermelho dos prisioneiros das galés do Rei-Sol. A necessidade de novos prisioneiros era enorme. Cada vez mais pessoas eram condenadas na França para o serviço nas galés: criminosos perigosos, ladrões, vagabundos, mendigos, ciganos, contrabandistas — e protestantes. Todos os homens usavam uma coleira de ferro. Nelas ficavam penduradas pequenas correntes com um aro na ponta. Por esse aro enfiava-se uma outra corrente que unia todos os prisioneiros. Se um caísse, puxava os prisioneiros que estavam na frente e atrás, jogando-os no chão. Era melhor não cair.

Nicolas Pâris observava John Law, que estava sentado na sua frente na carruagem. A fileira quase interminável de prisioneiros passava por eles lentamente e aos trancos.

— O senhor devia ser grato ao marquês d'Argenson por não ter sido obrigado a ir a pé até Marselha — murmurou Pâris com ar cansado. — São mais de 200 milhas até Marselha. Não é qualquer um que sobrevive a isso. Quando chegarmos a Marselha teremos poucos prisioneiros, apesar de esvaziarmos todas as prisões no caminho. São simplesmente muito poucos. Em todos os lugares onde existe contrabando de sal e de tabaco, existem prisões. Mas, apesar disso, temos muito poucos remadores.

John Law viu os rostos macilentos dos prisioneiros que olhavam timidamente para a carruagem, mendigando e implorando, enquanto ela passava sacolejando. As pessoas estavam destruídas pela tortura, a brutalidade e a fome. Muitos tinham as orelhas e o nariz arrancados, além de uma marca de ferro no rosto.

— Esses são os desertores, senhor Law. Nós cortamos suas orelhas e o nariz e os marcamos a ferro em brasa com dois lírios nos rostos, o lírio do rei.

— E aqueles ali? — perguntou Law. Alguns dos escravos das galés tinham uma aparência estrangeira.

— Turcos, muçulmanos — murmurou Nicolas Pâris, bocejando ruidosamente. — Tudo o que conseguimos comprar em Livorno, Veneza, Malta, Mallorca e Caligari são turcos. No Oriente são os cristãos que rangem nos bancos dos remadores e aqui são os turcos. O senhor está vendo ali? — Pâris inclinou-se na direção da janela da carruagem.

— Aquele é um iroquês. Eles são capturados pelo duque de Denonville, o governador da Nova França, e vendidos para o exército. Mas são mercadoria perecível. Basta espirrar na frente dele para ele cair morto.

— Iroquês — murmurou John Law.

— Sim, iroquês. Por que é que o senhor não faz uma tentativa no Novo Mundo, senhor Law? Na terra dos iroqueses. Dizem que as mulheres deles são insaciáveis, tal qual animais selvagens.

— Eu prefiro as mesas de jogo da Europa — disse John Law sorrindo.

Catherine Knollys entrou em silêncio no salão dos católicos ingleses no castelo St. Germain-en-Laye. Ela evitou a claridade das lamparinas e manteve-se discretamente ao fundo. Só os seus olhos se moviam sem parar, examinando as pessoas que jogavam, sob os grandes candelabros, sentadas às mesas de Faraó. Criados estavam postados ao longo das paredes, tão imóveis e quase tão invisíveis quanto Catherine Knollys. Eles observavam os acontecimentos, registravam cada movimento de mãos, cada olhar. Um lacaio aproximou-se de Catherine e perguntou-lhe em voz baixa se ela desejava alguma coisa.

— O senhor George de St. Andrews está presente? — perguntou Catherine Knollys. O criado acenou com a cabeça e apontou para a última mesa de Faraó. Catherine seguiu lentamente até a mesa. O jogo estava em pleno andamento. O senhor George era um dos jogadores. Ele acariciou suavemente a mão da sua jovem acompanhante e sussurrou algo no seu ouvido. A dama sorriu encabulada e escondeu o rosto atrás do leque. Então o senhor George apostou outras cinco fichas no rei de copas, e olhou cheio de si para a acompanhante.

— *Sept gagne, dix perd* — fez-se ouvir a banca.

Ouviram-se exclamações de espanto e de decepção. O responsável pela banca recolheu as apostas que tinham sido feitas no sete. O senhor George olhou para o alto, irritado. Ao fazê-lo, notou a mulher que se aproximava da mesa com determinação. Ele já ia voltando a atenção para o jogo quando se deu conta de que aquela mulher não era ninguém mais do que a esposa. Ele retirou lentamente a mão da coxa da jovem, e, hipócrita, levantou o olhar para a esposa. Mas ela havia desaparecido. No lugar onde ele acabara de vê-la estava um senhor idoso com uma peruca branca empoada.

Catherine já dera as costas para a mesa de Faraó e estava se encaminhando para a porta dupla do salão, guardada por dois criados. Ela ainda não tinha alcançado a porta quando o senhor George notou a esposa novamente. Ele desculpou-se com a acompanhante e foi atrás dela.

— Catherine?

Catherine Knollys parou entre os dois criados e virou-se.

— Quem lhe deu permissão para sair de Londres? — perguntou o senhor George. Seu olhar estava frio, e a voz, severa.

Catherine sorriu.

— O ataque é sempre a melhor defesa, não é verdade, senhor? — disse ela sorrindo.

Aquela conversa era incômoda para os dois criados. Eles pareciam ter congelado. Seus olhares estavam fixos, passando por cima das cabeças do casal. Eles quase não respiravam mais. Só os seus pomos de adão se movendo permitiam concluir que estavam bem acordados e vivos. Para os nobres, eles não passavam de peças do mobiliário. Os nobres estavam acostumados com a constante presença da criadagem, quer estivessem fazendo as suas necessidades ou molestando a empregada na cozinha. Só os criados é que aparentemente não pareciam estar acostumados com aquilo.

— Não compreendo, senhora. Estou lhe perguntando por que a senhora não está em Londres.

— Porque agora estou em Paris. Eu queria fazer uma surpresa ao meu amado esposo.

— A senhora conseguiu me fazer uma surpresa. Mas não me deixou muito feliz com ela.

— Oh — exclamou Catherine —, na verdade, eu quis lhe fazer esta surpresa ontem à noite, mas o senhor ainda estava ocupado com a senhorita. Isso, no entanto, não me surpreendeu.

— Eu não lhe devo satisfações, senhora — sibilou o senhor George de St. Andrews, enquanto os pomos de adão dos dois criados pareciam se mover ainda mais rapidamente. — Volte imediatamente para Londres, com o primeiro navio postal.

— Não farei isso. Desde que o senhor emigrou para Paris, eu só tenho escutado histórias de mulheres a seu respeito. Eu não me espantaria se o senhor já tiver contraído sífilis há muito tempo.

— A senhora está definitivamente indo longe demais...

— Eu sempre me esforcei por lhe querer bem, para agradar-lhe. Isso talvez até tivesse se transformado em amor, algum dia.

— Existem regras, senhora. Tanto no jogo quanto na vida. Caso não compreenda as regras da vida, peça por favor ao seu tão estimado irmão, lorde Branbury, que lhe explique os deveres e direitos de uma esposa.

Os olhares dos criados encontraram-se por um instante. Eles desviaram os olhos, desapontados.

— Estou vendo que o céu já lhe castigou por sua vida libertina. A sífilis parece ter destruído a sua capacidade de compreensão.

— Se a senhora fosse um homem, eu a desafiaria para um duelo — sibilou o senhor George.

— Se eu fosse um homem — retrucou Catherine —, eu aceitaria o desafio. — E com estas palavras ela bateu no seu rosto com a mão espalmada. Depois saiu do salão.

Capítulo VIII

VENEZA, 1695

John Law instalou-se em frente ao renomado Banco di San Giorgio e foi fazer-lhe uma visita logo no dia seguinte. Ele era, ao lado do Banco del Giro fundado em 1619, e do Banco del Rialto, a mais importante instituição bancária de Veneza, sediado numa construção renascentista com colunas coríntias, suntuosamente decorada com motivos gregos e romanos.

O duque de Savoia, diretor do banco, sorriu com benevolência para John Law enquanto examinava a carta de crédito de maître le Maignen. Os lambris de madeira entalhada nas paredes do majestoso salão estavam ornados com pinturas de mestres holandeses e italianos. O salão servia de escritório para o banqueiro. Uma luz clara e quente penetrava pelas janelas altas, parecendo dar vida aos inúmeros afrescos e pinturas em *trompe-l'oeil*.

Dois secretários estavam sentados junto a uma mesa artisticamente entalhada. Eles estavam ocupados com a escrituração. Atrás deles havia uma porta dupla, totalmente aberta. Ela permitia entrever uma biblioteca que se estendia até o pátio do Palazzo.

— O senhor vai ficar muito tempo em Veneza?

— Sim — respondeu John Law. Não por acreditar naquilo, mas por achar que era a resposta mais adequada. Law contou que queria publicar um tratado econômico sobre *Dinheiro e comércio*, e que por isso gostaria de saber mais sobre as renomadas instituições bancárias de Veneza. Ele falou de Edimburgo, de Londres, de Paris, das suas conversas com

167

o duque d'Orléans; não disse muito, só o suficiente para uma pessoa de fora juntar umas coisas com as outras e em seguida introduzi-lo no círculo dos ricos e poderosos. O duque de Savoia explicou a John Law que os bancos de Veneza não eram simplesmente bancos nos quais os credores depositavam moedas em troca de recibos de papel. Não, os bancos venezianos eram constituídos por um grupo de pessoas nobres, credores muito abastados que tinham emprestado dinheiro ao Estado, e em contrapartida administravam os recebimentos dele. Eles adquiriam propriedades, sustentavam exércitos e esquadras, faziam guerras e conduziam acordos governamentais.

Depois de entregar a John Law o dinheiro solicitado, o duque de Savoia perguntou se poderia satisfazer-lhe ainda mais algum desejo.

— *Mesdames, messieurs, faites vos jeux.*

O duque de Savoia tinha conseguido para John o acesso ao mais renomado Ridotto de Veneza: o Palazzo de Marco Dandolo. Ali só transitava quem tivesse posição e nome. Os Ridotti de Veneza deixavam na sombra tudo o que John Law conhecera na Inglaterra e na França. Os salões de jogo estavam distribuídos por diversos andares, com inúmeras mesas de jogo. A máscara veneziana era obrigatória e facilitava a satisfação rápida e anônima de toda e qualquer luxúria nas discretas salas laterais. As apostas nas mesas eram maiores ou menores, conforme o Ridotto. Os lugares onde se permitiam as maiores apostas eram frequentados pelos poderosos da cidade, por amantes misteriosas e pelos eternos jogadores profissionais. Eram jogadores notórios, vindos de todas as partes da Europa, sempre afirmando ter em demasia aquilo que buscavam avidamente dia e noite: dinheiro. Eles enfeitavam as conversas com menções aparentemente casuais sobre a sua pretensa ascendência seleta, e na verdade viviam como ratos, nos albergues mais baratos. A única coisa que eles podiam se dar ao luxo de ter era a dispendiosa indumentária para as suas aparições noturnas, além de um pouco de dinheiro trocado para começar. John Law diferenciava-se agradavelmente daquela espécie, evitando exageros para não chamar a atenção e parecer pouco confiável. Ele celebrava a arte de ler um jogo de cartas, e com isso impressionava tanto os ricos banqueiros nas mesas, como as damas que disfarçavam os olhares atrás das máscaras enquanto sinalizavam com os leques, umas mais, outras menos discretamente, a luxúria e o desejo.

John Law tornou-se logo o assunto da cidade. Recebeu ofertas para trabalhar nos mais renomados bancos de Veneza. John Law aproveitou a oportunidade para conhecer na intimidade o dia a dia das instituições bancárias de Veneza, dedicando-se durante o dia aos seus novos trabalhos com grande afinco e uma permanente e incansável sede de conhecimento. Ele passava as noites nos salões e depois nas camas das condessas, duquesas, e das amantes. Mas as suas companheiras começaram a entediá-lo. Ficava cada vez mais sentado no quarto, à luz de velas, trabalhando no seu manuscrito, que intitulara de *Dinheiro e comércio*.

Como de costume, o salão do duque d'Orléans estava cheio de convidados. A atração da noite era uma pequena bomba de vapor que sugava água de uma bacia. Ela gerava vácuo com o auxílio da pressão do vapor, e assim sugava a água do fundo. Os convidados do duque estavam encantados e assistiam fascinados à apresentação do inventor inglês, que tentava explicar a sua utilidade num francês ruim.

— Minha *machine* não fica cansada *never*. Ela necessita de carvão. Carvão é *food*. Ela *can* mais do que cem cavalos.

— Será que algum dia poderemos utilizar a sua máquina para o onanismo? — perguntou o duque visivelmente bêbado. Seus convidados riram. Então o inglês tentou explicar o procedimento em inglês, mas a inquietação entre os presentes indicou que nem todos compreendiam o idioma.

— A sua máquina não sabe traduzir? — perguntou um dos presentes, um jovem que mal conseguia manter-se de pé e estava sendo amparado por duas moças.

— Ele está dizendo que a água se dilata quando aquecida e se transforma em vapor — disse uma voz feminina. A maioria virou-se para observar a figura que se destacou na penumbra. — Se um cilindro hermeticamente fechado fosse preenchido com vapor e depois resfriado, obter-se-ia novamente água. Isso formaria um vácuo que poderia ser utilizado para mover um pistão.

— Que era maravilhosa — exultou o duque —, uma mulher está nos esclarecendo. — O duque dirigiu-se com os braços bem abertos até a desconhecida. — No dia em que as máquinas a vapor tiverem dispensado as pessoas de todo e qualquer trabalho, nós ficaremos apenas aos pés de mulheres como a senhora, ouvindo as suas palavras.

Catherine inclinou-se diante do duque e estendeu-lhe galantemente a mão.

— Bem-vinda ao meu salão, senhora...?

— Catherine Knollys — respondeu ela em voz baixa.

— Sim, é claro. Fico satisfeito que a senhora tenha podido aceitar o meu convite. Ouvi dizer que travou conhecimento com John Law em Londres.

O duque puxou-a para o lado e conduziu-a para longe das pessoas que continuaram a assistir à demonstração do inglês.

— Onde está ele? — perguntou o duque. Ele já não parecia nem um pouco bêbado. — Estamos sentindo a sua falta.

— Eu também — sussurrou Catherine. — Pensei que talvez o senhor pudesse me ajudar.

— Comenta-se que o senhor d'Argenson, nosso honorável chefe de Polícia, o expulsou do país.

— Por quê? — perguntou Catherine, preocupada. A decepção estava estampada no seu rosto.

— Provavelmente ficou com medo que um escocês pudesse tornar-se ministro das Finanças da França —— brincou o duque.

— Eu imploro, senhor duque; ajude-me a achá-lo, convide-o para vir a Paris, providencie um visto de entrada para ele, um visto de permanência... um convite oficial da Corte.

O duque d'Orléans fitou a mulher com ceticismo.

— Senhora, temo que a senhora ame este escocês. Isso é ruim, muito ruim. Por que não pode simplesmente desfrutar?

Catherine Knollys lançou um olhar desesperado para o duque.

— Paris não é Londres, senhora — tentou explicar o duque. — Aqui nós comemoramos as festas do jeito que elas vêm. Pois amanhã tudo poderá ter se acabado. O rei morre, o povo invade Versalhes, a peste retorna, a sífilis coça... Paris foi tomada por um certo fatalismo.

E a senhora está falando de amor? — Ele olhou para Catherine com comiseração.

— Eu sou casada, senhor, com o senhor George de St. Andrews.

— Todos nós somos casados, senhora; com convenções, dependências, obrigações, todos nós remamos em galeras imaginárias. Mas quando o rei morrer, as máquinas a vapor vão mover as nossas galeras, e nós ficaremos livres para... para mulheres como a senhora. Todos os diques irão se romper, senhora. Vamos comemorar, estamos no início de uma nova era.

— Uma loteria? — perguntou Victor Amadeus, turinense de nascimento. — Uma loteria oficial? — O turinense viajara até Veneza a convite do duque de Savoia, para conhecer o homem que era precedido por sua fama de saber calcular riscos com precisão.

— Sim — respondeu John Law —, nós conhecemos o jogo de azar dos Ridotti. Conhecemos os papéis oficiais que são vendidos pelas nações. Mas até agora ninguém teve a ideia de combinar esses dois produtos. Papéis oficiais que rendem juros de 5 por cento e ao mesmo tempo tem uma numeração que participa de uma extração. A receita da loteria seria majorada em 5 por cento, fazendo com que o Estado obtivesse dinheiro novo sem nenhum custo.

O duque de Savoia sorriu para o amigo turinense.

— Eu o preveni. Ele quer transformar toda uma nação num Ridotto.

— Por acaso o imperador Adriano transformou Roma num banheiro público só por ter arrecadado um imposto sobre os banheiros? — perguntou Law.

O turinense refletiu. A ideia pareceu ter-lhe agradado, mas alguma coisa ainda parecia incomodá-lo.

— Pessoas que gastam o dinheiro que lhes resta numa loteria vão embriagar-se em público.

— Eles estarão gastando dinheiro com um empréstimo para o Estado. Victor Amadeus, isto pode causar-lhe espanto, mas eu não sou amigo de loterias. Loterias públicas causam menos danos do que as particulares, é verdade, mas vão contra os interesses do Estado, porque animam os mais pobres a ganhar dinheiro não mais com o seu trabalho, mas com a aquisição de rifas. No final das contas, incentiva até mesmo a criminalidade. Mas eu estou disposto a segurar cada um dos números a serem sorteados contra um possível prejuízo.

Victor Amadeus soltou uma gargalhada.

— O senhor agora está querendo misturar o negócio das seguradoras com os empréstimos públicos e com os Ridotti. O senhor não acha que, além de nós três, ninguém mais vai conseguir entender esta configuração?

— Então me conceda simplesmente uma licença para montar uma loteria em Veneza ou em Turim — sugeriu Law.

— Isso é viável — respondeu prontamente o duque de Savoia. O turinense apoiou-o.

— Mas o senhor vai precisar de crédito.

John Law concordou.

— Coloco o meu trabalho a sua disposição como garantia. Caso não consiga lhe pagar pelo empréstimo, comprometo-me a trabalhar para o seu banco pelo tempo que for necessário até pagar o empréstimo. Caso eu consiga pagar o empréstimo de volta em quatro semanas, o senhor receberá juros no valor de 5%...

— Está doando fantasias, senhor Law...

— Quinze por cento e a garantia adicional de que o seu banco irá empenhar-se junto à Corte francesa para que eu consiga novos vistos de entrada.

— França? Mas precisa ser a França?

— A maioria das pessoas não fracassa de verdade, elas desistem antes da hora — disse rindo John Law. — Depois que o Rei-Sol morrer, a França vai se dar conta de que o Estado se acha falido. E então a França vai precisar da minha ajuda.

— A França católica vai precisar de um escocês protestante, cuja pátria quer unir-se ao seu arqui-inimigo, a Inglaterra?

John Law aquiesceu amavelmente.

— Desde que Jesus transformou água em sangue, tudo é possível.

— O senhor é um jogador incorrigível, mas num nível que a Europa ainda não conheceu. Vou participar deste jogo.

— Isso não é um jogo, meus senhores. É matemática; mas não para uma mesa num Ridotto, e sim para uma nação inteira.

* * *

John Law estava na gráfica do mestre Vanuzio, observando-o passar a tinta com as mãos na placa de impressão, enquanto seu ajudante montava a próxima folha de papel sobre a tampa de impressão, colocando-a sobre a placa. Os dois empurraram a placa com a tampa para baixo do prelo, e depois disso um outro ajudante baixou o prelo com a ajuda de um parafuso de madeira. Aquele procedimento era completamente ultrapassado. Era quase inacreditável que o desenvolvimento das máquinas de impressão concebido por Leonardo da Vinci tivesse passado pelo mestre Vanuzio sem deixar rastro.

— Agora vou imprimir o meu próprio pagamento — brincou Vanuzio.

— Sim — respondeu John, amável —, conforme combinado, eu irei pagá-lo com estes papéis e espero que o senhor ganhe.

— Meu primo em Gênova ganhou na loteria alguns anos atrás. Então eu lhe disse: você deve ser grato às gráficas por isso. Sem gráficas não existiriam os cupons.

Orgulhoso, Vanuzio levantou o olhar e colocou a próxima placa debaixo do prelo.

— A loteria de Gênova... Quem é que administra a loteria lá? — perguntou Law.

Vanuzio sorriu.

— O Estado. Quando não consegue inventar novos impostos, ele inventa loterias. Na loteria de Gênova o senhor precisa acertar cinco números entre noventa números possíveis. É assim que funcionam há vinte anos as eleições para senadores genoveses. Cinco candidatos são sorteados senadores numa lista com noventa nomes apresentada pelos cidadãos. Com o tempo as pessoas se acostumaram a fazer apostas. Foi assim que surgiu a loteria de Gênova. E é assim que ela funciona até hoje: cinco em noventa. E agora se joga assim em todos os lugares e todos afirmam serem os inventores do jogo.

As folhas impressas eram colocadas para secar para depois serem cortadas e numeradas à mão. Por fim, os emitentes dos títulos públicos tinham que garantir com a sua assinatura que o portador receberia o valor impresso naquele pedaço de papel em moedas de metal.

A venda dos títulos públicos com direito a loteria era feita tanto no saguão de entrada do Banco di San Giorgio quanto em frente ao Palazzo de Marco Dandolo. John solicitara que se colocassem homens armados em frente ao Palazzo para ressaltar o alto valor dos cupons ali vendidos. Ao mesmo tempo, achava que poderia ganhar clientes adicionais devido à proximidade com o Ridotto de Marco Dandolo: os jogadores.

O produto de John Law, metade bilhete de loteria, metade título público, encontrou um eco inesperado. Toda Veneza falava sobre o assunto. John Law podia ficar horas a fio no saguão do Banco di San Giorgio observando as pessoas nas filas, desejando entrar. Às vezes, tinha a impressão de que as peças de um tabuleiro de xadrez estavam vivas. Era a primeiríssima vez que ele testava a exequibilidade de um sistema não numa mesa de jogo, e sim numa cidade. De repente, não estava mais lidando com três, quatro ou cinco jogadores, e sim com centenas, milhares de pessoas que queriam tentar a sorte. O fator humano de suas ideias de jogo financeiro-matemáticas tinha se materializado. Finalmente.

— O senhor transformou Veneza num grande Ridotto, senhor Law — brincou o duque de Savoia algumas semanas mais tarde, quando apresentou a primeira prestação de contas dos cupons vendidos. Já era tarde da noite. Os secretários tinham ido para casa. A desordem sobre a grande escrivaninha era testemunha de um dia frenético.

— Sim — respondeu John Law —, e ninguém precisa usar uma máscara.

Ao fazer a conversão, John Law viu que já havia ganhado mais de 20 mil libras.

— Tenho a impressão de que o senhor nunca mais precise trabalhar. O senhor já ganhou mais do que um secretário de Estado real em... — o diretor de banco fez as contas na cabeça e arregalou os olhos — ... em mil anos.

O duque de Savoia entregou um documento a John Law certificando que John Law possuía ouro no Banco di San Giorgio em Veneza no valor correspondente a 20 mil libras. Ao mesmo tempo, o consignatário, quem quer que fosse, tinha instruções de pagar a John Law, proprietário daquele documento, mediante a apresentação do mesmo, dinheiro vivo no valor correspondente a 20 mil libras. John Law não demonstrou nenhuma emoção.

— Não é o dinheiro que conta, meu estimado duque de Savoia, é o sistema, o procedimento, a ideia. Eu hoje não estou publicando nenhuma transação teórica, estou concluindo uma comprovação. O resultado é comprovável, é reproduzível. Eu inventei uma máquina que produz o combustível "dinheiro".

— E o que o senhor pretende fazer com este dinheiro? Aplicar? Investir? A nossa casa bancária foi incumbida de guarnecer o exército genovês. Se quiser, pode tomar parte nisso. O exército genovês é um credor melhor do que o rei inglês.

— Eu prefiro alugar um depósito em Veneza e comprar obras de arte.

— O banqueiro Rezzonico aluga depósitos com vigilância. Mas o senhor deseja realmente amontoar pinturas?

— Sim. Rafael, Tiziano, Rembrandt, Veronese, Caravaggio...

— O senhor entende de arte?

— O senhor quer saber se eu conheço o valor de um Rembrandt? Eu acho que algum dia ele vai valer mais do que toda a guarnição do exército genovês.

— E o senhor realmente acredita nisso?

— Fico feliz com o fato de ninguém acreditar. Aqui em Veneza se fazem leilões?

O leilão se deu na mansão do endividado nobre Rangone. Não era um leilão público, e sim reservado a uma clientela escolhida a dedo. Apesar disso, a sala estava explodindo de gente. Tinham acorrido principalmente os comerciantes de Turim, Florença e Gênova. Novos-ricos sem árvore genealógica, era assim que a falida nobreza rural se referia a eles com desprezo. Mas, a despeito do desprezo dos nobres, os novos-ricos preferiam ser novos-ricos a nunca-ricos, e eles haviam se tornado ricos por merecimento, não por nascimento ou herança. A nobreza ainda desfrutava de respeito, mas o futuro pertencia aos comerciantes bem-sucedidos. Era o que mostrava o leilão daquele dia: os comerciantes adquiriam e os nobres leiloavam. Os comerciantes eram ávidos por novos conhecimentos, por conhecimentos que tivessem uma utilidade prática. E os pintores do século XVII já tinham antecipado o que a sociedade iria cunhar no início do século XVIII. O abandono do maneirismo artístico em prol da reflexão exata, da reprodução fidedigna, do desejo de exatidão, realismo, autenticidade.

O leilão começou com uma obra de Veronese, artista falecido aos 60 anos em 1588, cujas obras já estavam penduradas no antigo palácio real de Paris, o Louvre. Mas a atenção de John Law não estava voltada para o Veronese e muito menos para as misteriosas damas que agitavam nervosamente seus leques quando o avistavam. Sua atenção estava voltada para um homem que parecia observá-lo. John Law já se habituara a pessoas se virando para olhá-lo, apontando discretamente na sua direção com o dedo ou fitando-o em silêncio. Mas o desconhecido com a peruca vermelha fazia John lembrar-se de alguém que ele não sabia quem era.

John já tinha voltado a se concentrar no leilão quando de repente acabou se lembrando.

— Nunca vai acabar — murmurou John como que no sono.

O duque de Savoia, que estava sentado ao lado de John Law no salão de leilões, olhou admirado para ele. John percebeu e sorriu desconcertado.

— Pensei que quisesse me dizer alguma coisa — sussurrou o duque de Savoia.

— Acabo de me lembrar de alguma coisa — devolveu John, olhando novamente para o desconhecido com a peruca vermelha. *Um homem deveria saber quando foi derrotado.* Estas tinham sido as suas palavras. E agora ele lembrou-se da resposta que George Lockhart de Carnwath lhe dera: — *Você saberia, John?*

John agora estava completamente acordado, como se o tivessem eletrocutado, como ao pequeno camundongo no salão do duque d'Orléans. Ele se inclinou na direção do seu acompanhante:

— Eu já estava querendo lhe perguntar isto há bastante tempo. Os papéis para o meu ingresso na França já chegaram?

— Hoje pela manhã, senhor Law. Mas espero que o senhor não nos deixe imediatamente.

A carruagem chispava pela noite adentro. Quatro cavalos puxavam o coche de correio alugado, levando a cada minuto seu único passageiro para mais perto do passo nos Alpes. A cada 15 milhas, os cavalos eram trocados nos postos oficiais dos correios. Mas John Law insistira em que a carruagem não fizesse nenhuma parada, andando 24 horas por dia. E que fosse pelo grande São Bernardo e não pelo Mont Cenis. Pois já existia um posto dos correios no São Bernardo havia alguns anos. Contava-se todo o tipo de histórias sobre aquele passo. Aníbal teria forçado os seus elefantes através dele para invadir a Itália. Inúmeros papas teriam atravessado o passo. Dizia-se que lá em cima havia cães de briga assírios, verdadeiros monstros que encontravam as pessoas soterradas, e que sabiam escavar. Mas o passo não podia ser alcançado com a carruagem. A correspondência era distribuída por cavalos postais antes da subida.

John Law recebeu um cavalo descansado. Dois cavaleiros postais ofereceram-se para acompanhá-lo no dia seguinte. A subida até o passo começou nas primeiras horas da manhã, após um breve pernoite no posto de correio e troca de cavalos em Aosta. Em alguns trechos, as trilhas romanas eram tão íngremes e ruins que os cavaleiros eram obrigados a desmontar e seguir a pé. Um vento antipático e frio soprava nos seus rostos. O frio e a tempestade aumentavam cada vez mais. Uma névoa espessa se espalhou, como se quisesse engolir os viajantes e desviá-los do seu destino. Depois a névoa se dissipou por um breve espaço de tempo, deixando à vista maravilhosas paisagens rochosas alcantiladas, recobertas por suculentos tapetes de musgo. Os olhares dos acompanhantes de poucas palavras se cruzaram por um breve momento, como se quisessem dizer: vejam, esta é a nossa montanha. Ela nos fez assim como nós somos.

Eles chegaram ao Mons Jovis, a montanha de Júpiter, pontualmente antes do cair da noite. Ali ficavam as ruínas de um templo romano. Um pouco mais abaixo se viam as ruínas de uma *mansio* que já servira de posto de correio e albergue aos romanos.

Um estrondoso toque de corneta abalou o silêncio. Cães começaram a ladrar ao longe. À direita da trilha ficava um lago alpino e à esquerda erguia-se o prédio de pedra do hospício. Eles pararam em frente à entrada.

Um monge saiu no frio balançando uma lanterna de óleo. Dois animais passaram por trás dele. À primeira vista, os dois animais pareciam jovens novilhos. Mas eram cães grandes, musculosos, brancos com manchas vermelhas, com cabeças fortes e imponentes, pesando bem uns 100 quilos, com beiços bem grandes e olhos castanho-escuros encravados. Apesar de mostrarem uma força e uma dominância descomunais, eles mais pareciam serem amigáveis e dóceis.

John Law desceu do cavalo com cerimônia. Calado, entregou as rédeas ao monge. Um cantor de coro agostinho trajando hábito marrom saiu naquele instante. Ele era velho, tinha a cabeça raspada e um cavanhaque curto. Mas, apesar de já ter uns 60 anos nas costas, transmitia uma impressão bastante agitada.

— *Salve, dominus vobiscum* — saudou os viajantes com o rosto radiante.

— Meus cumprimentos. Meu nome é John Law — respondeu o escocês com amabilidade, estendendo a mão para o monge.

— Escocês — disse sorrindo o monge, inclinando-se levemente. — Seja bem-vindo ao hospício de São Bernardo, John Law. Sou o irmão Antonius. Aqui o senhor encontrará alimentação, pão, queijo, vinho e uma cama para dormir. Após a nossa refeição comunitária o levarei até a nossa cripta para que possa agradecer a Deus por ter chegado são e salvo até o passo.

No meio do refeitório havia uma mesa de madeira comprida com bancos simples. Em frente havia uma lareira aberta, com uma coifa poderosa. Ao lado estava um velho cão são-bernardo com focinho grisalho, cochilando sobre uma pele de vaca. Ele abria os olhos de vez em quando para vigiar os acontecimentos no recinto. Em seguida suspirava e continuava a cochilar. Os fundos do salão estavam no escuro. Podia-se reconhecer um fogão de cerâmica com bancos, ao lado de uma pequena janela. Em frente a ele ficava uma grande escultura de madeira, representando um irmão da ordem em tamanho natural, com o seu cachorro. Havia quadros pendurados nas paredes. Tinham sido feitos por peregrinos. Debaixo deles havia palavras de agradecimento.

Os dois acompanhantes de John Law não comeram muito; uma fatia grossa de pão, um pouco de queijo curado e uma taça de vinho tinto. Eles se recolheram logo. Seu trabalho era duro. Precisavam de descanso. Fizeram uma reverência e murmuraram algumas palavras incompreensíveis. John Law e o irmão Antonius ficaram para trás.

— Eu lhe agradeço pela sua hospitalidade, irmão Antonius — disse sorrindo John Law, amável.

— Agradeça a Deus, John Law. Foi ele quem me chamou para divulgar as suas palavras neste passo aqui no alto, e a viver segundo os seus mandamentos. E todos que alcançam este passo ficam se perguntando como foi possível as pessoas construírem um hospício aqui em cima. E isso há seiscentos anos. Foi ele quem o fundou — disse apontando com a mão para a figura em tamanho natural esculpida em madeira, que representava um monge com um cachorro.

— São Bernardo, ano 1045.

John Law olhou-a com ar cético.

— A estátua deve ser de uma data mais recente — respondeu John Law, amável.

Antonius riu alto. A atenção do seu hóspede pareceu tê-lo agradado.

— Correto, John Law. Nós só temos estes cães há quarenta anos. No ano passado estiveram aqui peregrinos vindos da Rússia, a caminho de Roma. Eles perguntaram logo pelos cães. Mas eu lhes disse: Perguntem por Deus. Quem sobe até este passo procura a palavra de Deus. Quem alcança o passo está pronto a ficar diante de Deus e encontrar as respostas para as suas dúvidas, suas preocupações. Nós nos deparamos com muitos destinos aqui em cima desta montanha. Destinos de pessoas pobres, de pessoas ricas, de pessoas acossadas.

Ele se calou por um instante. Depois olhou com ar sério nos olhos de John Law.

— O que o traz a este passo, John Law?

— Negócios, irmão Antonius. Ocupo-me com teorias do dinheiro, do comércio...

O padre Antonius sorriu com ironia.

— Um alquimista em busca da milagrosa multiplicação do dinheiro?

— Um alquimista tenta produzir metais, fazer ouro com água e esterco — disse rindo John Law. — Eu tento encontrar uma solução para a escassez de moedas na Europa.

— Por que o senhor não procura encontrar uma solução para a escassez de pão e queijo? Por que não tenta multiplicar o pão existente de uma forma miraculosa?

— Se houver mais dinheiro em circulação, irmão Antonius, o comércio irá aumentar, a procura por bens e serviços aumentará. Se a procura por bens aumenta, aumenta também a procura por trabalhadores que produzem esses bens. E quanto mais pessoas trabalharem, mais pessoas poderão comprar esses bens. E isso por sua vez aumenta novamente a procura por bens.

O irmão Antonius refletiu. Depois ele disse:

— O que o senhor está pretendendo fazer, John Law, beira o milagre. Jesus multiplicou o pão no deserto, mas o senhor quer dar pão a toda a Europa.

De repente os cães começaram a latir do lado de fora. Um cavalo se aproximava do hospício.

— Um hóspede tardio? — perguntou John Law.

— Sim, provavelmente. Nós nos alegramos com todos os peregrinos que procuram o nosso hospício. Dentro de poucas semanas cairá a primeira neve, então o hospício ficará sossegado. As massas de neve atingirão a altura de 20 metros, então ficaremos sozinhos com Deus e com os nossos cães.

O monge entrou no refeitório e parou em frente ao fogão. John Law e o irmão Antonius olharam para a porta. O velho cão ao lado do fogão aberto abriu um olho.

Um desconhecido entrou. Ele estava usando um casaco com capuz. Debaixo dele delineava-se a lâmina da sua espada. O desconhecido fez uma reverência e caminhou lentamente, fazendo as tábuas do assoalho rangerem na parte escura no fundo do salão. Ele sentou-se na ponta da mesa, de costas para o fogão. Então entraram os dois cães do monge. Eles rosnaram num tom baixo e grave. O irmão Antonius pegou um pedaço de pão e um jarro de vinho e foi ao encontro do novo hóspede.

— Bem-vindo ao hospício, andarilho.

O desconhecido acenou com a cabeça. Ele estava de cabeça inclinada sobre a mesa. John Law não pôde ver o seu rosto, coberto pelo capuz.

Depois de lhe trazer uma tábua de queijos, o irmão Antonius dirigiu-se a John Law:

— Agora eu lhe mostrarei os seus aposentos.

O irmão Antonius pegou uma lamparina que estava em cima da mesa e iluminou o caminho de John Law até o dormitório. Ali havia seis camas simples, uma ao lado da outra. As camas do meio já estavam ocupadas pelos dois cavaleiros dos correios. Um deles roncava e ressonava como um dragão com doenças pulmonares. O ambiente fedia a suor, vinho e gordura rançosa. John Law escolheu a cama que ficava ao lado da porta. O irmão Antonius desejou-lhe uma boa-noite e lhe comunicou que os irmãos tomavam o desjejum às cinco horas da manhã. Naquela noite, John Law dormiu pouco. Ele pensou em Catherine, na loteria de Veneza, e no marquês D'Argenson em Paris, que não gostava dele. Pensou em novas teorias financeiras, tirou-lhes a prova matematicamente na cabeça. Ficou agradecido por ter uma mente com uma tal capacidade matemática que mesmo num cômodo gelado e malcheiroso no alto do passo de São Bernardo dispunha de tudo aquilo de que necessitava para o trabalho. Ele não precisava nem de papel nem de pena. Em todos aqueles anos, aprendera a arquivar com confiabilidade — e depois buscar na mente — tudo de que precisava.

O desconhecido com o casaco preto foi conduzido para o dormitório muito depois da meia-noite. Ele foi até a última cama, ao lado da janela. Mas não se deitou. Sentou-se na beirada da cama e ficou olhando para a noite do lado de fora.

Quando John Law acordou nas primeiras horas da manhã, o dormitório já estava vazio. John verificou se os certificados de depósito que o banco lhe entregara ainda estavam lá.

Estavam no mesmo lugar em que os havia escondido: enrolados num pedaço de couro debaixo da sua camisa.

John vestiu-se e foi até o refeitório. Ali também não havia ninguém. Só o velho cão. Mas ele estava com muita preguiça, até mesmo para abrir um olho.

John ouviu ruídos no pátio. Marteladas. John deu a volta no lugar. Atrás dele ficava um pátio com inúmeras cercas de madeira da altura de um homem. Os cães recomeçaram imediatamente a ladrar ferozmente. O irmão Antonius estava no meio do pátio trabalhando em uma aparelhagem insólita. Era uma roda de dois metros de altura com um eixo unido a um grande espeto de assar. O espeto estava apoiado num tripé.

— O senhor por acaso não estaria inventando a roda, não é, irmão Antonius? — brincou John Law ao parar diante do aparelho, espantado. Ele já tinha quase se acostumado ao frio de rachar.

— Ela não é um pouco grande para um rato?

— Para um rato? — perguntou o irmão Antonius.

— As pessoas divertem-se com este tipo de roda em Paris. Mas lá elas são muito menores. Eles colocam ratos para correr dentro delas. Então a roda se movimenta.

— E depois?

— Depois as pessoas riem.

Antonius acenou com a cabeça. A condescendência estava estampada no seu rosto.

— Eu não vou usar ratos, vou usar cães.

— Estes colossos?

— Exatamente. Para colocar uma roda destas em movimento é preciso ter uma certa massa.

— E para que serve tudo isto?

Antonius sorriu de orelha a orelha.

— O espeto será acionado pela roda. Se espetarmos um leitão no espeto e acendermos um fogo sob o leitão, poderemos pelo menos economizar um ajudante de cozinha.

John Law sorriu.

— Estamos vivendo tempos maravilhosos, irmão Antonius. Parece que o mundo inteiro despertou para desenvolver novos horizontes. Uns navegam com as suas embarcações em volta do mundo, outros sondam o mundo no seu intelecto, e cada um contribui com alguma coisa para o todo.

O mestre de coro agostinho desfrutou o elogio que acabara de receber.

— Nós servimos a mais de quatrocentos peregrinos a cada verão. A cada ano tem-se a impressão de que as pessoas descobriram e inventaram mais coisas nos meses anteriores do que nos séculos passados. De repente não são mais somente os duques e sábios que debatem sobre plantas, minerais, bom senso e espírito, mas as pessoas comuns de todos os tipos de manufaturas e todos os países.

Pensativo, irmão Antonius olhou para o chão. Depois, disse:

— As pessoas têm sede de novos conhecimentos. Mas esta sede não será saciada jamais. Quanto mais as pessoas sabem, mais sedentas elas ficam.

— O homem quer saber tudo. Tudo. E depois que nós dois morrermos, irmão Antonius, a Terra não vai parar. Tudo o que puder ser imaginado será experimentado. E tudo que for experimentado irá vingar algum dia. Ninguém pode deter isso. Pode-se deter um animal, mas não se pode deter o homem. O homem é insaciável. Veja a sua obra, irmão Antonius. Ninguém o impeliu a construir esta roda. E mesmo assim o senhor a fez. E a concluiu. Outros irão subir até as estrelas ou construir cidades no fundo do mar.

— E Deus?

— Talvez algum dia o homem derrube Deus lá de cima do céu, assim como nós derrubamos a estátua de Júpiter do altar romano. Talvez surjam novos deuses.

— Banqueiros. Se algum dia existirem novos deuses, eles serão banqueiros. Estou convencido disso. Mas até que isso aconteça, John Law, o senhor deveria agradecer a Deus por tê-lo trazido incólume até o passo. Venha, vou levá-lo até a nossa cripta. O Espírito Santo irá lhe devolver o juízo — disse o mestre de coro agostinho.

Antonius guardou as suas ferramentas. Juntos, atravessaram a névoa cinzenta e leitosa que caíra sobre o passo e atravessaram a pequena rua que separava a hospedaria da igreja. Duas lamparinas estavam penduradas do lado esquerdo e direito da porta de entrada.

Antonius conduziu John Law até a igreja do mosteiro. Ela não devia ser muito antiga. Sob a luz da lamparina ele pôde ver a data cinzelada no portal: MDCLXXXIX.

Antonius abriu a porta e convidou John Law a entrar. Uma dúzia de irmãos da ordem estava rezando, todos ajoelhados. Um padre estava de pé em frente ao altar, com os braços erguidos, dizendo as palavras da liturgia. Nas naves laterais ficavam outros quatro altares. O irmão instou John Law com um gesto discreto a segui-lo até a cripta subterrânea enquanto explicava, sussurrando:

— O altar-mor é dedicado à Virgem Maria, os altares menores a santo Augusto, a são Bernardo, a são José e à Mãe de Deus de Jasna Góra.

John Law acenou com a cabeça e seguiu o irmão Antonius em silêncio pelas escadas de pedra que levavam à cripta.

— O senhor deseja se confessar comigo? — sussurrou o irmão.

— Acabo de me confessar em Veneza — mentiu John Law —, muitíssimo obrigado, o senhor é muito bondoso.

A voz deles ecoou no corredor curvo enquanto eles desciam os degraus de pedra até a cripta.

— Aqui embaixo o senhor encontrará o silêncio necessário para orar. Deus já atendeu alguns pedidos feitos aqui nesta cripta, John Law. O senhor só precisa entrar, ajoelhar-se humildemente e orar para Deus.

John Law agradeceu novamente com uma reverência simpática.

— Farei isso, irmão Antonius.

— Depois que a sua alma tiver encontrado paz e esperança, volte para o refeitório.

Antonius deixou John sozinho na cripta. A pedra natural tinha sido recoberta com gesso. Pingava água da abóbada baixa. Naquela gruta subterrânea fazia ainda mais frio do que na igreja. Não havia banco para se sentar, somente genuflexórios duros. John ajoelhou-se. Ele não pensou em Deus. Ele pensou em Catherine. Ele fechou os olhos para ver os seus olhos, sentir a sua respiração. Em pensamentos, procurou a sua boca. Agora que ele a abandonara para sempre, a saudade ficou maior do que nunca.

— O senhor apresentou os seus desejos para Deus? — perguntou alguém no idioma francês, porém com forte sotaque. John Law virouse. O desconhecido de casaco preto estava atrás dele.

— Eu não tenho uma inclinação para desejar coisas — respondeu John, irritado.

— O senhor desconfia de Deus?

— Eu não acredito em Deus.

O desconhecido aproximou-se de John, passou por ele e depois se ajoelhou.

— E o que o impede de desejar coisas?

— Procuro mudar aquilo que posso mudar e aceitar o que não pode ser modificado.

John Law baixou a cabeça para dar a entender ao estranho que não desejava mais conversar. Mas ele não se deu por achado.

— O senhor não tem desejos porque satisfaz os seus próprios desejos. É por isso que não precisa de um Deus? O senhor é o seu próprio Deus?

— Vim até esta cripta para encontrar sossego — respondeu John em voz baixa.

— Eu já não encontro sossego há muito tempo — respondeu o desconhecido —, por isso também vim até esta cripta. Todas as pessoas que eu amei estão mortas. O que existiu algum dia foi-se para sempre. A minha esposa morreu durante o nascimento do nosso primeiro filho, a minha segunda esposa morreu no inverno passado. Nenhum dos meus quatro filhos vivenciou a primavera. Todos eles morreram. Absurdo. Um capricho da natureza.

— Sinto muitíssimo — respondeu John Law. — Se eu puder ser de alguma ajuda...

— Tudo aquilo que eu amei algum dia está morto. Só me restou aquilo que eu odeio, que odeio profundamente.

John Law percebeu a violência reprimida na voz do desconhecido. Talvez ele tivesse se perdido em pensamentos sinistros e perdido o juízo.

— Estou perturbando a sua paz, senhor, eu sei. Vim até esta cripta para perturbar a tua paz, John Law!

John Law levantou-se de um salto. O desconhecido foi mais rápido. Rápido como um raio ele postou-se no seu caminho e arrancou o capuz da cabeça. John reconheceu George Lockhart de Carnwath. A orelha arrancada tinha cicatrizado mal.

— Você roubou a minha paz, John! — sibilou George.

— Você enlouqueceu? Está possuído pelo demônio? Você está me seguindo por toda a Europa, só para requentar velhas histórias?

George deu um largo sorriso. Agradou-lhe o fato de ter feito John perder as estribeiras.

— Eu não consigo te entender, John. O senhor viaja pela Europa, distrai as pessoas nas mesas de Faraó, conversa e conta casos, diverte-se com as damas, e enquanto isso ganha uma fortuna com a loteria... e de repente chega este sujeito inoportuno com a orelha arrancada.

— O que é que você quer? — perguntou John Law.

George empertigou-se diante de John e olhou-o fixamente:

— Vingança, senhor. Uma satisfação.

— Nós duelamos. Você perdeu. Acabou-se.

— Não acabará nunca, John. O duelo não terminou. Eu poderia tê-lo matado com a espada enquanto você dormia esta noite. Eu não o fiz. Quero uma satisfação. Vou te aguardar aos pés da estátua de Júpiter. Talvez ajude um pouco se você ainda fizer mais uma oração.

John Law retornou decidido pelo caminho levemente descendente que saía da hospedaria em direção a Aosta. A névoa parecia ter ficado ainda mais densa. Ele parou debaixo da estátua de Júpiter.

As pedras do calçamento em frente ao templo tinham ficado escorregadias devido ao musgo. John Law tirou o casaco e desembainhou a espada. Fez alguns movimentos no ar, como se estivesse tentando cortar a névoa. Depois caminhou um pouco pelo caminho da antiga estrada romana que o imperador Claudius tinha mandado escavar na rocha, e exercitou-se com a espada. Esfregou a bota novamente sobre o piso de pedra para lá e para cá, para testar a firmeza. Estava escorregadio. John Law desceu novamente até a coluna de Júpiter e pisou em cima do quadriculado que compunha os restos do templo. Quando olhou para cima, viu George Lockhart de Carnwath aproximando-se dele com passos enérgicos.

— George, sejamos razoáveis...

George soltou uma risada curta.

— Por que razoáveis, John? Você tem algum plano? Eu não tenho mais planos. Meu último plano vai se realizar aqui em cima.

— George, nós duelamos quando ainda éramos alunos. Foi uma tarde nas nossas vidas, e não tem mais nenhuma importância.

— Ah, tem sim, John — gritou George, pisando também no qua-driculado enquanto esgrimia violentamente ao vento. — Eu disse a você naquela ocasião que não tinha acabado e ainda não acabou. Nós vamos acabar com isto agora, John.

John colocou-se em posição e limpou algumas pedras com o pé.

— George, o que é que tem realmente algum significado na vida? Olhe só para este templo.

George também se colocou em posição.

— Nada, John, absolutamente nada. É exatamente por isso que tudo pode ter uma grande importância.

John sabia que não seria possível evitar uma luta.

— É proibido duelar, George...

— Você não precisa se preocupar com isso, John, isso é um proble-ma do sobrevivente... é um problema meu.

— Você quer uma luta de vida ou morte?

— Vou arrastar o teu cadáver morro abaixo, cortar a tua garganta e depois te afogar no lago. Você irá sofrer a morte tripla.

— Você está completamente louco! Talvez existam médicos que possam te ajudar.

— Médicos! — xingou George tomando posição. — Foram mé-dicos que mataram as minhas esposas. Eram todos médicos. Eles in-ventam novas doenças e lhes dão novos nomes. Será que estou doente porque amo, doente porque odeio? Isso é paixão, John. Por mim, vocês podem chamar essa doença de paixão. Deem-lhe o meu nome. A sín-drome de George-Lockhart. Ela não é contagiosa, John. Mas é mortal.

George partiu furioso para cima de John. John aparou o golpe e jo-gou George para trás. George deu uma risada rápida e soltou um grito estranho. Atacou novamente, com força, raiva e inclemência. Mas John aparou este golpe também, e empurrou George para longe com as duas mãos. Novamente aquele riso insano.

— Você terá que me matar, John. Se quiser se livrar de mim, terá que me matar e me queimar.

George atacou novamente. Sua espada passou rente ao ombro de John. John desviou para o lado no último momento e esticou o braço armado que estava levemente abaixado.

George ficou parado como petrificado, a boca semiaberta. Nenhum som, nenhum grito. Lágrimas de dor escorreram sobre as suas bochechas. John tinha-lhe perfurado a coxa direita. Ele deixou a espada cair. De repente a sua cabeça caiu para frente, como se alguém tivesse quebrado o seu pescoço. Ele gemeu baixinho, de forma quase imperceptível. Depois caiu de joelhos. A respiração foi ficando mais forte, desesperada. John recuou alguns passos. O tronco de George caiu para frente. Ele gemeu alto, de dor, cerrou os dentes, apertou os lábios, tentou reprimir todo e qualquer ruído, escancarou a boca novamente, tomou ar e sussurrou:

— Ainda não acabou, John.

— Eu sei, George. Se tivesse me matado hoje, você agora estaria completamente só.

George começou a soluçar:

— Ainda não acabou, John.

Ele estava sentindo dores muito fortes.

John pegou a espada de George e foi para o caminho que levava de volta à hospedaria. Só naquele momento ele viu, na beira do caminho, os dois cavaleiros do correio que o tinham acompanhado no dia anterior até o passo. Pelo jeito, eles tinham estado ali o tempo todo com os seus rostos sem expressão, que pareciam ter sido escavados na rocha, castigados pelo vento e mudos como os marcos romanos ao longo da trilha, corroídos pelos séculos passados.

A trilha que eles percorreram pouco tempo depois descia bem íngreme por trás da hospedaria. O caminho pelo Grande São Bernardo era bem mais difícil do que pelo Pequeno São Bernardo. Mas em compensação era mais curto. O irmão Antonius tinha acompanhado John Law até o final do caminho calçado, que terminava abruptamente atrás do hospício. Os dois cavaleiros postais já tinham montado e olhavam para o vale enevoado embaixo. O irmão Antonius estendeu a mão a John Law.

— Que Deus esteja contigo, John Law... mesmo que você não acredite nele — disse o monge sorrindo.

— Deus se baseia em confiança, irmão Antonius. Só confio nos números, na matemática, nas fórmulas que podem ser comprovadas.

— Todos os papéis que os seus bancos fornecem também não se baseiam em confiança?

— Sim. O papel-moeda também se baseia em confiança. Mas o banco que assina o papel é palpável. Deus não é palpável.

O irmão Antonius pareceu subitamente aflito:

— O senhor está querendo dizer com isso que Deus vale menos do que um pedaço de papel?

— Deus não lhe dá nada em troca. Somente aquilo que o senhor tiver imaginado. Do banco que emite os papéis, o senhor recebe moedas de metal em troca.

— O senhor nunca olhou nos olhos de um moribundo, John Law?

— Oh, decerto, irmão Antonius. Mesmo em tempos de paz morrem tantas pessoas em Edimburgo quanto nos campos de batalha da Europa. Eu já vi cães morrendo. Eu já vi cavalos morrendo. Eu já vi muitas pessoas morrendo. Infelizmente. Irmãos, tios. Tias. Depois de mortos todos ficaram iguais. Não havia a menor diferença. Eles foram enterrados, soterrados ou queimados. Os cães, os cavalos, as pessoas. E não restou nada. Só nas lembranças é que um ou outro sobreviveu um pouco mais.

— O senhor pelo menos acredita no amor, John Law?

— Sim — sorriu John —, eu creio no amor. Se não acreditasse, não desceria este vale a cavalo.

— Isso agradaria a Deus — disse o irmão Antonius sorrindo —, um banqueiro que acredita no amor.

John Law acenou com a cabeça e tocou o cavalo. Os dois cavaleiros do correio o seguiram. Quando um deles o ultrapassou para seguir na frente, eles ouviram gritos altos e latidos ao longe. Alguém tinha encontrado um ferido. John olhou para trás. Ele viu o irmão Antonius levantando a sua batina e correndo de volta para a hospedaria.

Capítulo IX

As montanhas causavam uma impressão ameaçadora, selvagem, que insuflava medo. Elas se erguiam contra o céu como se fossem gigantes de eras pré-diluvianas. O viajante se sentia como um camundongo na cauda do casaco daqueles gigantes adormecidos. A descida era normalmente mais perigosa. No meio do caminho, John e seus acompanhantes se depararam com uma criatura que, a princípio, tomaram por uma mancha na paisagem. Depois eles a perderam de vista. Pouco depois ela despontou novamente por trás de uma rocha. A princípio, tomaram-na por um animal arisco. Mas era uma pessoa. Um pintor, um inglês, com um cavalete que carregava desmontado nas costas. Um tipo esquisito que estava a caminho de Roma. Viam-se cada vez mais pintores como aquele nos Alpes. Eles venciam o Grande São Bernardo para encontrar do outro lado do passo o acesso a um novo mundo que se lhes abria nas cidades italianas. Registravam a sua travessia pelo passo em aquarela, com lápis de cera ou a óleo. Não retratavam pessoas, animais nem castelos. Retratavam montanhas, rochas, gargantas, pontes naturais, nuvens tempestuosas; sim, retratavam o vento, a umidade no ar, o odor de musgo molhado e de lagos montanheses. Pintavam a natureza.

A visão daquele pintor perdido naquela impressionante paisagem rochosa fez com que John experimentasse novamente aquela sensação excitante do surgimento de uma nova era. Em todas as profissões, ramos do conhecimento e tendências artísticas, pessoas de todas as classes e países procuravam pesquisar coisas novas, experimentar coisas novas, transmitir coisas novas. Como se o mundo inteiro tivesse resolvido, num compromisso secreto, desvendar todos os mistérios do mundo. John Law pensou que talvez, algum dia, realmente viesse a existir um novo livro dos livros. Uma enciclopédia, como se ouvia dizer, que abarcaria pela primeira vez todo o conhecimento da humanidade. A princípio talvez fossem necessários dois livros, e com o tempo até mesmo três ou quatro. E as pessoas continuariam sempre a trabalhar naquela grande enciclopédia do saber. Além da palavra escrita, também deveriam ser eternizadas as obras dos pintores. Pois com as suas pinceladas eles criavam visualmente nada mais nada menos do que o pensamento dos homens.

Algumas horas mais tarde, assim que chegou ao posto dos correios no vale, John Law embarcou numa carruagem e seguiu em direção a Paris, passando por Genebra. Ele não teve problemas com o seu visto de entrada ao cruzar a fronteira. O duque Filipe II d'Orléans responsabilizara-se pessoalmente por John Law. E ele fizera com que seu tio, o Rei-Sol, visitasse o documento.

PARIS, 1701

Um número incomum de convidados circundava a mesa de Faraó no salão do duque d'Orléans. Todos queriam ver o homem que estava com a banca. Eles fitavam-no como se fosse um ser das fábulas, vindo de um mundo desconhecido. Era o misterioso escocês, de quem diziam ter amealhado um incrível patrimônio, na Itália, com loterias, especulações cambiais e empréstimos. O tema preferido das conversas nos salões europeus: o jogador de Faraó que se tornara um banqueiro, o gênio da matemática que, como um alquimista, transformava fórmulas em ouro. John Law fascinava, empolgava. Não representava, como o faziam os outros dândis e jogadores profissionais. Ele era simplesmente John Law. Abriu dois sacos de dinheiro sem gestos exagerados. Retirou de dentro deles pequenas placas retangulares de ouro e as empilhou na mesa.

— Cada uma dessas fichas corresponde a um valor de 18 *louisdor*.

Enquanto dizia aquilo, olhou com simpatia para o duque d'Orléans, que estava visivelmente feliz por poder apresentar aquele famoso escocês no seu salão. Ele acenou afirmativamente com a cabeça, como corroborando o que John Law dissera aos demais convidados.

— Justo o homem que quer introduzir o papel-moeda é quem está derramando suas próprias fichas de ouro por aqui? — brincou o duque.

— A melhor das ideias não tem valor enquanto o seu tempo não tiver chegado. De que serviu a Heron de Alexandria a invenção da máquina a vapor? Ele estava 1.600 anos à frente do seu tempo.

Os convidados riram, pois queriam ser uma boa plateia e vivenciar uma noite memorável. Saboreavam cada palavra de John Law como se fosse uma fruta exótica, cada sorriso como se fosse um espetáculo único da natureza. Os primeiros jogadores empilharam as suas moedas na sua frente.

— A aposta mínima é de 18 *louisdor,* senhores.

John Law segurou a menor moeda numa das mãos, e uma de suas fichas de ouro na outra. Mostrou ambas e repetiu:

— A aposta mínima é de 18 *louisdor,* senhores.

Os jogadores olharam rapidamente para o duque, que, como dono do salão, tinha que dar a sua aquiescência. Dezoito *louisdor* correspondiam ao salário anual de um criado de salão. Era uma aposta ambiciosa. Mas o duque d'Orléans aquiesceu e acrescentou em voz alta:

— Eu gostaria muito de jogar com os senhores, mas o rei me proibiu.

Novamente risos bem-comportados no salão. O duque prosseguiu:

— O rei perdeu tanto dinheiro jogando Faraó que está cogitando em proibir o jogo.

Um murmúrio percorreu o salão. La Duclos se dirigiu ao duque:

— O senhor acha possível que o seu tio venha realmente a proibir o jogo do Faraó?

John Law ergueu o olhar e reconheceu a sua companheira de outrora. Ela estava mais bonita do que nunca.

— Vocês conhecem o meu tio — divertiu-se o duque d'Orléans —, quando os seus cabelos caíram ele colocou uma peruca tipo *allongé*, e toda a Corte teve que usar perucas tipo *allongé*. Olhem só para vocês.

Os convidados entreolharam-se com os seus trajes suntuosos e as suas perucas empoadas. Em seguida caíram numa sonora gargalhada.

— Meu tio tem estatura baixa, por isso mandou fazer sapatos com saltos altos. Então todos o imitaram, anulando assim a diferença de altura — prosseguiu o duque, fazendo uma pausa estudada para que os convidados pudessem novamente expressar a sua alegria. — É muito provável que agora o rei esteja avaliando a possibilidade de proibir os saltos ou então de cobrar impostos por eles.

— Caso algum dia o senhor se torne rei, duque, pretende afrouxar novamente as regras e os costumes? — perguntou La Duclos.

Ninguém ousou manifestar seu agrado ou desagrado.

— Desejo ao meu tio uma vida longa, saúde e a bênção de Deus. E, caso o nosso Rei-Sol venha a morrer algum dia, seu filho, o Delfim, está a postos. Caso este morra, seu neto, o duque de Borgonha, está a postos. Caso este também morra, seu bisneto, o duque da Bretanha, está a postos. Caso este também venha a morrer, então *eu*, o duque d'Orléans, subirei ao trono. Mas a probabilidade de três herdeiros do trono morrerem é muito pequena, como pode nos confirmar John Law de Lauriston a qualquer momento.

Todos olharam para John Law. Ele acenou com simpatia e deixou que o duque continuasse a divulgar os seus pensamentos.

— Também existe, porém, a possibilidade de o tão benquisto duque d'Orléans morrer antes dos três herdeiros do trono, e no final o rei sobreviver a todos e realmente proibir o jogo do Faraó.

Os convidados riram novamente e olharam para John Law, ansiosos.

— A chance de todos os três herdeiros do trono morrerem antes do nosso muito estimado duque...

— ...e, de tanta tristeza, logo em seguida ao nosso rei... — interrompeu-o o duque, colhendo mais risos.

— ...esta chance — prosseguiu John Law — é, para o duque, de exatos 5%, uma vez que para cinco pessoas existe exatamente uma sequência de 120 mortes. E o nosso bendito duque só seria a sexta bola da vez numa sequência de 120 mortes.

Decepção geral.

— Não considerei, neste modelo matemático — acrescentou John Law —, a idade das cinco pessoas envolvidas. Este modelo poderia ser aperfeiçoado, se considerássemos a idade, o estado de saúde e a periculosidade das atividades exercidas diariamente. Dessa forma, poder-se-ia fechar inclusive seguros de vida. Mas todos nós deveríamos morrer. Pois no longo prazo todos estaremos mortos.

Os convidados estavam empolgados. Começaram a discutir, excitados, enquanto John Law distribuiu com destreza a primeira mão de cartas nos campos a elas destinados na mesa, misturou a segunda mão, dividiu o monte em duas metades e pediu aos jogadores que fizessem as suas apostas nas cartas correspondentes.

— *Messieurs, faites vos jeux.*

As conversas cessaram. De repente, fez-se o silêncio no salão. Os convidados reuniram-se atentos e olharam mesmerizados para a mesa. As luzes ao longo das janelas estavam apagadas. Só o lustre, cujos braços irradiavam sobre a mesa como os raios de um sol, banhava o centro do salão com uma luz quente e flamejante. Os jovens nobres ficaram até tarde da noite apostando suas fichas no dez, no ás, no valete, no rei, no sete, fazendo graça das suas perdas e ganhos, assinando vales de perdas, e cedendo os seus lugares para outros convidados. Os convidados acompanhavam, arrebatados, grandes somas serem apostadas e perdidas, grandes fortunas serem sensivelmente dizimadas em poucas horas. John Law jogava. Jogava o seu jogo, o jogo que melhorara e aprimorara em Veneza.

Como de hábito, ele não demonstrava nenhum tipo de emoção, nenhum sentimento, nenhuma expressão. Os movimentos das suas mãos eram sempre iguais, estivesse ele distribuindo ou recolhendo fichas. Em nenhum momento tinha-se a impressão de que John estivesse participando de alguma forma daquele jogo, de que estivesse ganhando ou perdendo seu próprio dinheiro. Enquanto isso, ia respondendo com sinceridade a perguntas sobre modelos matemáticos de seguros. Aquele assunto passara a interessar muito as pessoas depois dos comentários que se faziam sobre um certo Edward Lloyd que havia alguns anos administrava um café em Londres, no baixo Tâmisa. Ali se publicara não só o primeiro quadro de horários de navegação de Londres; publicavam-se também diariamente as notícias sobre destinos perigosos, preços de matérias-primas e leilões de navios. De um simples administrador de café, Edward Lloyd estava em vias de se transformar em um segurador de viagens marítimas com relevância mundial.

— A incerteza é mensurável, calculável — disse John, concluindo o seu discurso sobre cálculos de seguros. — Tanto quanto o desfecho desta rodada de Faraó. A incerteza é equiparada às probabilidades desconhecidas.

— Senhor Law — perguntou um dos jogadores em horas adiantadas —, o que o senhor faria se o nosso rei proibisse o jogo do Faraó?

— Eu mudaria o nome do jogo... e continuaria a jogar — respondeu John Law sem refletir, misturando novamente as cartas.

Ele percebeu uma jovem entrando no salão. Ela aproximou-se devagar, perdeu-se por um momento no meio das pessoas e depois reapareceu de repente na bem iluminada mesa de John Law. John Law não pôde reconhecer o rosto, pois sua visão estava coberta.

— O senhor está negando ao rei o direito de proibir um jogo? — perguntou alguém.

— Indiscutivelmente, ele tem o direito de fazê-lo. A questão é somente se ele deveria fazer uso deste direito. Nem mesmo um rei consegue mudar a essência das pessoas. As pessoas irão jogar sempre.

— E a banca sempre vai ganhar — disse uma voz com sotaque inglês.

— Sempre, não, mas quase sempre — disse John Law, ao ver a jovem, para a qual todos os convidados se voltaram. Os cavalheiros afastaram-se solícitos para que ela pudesse chegar mais perto. Mais perto da mesa, mais perto da luz. Ela tinha um sinal na face esquerda, grande como um lírio.

— Você estava querendo me comprometer? — sussurrou John Law enquanto abria com impaciência o espartilho de Catherine, que não estava amarrado por trás, e sim pela frente, segundo a moda francesa.

— Senti a tua falta, te procurei por toda parte — sussurrou Catherine. Ela beijou John ardentemente na boca, tomou fôlego e beijou-o novamente. Ela mal podia esperar para ficar livre daquele espartilho rígido que espremia o seu peito.

— Eu te amo, Catherine — deixou escapar John, quando o espartilho finalmente caiu no chão e ele pôde encostar suavemente a cabeça no seu peito.

— Eu sou casada — arfou Catherine.

Ela arrancou a camisa de John com um movimento selvagem.

— Meu marido está aqui em Paris.

— Eu sei — respondeu John Law. — Se quiser, posso desafiá-lo para um duelo...

— Assim a probabilidade de você acabar na forca aumentaria sensivelmente, John... — sussurrou ela.

Ela deslizou lentamente até o chão, deitando-se de barriga para cima.

— Isso valeria a pena, Catherine — disse John com uma voz quente e suave.

Ele beijou o pescoço de Catherine, enquanto sua mão deslizava suavemente por seu ventre, e descendo. Catherine encolheu as pernas e puxou John mais para perto pelos quadris.

— Eu não valho este sacrifício, John — sussurrou Catherine. — Existem tantas mulheres bonitas em Paris que não são casadas...

— Mas nenhuma delas é como você, Catherine — respondeu John, permanecendo em silêncio por um instante.

— E qual é a probabilidade de nós sermos descobertos aqui? — brincou Catherine. Ela fechou os olhos e saboreou o calor que lhe invadiu o baixo-ventre.

— A probabilidade de nós sermos surpreendidos aqui, é de 4,56%... — disse John rindo baixo.

A porta do cômodo foi arrombada, e três policiais armados irromperam no recinto com as espadas desembainhadas.

John Law levantou-se com um salto e pegou a colcha bordada. Usou-a para cobrir o corpo nu de Catherine. Ele próprio seguiu, nu como estava, na direção dos guardas.

— Creio não ter escutado vocês baterem na porta — observou John.

— Nós não batemos, senhor Law — retrucou uma voz ao fundo.

O chefe de Polícia de Paris, o marquês d'Argenson, entrou no quarto e fez um sinal para os três guardas desaparecerem. Ele observou a cena com indisfarçável prazer, enquanto Catherine enrolava a colcha bordada em volta do seu corpo como se fosse uma toga romana, resistindo altiva ao olhar penetrante do chefe de Polícia.

— Senhora, estaria correta a minha suposição de que o senhor George de St. Andrews é o seu esposo?

— Senhor marquês d'Argenson, estaria correta a minha suposição de que, a despeito de ser o chefe de Polícia de Paris, não lhe é dado o direito de invadir um hotel da Coroa francesa no meio da noite...

O marquês riu, irônico.

John Law pegou as calças e dirigiu-se a Catherine:

— O senhor marquês está à procura de espiões ingleses...

D'Argensou ergueu as sobrancelhas pretas e marcantes com ar divertido.

— De fato, não se pode excluir a possibilidade de haver espiões ingleses escondidos no entorno do seu rei exilado.

John Law pegou a sua camisa no chão.

— Agora estou vendo o que aconteceu. Esta dama arruinou a minha camisa, senhor d'Argenson, mas eu abro mão de fazer uma queixa.

Ele pegou um documento na gaveta da escrivaninha e entregou-o a D'Argenson:

— Meu visto de entrada. Rubricado pelo seu rei Luís em pessoa. O senhor com certeza irá se desculpar...

D'Argenson passou os olhos pelo documento.

— Está fazendo progressos, senhor Law. Já dispõe até de pessoas nos círculos de sua majestade para lhe providenciar toda a papelada.

— O que quer, d'Argenson? Dinheiro?

John Law pegou uma das bolsas de couro nas quais guardava suas fichas de ouro. Ele jogou uma da fichas para d'Argenson. D'Argenson não se moveu para pegar a barra de ouro. Ela caiu no chão.

— D'Argenson — disse John Law, com voz firme, recompondo-se novamente diante do chefe da Polícia parisiense —, se o senhor não desaparecer imediatamente, estará desprezando o selo da Coroa.

— Senhor Law — respondeu o chefe de Polícia. — Eu o detenho por distúrbio da ordem e atentado ao pudor. A senhora é casada.

— O senhor está brincando, d'Argenson — respondeu Law.

O chefe de Polícia deu de ombros.

— Não sei, senhor Law, dizem muita coisa a meu respeito, mas ninguém ainda me atribuiu senso de humor.

John Law sorriu.

— Estou partindo do princípio de que não esteja realmente querendo me prender e sim me notificar para deixar o país dentro de 48 horas.

O marquês d'Argenson acenou afirmativamente com a cabeça.

— Vinte e quatro horas, senhor. Somente 24 horas. Não tente avisar o duque d'Orléans. A casa está sendo vigiada. Nós iremos escoltá-lo até a fronteira. Caso o senhor resolva desaparecer, não poderei mais garantir a sua segurança. Existem muitos desertores cansados à solta pela França, perpetrando as suas maldades.

Seus olhos pretos faiscavam astuciosos e pérfidos debaixo das sobrancelhas negras.

— O que é que quer realmente de mim, d'Argenson? — perguntou John Law.

— Eu não quero mais nenhum protestante escocês na minha cidade. Nenhum protestante escocês procurado por assassinato na Inglaterra e que saqueia os nobres nos salões de Paris.

— E desde quando alguém que ganha é um ladrão?

— Desde que o senhor está nesta cidade, senhor Law.

Silêncio.

John Law disse depois de algum tempo:

— Eu não sou um jogador...

— Eu sei — interrompeu-o d'Argenson. — O senhor é um tipo de *bookmaker*, já me explicou isso certa vez...

— Mas o senhor não entendeu totalmente — disse John Law sorrindo.

D'Argenson não estava com pressa. Não o irritava o fato de John Law ter-se empertigado e de sobrepujá-lo por uma cabeça. De certa maneira, ele não era muito diferente de John Law. Ele não era uma dessas pessoas que buscavam sempre, fosse por fraqueza ou por medo, o diálogo, o compromisso, a harmonia. Também não buscava o conflito. Mas exalava força, capacidade de resistência, e sinalizava estar sempre disposto a medir forças, a encarar um desentendimento. Ele sinalizava que a pessoa que se metesse com ele estaria apostando uma quantia muito alta. Tudo ou nada. Liberdade ou as galés.

— Senhor Law, eu entendo um pouco mais de seus sistemas e de suas ideias do que o senhor supõe. Vagabundos não ameaçam um reino, um jogador não ameaça uma cidade, muito menos Paris. Mas existem ideias que podem destruir um rei, ideias que podem arruinar uma nação. Existem ideias que devem ser combatidas. Ao expulsá-lo da cidade, senhor Law, eu estou expulsando as suas ideias da cidade. Por mim, o senhor pode se envolver com tantas esposas católicas quantas o senhor quiser. Por trás, pela frente, de qualquer jeito. Mas mantenha distância de Versalhes. Apresente as suas ideias em Veneza, Amsterdã ou Edimburgo, mas não aqui na Corte do Rei-Sol, não aqui em Paris. Tire as mãos das finanças francesas, senhor Law! Nenhum ministro das Finanças francês irá recebê-lo jamais, esteja certo disto de uma vez por todas!

O marquês virou-se abruptamente, caminhou energicamente até a porta e a abriu. Seus três policiais estavam aguardando do lado de fora.

— D'Argenson! — gritou John.

D'Argenson parou.

— D'Argenson! Sabe com que armas se combate uma ideia?

Então D'Argenson virou-se por fim e fitou John Law com olhar penetrante. Ele pareceu estar pensando. Pareceu compreender o que John Law estava querendo dizer. Com que se combatia uma ideia? Ele não fazia a menor ideia de como se poderia combater uma ideia. Ele pensou se não era exatamente isso que John Law estaria querendo dizer. Que uma ideia tinha que ser combatida com outra ideia.

— Se o senhor voltar algum dia, experimentará no próprio corpo como se combate uma ideia. Eu o estou prevenindo!

— Hei de voltar algum dia, d'Argenson. Quer apostar?

— Não — retrucou d'Argenson, e por um instante pairou a impressão de que poderia se entender em algum nível com aquela criatura. — Ah não, se nós apostarmos, o senhor certamente voltará.

John Law sorriu.

— Quando o rei morrer, eu voltarei. Estou começando a gostar do senhor, d'Argenson.

— Isso não é uma boa ideia — disse d'Argenson rindo, irônico, saindo do quarto.

* * *

John Law olhou pensativo pela janela da carruagem e observou o sol da tarde transformar o horizonte, como por encanto, numa pintura melancólica com pinceladas vermelho-fogo, azuis e amarelo-ouro.

— Quer dizer que as probabilidades de nós sermos descobertos eram de 4,56% — disse Catherine rindo.

A jovem estava sentada em frente a ele na carruagem que deveria levá-los até Amsterdã.

— Um acontecimento improvável sempre nos causa espanto, Catherine. Mas se acontecesse alguma coisa com 4,56% de uma população de 10 milhões, quase meio milhão de pessoas seriam atingidas, e cada uma delas se perguntaria por que aquilo aconteceu justo com ela, já que a probabilidade era tão pequena. Eles se perguntariam isso por terem sido 100% atingidos.

John desviou o seu olhar do anoitecer melancólico.

— Você não deveria ter vindo comigo.

— Você não é o meu marido, John. Portanto, não tem o direito de me dizer o que devo ou não fazer — disse Catherine. — E, se você pode apostar 18 *louisdor* numa carta, eu também posso apostar o meu futuro num John Law.

— Fico feliz por você estar fazendo isto, Catherine, mas não é uma coisa sensata.

Catherine segurou as mãos de John e encarou-o com olhar penetrante.

— Eu sei que não escolhi um caminho fácil, John. Sei também que não é sensato. Mas é a minha vontade. Eu soube disso assim que o vi pela primeira vez. E o que é sensato, John? Não ter nascido seria provavelmente a coisa mais sensata — disse Catherine, recomeçando a rasgar a camisa rota de John: — É tão bom ser insensata.

EDIMBURGO, 1704

Os anos passaram por Lauriston Castle deixando marcas. A fachada outrora branca estava coberta por hera, deixando a casa com uma aparência fabulosamente selvagem. Só as janelas estavam livres como pequenos olhos no meio daquele emaranhado verde. O pátio calçado estava coberto por musgo. O vento fazia a folha de uma janela ficar batendo contra a parede da casa. Algum dia, o batente iria acabar se soltando da parede e a janela acabaria caindo no pátio. Lauriston Castle estava caindo aos pedaços.

Jean Law estava com 57 anos, seus cabelos estavam grisalhos e a sua postura, encurvada. Ela alegrou-se com a visita do filho mais velho, mas, ao mesmo tempo, pareceu cheia de melancolia. Ela disse que chegara à última etapa da sua vida, e que John devia lhe prometer que cuidaria do irmão William. Apesar de o jovem William ser capaz, falta-va-lhe uma mão que o guiasse.

Eles estavam sentados no salão. Janine serviu o chá. A brejeirice nos seus olhos já se apagara havia muito tempo e as duas mulheres obser-vavam discretamente a acompanhante de John Law. Não sabiam o que pensar daquela Catherine Knollys. John a conhecera em Paris, viajara anos a fio com ela pela Europa, estabelecera-se temporariamente em Amsterdã e voltara a Edimburgo pela primeira vez em muito tempo.

Jean Law perdeu-se nas suas memórias e espantou-se que o seu fi-lhinho estivesse tão crescido:

— É incrível como o tempo passa, John. Quantos anos você tem? Trinta e três? Se o teu pai pudesse vê-lo! Dizem que você amealhou uma grande fortuna na Itália. Até mesmo na longínqua Edimburgo fala-se de você. Mas, conte-me, como vai você?

— Vou muito bem, senhora. E no que diz respeito ao meu irmão, não precisa se preocupar.

A senhora sorriu suavemente, tocou a mão de John Law e pareceu perder-se novamente em suas memórias.

— Se você realmente quiser fazer alguma coisa boa para mim, John, toma conta do teu irmão William.

— Vou tentar, senhora, mas não compreendo como ele pode morar aqui e ver a propriedade decair sem fazer nada. No mínimo, deveria prestar atenção para que ela não se desvalorizasse.

— Ele não é como você, John — disse a senhora em voz baixa.

Naquele instante a porta se abriu e um jovem de 32 anos entrou no recinto.

— O grande John Law de Lauriston honra a cloaca de Edimburgo com a sua visita!

— Meus cumprimentos, William — disse John sem se levantar.

— Você veio para cá para tomar conta destas velhas paredes? Ou está fugindo do carrasco inglês? Ou da polícia parisiense? Ou de um escocês de uma orelha só?

Jean Law baixou a cabeça e juntou as mãos. Agora era possível ver como os seus cabelos grisalhos estavam ralos.

— Senhora — exultou William, saboreando sua entrada. — O seu filho duelou em Londres e matou um homem. Em Paris, foi escorraçado. Talvez ele queira se esconder aqui debaixo das suas saias e trabalhar à noite como operário...

A velha senhora levantou-se subitamente e exclamou com voz firme e decidida:

— Fique quieto, William. Ninguém vai brigar debaixo do meu teto.

Fez-se o silêncio. A senhora fez um gesto, instando William a sentar-se. William já se tornara um homem fazia tempo, mas ainda dava a impressão de ser um menino petulante. Existem pessoas que ficam mais velhas sem se tornarem adultas.

— Quais são os seus planos, John? — perguntou a senhora depois de algum tempo.

— Estivemos por último em Amsterdã. Trabalhei para diversos bancos e casas comerciais. Agora é chegado o tempo de colocar os meus pensamentos no papel e de publicá-los. Desenvolvi planos para uma nova organização das finanças nacionais, teorias monetárias para angariar novos recursos financeiros para o governo. Eu gostaria de publicar estas teses e apresentá-las ao Parlamento escocês.

William revirou os olhos, enquanto Catherine lhe demonstrava toda a sua abjeção.

— Você vai precisar de ajuda, John — disse a mãe. — Algumas coisas mudaram em Edimburgo durante a tua ausência. Mr. Hogh Chamberlen publicou inúmeros trabalhos sobre a nova organização das finanças. Não sei se você ouviu falar disso. De qualquer jeito, a palavra dele tem peso. Mas ele não tolera ninguém ao seu lado.

— Vou pedir ao duque de Argyll que me consiga uma audiência junto ao Parlamento escocês. Ouvi dizer que ele se tornou *Queen's commissioner* nesse meio-tempo.

— Então você talvez queira ficar um tempo maior em Lauriston Castle? Você é bem-vindo, John.

— Com sua permissão, senhora — intrometeu-se William mais uma vez. — Eu gostaria de lembrar que o meu irmão John não dispõe de muito tempo, uma vez que a união governamental da Inglaterra com a Escócia é iminente.

A senhora olhou mal-humorada para William e fez um gesto de desprezo com a mão.

— Caso a união governamental seja consumada — disse William com falso pesar —, a pena de morte vigente em Londres valerá também aqui em Edimburgo.

— Fique quieto, William, não vai haver uma união jamais — disse a senhora com a voz obstinada.

— Agi em legítima defesa, senhora. Deveria ter-me deixado matar sem reagir?

— Se você entrar com um pedido de indulto, a rainha Ana certamente irá indultá-lo. Ela não é tão cabeça-dura quanto o rei William — disse a mãe.

John Law ficou calado e olhou pensativo para Catherine.

— Quais são as probabilidades, irmão querido? — perguntou William.

A senhora lançou um olhar severo ao caçula.

William deu de ombros e mostrou as palmas das mãos abertas.

— Desculpe-me, senhora, mas parece que ele se transformou numa atração nos salões europeus com suas artes matemáticas e cálculos de probabilidades. Até mesmo em Edimburgo comenta-se isso, não é verdade, John? Você não se tornou famoso apenas pelas suas aventuras com mulheres.

— É melhor você sair agora, William — disse a senhora, sem olhar para ele.

— Já está na hora de nós conversarmos um pouco lá fora no pátio, hein? — disse John. Ele encarou o irmão com ar muito sério.

William levantou-se, inclinou-se levemente diante de Catherine e saiu do salão com passos rápidos. John foi atrás dele.

Quando John o alcançou no pátio, William acabara de chegar na parte quebrada da janela. Ele apontou para cima.

— O que você acha, qual é a probabilidade de esta janela cair e matar um homem de 33 anos?

Quando John olhou para cima, o punho de William o acertou no rosto com toda a força. John caiu no chão. William partiu para cima dele furioso. Tentou chutá-lo. John segurou a perna do irmão, levantou-se com um pulo e puxou-a para cima. William caiu de costas no chão batendo com a cabeça no calçamento.

— Levante-se, William — exclamou John.

William colocou a mão na cabeça. Em seguida apalpou o nariz. Estava sangrando. Levantou-se, furioso, e partiu para cima de John. Golpeou-o como se estivesse possuído. John aparou os primeiros golpes e revidou com toda a força. A troca de sopapos foi ficando cada vez mais selvagem, até que finalmente os dois começassem a dar os primeiros sinais de cansaço. Em seguida, ficaram de pé um em frente ao outro, arfando, aguardando.

— Ainda não acabou, John — gemeu William.

Ele cerrou novamente os punhos.

— O último que me disse isso terminou morrendo, William — disse John, estalando uma bofetada no irmão.

Dentro da cabeça de William ribombou como se alguém tivesse batido num enorme gongo. O barulho não parava.

— Nós não iremos brigar nunca mais na presença da senhora, entendeu?

William só viu os movimentos dos lábios. Ele não compreendeu palavra alguma. No momento seguinte voltou a atacar o irmão. Mas John aparou os socos com habilidade, deu uma joelhada na virilha de William e enfiou-lhe o cotovelo no rosto na hora em que ele se abaixou de dor. William caiu de joelhos.

— A senhora deseja que a rixa entre nós dois termine. E ela termina aqui, William. Nós iremos nos ater a isto.

William levantou-se devagar. De repente, estava segurando uma faca nas mãos. John Law não saiu do lugar.

205

— Do que você quer se vingar, William? Do fato de eu ser melhor do que você? Mais forte? Mais bem-sucedido? Mais importante?

William inclinou-se para frente e começou a circundar John lentamente. John não saiu do lugar nem fez menção de querer se defender. Cruzou os braços ostensivamente.

— Você pode até me matar, William, talvez, mas e depois? Mesmo depois de morto eu terei sido melhor do que você jamais foi durante toda a minha vida. Então para que você quer me matar, William? Você quer passar a sua vida me odiando? E, enquanto isso, esquecer de viver a sua própria vida? Você precisa matar o seu ódio, William, a sua inveja. E se concentrar na sua própria vida.

William parou. Seu rosto estremeceu de leve. Ele limpou o sangue do nariz.

— O mundo é grande, William. Há lugar suficiente para nós dois. Eu não tenho a intenção de ficar em Lauriston Castle. Em Edimburgo ainda se sente o cheiro da fumaça das últimas bruxas que foram queimadas. Mais ao sul, no entanto, está nascendo o mundo de amanhã. Nós estamos nos livrando das nossas amarras e estamos deixando Deus e os reis se extinguirem. Nós estamos substituindo Deus por conhecimento. Nós estamos substituindo reis por Parlamentos. E nos Parlamentos nós estamos acrescentando comerciantes, banqueiros e operários aos nobres. Nesse Novo Mundo todos têm uma oportunidade real, William. Existe tanta coisa para ser descoberta: novos continentes, países, matérias-primas, culturas, invenções inovadoras, novas teorias, modelos, ideias. Por que desperdiça o seu tempo me odiando?

William ficou calado. Depois de algum tempo disse:

— Tive tempo suficiente para aprender a te odiar. Eu estava presente quando as nossas gêmeas morreram. Eu estava presente quando o coração da senhora se despedaçou, e estou sempre ao lado dela quando ela chora ou se preocupa. Desejo com frequência que você tivesse sido enforcado em Londres. Para que a senhora finalmente encontre paz. E agora você está aqui outra vez, e ela está aos seus pés.

John ficou calado. Ele nunca tinha visto a situação por aquele ângulo.

— O que você está fazendo aqui, William, não será uma desvantagem para você. O Rei-Sol logo irá morrer em Paris. Os meus serviços serão requisitados por lá. E quando a senhora não estiver mais aqui, eu o chamarei. Vou conseguir um emprego para você, que fará com que você esqueça tudo o que aconteceu entre nós.

John Law deu as costas a William e voltou devagar para a casa. William jogou a faca para o alto, segurou-a pela lâmina ao cair e atirou-a com toda a força, fazendo-a voar pelo pátio, até ficar cravada no tronco de um carvalho.

— Você deveria gostar um pouco mais de si mesmo, William — disse John, parando.

— Você está sempre vendendo o futuro, John. Prove que está falando sério. Compartilhe sua riqueza comigo desde já. Ou será que o que se conta pelos salões não passa de histórias?

William andou na direção de John. Ele limpou novamente o sangue do nariz.

John enfiou a mão no bolso do casaco e pegou uma sacola de couro. Jogou-a para William. William abriu a sacola e enfiou a mão dentro dela. Apareceu um punhado de moedas de ouro.

— Então é verdade o que se conta nos salões. Você se tornou um homem de posses.

— *"Non obscura nec ima"* — respondeu John.

— Nem insignificante nem menor — repetiu William.

Ele quis devolver a sacola para John, mas este recusou.

— Espero que seja o suficiente para consertar aquela janela ali em cima também — disse John, apontando para a janela quebrada que ameaçava soltar-se da parede.

— Uma palestra diante do Parlamento escocês? — murmurou o jovem duque de Argyll, deixando o olhar flanar pela sua orgulhosa biblioteca.

Ela ocupava todas as paredes. Os livros se amontoavam até mesmo por cima das portas duplas do salão, e da grande janela que dava para o jardim, nas intermináveis prateleiras que iam até o teto. O duque de Argyll reinava no centro do cômodo, atrás de uma poderosa escrivaninha de carvalho. Seu *justaucorps* tingido com uma cor que já saíra de moda ainda tinha os bolsos cortados na vertical, coisa que só se via raramente. À sua direita havia um globo terrestre sobre uma estrutura de madeira. Ele tinha mais de um metro de diâmetro e ainda mostrava mares em lugares onde já tinham sido descobertas terras havia muito tempo.

— Veja, senhor Law — recomeçou o duque —, a Escócia não é o país adequado para experiências teórico-financeiras. Utilize um pedaço de papel para fazê-lo, não toda uma nação!

John Law inclinou levemente a cabeça, como se já quisesse agradecer amavelmente por aquela afirmação.

— A Escócia praticamente não dispõe mais de dinheiro de metal, senhor. O comércio só está sendo possível em proporções limitadas. Produz-se cada vez menos. A consequência são o desemprego e a pobreza...

O duque sorriu.

— Um país assim é sempre suscetível a novas e promissoras teorias. Veja, senhor Law, aqui no escritório do meu falecido pai sentou-se certa vez um homem chamado William Paterson. Não lhe deram ouvidos aqui entre os seus compatriotas, e ele fundou em 1694, há exatos dez anos, o Bank of England.

John Law sabia muito bem quem era William Paterson. Quando o seu compatriota fundara o Bank of London, ele estava preso em Londres.

— William Paterson voltou triunfante para Edimburgo — prosseguiu o duque de Argyll — e fez propaganda de uma colônia mercante no Panamá. Ela ia transformar a Escócia em poucos anos no país mais rico do mundo. Você não vivenciou isso, John, mas as pessoas ficaram loucas por entregar-lhe o seu dinheiro. Confiaram-lhe mais de 400 mil libras. Ele prometeu ganhos incomensuráveis. Quatrocentas mil libras correspondem à metade de todo o patrimônio do povo escocês. Cinco navios fizeram-se ao mar. Isso foi há seis anos, 2 mil pessoas estavam a bordo. Eles chegaram ao seu destino três meses mais tarde. William Paterson estava entre eles, com a esposa e o filho. Dois anos mais tarde só restaram vivos Paterson e trezentas infelizes vítimas da malária e de disenteria. Os espanhóis sitiaram a colônia dia e noite. Os ingleses assistiram impassíveis enquanto a indesejável concorrente se acabava. O fundador do Bank of England arruinou a Escócia em apenas três anos com uma simples ideia. E levou, que Deus o perdoe, meu pai ao suicídio. Meu pai confiou nele. E perdeu tudo. Portanto, se o senhor quiser se apresentar ao Parlamento Escocês, deveria apresentar algo além de uma ideia.

O duque devolveu a John Law o manuscrito que este lhe enviara algumas semanas antes.

— Estudei muito bem as suas considerações sobre dinheiro e comércio. Alguma coisa lembra os escritos de Hugh Chamberlen.

O duque parou e refletiu.

— Mas enfim — prosseguiu devagar, esticando dolorosamente as palavras —, admito... o seu manuscrito é... interessante. O seu raciocínio, segundo o qual o dinheiro não tem valor mas somente uma função, é... uma contagiante...

— Ideia? — disse John Law sorrindo.

— De qualquer forma, é contagiante — respondeu o duque. — Também é contagiante o seu raciocínio, segundo o qual não se deveria cobrir a emissão de papel-moeda com metal e sim com terra e solo, por serem coisas menos voláteis.

John aguardou impaciente que o duque concluísse o raciocínio. Ele temeu em segredo que o duque só estivesse comentando o manuscrito de forma tão benevolente para logo em seguida dar-lhe um fora.

— O manuscrito é até interessante, John Law. Se tivesse sido escrito por Chamberlen, seria até mesmo brilhante. Seria a bíblia das ciências econômicas e do comércio. Seria tão revolucionário quanto a invenção da roda para o transporte, a invenção da imprensa ou da pólvora. O seu trabalho teria condições de mudar mais coisas do que qualquer rei já conseguiu mudar. Mas infelizmente foi escrito pela pessoa errada.

— A pessoa errada? — repetiu John incrédulo.

O duque acenou afirmativamente.

— Sim, a pessoa errada. Aqui o senhor tem fama de jogador, de criminoso procurado...

— Eu poderia publicar o manuscrito com um pseudônimo.

O duque aquiesceu.

— Seu pai prestou bons serviços ao meu pai nos seus tempos. Vou transferir a gratidão do meu pai para o senhor. Asseguro-lhe que, tão logo o seu manuscrito seja publicado sob um pseudônimo, vou fazê-lo circular pelo Parlamento. Mas também lhe asseguro que não irei tomar seu partido publicamente. Isso iria esbarrar na maior resistência, depois do que Paterson fez com a minha família.

John Law trabalhou horas a fio numa revisão do manuscrito, enquanto Catherine fazia companhia a Jean Law. As duas eram frequentemente vistas passeando juntas. John não sabia sobre o que conversavam. Também não perguntou nada a Catherine. Para ele, bastava ver que as duas aparentemente se entendiam.

O ouro de John fez com que William despertasse para uma nova vida. Ele se esforçou por colocar a propriedade novamente em boas condições, contratou operários e supervisionou os trabalhos. Nas horas livres, ia para trás dos estábulos praticar tiro. Por algum motivo, desenvolvera uma afinidade com pistolas. Talvez fosse uma compensação para a sua escassa habilidade no manejo da espada.

Certa manhã apareceu um camareiro. William estava voltando da sua saída matinal e perguntou pelo motivo daquela visita.

— Trago uma mensagem do senhor Andrew Ramsay.

— Meu irmão não deseja ser incomodado. Qual é o teor da mensagem? Transmitirei a ele.

— O senhor é o irmão do famoso John Law? — perguntou o criado, como se nunca tivesse escutado que o grande John Law tinha um irmão.

— Sim — disse William encantado —, sou William Law, irmão mais novo de John Law. Qual é a mensagem?

O criado inclinou-se respeitosamente diante de William e informou-o mantendo o olhar baixo:

— O senhor Andrew Ramsey teria prazer em poder cumprimentar John Law no seu salão.

— O senhor Andrew Ramsay gostaria de conhecer melhor as teorias monetárias do meu irmão? — perguntou William, curioso. Ele sabia que toda ajuda poderia ser importante para uma futura audiência no Parlamento de Edimburgo.

— O senhor Andrew Ramsay gosta muito do jogo de Faraó — disse o criado. — Seria uma grande honra poder jogar contra o grande John Law.

— Meu irmão não é um jogador. Por favor, informe o senhor Andrew Ramsay de que meu irmão não poderá aceitar o convite. — William percebeu que gostava de falar em nome do irmão. O criado fez uma nova mesura e saiu da propriedade.

— O senhor Andrew Ramsay? — repetiu John no jantar, colocando a taça de vinho sobre a mesa.

— O pai dele foi um dos homens mais ricos e reconhecidos de Edimburgo. Só as suas terras devem valer mais do que 1.200 libras — esclareceu a senhora Law.

John Law sorriu com ar irônico.

— O senhor Andrew Ramsay. Que lástima que eu tenha parado de jogar — disse ele, olhando para a mãe com ar maroto.

— É, sem dúvida, uma armadilha — apressou-se a dizer William. — Estou seguro de que algumas pessoas em Edimburgo já sabem que você irá se pronunciar no Parlamento para explicar as suas teorias. Essas pessoas querem te impelir a jogar. Querem apresentá-lo como um jogador notório nas mesas de jogo.

— Não tenha medo — retrucou John. — O que significa uma vitória numa mesa de jogo, quando se tem a possibilidade de prover toda a Escócia com dinheiro novo e libertá-la do sofrimento? Meu próximo jogo não será numa mesa de jogo, e sim numa tribuna!

Jean Law sorriu.

— Você deve ter aprendido a representar numa mesa de jogo, mas não consegue enganar a sua própria mãe, John. Você não sairá de Edimburgo sem antes ter arruinado o senhor Andrew Ramsay.

— Senhora — quis protestar John, porém Jean Law fez um gesto para que ele se calasse.

— Vou ficar de olho nele — brincou Catherine.

Catherine estava pálida. Parecia não ter muito apetite. A senhora olhou discretamente para a barriga de Catherine. Catherine percebeu e sorriu, encabulada. Jean Law soube de imediato. Fechou os olhos por um momento. Catherine estava grávida. Ela iria se tornar avó. Então, voltou a erguer o olhar.

— Não se esqueçam de escrever à rainha — disse a senhora, olhando preocupada para os filhos.

— Está certo — respondeu William. — Uma vitória diante do Parlamento escocês não vai servir de nada se a Inglaterra e a Escócia sacramentarem uma união, e com isso a pena de morte se estender até a Escócia. Se John me pagar, posso me ocupar deste assunto.

— William! — exclamou a senhora, desapontada.

Mas William permaneceu descontraído.

— Alegre-se com o fato de os seus filhos estarem fazendo negócios. Mais do que isso a senhora não pode exigir de nós, não é verdade, John?

John riu com cordialidade.

PARIS, 1701

Filipe d'Orléans passeava aborrecido pelo seu salão. As mesas de Faraó estavam mal ocupadas. Ele parou em frente ao chefe de Polícia d'Argenson.

— Ouvi dizer que o senhor voltou a expulsar o nosso amigo escocês do país...

D'Argenson não deixou transparecer nenhuma emoção.

— *C'est ça, monsieur le duc.* O senhor Law nos deixou novamente. Negócios urgentes, ouvi dizer...

O duque d'Orléans ignorou as mentiras de d'Argenson.

— O que havia contra ele?

— O senhor está achando que eu...

— O que havia contra ele? — repetiu secamente o duque.

D'Argenson viu que o duque d'Orléans não iria esquecer aquele assunto.

— Caso houvesse alguma coisa contra ele, isso estaria protegido por sigilo — respondeu d'Argenson secamente.

O duque reagiu, impaciente, enquanto d'Argenson sorria, autoconfiante.

— D'Argenson, eu posso perguntar ao rei. Afinal, ele é o meu tio. Ou será que o senhor precisa guardar sigilo diante do nosso rei?

— Sou um servo fiel do nosso rei, duque.

— É uma prerrogativa do nosso rei contar-lhe os motivos.

O duque sorriu.

— Caso ele conheça os motivos.

O rosto de d'Argenson ficou sombrio. Ele franziu as sobrancelhas negras e espremeu os lábios. Filipe d'Orléans colocou o braço em volta do ombro do chefe de Polícia, sabendo que ele detestava aquilo, e sussurrou no seu ouvido:

— Ouvi dizer que o senhor quer se tornar ministro das Finanças. O senhor não vai mais querer se ocupar com essa gentalha que anda à noite pelas nossas ruas...

D'Argenson segurou o braço do duque e retirou-o devagar do seu ombro. Depois, aproximou-se um pouco do duque e sussurrou-lhe ao pé do ouvido:

— Há muitos boatos em Paris. Ouvi dizer que o senhor se embriaga e cai na esbórnia de manhã à noite, só aguardando a morte do seu tio.

Filipe d'Orléans riu, cansado.

— O senhor jantou sopa de cebolas hoje de noite, marquês d'Argenson?

D'Argenson reagiu irritado.

— Odores às vezes são piores do que rumores — prosseguiu Filipe, alegre. — Pois rumores são inofensivos. Eles apenas nos dizem alguma coisa sobre as pessoas que os espalham.

D'Argenson fez uma reverência:

— Eu agradeço pela noite agradável, *monsieur le duc*.

— O senhor é sempre bem-vindo, senhor marquês d'Argenson — exclamou o duque, fazendo um gesto teatral. — Visitarei o rei amanhã pela manhã e lhe pedirei que nos traga John Law de Lauriston de volta. Talvez... eu peça mais alguma coisa a ele...

A observação não passou despercebida no salão. Um murmúrio de aprovação percorreu os convidados, enquanto d'Argenson se afastava da mesa e desaparecia no fundo do salão.

EDIMBURGO, 1704

William segurou a arma de fogo apontada para baixo. Ele tinha fechado os olhos. Agora só se ouvia o vento assoviar entre os muros de Lauriston

Castle. William ergueu a arma, abriu os olhos e puxou o gatilho com o dedo indicador. A bala despedaçou o jarro de pedra que estava pendurado no galho de uma macieira.

— O senhor deveria se apresentar na feira anual — disse alegremente uma voz feminina.

William virou-se. Catherine surgiu por trás dos estábulos e aproximou-se dele devagar. Uma caixa de madeira ricamente ornamentada e forrada com seda vermelho-escura estava no chão. Dentro dela repousava uma pistola de duelo. William segurava a segunda arma, idêntica.

— Caixas com pistolas de duelo aos poucos estão ficando na moda — brincou Catherine. — O senhor tem inimigos, William?

— Só o meu irmão.

William sorriu enquanto guardava a pistola na caixa, retirando a outra:

— A senhora quer experimentar?

— E por que não? — disse Catherine rindo. — Talvez algum dia as damas tenham os mesmos direitos que os homens e queiram cometer as mesmas bobagens.

William sorriu em silêncio enquanto travava o gatilho com movimentos ágeis, derramava pólvora de um chifre dentro do cano e colocava uma bala envolta num pano dentro do cano.

— A senhora já atirou alguma vez? — perguntou William. Catherine sacudiu a cabeça negativamente e estendeu a mão para segurar a pistola.

— Mais um pouco de pólvora — murmurou William. Em seguida, fechou a tampa do depósito de pólvora e entregou-lhe a arma.

— Segure a pistola apontada para baixo. Caso um tiro seja disparado por acidente, ainda lhe restarão os outros nove dedos nos pés.

Catherine segurou a arma.

— Em que devo atirar?

— Tente a árvore.

Catherine levantou a arma. William observou-a. Assim de perto ela era ainda mais bonita.

— Cuidado! — disse William baixinho, tocando a sua mão suavemente. — A pistola se ergue depois de disparar a bala. Segure-a firme na mão, para que ela não lhe arranque os dentes quando der o coice.

Catherine percebeu que William a desejava. Ela apertou o gatilho depressa. A arma subiu rapidamente.

— Acertei? — perguntou, divertida.

— Vamos colocar desta forma: a senhora disparou um tiro. E a árvore ali em frente ainda vai carregar frutos na próxima primavera.

— E o autor? — perguntou Agnes Campbell, a septuagenária viúva do renomado dono da gráfica Andrew Anderson, o editor oficial, *by appointment of her majesty the queen*. Ela estava sentada um pouco perdida atrás da grande escrivaninha do seu falecido esposo.

— O autor permanecerá anônimo — respondeu John Law. — Caso alguém lhe pergunte pelo autor do texto, diga simplesmente que não é o doutor Chamberlen...

Agnes Campbell acenou afirmativamente e pegou o manuscrito de *Dinheiro e comércio* com suas 120 páginas.

O cheiro forte de tinta estava no ar. Os fortes ruídos dos prelos e o bater dos tipos ressoavam até onde eles estavam.

— Qual é a urgência? — perguntou ela, olhando para o sobrinho.

— A senhora deve começar imediatamente, tia Agnes — respondeu John Law, acrescentando em seguida, ao ver a velha senhora sacudir a cabeça cansada e se lamentar, que estaria disposto a pagar o dobro.

— Não é uma questão de dinheiro, e sim de trabalhadores. Tenho que mandar arregimentar andarilhos nas tabernas. Os melhores já estão empregados em algum lugar e se comportam como se fossem renomados mestres de cantaria parisienses. Agora, muitos deles estão sendo atraídos para a França, pois parece que os franceses estão planejando fazer o maior livro do mundo, uma enciclopédia. Onde é que vou conseguir tipógrafos?

— A senhora vai encontrar algum jeito, tia Agnes.

— Não — refutou Agnes energicamente. — Isso se tornou um problema sério, John. Hoje os trabalhadores são contratados e pagos por tarefas. Depois eles, vão embora. Igual aos mestres de cantaria. Eles estão escolhendo muito. As coisas não são mais como antes.

— A senhora está dizendo que não vai conseguir arranjar tipógrafos nem mesmo para um John Law?

A velha senhora folheou o manuscrito de John Law, um pouco desamparada, como se estivesse procurando uma desculpa ali dentro. Depois de todos os seus filhos terem morrido prematuramente, ela acabara de perder o seu terceiro marido, Andrew Anderson. Suas legendárias obras impressas adornavam as bibliotecas de Veneza, Londres e Paris. Mas Agnes Campbell entendia pouco do negócio e estava completamente só. Parecia ter sido atropelada e muito exigida pelo destino, numa luta permanente entre resignação e superação. Por fim, ela se recompôs e disse:

— Vamos imprimir no formato duodécimo, é mais barato e é mais rápido...

— Chamberlen imprimiu em qual formato? — perguntou John Law.

— Ele quis no formato um quarto, distinto e caro.

— Ah — irritou-se John Law —, quer dizer que ele já imprimiu.

Agnes Campbell deixou o manuscrito cair na mesa e tapou a boca com as duas mãos.

— Acabei de revelar um segredo. John, você realmente não mudou nem um pouco...

— Então a senhora pode aproveitar e me revelar também quando foi que Chamberlen veio buscar os seus papéis? — disse John, sedutor.

— Eles estão sendo impressos neste exato momento, ali no galpão — respondeu Agnes Campbell, conciliadora.

John Law refletiu.

— Não me peça para interromper a impressão, John. Isso eu não farei. Quando o assunto é finanças, ninguém em Edimburgo desfruta de uma reputação melhor do que o doutor Chamberlen.

— Não, tia Agnes. É até importante que a senhora imprima a obra do doutor Chamberlen. Somente a comparação com as ideias de Chamberlen é que irá convencer o Parlamento de que as minhas têm mais fundamentos e reflexão — retrucou John Law, acrescentando: — Só não quero que o Parlamento se limite a falar sobre Chamberlen, e eu chegue tarde demais...

John Law apontou para uma prensa que aparentemente tinha sido encostada. Agnes Campbell ficou aliviada por ele não lhe pedir nada desonesto. Ela riu.

— Com esta prensa não é possível imprimir nenhuma folha...

— Mas um panfleto, sim — respondeu John Law. — Mil panfletos. Vou resumir o meu trabalho em uma única folha. Só os pontos mais importantes. E mencionar a proximidade do lançamento do livro. É importante que o Parlamento saiba que ainda há alguma coisa por vir.

— Um panfleto? — repetiu Campbell.

— Sim — repetiu John Law. — A *Sugestão para prover a nação com dinheiro*. Este será o título. Dê-me algo para escrever. Vou escrever o panfleto aqui mesmo. A senhora irá distribuí-lo e pendurá-lo em todas as tabernas, pousadas, cafés e em todos os lugares públicos.

— Está bem — respondeu Agnes Campbell. Ela agora pareceu satisfeita por ter conseguido aceitar a encomenda. — Vou mandar os meus empregados procurarem logo os trabalhadores. Vou mandar a proposta orçamentária para você hoje à noite em Lauriston Castle.

John Law recusou.

— Nada de orçamento, comece imediatamente e permita-me comprar o primeiro exemplar da obra de Chamberlen. Venha, vamos para o galpão.

Assim que John Law e Agnes Campbell entraram na gráfica, foram atingidos por um ruído ensurdecedor. Os aprendizes de linotipia estavam em pé diante de suas mesas inclinadas de tipografia, arrumando com movimentos ágeis as letras feitas com uma mistura de chumbo, estanho e antimônio, formando palavras e frases num componedor, linha por linha, enquanto outros rapazes por sua vez fixavam as páginas prontas com parafusos numa moldura que servia de placa de impressão.

A oficina transbordava de gente. Duas dúzias de homens trabalhavam com uma rígida divisão de tarefas. Enquanto um passava a tinta sobre a placa pronta, outro soltava a folha de papel recém-impressa da placa. Um terceiro empurrava por baixo do prelo uma nova placa que tinha acabado de receber tinta, e um quarto trabalhador terminava a impressão com um puxão bem forte.

— De repente, o mundo inteiro quer ler — gritou Agnes Campbell.

Ela mal podia ouvir as próprias palavras. Folhas recém-impressas estavam penduradas no teto. Cada uma delas englobava de quatro a oito folhas do livro, podendo ser impressas no verso depois de completamente secas.

Campbell chamou um operário com um gesto. Ela deu a entender através de sinais que queria um exemplar do livro de Hugh Chamberlen. O homem pegou uma pilha de folhas de papel soltas, enrolou-as e amarrou-as em um pacote.

Assim que chegaram do lado de fora, John agradeceu pelo exemplar:

— Diga ao doutor Chamberlen que as pessoas estão literalmente arrancando as folhas das suas mãos. E que a senhora até já vendeu um jogo.

Agnes Campbell sorriu. No final das contas, ficara feliz com a visita do sobrinho. A princípio ela se inquietara com sua aparição, pois a fama que o precedia realmente não era das melhores.

— Nós poderíamos construir mais aqui John. — disse ela, tentando entrar num assunto que passou a preocupá-la muito depois da morte do marido. — Originalmente, o meu marido ainda queria construir uma encadernação e uma livraria aqui. Mas isto é demais para mim, John. Sou uma mulher de idade. E o mundo está avançando num galope selvagem. Eu não consigo acompanhá-lo. As livrarias não querem mais encadernar elas mesmas as folhas impressas. Nós deveríamos fornecer livros acabados. Se os meus filhos ainda fossem vivos, John, poderiam levar a gráfica para esta nova era.

Ela olhou para John Law, examinando sua reação.

— As pessoas irão ler cada vez mais, tia Agnes. O que não se sabe ainda é se, com isso, se tornarão mais inteligentes.

— Sim, sim — murmurou Agnes Campbell, decepcionada por ele não ter mordido a isca para entrar nos negócios das gráficas.

John Law ergueu o rolo amarrado de papéis de Chamberlen com um sorriso.

— Talvez a senhora já tenha percebido que eu não gosto muito de Chamberlen. Ele me irrita com aquele seu título de doutor. Eu fiz o meu doutorado nas mesas de jogo da Europa.

Em seguida, John Law abaixou-se até a sua tia, abraçou-a carinhosamente e beijou-a nas duas faces.

— Creia-me, tia Agnes — sussurrou John Law. — Eu não seria um sucessor à altura de Andrew Anderson. Não quero imprimir e editar livros escritos por outras pessoas num quarto de fundos. Tenho uma ideia, e quero colocá-la em prática. E para isso não preciso de tinta de impressão, e sim de um rei e de toda uma nação.

— Ah, John, por que você não se propõe metas que possa alcançar? Como fazem as outras pessoas.

O panfleto de John Law foi distribuído, já no final da tarde do dia seguinte, pelos cafés de Edimburgo e passou a ser alvo de grandes discussões logo em seguida. Um panfleto era uma coisa muito especial. Era atual, explosivo, um texto original em primeira mão. As pessoas recebiam a mesma informação praticamente ao mesmo tempo por toda a cidade. Do engraxate ao banqueiro, todos se interessavam por um panfleto recém-distribuído. Assim que um panfleto chegava a um café, reinava um silêncio mortal por um momento. E no momento seguinte iniciavam-se os debates.

Naquela tarde discutiam-se as teses de um homem cujo nome não fora mencionado, que queria apresentar ao Parlamento uma proposta para prover a nação com dinheiro. O desconhecido queria imprimir dinheiro de papel. E o Parlamento deveria garantir que, mediante a apresentação daqueles pedaços de papel, era possível receber de volta em moedas o valor mencionado. Aquilo não era uma novidade. O que havia de novo na proposta era que se poderia também fazer pagamentos com papel-moeda, que ainda nem existia. Com dinheiro que não existia. Com créditos. Com papel-moeda baseado num resultado que ainda teria que ser obtido no futuro. O autor anônimo do panfleto acreditava que dessa forma conseguiria reacender a indigente economia escocesa. Ninguém jamais tivera a ideia de pagar cerveja com um dinheiro que ainda sequer fora fabricado.

Era tarde da noite quando John terminou de ler as últimas páginas do livro de Hugh Chamberlen.

— E então? — perguntou Catherine ao perceber que ele colocara a última folha impressa de lado. Ela estava sentada num sofá junto à lareira, lendo o relato de um inglês que viajara pela região do Novo Mundo.

— Ele escreve com inspiração — respondeu John Law, pensativo. — Mas o que escreve não é novidade. Escreve sobre coisas que já foram discutidas em Amsterdã há muitos anos. Mas ele não deu à luz nada de novo.

Catherine riu, irônica. John Law olhou-a, intrigado. Ele foi para junto dela, ajoelhou-se e beijou-lhe as mãos.

— Por que está rindo assim, minha querida Catherine?

— Porque você disse que ele não deu à luz nada. Desde quando que um homem pode dar à luz alguma coisa?

— Ele pode dar à luz ideias — disse John, rindo baixinho.

Catherine segurou a mão de John e colocou-a sobre a sua barriga. John Law abraçou Catherine afetuosamente e beijou-a com paixão.

— E o idiota aqui não percebeu nada.

Catherine passou o braço pelo seu pescoço e segurou-o com firmeza.

— Nós vamos ficar juntos para sempre, John?

— Para sempre, Catherine. Não importa o que aconteça.

Catherine sussurrou:

— Só a morte poderá nos separar?

Naquele momento bateram na porta. John aguardou um instante. Quando bateram novamente, ele se levantou.

— Entre! — exclamou.

William entrou. Trazia uma carta na mão.

— A rainha Ana indeferiu o teu pedido de indulto, John!

Catherine olhou para John, intrigada.

— Nós não pretendíamos mesmo ir à Inglaterra — brincou John Law.

— Você sabe o que isso significa, John! — disse William com voz séria. — Se a unificação entre a Inglaterra e a Escócia se efetuar, eles irão te enforcar em Edimburgo!

— Você está preocupado comigo? — disse John rindo.

— Só com o seu dinheiro, John. É meramente uma questão de negócios — respondeu William sorrindo.

— Sabe, William, a maioria das coisas das quais sentimos medo na vida nunca acontece. Ainda não existe uma unificação entre a Inglaterra e a Escócia. O que a rainha Ana diz em Londres não preocupa ninguém aqui em Edimburgo.

William olhou para John e, em seguida, para Catherine. Percebeu que chegara em um momento inoportuno. E deu-se conta novamente de como Catherine era bonita.

Cenas tumultuadas deveriam estar acontecendo no salão do Parlamento. John Law já estava andando para cima e para baixo ao longo do corredor de lambris havia quase meia hora. Finalmente as portas duplas se abriram e os parlamentares saíram lá de dentro, com as cabeças muito vermelhas. A reunião foi adiada por duas horas, para que os ânimos se acalmassem.

Um cidadão bem nutrido foi em direção de John, cumprimentou-o e sussurrou:

— Insisti para que o senhor fosse ouvido. Agora o senhor me deve uma partida de Faraó.

Aquele devia ser o senhor Andrew Ramsay, que rolava seu corpo arredondado envolto numa frondosa coleção de seletos tecidos de seda e brocados pelo corredor, enquanto abria caminho no meio dos parlamentares com sua bengala, cujo castão de ouro representava um leão. Eles todos se espremiam para fora como se o presidente do Parlamento tivesse anunciado a chegada da peste. John seguiu Ramsay do jeito que foi possível naquele tumulto.

— Seu irmão William me prometeu isto. Espero que ele não tenha prometido demais?

— Não, não, o senhor tem minha palavra — respondeu John Law com uma breve reverência. O queixo balofo do senhor Andrew Ramsay tremulou sobre o lenço prateado quando ele proferiu algumas palavras ininteligíveis de despedida.

— John Law de Lauriston! — ouviu John alguém exclamar naquele momento. Um homem abria caminho até ele.

— Defoe? — exclamou John, incrédulo, ao se ver diante de um sujeito inchado com a cabeça muito vermelha e uma peruca louro-dourada.

— John Law! — repetiu bem alto. Ele não se incomodava com o fato de estar chamando a atenção. Os dois abraçaram-se amigavelmente.

— A minha apresentação já foi realmente anunciada? — perguntou John impaciente.

— Anunciada ela foi, mas eu temo que ainda possa levar alguns dias. Só se discute e se debate a unificação. Nenhuma palavra sobre finanças!

John Law observou os parlamentares irritados que atravessavam o saguão brigando em voz alta e gesticulando.

— O parlamentar Andrew Ramsay pronunciou-se a favor de que o senhor seja ouvido. Mas foi calado pelos gritos. As pessoas só querem falar sobre a unificação. Alguns dizem que, se a Inglaterra e a Escócia se unificarem, as suas ideias não serão mais necessárias. Isso, por sua vez, deixou os partidários de Hugh Chamberlen extremamente irados, pois são realmente da opinião de que se precisa de novos conceitos na política financeira. Mas é óbvio que não os de John Law, e sim os de Chamberlen.

— E o senhor agora se tornou um parlamentar escocês?

— Muito me honra que o senhor me julgue capaz de um empreendimento tão árduo, mas estou aqui na minha qualidade de observador das discussões sobre a unificação, por incumbência de sua majestade, a rainha.

— Ela indeferiu o meu pedido de indulto — respondeu John Law.

— Eu sei, e sei também que a unificação vai acontecer. E muito mais rápido do que alguns imaginam. Saia o quanto antes de Edimburgo, senhor. Ou logo estará pendurado na forca. Na frente da porta da sua casa.

— Não irei sem antes ter falado diante deste Parlamento. Por mim, podem até colocar uma corda em volta do meu pescoço, mas eu ainda hei de falar diante deste Parlamento!

— O senhor me dá medo. Não atribuiria uma atitude tão inconsequente quanto esta nem a um personagem dos meus romances. O senhor só vai poder falar diante deste Parlamento depois que a unificação tiver sido aceita. E, caso ela seja aceita e o senhor fale aqui, o chefe de Polícia de Edimburgo terá que executar a sentença de morte que lhe foi dada em Londres! Se ela não for executada, a unificação não terá nenhum valor!

— Eu sei. Calcular riscos é o meu negócio. Se eu não fizesse nada, talvez o risco fosse ainda maior.

— Oh — gemeu Defoe. — O senhor sempre consegue me passar na cara que a minha formação escolar foi insuficiente. Está querendo dizer que quem não faz nada corre um risco maior do que quem faz alguma coisa?

John Law sorriu e segurou o braço de Defoe amigavelmente.

— O tempo tem um papel que não pode ser subestimado em nenhum cálculo de risco, meu amigo.

— Como no meu novo romance, senhor — disse Daniel Defoe obsequioso, tentando desviar a conversa para outra direção. — O meu herói passa anos sozinho em uma ilha deserta, sem dinheiro, sem amigos...

— Oh, mas isso é muito triste...

— De fato, eu choro com frequência, pois o meu herói passa pelas mesmas coisas que o seu criador...

John Law entregou algumas moedas de ouro para Daniel Defoe.

— Para que o senhor possa continuar escrevendo. Para que o pobre coitado possa ser salvo da sua ilha deserta.

— Vou-lhe encaminhar um exemplar autografado por mim. E se o senhor colocar um pouco mais, poderá falar dentro de uma hora.

Daniel Defoe não prometera em vão. Quase uma hora depois, às quatro horas da tarde do dia 28 de junho de 1705, John Law de Lauriston teve a oportunidade de falar diante do Parlamento escocês. E 15 minutos mais tarde conseguiu que os parlamentares acompanhassem a sua apresentação.

— Que a Escócia está falida, meus senhores, não é mais nenhuma informação relevante! — exclamou John Law andando de um lado para o outro diante dos bancos de madeira ricamente entalhados dos parlamentares. — Tampouco é novidade que a Escócia não dispõe mais de praticamente nenhuma moeda. Sem moedas, não podemos comprar mercadorias. Quando as mercadorias não são mais compradas, também não precisamos mais produzi-las. Se não produzirmos mais mercadorias, não precisamos mais de trabalhadores. Quando as pessoas não encontram mais trabalho no seu próprio país, elas emigram. Esta é a situação que nós temos hoje na Escócia. A Escócia mergulhou na mais profunda miséria, enquanto a Holanda, que praticamente não dispõe de riquezas no solo nem de mão de obra dignas de nota, tornou-se o país mais rico da terra. Por quê? Eu lhes pergunto, meus senhores, por quê?

John Law olhou para os rostos perplexos que se escondiam debaixo das suas perucas vermelhas, douradas, pretas e empoadas de branco, como caçadores pré-históricos debaixo das suas peles.

— Eu lhes direi por quê. Porque existe excesso de dinheiro à disposição em Amsterdã. Dinheiro disponível, dinheiro líquido. E como é que a Holanda dispõe de uma quantidade tamanha de dinheiro em moedas? A Holanda tem minas de ouro e de prata? Não, meus senhores, a Holanda se libertou da noção de que o dinheiro deve ser composto por moedas de metal.

John Law segurou um punhado de moedas na mão e atirou-as pelo salão.

— Isto não é dinheiro, cavalheiros, isto é simplesmente metal. Metal ao qual agregamos uma função. Uma função de troca. Na Holanda o dinheiro não está baseado em metal. O dinheiro holandês não é garantido por metal. O dinheiro holandês também não é garantido por terras e solos. É por isso que o dinheiro corre aos borbotões na Holanda, transbordando como um dilúvio sobre o resto do mundo, enquanto o nosso parco dinheiro só goteja e se perde por aqui.

Alguns parlamentares expressaram o seu desagrado. Outros bateram nos braços de madeira dos seus assentos em sinal de reconhecimento. Eles já conheciam os argumentos ali apresentados, da obra do doutor Chamberlen, que era muito bem-visto ali.

— Então, como poderemos prover a Escócia com dinheiro novo para reavivar novamente a circulação de dinheiro e do comércio, meus senhores? O que é que falta ao operário para poder começar o seu negócio? Capital, um adiantamento, um crédito. Falta-lhe o dinheiro para poder pagar a matéria-prima, os materiais e a mão de obra. Ele precisa deste dinheiro adiantado. Antes de ter produzido e vendido novas mercadorias com as matérias-primas, materiais e mão de obra necessários. Libertemos, pois, a Escócia das amarras da escassez de ouro e de prata, condicionados à natureza. Libertemo-nos do pensamento segundo o qual o patrimônio da economia é composto pela quantidade disponível de ouro e prata.

John Law retirou um punhado de moedas do bolso do seu casaco.

— Isto é dinheiro, meus senhores. E quando nós ficamos sem metal, por termos desperdiçado todo ele nos canos dos canhões, ficamos sem dinheiro também.

John Law segurou um pedaço de papel na mão e ergueu-o:

— Isto aqui, cavalheiros, vale 100 moedas de prata. Com a sua assinatura, a Coroa escocesa garante a este pedaço de papel o valor de 100 moedas de prata. E eu lhes dou este pedaço de papel como crédito. E mesmo depois de todas as minas de ouro e de prata da terra terem se exaurido, poderei dar-lhes este pedaço de papel como crédito. Eu compro com este pedaço de papel o lucro que os senhores obterão no futuro com as mercadorias que podem produzir hoje. Apesar de não terem mais moedas. Apesar de não termos mais metal. Nós criamos dinheiro do nada. Nós criamos um instrumento que produz a sua força motriz a partir do seu próprio movimento. E a cobertura para este pedaço de papel não é metal, e sim o resultado que esperamos obter amanhã. Com o controle do fluxo do dinheiro, podemos dirigir a circulação de dinheiro e do comércio e determinar o preço que se terá que pagar por dinheiro novo, fresco. E o sistema inteiro não custará à Coroa escocesa uma só moeda de prata.

Os parlamentares pediram a palavra assim que John Law terminou, depois de quase duas horas. A maioria apenas expressou a opinião do seu partido, formada previamente. Mas o tema não deixou ninguém indiferente. Já era tarde quando o presidente do Parlamento deu a palavra a um parlamentar que estava nas últimas fileiras. John reconheceu-o imediatamente. Era George Lockhart de Carnwath. John sentiu um nó formar-se na sua garganta. Era inacreditável que, depois de todos aqueles anos, ele estivesse novamente diante daquele turrão, e logo diante do Parlamente de Edimburgo, e naquelas circunstâncias. Para sua grande surpresa George Lockhart de Carnwath louvou os pontos de vista de John Law em altos brados.

— Ao contrário do seu discurso popular — acrescentou George Lockhart de Carnwath, finalizando —, a sua grandiosa obra *Dinheiro e comércio* me deixou empolgado. E eu me pergunto por que o senhor não nos apresentou algo desta sua obra principal. Pois esta obra certamente é sua, apesar de não ter sido publicada sob o seu nome.

Um murmúrio percorreu o salão.

— Mas não interpretemos isso como ofensa à nossa capacidade de compreensão, e sim como uma tentativa bem-intencionada de tornar o princípio de uma teoria compreensível também para os parlamentares menos letrados neste salão. Pois o fato é que *Dinheiro e comércio* é uma obra-prima. Nunca, jamais — exclamou bem alto George Lockhart de Carnwath —, jamais alguém reuniu numa teoria os conceitos *dinheiro*, *valor* e *comércio* de maneira tão precisa.

John Law ficou visivelmente surpreso e atônito com as palavras do seu antigo rival. George então fez uma pequena pausa e sorriu para John, como se tivessem sido amigos a vida inteira. John Law agradeceu as palavras benevolentes com uma pequena reverência. Alguns parlamentares demonstraram a sua aprovação com batidas ou gritos de apoio.

— Sim — repetiu George Lockhart de Carnwath, baixando o tom de sua voz —, nunca um homem refletiu de forma tão diferenciada sobre a dupla função do dinheiro, como meio de troca e de acúmulo de valor. Sobre o dinheiro como um meio de condução central de uma economia. John Law de Lauriston ainda não era conhecido entre nós como um teórico financeiro.

George Lockhart de Carnwath estava quase sussurrando, prosseguindo com uma voz trovejante, de arrepiar os cabelos.

— ...mas era conhecido entre nós como jogador, como um jogador inveterado, trapaceiro, bon-vivant, assediador de mulheres, duelista notório, como assassino, um assassino condenado à morte, como criminoso procurado com cartazes espalhados, como assassino em fuga...

A cabeça de George Lockhart ficara vermelha. Ele apontou para baixo na direção de John Law com um gesto brusco:

— A Inglaterra condenou-o à morte. A rainha Ana se recusa a conceder-lhe o indulto. Por quê? Porque ele é a escória de Edimburgo. Ele veio para cá acompanhado por uma inglesa católica, casada com um francês. Sim, faz obscenidades com inglesas católicas casadas. E quem quiser a unificação com a Inglaterra deveria jogar John Law de Lauriston nas masmorras de Edimburgo para que ele apodreça ali até que a justa sentença de morte de Londres seja cumprida. Prendam este homem! Prendam este assassino!

George tomou fôlego. Os parlamentares aplaudiram e gritaram na maior confusão, enquanto o presidente do Parlamento chamava os parlamentares à razão e batia com o martelo na mesa como se estivesse martelando um prego.

— Ainda não existe uma unificação com a Inglaterra — exclamou o presidente do Parlamento, batendo novamente com o martelo na sua mesa para terminar com o tumulto.

— Eu pensei que fosse proibido servir bebidas alcoólicas no Parlamento — brincou John Law, buscando apoio junto ao presidente. Mas a paz acabara definitivamente. Os parlamentares Fletcher e Baillie puxaram os cabelos um do outro e se golpearam até cair no chão. Fletcher exigiu um duelo, enquanto o conde de Oxburghe implorava que ele abrisse mão disso, já que tinha um ferimento de guerra. Mas Fletcher começou a arremessar à sua volta tudo o que estava à solta e gritou que poderia duelar sentado, com uma arma de fogo. Então Baillie aceitou e sugeriu uma hospedaria lá embaixo no rio. Nesse meio tempo, nenhum parlamentar mais permaneceu sentado na sua cadeira. Alguns felicitavam John Law por sua obra, outros instavam o presidente a finalmente intervir. O presidente do Parlamento resolveu mandar prender Fletcher para sua própria segurança. Este arrancou o martelo da mão do presidente e partiu para cima de Baillie, que já estava exultante com a prisão iminente do outro.

John Law avistou o escritor Defoe ao fundo. Este lhe fez um sinal para que desaparecesse rapidamente e, logo em seguida, também teve que se defender de alguns exaltados adversários da unificação, que o agrediram e xingaram violentamente.

Nem uma hora depois de John Law ter chegado de volta a Lauriston Castle, já havia uma carruagem pronta para a viagem no pátio. Catherine despediu-se da senhora, que se desmanchava em lágrimas. A criadagem colocou a bagagem na carruagem. John deu as últimas instruções ao irmão de como deveria seguir conduzindo os negócios. Assim que ele e Catherine encontrassem um lugar em Amsterdã, mandaria notícias.

William olhou preocupado para o irmão.

— Tome cuidado com Andrew Ramsay e os seus homens. Acho que ele vai querer impedir sua viagem. Você ainda lhe deve uma partida de Faraó.

— Ele não ousaria fazer isso!

— Você não o conhece, ele parece uma criança teimosa. E tem dinheiro suficiente para mandar um exército inteiro atrás de você. Só para poder ter o seu jogo.

William entregou uma pequena sacola de couro de viagem a John.

— Tome conta disto muito bem, é muito dinheiro, John.

— Vou evitar o porto e pegar um navio mais ao sul — disse John Law. Ele olhou para a mãe, que parecia agarrar-se com as duas mãos em Catherine. Ela não conseguia compreender como a situação tinha mudado tão rapidamente. Ela buscava febrilmente por uma solução, um conselho, qualquer palavra que pudesse dizer ao filho para a viagem. Mas a dor dissipara todos os seus pensamentos. John Law foi em sua direção e tomou-a nos braços.

— Eu voltarei, senhora.

Ela balançou a cabeça quase imperceptivelmente quando John e Catherine embarcaram na carruagem. Seus olhos pareciam infinitamente tristes. Desconfiou que não haveria outro reencontro. John deu o sinal para a partida e, no momento seguinte, a carruagem partiu em meio à noite escura.

John recostou-se cansado e fechou os olhos por um momento.

— Eu sinto muito... — começou ele.

Mas Catherine sorriu carinhosamente.

— Se estava se referindo a mim, não precisa se preocupar. Vou conseguir suportar durante a viagem o mal-estar que tenho sentido ultimamente. Não preciso de Lauriston Castle para vomitar. E, afinal de contas, Amsterdã é uma cidade maravilhosa.

John apertou-lhe as mãos, agradecido. No momento seguinte, abriu a porta e gritou alguma coisa para o cocheiro. A carruagem entrou num desvio. O caminho levou-os até um pequeno lago.

Do outro lado das águas havia uma propriedade majestosa com um jardim francês. Cercas podadas com fontes em forma de pirâmides, sereias de chumbo dourado. Jatos d'água jorravam de todos os lados, iluminadas por archotes. Jatos d'água saíam dos bicos de cisnes que eram salvos por pequenas crianças de mármore. Quando eles chegaram ao portão principal, viram homens armados montando nos seus cavalos e partindo. Eles não usavam uniformes. Deviam ser os homens de Ramsay. A carruagem parou. Criados vieram correndo. A porta da carruagem foi aberta.

John lançou um rápido olhar para Catherine:

— Estarei de volta dentro de uma hora.

Ele abriu a pequena mala de viagem que William lhe entregara e retirou duas pesadas sacolas de couro. Enquanto passava pela criadagem atônita, pesou os dois sacos de couro com as mãos e exclamou:

— John Law de Lauriston. Anunciem minha chegada ao senhor Andrew Ramsay.

John Law atravessou o saguão de entrada decorado em estilo neogótico. Brasões de cavaleiros pintados no teto, espadas históricas penduradas nas colunas de sustentação. John seguiu pelo corredor largo à esquerda. As paredes eram recobertas com adamascado vermelho e branco, com motivos chineses, dançarinos e músicos.

— John Law de Lauriston — regozijou-se Andrew Ramsay, quando John Law caminhou na sua direção no salão vermelho, seguindo determinado até a única mesa de Faraó no salão.

— Joguemos, senhor Ramsay, o meu tempo é curto.

Os convidados que estavam à mesa recuaram respeitosamente. Alguns se levantaram de suas cadeiras, corteses e obsequiosos. O jogador com a banca levantou-se, solícito, e fez uma reverência. John Law tomou o seu lugar e colocou as duas sacolas de dinheiro em cima da mesa.

— Ouvi dizer — disse John Law aos circunstantes — que o senhor Andrew Ramsay está disposto a gastar uma fortuna para me encontrar. Era minha obrigação de cavalheiro poupar-lhe esta despesa e vir até aqui por conta própria... e lhe tomar essa fortuna na mesa de jogo.

Os convidados riram baixinho, alguns pigarrearam, constrangidos, as damas buscaram ar fresco agitando os leques. Algumas sacaram frascos com sais aromáticos para evitar desmaios iminentes. O senhor Andrew Ramsays estava radiante como uma criança que acaba de reencontrar o seu brinquedo predileto. Ele sentou-se à mesa em frente a John Law, enquanto criados chamados às pressas lhe trouxeram uma bandeja de prata carregada de moedas de ouro.

— O senhor é realmente um cavalheiro — disse Ramsay, feliz, esfregando as bochechas com as pontas dos dedos. Seu rosto estava ardente.

— Vamos apostar tudo? — exclamou Andrew Ramsay, apreciando a consternação que se espalhou entre os convidados.

— Quanto é *tudo*? — perguntou John calmamente. Ele empilhou metodicamente as fichas de ouro na sua frente sobre a mesa.

— *Tudo* significa — Ramsay jogou as mãos para cima — que hoje à noite não teremos limites. Não existem limites.

De repente fez-se um silêncio sepulcral no salão. Todos olharam fixamente para John Law.

— Como quiser. Nós jogaremos durante uma hora exata, e não existirão limites.

Uma jovem dama desabou soltando um suspiro provocante. Um senhor idoso a amparou. Ofereceram-lhe sais aromáticos. Um criado acorreu com uma compressa fria. Alguns ficaram cabisbaixos, buscando consolo, pois o pensamento de que provavelmente um dos dois senhores à mesa perderia tudo dentro de uma hora deixou-os tremendamente excitados.

Uns poucos nobres desfrutaram, assim, longe dos sangrentos campos de batalha da Europa, na distante Edimburgo, a excitação e a tensão de uma partida de Faraó.

Catherine saiu da carruagem e foi esticar as pernas ao ar livre. Ela viu que as luzes estavam acesas na ala esquerda. De vez em quando, ouviu vozes excitadas vindas do salão, um ou outro grito de decepção, um murmúrio abafado, e novamente silêncio. Um cavaleiro aproximou-se. Ele não pareceu estar com pressa. Catherine pôde ver a sua silhueta na beira do jardim. Trajava uma pesada capa de viagem. Ele saltou do seu cavalo em frente ao portal. Catherine não conseguiu escutar o que disse aos criados. Mas percebeu que não permitiram o seu ingresso. Um criado veio correndo na direção de Catherine. Ela tinha ficado parada em frente à bem iluminada ala norte.

— Senhora, um senhor de Londres está procurando John Law de Lauriston.

— Ele externou algum desejo especial? — perguntou Catherine. Ela seguiu o criado até o portal.

— Não, senhora. Temos instruções para não deixar entrar nenhum visitante indesejado. Se quiser, podemos mandar um recado ao senhor Law.

O criado grandalhão movia-se um pouco abaixado, para não sobre-pujar Catherine desrespeitosamente.

— Vou falar com o homem — disse Catherine.

O criado curvou-se obsequioso e retomou o seu lugar no portal.

Catherine foi até o desconhecido:

— O senhor está procurando John Law?

O desconhecido se virou e baixou o capuz. Era o capitão Wightman. O ajudante do Beau Wilson assassinado.

Catherine encarou-o assustada.

— O senhor continua querendo duelar com John Law?

— A senhora acha que eu viajei tanto assim só para felicitar John Law pelo seu livro?

— Isso requereria um certo conhecimento de finanças — disse Ca-therine, desconcertada. — Mas duvido que o senhor seja especialmen-te versado na área dos cálculos de riscos e das teorias monetárias.

— Se a senhora fosse um homem, eu não aceitaria esta ofensa.

— Mais um duelo? — perguntou Catherine. Ela encarou-o com frieza. Depois apontou para a carruagem.

— Embarque ali, por favor, senhor; então eu me expressarei de uma forma mais compreensível.

O capitão Wightman inclinou-se um pouco diante de Catherine, abriu a porta da carruagem e deu passagem a ela. Catherine subiu na carruagem e se sentou. Wightman seguiu-a e sentou-se diante dela. Ambos permaneceram calados.

— A senhora queria se expressar de forma mais compreensível — disse Wightman algum tempo depois.

— Se o senhor entendesse alguma coisa de cálculos de riscos, saberia que John Law o mataria num duelo.

Wightman ergueu as mãos com desprezo.

— Muito obrigado pelo ensinamento. E agora passemos às teorias monetárias.

— Suponhamos que o senhor mate John Law...

O capitão Wightman aquiesceu.

— Bem, suponhamos que o senhor o mate. Qual será a utilidade disso? Isso renderá algum tipo de juros? Alguma mais-valia?

— É uma questão de honra, senhora.

— O senhor está dizendo que o falecido Beau Wilson irá demonstrar seu reconhecimento?

— Os seus parentes.

— O senhor está dizendo que as famílias de Beau Wilson estão pagando dinheiro para que a vingança seja satisfeita?

Wightman acenou afirmativamente com a cabeça.

Catherine pegou a pele de raposa para aquecer as mãos que estava ao seu lado e colocou ambas as mãos dentro dela.

— Será que as famílias também teriam um sentimento de satisfação se John Law lhes pagasse o dobro?

— Isso é realmente muito compreensível. Eu não excluiria a possibilidade de os parentes de Beau Wilson, sob determinadas circunstâncias, estarem dispostos a abrir mão da execução da pena de morte mediante o pagamento de uma multa pecuniária. Se a senhora me disser o montante, mandarei com prazer um cavalheiro até Londres, para que a proposta seja apreciada. Mas John Law de Lauriston não poderá sair de Edimburgo nesse meio tempo.

— Pelo visto, não me expressei tão claramente assim — sussurrou Catherine, puxando rapidamente uma pistola de dentro da estola.

— Recomendo que não se mova — disse Catherine —, pois não tenho a menor prática com o manuseio de armas. Ela pode disparar a qualquer momento. O senhor sabe decerto como são estas pequenas pistolas de viagem inglesas: cano liso e curto, precisão de tiro precária, somente dois tiros e só devem ser utilizadas a pouca distância.

— O que a senhora pretende fazer? — disse Wightman. Ele ergueu a cabeça com galhardia, como se esperasse pela bala mortal cheio de desprezo pela morte.

— Na condição de mulher viajando sozinha, é preciso tomar algumas precauções. De repente surge um malvado na carruagem e se torna violento. Os costumes ficaram mais rudes. As guerras maltrataram as pessoas.

— Compreendi. Não sairei do lugar, se a senhora assim o desejar.

— É uma ordem, capitão.

O senhor Andrew Ramsay pediu um copo d'água. Perguntou a John Law, com voz alegre, se poderia receber mais uma carta. Ficou puxando medrosamente a ponta do seu lenço molhado de suor. Filetes de pó de arroz amolecido escorriam pelo seu rosto. O rímel queimava nos olhos. Então, um grito horripilante irrompeu no salão como se todos os presentes tivessem resolvido dar vazão ao seu desespero ao mesmo tempo.

— *Rouge, sept, impair et passe perd.*

John Law abriu uma segunda carta.

— *La dame noire gagne.*

Com essas palavras, o senhor Andrew Ramsay foi à bancarrota. O tempo pareceu ter parado por um instante. Nada se movia no salão.

— Eu... eu não posso pagá-lo, senhor Law — balbuciou ele. — Ninguém em Edimburgo possui tanto dinheiro em caixa.

John Law pegou os dois documentos que eles haviam assinado no início da partida e anotou a dívida de 1.200 libras. O senhor Ramsay ficou olhando perplexo para os papéis. Por fim, ele os assinou.

— Mil e duzentas libras é o valor desta propriedade, senhor Law. Isso o satisfaria?

John Law aquiesceu. Andrew Ramsay assinou a transferência da propriedade para John Law de Lauriston, debaixo dos olhares mesmerizados dos convidados fascinados.

— Dentro de quanto tempo o senhor gostaria que a propriedade esteja disponível? — perguntou Ramsay devolvendo o documento para John.

— Ficaria muito satisfeito se pudesse mantê-lo como inquilino. Discuta os detalhes com o meu irmão William. Ele cuida dos meus assuntos em Edimburgo.

John Law amarrou as suas duas sacolas de ouro e levantou-se da mesa. Fez uma reverência pronunciada:

— *Ladies and gentlemen...*

John saiu do prédio com passos apressados, desceu as escadarias até o pátio de entrada e abriu a porta da carruagem. Ficou paralisado ao ver Catherine apontando o cano de uma pistola para um homem. Reconheceu o capitão Wightman. John olhou em volta e juntou-se aos dois dentro da carruagem.

— Estávamos conversando sobre filosofia — disse Catherine, sorrindo para John.

John deu sinal para o cocheiro partir.

— Minha pergunta é a seguinte: Será que o filósofo consegue conter o egoísmo de um indivíduo através da propagação das virtudes?

John Law colocou os dois sacos de ouro nas mãos do atônito Wightman.

— É provável que ele consiga enriquecer as conversa nos salões, mas não vai conseguir converter as pessoas. Espinosa não disse que o proveito é a medula e o nervo de todas as atitudes humanas?

John Law pegou a arma da mão de Catherine.

— A tua mão com certeza está cansada. Vou segurar essa arma pesada enquanto deixamos o peso do ouro fazer efeito nas mãos do capitão Wightman.

— Ela não está tão pesada assim — disse Catherine. — Afinal, não está carregada.

Ela voltou a enfiar a pistola na estola e desculpou-se com Wightman:

— Espero que o senhor tenha senso de humor.

Depois voltou-se para John:

— O capitão Wightman gostaria de apresentar uma proposta financeira aos parentes do falecido Beau Wilson.

— Ele já a tem no bolso — brincou John Law. — Quanto iriam querer os honrados e inconsoláveis parentes do falecido Beau Wilson pela renúncia ao cumprimento da sentença de morte?

O capitão Wightman refletiu febrilmente.

— Por favor, não tente me enrolar, capitão Wightman. Isso me irritaria de tal forma que me veria forçado a desafiá-lo imediatamente para um duelo. Um jogador está acostumado a ler as expressões no rosto das pessoas. Eu já li a sua. Diga o valor que os parentes lhe recomendaram.

John Law retirou os dois sacos da sua mão. O capitão Wightman enfiou a mão no bolso interno do seu casaco e sacou um envelope lacrado.

John Law leu rapidamente a carta. Então entregou um dos sacos a Wightman e separou mais algumas moedas do outro.

— Com isso a questão está resolvida — disse John Law, acrescentando mais uma moeda. — Pelo seu cavalo, aquele que o senhor deixou para trás na casa do senhor Ramsay. Para o caso de ele morrer de tristeza.

— A família Wilson não vai mais insistir no cumprimento da minha incumbência, revogando-a. Porém — insistiu Wightman — a sentença de morte continuará vigorando. A família de Wilson tem alguma influência e eu espero que a rainha Ana acabe por mandar enforcá-lo.

— Um Law deve ser enforcado prematuramente. Caso se espere muito tempo, ele acaba se tornando importante demais.

Capítulo X

HOLANDA, 1705

Quando John Law e Catherine Knollys alcançaram solo holandês depois de uma travessia tempestuosa, os países europeus estavam novamente ocupados em investir o resto do seu dinheiro de moedas de metal em mais uma guerra sangrenta que já se estendia da Holanda até a Itália, e da Baviera até Gibraltar. Lutava-se por toda parte, em terra, no mar e nas longínquas colônias. Viagens particulares numa carruagem exigiam uma grande porção de coragem ou mera ousadia.

John Law fora agraciado com ambas. Assim, continuou viajando pela Europa nos anos seguintes, de metrópole em metrópole. Em Veneza, prolongou o contrato de locação do depósito que o banqueiro Rezzonico lhe alugara anos atrás e o incumbiu de adquirir mais pinturas. Ele assumiu postos de trabalho em Haia, Amsterdã, Turim e Gênova. E sempre em Amsterdã de novo. Aprofundou seus conhecimentos sobre as instituições bancárias holandesas com a sua liderança mundial. Travou novos conhecimentos nos salões e brilhou com palestras de teoria financeira, enquanto dava as cartas *en passant*. Mas enquanto sua fama — e lendária fortuna — cresciam cada vez mais, seus pedidos de clemência continuavam sendo indeferidos na Inglaterra.

Catherine Knollys tornara-se mãe duas vezes. Seu salão em Amsterdã fazia parte dos melhores endereços da aristocracia financeira e monetária holandesas. Ali era possível encontrar embaixadores, sábios, artistas, amantes, espiões. Duques russos circulavam com tanta frequência quanto nobres da Itália ou da Espanha. Mas ninguém quis permitir a John Law comprovar a correção das suas teorias financeiras numa economia pública real, colocando-a em prática em grande estilo. As teorias de John Law sobre a economia financeira ainda eram tidas como bizarras, apesar de serem ideias interessantes de um jogador notório.

AMSTERDÃ, 1711

— Catherine, nós devíamos voltar a Paris — disse John Law. Uma carta chegara da França naquela manhã. O duque d'Orléans estava convidando John Law para ir até a Corte. Luís XIV estava doente. Muito doente.

— O convite do duque é um sinal dos céus. Nós devemos aceitá-lo. Se há um país na Europa que pode colocar as minhas ideias em prática, este é a França.

Catherine estava segurando Kate, de cinco anos, nos braços. Ela havia adormecido.

— Se quiser ir à França, John, então iremos à França — disse Catherine baixinho.

— Para ver o Rei-Sol? — perguntou John, de seis anos, ajoelhado no chão e fazendo um pequeno cavalo de madeira galopar sobre o tapete.

— Sim — disse John Law —, o duque d'Orléans é seu sobrinho.

— Ele certamente está triste por seu tio estar tão doente — disse o pequeno John, olhando para o pai.

— Não creio — respondeu John Law. — O Rei-Sol ficou três vezes mais velho que a maioria das pessoas. E ele não vai poder se tornar imortal. Muito mais triste é o que ele fez com as pessoas no seu país e o que vai deixar para elas. Uma dívida pública de 2 bilhões de libras.

— Dois mil milhões! — gritou o pequeno John. Sua irmã despertou assustada do seu sono, bocejou mal-humorada e adormeceu novamente.

— Sim, e o que fez ele da sua vida com isso? Desperdiçou tudo de forma insensata, com guerras, ostentação na Corte e fanatismo religioso. Arruinou o país. E agora está até vendendo a prataria para conseguir pagar seus soldados, e toda a nobreza tem que imitá-lo, trocando tudo por porcelana quebrável.

O pequeno John atrelou o cavalo de madeira num carro de brinquedo e carregou-o com pequenos barris.

— E quando o Rei-Sol morrer, o teu amigo, o duque d'Orléans, vai se tornar rei?

— Havia quatro herdeiros do trono antes dele. Três morreram num curto intervalo de tempo. Agora só existe um, o duque Luís d'Anjou, mas ainda é um bebê. Se o rei morrer, o duque d'Orléans será o Regente da França até a maioridade do pequeno Luís. A probabilidade de isso acontecer dessa forma era inferior a 5%. E apesar disso aconteceu, e agora ela é de 100%.

Aquilo ainda era muito complicado para uma criança de 6 anos.

— Um rei pagando os seus soldados com colheres de sopa — murmurou o pequeno, descarregando os pequenos barris de madeira debaixo do sofá.

— Mas como é que você pretende chegar a Paris? — perguntou Catherine. — A Europa está em chamas e as pessoas estão dizendo que nós teremos um dos invernos mais duros das últimas décadas.

John Law sorriu.

— É claro que podemos ficar por aqui vendendo loterias para os holandeses.

— Mas os holandeses são tão avarentos — disse o pequeno John, galopando com o seu pequeno cavalo de madeira por cima dos pés do pai.

— Pessoas avarentas também são quase sempre pessoas cheias de cobiça. É por isso que elas perdem tanto dinheiro nos jogos de azar e gostam de jogar nas loterias.

John olhou para Catherine, pensativo.

— Nós não precisamos fazer nada disso, Catherine. Temos uma fortuna de mais de 500 mil libras. Temos uma fortuna maior do que a de muitas casas reais europeias.

— Eu sei — respondeu Catherine. — Um pouco mais de dinheiro não trará mais um pouco de felicidade. Trata-se do teu sonho.

— A imortalidade — disse o pequeno John rindo.

— John, nós também podemos ficar por aqui e morrer de um resfriado. Mas eu gostaria muito de ver o rosto do chefe de Polícia ao nos ver retornando a Paris numa carruagem puxada por seis cavalos e nos estabelecendo numa magnífica casa na Place Louis-le-Grand.

— Você é minha mulher para todo o sempre — disse John Law sorrindo.

— Mas vocês nem são casados — disse o pequeno John.

— Eu não sou — troçou John Law —, mas a tua mãe é.

Catherine pegou uma almofada e jogou-a em John. Ele pegou a almofada do chão e disse com voz séria:

— Filipe nos enviou vistos de entrada e um visto de permanência. Os dois documentos têm a chancela de Luís XIV. Com isso poderemos retornar a Paris. Vamos morar na Rue Saint Honoré até que tenhamos encontrado uma casa adequada.

— E a guerra? — perguntou o pequeno.

— A guerra deve acabar dentro de pouco tempo. Dizem que os jovens ingleses estão voltando para terra firme, viajando até a Itália a fim de se formarem. Este é um sinal inconfundível de que a guerra logo irá acabar.

Viagens pela Europa com a finalidade de estudar, principalmente para a Itália, era uma nova moda. Elas eram empreendidas principalmente por rapazes de boas famílias, que tinham terminado seus estudos e queriam ampliar os horizontes.

Mas a viagem que a família Law empreendeu no mês de janeiro do ano de 1712, de Amsterdã até Paris, seria bem mais do que uma viagem de estudos. A viagem se tornou uma cavalgada às profundezas da natureza humana. Eles atravessaram vilas e cidades incendiadas, passaram por cadáveres apodrecendo pendurados em árvores, cruzaram rios tão cheios de cadáveres que a água chegava a transbordar pelas margens. A luta pela sucessão do trono espanhol lançara o mundo inteiro em guerra. Uma guerra mundial, que custou a vida de centenas de milhares de pessoas. Milhões de pessoas foram lançados em uma pobreza ainda maior, muitos vegetavam como animais em ruínas e nas florestas. O inverno rigoroso arrancava dali os feridos e os doentes com a velocidade do vento. A viagem de Amsterdã a Paris ilustrou de uma forma aterradora como pessoas que um dia ainda conviviam pacificamente transformavam-se subitamente em possuídos que se abatiam uns aos outros, sendo que havia muito tempo matar somente já não bastava. Infligia-se dor e torturava-se, furavam-se os olhos uns dos outros, cortavam-se as barrigas das grávidas espetando os ainda não nascidos em lanças. Decepava-se o membro do adversário com um prazer puramente diabólico. Era praticamente impossível imaginar que, algum dia, haveriam de nascer pessoas que pudessem voltar a conviver umas com as outras de maneira amigável e atenciosa. Não, o que acontecia ali roubava a última das ilusões sobre a criação de Deus e indicava claramente a cada um dos que perdiam a vida que mesmo no futuro o homem seria sempre capaz de repetir tais atos. Ali ficou evidente que o homem, mesmo na sua aberração mais perversa, não era um predador assassino que encontra uma certa satisfação na maior brutalidade, e sim um ser perturbado capaz de utilizar toda a sua inteligência para abater e infligir dor da forma mais infame, mais brutal, mais sangrenta, mais desenfreada e desmedida. O homem foi e continuava sendo um infortúnio da evolução, um mau humor da natureza. E se o homem tivesse sido criado à imagem e semelhança de Deus, então Deus era o diabo em pessoa.

A família Law tinha contratado soldados para escoltarem-nos, mas amotinamentos de desertores e famintos por vezes chegavam a ter a força de companhias inteiras. Eram necessários batedores experientes para que se conseguisse desviar a tempo daquelas hordas. Nem mesmo os soldados uniformizados informavam a qual bandeira eles pertenciam. Reinava a lei tácita da anarquia; todos contra todos. O pequeno John, de seis anos, ficou sentado na carruagem, incrédulo, segurando-se firmemente no banco, olhando para fora com os olhos arregalados. Não por curiosidade, mas por medo de ser arremessado para fora, indo parar ao lado daqueles cadáveres despedaçados. O cheiro de cabelos e carne queimados podia ser sentido durante horas a fio. Dos escombros vinham gritos, chamados, e gemidos comoventes. Como tinha acontecido uma coisa daquelas, quase cinquenta anos depois da Guerra dos Trinta Anos, que vitimara mais de 5 milhões de pessoas? Será que o homem não dispunha de memória? Será que todo o sofrimento da Guerra dos Trinta Anos já tinha sido esquecido?

Novas gerações eram levadas para o abatedouro. Elas lutavam por um rei ou contra um país, por uma religião ou contra uma derrocada econômica. Lutavam e morriam, transformando a Europa num inferno lamacento.

E um autodenominado Rei-Sol afundava a França numa escuridão crescente. Ele conduziu guerras durante a maior parte da sua vida. O mote "o rei toca, o rei cura" já perdera o significado havia muito tempo. Tudo o que ele tocava apodrecia na sua mão, ele não passava de "cocô de rato com pimenta"; era assim que o povo o chamava. Toda a França aguardava ansiosamente pela sua morte.

FRANÇA, 1712

Quando a carruagem da família Law passou pelo posto de fronteira em Valencienne com um salvo-conduto assinado por Luís XIV, John Law estava retornando a um país totalmente arruinado. A nação pagava mais pelos juros das suas dívidas do que o montante que conseguia arrecadar com os impostos que já tinham atingido patamares exorbitantes. O país estava falido. Epidemias, fome, catástrofes naturais e guerras intermináveis haviam dizimado a população de regiões inteiras do país. A nobreza fora tomada por um raro cinismo. Eles pegavam as melhores garrafas das suas adegas e se embriagavam. Mas o inverno rigoroso congelou e estourou até mesmo as caras garrafas de vinho. As pessoas morriam congeladas ao relento. Milhares. Eram engolidas pela paisagem nevada e depois de alguns dias não passavam de pequenas elevações debaixo da camada de neve. Algumas ainda estavam acocoradas na beira do caminho, polvilhadas pela neve que caía, tal qual seres das fábulas num pesadelo. Ficavam ali sentadas, congeladas, duras como argamassa.

Quando a carruagem da família Law chegou aos subúrbios de Paris, os viajantes foram recepcionados por mendigos e doentes. Pessoas andrajosas, gemendo. Olhos grandes e arregalados que avançavam na direção dos viajantes como se fossem mãos. Alguns gritavam, imploravam; outros batiam furiosos com paus na carruagem. Nos terrenos baldios havia crianças acocoradas como animais, procurando debaixo da camada de neve por raízes e plantas que pudessem ser cozidas e comidas. Uma multidão revoltada invadiu uma padaria numa esquina. Policiais com armas prontas para atirar desceram a rua, enfileirados, um pouco mais à frente. Pouco tempo depois, ouviram-se tiros e gritos. Em algum lugar surgiu uma nuvem de fumaça preta. John Law mandou parar e instruiu os seus acompanhantes a comprarem tudo o que havia nas padarias daquele bairro e a distribuírem o pão para a população.

Quando a carruagem chegou aos bulevares ao norte da cidade, havia menos destruição e tumultos. Por fim, eles chegaram a uma praça cercada por soldados, no centro da qual reinava a pomposa estátua de um cavaleiro, sobre um pedestal de um metro de altura. Ela representava o Rei-Sol a cavalo, vestido de imperador romano. A estátua estava completamente emporcalhada. As pessoas tinham atirado bexigas de porco cheias de sangue e excremento em cima dela. Os palacetes pomposos que cercavam a praça tinham sido reservados para os influentes financistas e os coletores de impostos locais. A Place Louis-le-Grand tinha sido projetada como um salão arquitetônico ao ar livre, para valorizar uma estátua. A praça tinha calçamento e as casas eram ornadas com colunas luxuosas, arcadas e frontões. Todo um bairro fora criado em homenagem à estátua de um cavaleiro. John Law comprou uma mansão senhorial ali na Place Louis-le-Grand.

Duas dúzias de empregados, criadas, cozinheiros, camareiros, cocheiros e jardineiros estavam enfileirados no grande salão, quando John entrou na casa, acompanhado por Catherine e as duas crianças, John e Kate. Um homem magro, de uns 40 anos, inclinou-se diante de John Law e apresentou-se:

— Meu nome é Angelini, senhor. Estive sempre a serviço do meu falecido patrão, atendendo a todos os seus pedidos para satisfazê-lo...

— Eu sei, Angelini, maître le Maignen mencionou isso nas suas cartas. A sua família esteve sempre a serviço de grandes banqueiros.

— *Monsieur le notaire,* maître le Maignen, mora bem perto daqui...

John Law acenou e acompanhou seus dois filhos John e Kate até a grande lareira. Tinham acendido um fogo bem grande. Angelini seguiu-os fazendo reverências a cada vez que John Law, Catherine ou as crianças olhavam para ele. Então John Law dirigiu-se aos criados que permaneciam ali, de pé, amedrontados e esperançosos.

— Todos eles podem ficar, Angelini — disse John Law em voz baixa. Mas mesmo assim as criadas e camareiras escutaram. Não conseguiram conter a emoção. Algumas caíram de joelhos, sussurrando palavras de agradecimento e de louvor com vozes sufocadas pelo choro; outras tentaram desesperadamente manter a compostura, imóveis, com as cabeças levemente inclinadas como se não tivessem nada a ver com as lágrimas que escorriam pelos seus rostos. Angelini também pareceu estar muito comovido.

— Nós não o desapontaremos, senhor!

— Acenda as lareiras em todos os salões e apresente a criadagem à senhora e às crianças.

John Law entregou algumas moedas a Angelini.

— Providencie para que façam compras. Teremos visitas para as refeições com frequência, Angelini. E diga aos empregados: todos terão muito que comer. Não há, portanto, motivo para me roubarem. Eu espero lealdade, discrição e confiabilidade absolutas.

— Nós não o desapontaremos, senhor — repetiu Angelini saindo do cômodo andando de costas e fazendo muitas reverências. Kate lançou um olhar intrigado para o irmão. Este acenou afirmativamente, com um olhar sério, como se quisesse indicar que a viagem infernal pelos campos de batalha da Europa tinha chegado ao final.

Maître le Maignen já estava sentado em frente a John Law no grande escritório no primeiro andar uma hora mais tarde. Maître le Maignen era um tabelião reconhecido muito além das fronteiras da França e gostava de vangloriar-se da sua seleta clientela. Ele já estava chegando à casa dos 60, o que era extraordinariamente suficiente, e não havia quase ninguém em Paris que tivesse mais experiência com negócios financeiros internacionais.

— Estou muito satisfeito com a propriedade — disse John Law —, mas a situação em Paris me causa estranheza. Ela superou tudo o que ouvi dizer nos últimos meses. Estou abismado, senhor.

— Lamento muitíssimo, senhor Law. Os tempos pioraram. O duque d'Orléans poderá desfiar um rosário sobre este assunto.

— Angelini — disse John Law, sem se virar para o seu novo secretário e camareiro — você já informou o duque d'Orléans sobre a nossa chegada?

— Toda Paris fala sobre a sua chegada, senhor. E sobre a sua caridade — respondeu Angelini. O incidente com os pães se espalhara com a velocidade do vento.

— Mas nem todos estão satisfeitos, senhor Law. Algumas personalidades influentes acham que o senhor está incomodando a nobreza. Eles dizem que se o senhor Law banca o bom samaritano, então eles deveriam fazer o mesmo — disse le Maignen.

Dava para ver que ele era da mesma opinião. John Law ignorou a observação e pediu para tratarem dos assuntos bancários. Maître le Maignen não insistiu. Ele já preparara os documentos para a assinatura. John Law leu cuidadosamente todos os documentos, assinando-os em seguida.

John ainda estava ocupado com o tabelião, quando foi anunciada a chegada do duque de Saint-Simon. John Law lançou um olhar de interrogação para o tabelião. Ele deveria ser recebido?

— Ele é muito próximo do duque Filipe d'Orléans — disse le Maignen. — Lembre-se sempre do seguinte: tudo o que o senhor disser ao duque de Saint-Simon, o sobrinho do rei ficará sabendo no dia seguinte. E o que ele não contar...

— ... será confiado ao meu diário secreto — disse uma voz clara. O duque adentrou o recinto. Era um homem pequeno, com aproximadamente uns 40 anos, que inspecionou o ambiente com olhos astutos e ligeiros e enfatizou cada palavra com movimentos nervosos.

— Meu muito prezado senhor Law de Lauriston! Quanta bondade sua me receber! Primeiro o senhor dá pão aos pobres, e agora recebe a mim, o insignificante duque de Saint-Simon, filho do duque de Claude Saint-Simon, par de França e de Charlotte d'Aubespine, que Deus tenha compaixão da sua alma. A nossa família tem podido servir aos reis de França há séculos. Assim o meu querido amigo, agora posso até mesmo mencionar o seu nome oficialmente, Filipe, duque d'Orléans, pediu-me que o procurasse e lhe desse as boas-vindas a Paris em seu nome.

John Law esperou terminar aquele turbilhão de palavras. Ele ficou quase surpreso quando Saint-Simon fez uma pausa para respirar. John cumprimentou o duque e inclinou-se respeitosamente. Pediu-lhe que se sentasse. Angelini serviu vinho Alicante quente e biscoitos para o duque. Saint-Simon ficou encantado. Expressou a sua apreciação e reconhecimento com um gesto galante.

— O senhor conhece as minhas preferências?

— Até em Amsterdã — mentiu John Law — sabe-se que o duque de Saint-Simon mergulha os seus biscoitos em vinho Alicante.

Saint-Simon ficou visivelmente lisonjeado. Mas ele transformou o seu rosto numa expressão teatral de pesar: mais de quatrocentos saqueadores haviam sido fuzilados no dia anterior, mais de 30 mil pessoas tinham morrido congeladas, quase ninguém mais tinha trabalho e a moeda havia sido novamente desvalorizada. Ela não valia simplesmente mais nada. E quem quisesse comprar alguma coisa para evitar a desvalorização, não encontraria mercadorias! O rei já estava pagando o seu séquito com prataria. Dois bilhões de libras em dívidas... os juros anuais custavam 90 milhões e já não existia mais arrecadação de impostos. As pessoas morriam como moscas e a nobreza estava congelando nos seus castelos.

Saint-Simon suspirou como se o Juízo Final fosse iminente.

— E agora ainda por cima o *affair* Homberg, é incrível. Homberg...!

Saint-Simon parou abruptamente como se fosse totalmente impossível trazer aquela coisa horripilante até os seus lábios. Ele mergulhou mais um biscoito no vinho e o levou à boca.

— O senhor está se referindo ao químico Homberg? Aquele alemão? — perguntou John Law.

— Sim — sussurrou Saint-Simon —, Homberg. Bem, ele é holandês. Ele sempre estava na cidade quando aquilo voltava a acontecer. E todas as vezes era convidado de... Filipe, o duque d'Orléans.

— Acontecia? Quando acontecia o quê? — indagou John Law.

— Na ocasião em que morreu o filho do rei, o Delfim, quando morreu o neto do rei, o duque da Borgonha, e finalmente quando morreu o neto do rei, o duque da Bretanha. Num período de três anos. Dizem que os três herdeiros do trono foram envenenados. E que todas as vezes, Homberg, o químico, estava entre os convidados no salão do duque d'Orléans. Será que pode ser coincidência?

Maître Maignen também olhou para o escocês.

— A probabilidade da improbabilidade pode ser calculada matematicamente. Mas o problema é uma questão de percepção. Se 0,01% dos franceses morressem de uma doença rara, 2 mil pessoas seriam atingidas numa população de 20 milhões. As 2 mil pessoas atingidas dificilmente compreenderiam por que logo elas, numa probabilidade de somente 0,01%, teriam sido vitimadas pela doença. Para os atingidos isso pareceria uma coincidência monstruosa, um complô. Para a estatística, no entanto, não seria nada anormal. Mas existe também um outro problema, ou seja, o costume das pessoas de associarem os fatos, estabelecerem conexões. Os nossos ancestrais eram caçadores e catadores. Liam pegadas e as relacionavam. Sem esta capacidade de estabelecer correlações, nenhum dos nossos ancestrais teria sobrevivido. Os químicos, físicos, matemáticos, médicos e engenheiros tentam, hoje em dia, estabelecer conexões entre dados, fatos e observações para, a partir deles, chegarem a novos conhecimentos. Só a capacidade de estabelecer conexões é que leva o homem adiante, que leva a história adiante. E é exatamente esta capacidade inata que em assuntos pessoais, muitas vezes, vira uma fatalidade, fazendo com que vejamos conexões onde elas não existem. Essa capacidade se degenera em mania e desemboca em superstição, misticismo, astrologia e religiosidade...

— Mas, senhor Law — deixou escapar Saint-Simon —, o senhor não acredita em Deus?

— Não duvido da sua necessidade, duvido somente da sua existência — disse sorrindo John Law. — Mas, voltando à história da morte dos três herdeiros do trono, precisamos ter sempre em mente que o beneficiário de alguma coisa não precisa necessariamente ter sido o seu causador. Muitas vezes o *cui bono* pode levar à solução de um mistério, mas nem sempre.

Fez-se um silêncio de reflexão no escritório de John Law. Maître le Maignen pareceu estar refletindo sobre o que tinha sido falado. Ele estava surpreso com a capacidade que John Law tinha de utilizar de forma proveitosa as suas teorias matemáticas, mesmo em acontecimentos do dia a dia.

— Diga isto ao Parlamento — deixou escapar Saint-Simon. — Como é que o senhor vai conter boatos? O senhor pode cortar fora a cabeça de um galo, mas como pode conter um boato?

— Homberg continua na cidade? — perguntou John Law.

— Não — respondeu Saint-Simon —, mas ele certamente vai dar as caras novamente dentro em breve. Não há nenhuma orgia em Paris na qual não surja o seu nome. Dizem que ele tem o hábito de urinar em cima dos convidados quando está embriagado. Deve ser horrível, e dizem que o sexo dele é do tamanho do de um burro. Ninguém sabe o que o bom Deus estava pensando quando... — refletiu Saint-Simon com hipocrisia. Percebia-se que ele tinha a fofoca e a intriga na mais alta conta.

— O senhor está vendo? — disse John Law. — O senhor já está tentando estabelecer uma conexão entre o órgão sexual do químico Homberg e um determinado propósito de Deus.

— Está bem, senhor Law, mas o que faremos agora? — ele falava tão excitado, como se mal pudesse esperar para forjar um complô.

— Temos que ajudar o duque d'Orléans. Não podemos permitir que a sua fama seja prejudicada. Isso poderia lhe custar a Regência.

— O senhor fala como se o nosso Rei-Sol já tivesse partido — admirou-se le Maignen. — Ele está tão doente assim?

— É segredo — sussurrou Saint-Simon. — Mas sua perna esquerda está apodrecendo. Fazem sangria nele, enchem os seus intestinos com cidra e leite de burra. Não adianta nada. A perna esquerda parece tomada por queimaduras, abscessos, furúnculos. O rei está sofrendo. Ele tem gases malcheirosos. E com os seus dentes podres mal consegue...

— Apoiarei o duque d'Orléans — interrompeu-o o Maître. — Mas ele precisa parar de uma vez por todas com essas malditas orgias.

Ele olhou com ar decidido para os outros dois. Depois voltou-se para Saint-Simon e falou baixinho:

— Ele não pode esticar mais esta corda. Se o quarto herdeiro do trono morrer também...

— Um guri de quatro anos de idade — acrescentou Saint-Simon olhando para John Law.

— ...a anarquia irromperá. Ele poderá ser Regente até a maioridade desse guri. Isso terá que lhe bastar!

Angelini pigarreou discretamente e sussurrou alguma coisa para o patrão. Este acenou afirmativamente e no momento seguinte ouviu-se alguém subindo as escadas com passadas enérgicas.

O marquês D'Argenson entrou no escritório. A sua aparência não tinha mudado muito. Ele ainda usava a peruca tipo *allongé* negra e a capa preta. Mas não conseguia esconder suas emoções. Tremia de raiva.

— Senhor Law! O senhor perdeu o juízo...

— Achei que o senhor fosse me dar as boas-vindas a Paris, senhor d'Argenson — brincou John Law.

— Em que estava pensando quando resolveu distribuir pão nas ruas para a plebe? Isso desperta necessidades...

— A fome não é uma necessidade que precise ser despertada — disse sorrindo John Law.

— Mas o senhor desperta novas ambições. Quer desestabilizar o nosso sistema? — bufou d'Argenson.

— O senhor está procurando um motivo para me expulsar novamente, senhor?

— É completamente inútil dar nem que seja um só pedaço de pão para a plebe lá fora. As pessoas morrerão de fome no dia seguinte novamente!

— Nisso eu lhe dou toda razão — respondeu John Law, erguendo-se.

— O senhor não tem o direito de dar ou não razão a mim, chefe de Polícia de Paris. O senhor é um estrangeiro que está incitando o povo contra o rei.

— Compartilho sua opinião — disse John Law. — Compartilho sua opinião de que não faz sentido dar um pedaço de pão a alguém se este alguém não tiver trabalho. A França não precisa de pão e sim de um novo sistema financeiro.

— Disseram-me que o senhor pretende transformar a França num inferno da jogatina — exclamou d'Argenson. — Mas eu lhe prometo que o nosso ministro das Finanças, Desmartes, não lhe dará ouvidos jamais.

— As pessoas só deveriam prometer aquilo que são capazes de cumprir, senhor. Naquela ocasião eu lhe prometi que voltaria. Aqui estou eu. E aqui ficarei até que tenha falado com o ministro Desmartes.

— Presumo que foi por isso que não se hospedou num hotel, mas comprou um palacete?

— Existe realmente uma correlação, senhor. Consiga-me uma audiência com Desmartes. Quero fundar um banco aqui em Paris. Ninguém mais vai morrer de frio nas ruas ou mendigar um pedaço de pão. A França não precisa de um benfeitor, a França precisa de um banqueiro!

— O senhor foi enviado pela Inglaterra para levar a França à ruína? — perguntou d'Argenson, maldoso.

— A França já está arruinada, senhor — respondeu John Law.

Quando John Law entrou no salão de Marie-Anne de Châteauneuf, os convidados presentes aplaudiram-no com grande cordialidade. As pessoas colocaram suas cartas sobre a mesa, levantaram-se das mesas e seguiram alegres na direção de John Law como se um rei tivesse acabado de entrar no salão. As pessoas amavam-no. Elas tinham ouvido tantas coisas sobre ele e suas aventuras financeiras pelo mundo inteiro... E a fuga de Londres já tinha se tornado uma lenda aventureira havia muito tempo.

— A mesa lhe pertence, John Law de Lauriston — disse La Duclos radiante. Ela usava muita maquiagem para encobrir eczemas purulentos no rosto. Envelhecera, mas ainda irradiava tanto amor e bondade quanto tempos atrás.

— Fico agradecido por esta honra, senhora. Mas vim até aqui para falar com o duque d'Orléans — disse John Law, recusando a oferta.

— O duplo Filipe? — brincou La Duclos.

— Sim, Filipe segundo — respondeu John Law, olhando perplexo para La Duclos. — A senhora me prestaria um grande serviço se pudesse levar-me até ele.

— Isso eu posso fazer muito bem — respondeu La Duclos baixinho. — Mas temo não estar lhe prestando nenhum grande serviço.

La Duclos olhou para John Law com ar divertido. Depois seguiu na sua frente.

Ela conduziu John até um salão escuro em cujas paredes pendiam grossas cortinas azuis e inúmeros *gobelins* com temas eróticos. O futuro soberano da França estava deitado sobre um sofá, nu, enquanto duas jovens esforçavam-se por excitar a irrigação sanguínea no seu pênis amolecido. Musicistas seminuas dançavam pelo salão tocando violino e flauta, juntando-se sob a luz bruxuleante de uma lamparina para em seguida separarem-se umas das outras com passos leves como os de elfos.

La Duclos apontou para o duque e saiu do salão. John Law andou na direção de Filipe:

— *Monsieur le duc...*

— *Mon cul, monsieur* — xingou o duque, encolhendo-se. Em seguida, olhou para cima. — O senhor me assustou. Mas, diga-me, o senhor é assim tão grande ou são os meus sentidos que estão me pregando uma peça...

John Law inspirou profundamente. Teria ele realmente empreendido toda aquela viagem através da Europa e aprimorado o seu sistema todos aqueles anos, para ficar ali de pé na frente daquele mísero duque?

— Responda, por favor. O senhor é realmente assim tão alto? O senhor deve isso à ciência. Pois se os nossos bezerros ficarem assim tão grandes não teremos mais fome. Revele, portanto, o seu segredo para a França.

— Eu sou John Law! — disse o escocês em voz alta.

O duque agarrou a sua cabeça.

— Não fale tão alto, a sua voz parece uma bala de canhão.

Então arregalou os olhos e encarou John Law novamente:

— Ah, é o senhor. O nosso banqueiro sem banco! Eu já tinha me esquecido do seu sistema, mas me lembro de que era tremendamente bom. Sente-se!

John Law sentou-se no sofá ao lado do duque. O duque empurrou as moças para longe. Elas levantaram-se e foram sorridentes na direção de John Law.

— Doe um pouco de esperma para a ciência, senhor Law. As duas damas...

John Law deu a entender de maneira simpática para as duas moças que queria falar a sós com o duque. As duas jovens recolheram-se, decepcionadas, e desapareceram na penumbra.

— *Monsieur le duc*! Eu posso salvar a França. A França precisa de um banco!

— Um sofá já basta. E alguma coisa para beber.

— Senhor! Se houvesse mais dinheiro em circulação as pessoas teriam trabalho novamente. O senhor precisa me ajudar, para que eu possa explicar as minhas ideias a Desmartes...

— Desmartes, Desmartes — balbuciou o duque. — Desmartes está cagando para nós.

— Então permita-me falar com o rei! — pediu John Law.

— O rei não precisa de um banco, ele precisa de uma nova perna. Para o lado esquerdo. Ele faz questão disso. Tem que ser para o lado esquerdo. — O duque ergueu a mão: — *Monsieur a soif!* — Uma criada atenciosa entregou-lhe um copo. — Champanhe, senhor. Isto é champanhe. Nós ainda não encontramos nada contra a fome, mas a ciência inventou o champanhe. Dom Pérignon. Por que será que os padres sempre inventam alguma coisa para se embriagar? Será que Deus não os diverte o suficiente? Pois é, ele também transforma água em vinho. Deus também se embriaga. De outra forma, como é que se poderia aguentar esta existência tão deplorável? O senhor leu Montesquieu? Ele diz que não se deveria chorar pela morte das pessoas e sim pelo seu nascimento.

— *Monsieur le duc* — insistiu John —, eu gostaria...

— Eu também gostaria, mas não consigo mais... e isso nos dá sede. Cada vez mais sede. E quanto mais se bebe, mais sede se tem. Isso é como no seu sistema, senhor Law. Com a circulação do dinheiro. Desmartes é da opinião que as coisas podem ficar superaquecidas. Desmartes diz que precisaríamos de um sistema misto. Champanhe também é um sistema misto. Apesar de Dom Pérignon dizer que bebê-lo é um modismo decadente. Que não havia tido a intenção de inventar um novo modismo de embriaguez.

O duque d'Orléans inclinou-se rapidamente para frente e vomitou. Bramiu como uma mula. Caiu de joelhos e vomitou novamente. Espasmos sacudiam-lhe o tronco. Ele uivou igual a um cachorro chutado.

— O senhor está vendo? — arfou o duque com voz fraca. — Eu agora me aqueci. E já estou com sede novamente.

— Podemos falar sobre isto amanhã, *monsieur le duc*?

O duque voltou a vomitar, mas já vomitara tudo. Ele vomitou e vomitou. O seu estômago estava vazio. Um pouco de bile escorreu-lhe pelo queixo. Nada mais.

— *L'État c'est moi*, senhor. Logo logo, *mais je ne suis pas dans un bon état*. Olhe para mim. Se me olhar, terá olhado para toda a nação.

John Law e Catherine desejaram uma boa-noite aos filhos. Era tarde. A governanta acompanhou Kate e o seu irmão John ao quarto de dormir. John e Catherine ficaram a sós no salão. O fogo crepitava na lareira.

John falou depois de algum tempo:

— Já mandei entregarem tantas cartas para ele...

— Desmartes não quer, John. Você precisa reconhecer isso, ele simplesmente não quer. Dizem que d'Argenson pressiona Desmartes.

— Não vou desistir, Catherine. Algum dia minha ideia será o menor dos males. Talvez ainda leve um ano, talvez até dois. Mas um dia eu ainda vou ter um banco que imprime dinheiro de papel. Por que será que as pessoas não querem entender a essência do dinheiro?

Catherine olhou para John. Ele já tinha 43 anos de idade e ainda tinha uma aparência reluzente. Um homem que alcançara tudo na vida. Mas a aparência enganava. Os anos não tinham passado para John Law sem deixar marcas. Seu jeito de andar se tornara um pouco mais cauteloso, o seu olhar já não faiscava mais como antes. Mas o que consumia John Law não era a idade. Era uma ideia que ele precisava tornar realidade e que não lhe deixavam fazê-lo. Catherine colocou de lado a roupa que estava tricotando.

— Talvez não baste escrever cartas a Desmartes. Ouço sempre que o duque de Saint-Simon é quem tem a chave que leva até o rei.

John olhou para ela com ar interrogativo.

— Por que não faz uma visita ao duque de Saint-Simon?

— Não existem formas mais agradáveis de jogar o tempo fora?

— John, eu sou a mulher que te traz sorte. Visite-o simplesmente. Faça-o por mim.

Um criado conduziu John até a biblioteca. Saint-Simon cumprimentou-o com uma alegria algo exagerada.

— A sua visita é uma honra para mim, senhor Law — bajulou Saint-Simon. Ele mandara encurtar as pernas da cadeira de visitantes que ofereceu a John, de forma que ele mesmo não parecesse tão pequeno.

— Da minha parte, seria uma honra, *monsieur le duc* de Saint-Simon, se me permitisse visitá-lo regularmente. Preciso conversar com alguém que compreenda as minhas teorias por dispor do conhecimento e da sabedoria necessários para poder opinar o quanto são ou não realizáveis.

— Isso me lisonjeia, senhor Law — disse Saint-Simon, remexendo-se sem jeito na sua cadeira de couro. — Eu não passo de um pequeno escritor de diário. Um cronista do nosso tempo que tem acesso a nossa majestade e à Corte, graças ao fato de haver nascido em berço nobre. Assim foi na nossa família há muitas gerações. Fui testemunha de como, em 1691, o nosso rei concedeu ao meu pai, em Versalhes, a honra de um triplo abraço.

Saint-Simon pareceu ter caído subitamente nos seus pensamentos, lembrando-se com melancolia daquela cena acontecida em Versalhes.

A criada trouxe o chá e se recolheu.

— Fala-se sobre as suas cartas a Desmartes, o ministro das Finanças. Elas estão sendo lidas. Mas d'Argenson não quer que lhe respondam. Ele acha que as suas ideias são perigosas. O duque d'Orléans empenhou-se muito, e seguidamente, para que recebessem o senhor. Mas nesse momento o seu prestígio está sofrendo uma desvalorização maior ainda do que a moeda francesa.

Saint-Simon debruçou-se sobre a mesa e sussurrou afoito:

— Ele fornica mais do que um coelho e bebe mais do que um fabricante de escovas. Vai acabar morrendo antes do nosso rei!

E voltou a se recostar.

— Como o senhor me deu a honra da sua visita, prometendo inclusive me honrar com regularidade, disponho-me de bom grado a fazer valer a minha modesta influência na Corte. Desmartes deve ouvi-lo! Mas, para isso, primeiro eu preciso convencer o conde de Coubert.

John Law saiu a pé da sua residência na Place Louis-le-Grand, passou pela recém-restaurada estátua do Rei-Sol e entrou, no outro lado da praça, na construção pomposa de Samuel Bernard, o conde de Coubert. Um porteiro abriu-lhe a porta e indicou o caminho ao templo do banqueiro e financista. Bernard levantou-se prontamente de detrás da sua escrivaninha e aproximou-se amigavelmente de John Law. O conde era uma aparição portentosa, alto como John Law, porém mais velho e com o corpo largo feito um armário. Sua cabeça tinha uma certa semelhança com o busto de Netuno que John vira na subida da escada. Quando ele abria a boca via-se uma arcada dentária forte e intacta. O homem devia estar perto dos 70 anos e ainda estava vendendo saúde.

— Seja bem-vindo à casa Coubert, senhor Law — disse Samuel Bernard sorrindo. — Dois banqueiros protestantes em Paris e ambos evitam a água benta como se fosse do demônio.

— Grato pelo convite, senhor Bernard. Dou ainda mais valor a este convite por saber que as minhas ideias não encontram muita receptividade exatamente por parte dos tradicionais banqueiros parisienses.

Samuel Bernard deu um sorriso conciliador.

— As suas ideias são excelentes, meu querido John Law de Lauriston, geniais mesmo. Até mesmo Desmartes está muito empolgado com elas...

Bernard calou-se e convidou John a se sentar.

— O senhor quer criar um banco nacional que vai emitir dinheiro de papel contra fundos correspondentes.

— Sim, foi o que tentei explicar nas minhas inúmeras cartas...

— Eu li as suas cartas para Desmartes, senhor Law. Estou impressionado. Nós todos estamos impressionados.

Samuel Bernard viu o espanto no rosto de John Law.

— A minha família pertence, por assim dizer, aos móveis e utensílios de Versalhes. Meu pai, o pintor, chegou a retratar Luís XIV ainda jovem. Nós temos um compromisso com a arte, com a Corte e com as finanças. Nenhum financista jamais emprestou tanto dinheiro a um rei. Nenhum. É por isso que a nossa opinião tem importância em Versalhes. O senhor quer colocar mais dinheiro em circulação, senhor. Com isso haverá uma desvalorização da moeda. Quem tiver dívidas vai lucrar, quem tiver feito empréstimos vai perder. É por isso que os banqueiros parisienses são contra os seus planos, senhor...

John Law acenou concordando.

— Como o senhor conhece os meus escritos, deve saber que eu seria o último a não compreender esse aspecto. Para isso também existe solução.

— O senhor pretende diminuir as dívidas do rei sem prejudicar os credores? O senhor não pode servir a dois patrões.

— Eu encontrarei uma solução para isso, senhor Bernard.

Samuel Bernard entregou a John Law a sua última carta endereçada a Desmartes.

— Desmartes pediu-me que lhe devolvesse esta carta. O senhor pode ver as suas notas pessoais à margem. Ele acha que o senhor deve revisá-la mais uma vez. Gostaria de ter mais detalhes. Sim, mais detalhes.

— A coisa precisa ser bem pensada — ponderou Saint-Simon, olhando interessado para a garrafa de vinho que John lhe trouxera.

— Mais detalhes, mais detalhes. Já faz quase dois anos que eu mando esclarecimentos adicionais para ele. Estou começando a acreditar que Desmartes não entende o conteúdo da coisa.

— O senhor acha — disse Saint-Simon com ironia — que ele não tem inteligência suficiente para o cargo?

— Onde não existe nada, nada é suficiente. Preciso de uma audiência com o rei, Saint-Simon! Mesmo que eu conseguisse uma audiência com Desmartes, do que isso me serviria? Ele iria precisar novamente de...

— Mais detalhes — divertiu-se Saint-Simon, colocando a garrafa de vinho cuidadosamente de lado. — Bernard me confidenciou que ficou muito impressionado com a sua pessoa. Mas ele é contra os seus planos. Agora o único que pode ajudá-lo é o duque d'Orléans. Mas para isso o rei teria que morrer, e o duque teria que estar sóbrio. Esta última parte é mais difícil do que a domesticação do Novo Mundo.

— Mas o senhor tem influência sobre o duque d'Orléans! Converse com ele! Termine com o sofrimento nas ruas de Paris!

— Senhor Law — disse Saint-Simon —, eu me acho perfeitamente capaz de arrancar do duque a promessa de lhe permitir a fundação de um banco estatal. Só que o duque não mantém as suas promessas. Ele cede a tudo e a todos. Vende as suas fraquezas como se fossem virtudes, assim como faz todo mundo. Acha que é tolerante. Mas eu acho que ele é fraco e que não está à altura de nenhuma adversidade. Ele não está nem mesmo à altura do seu próprio caráter, e por isso vai se acabando na bebedeira, nas intermináveis orgias e disputas com amantes e maridos traídos. Agora já estão até falando da sua aproximação com lojas secretas...

— Tente, apesar de tudo. Eu peço ao senhor que o faça.

— Onde devo procurá-lo? Nos salões? Nas mesas de jogo? Nas galerias de Paris? Na ópera? Em algum castelo de caça? Ou nas abóbadas subterrâneas de Paris, onde dizem que ele forja complôs como grão-mestre da Ordem dos Templários?

— O pai não exerce nenhuma influência sobre o filho? — perguntou John, impaciente.

— O pai se interessa somente pela anatomia do sexo masculino e pela cabala. Se ele não fosse irmão do rei, já teria sido enviado para as galés há muito tempo. E eu não preciso lhe dizer, meu caro e prezado John Law, que a cabala é provavelmente a forma mais burra de superstição.

Saint-Simon falou, falou, perdeu-se em novos boatos e indiscrições temperadas com digressões sexuais, intrigas e complôs. Saint-Simon era um eterno fazedor de intrigas e críticas que tornava o seu destino mais suportável escrevendo um diário. Diário este que ele entendia ser uma crônica do seu tempo, no qual ele, o duque, tinha um papel decisivo.

— O que me aconselha, senhor?

— Paciência. A França está no seu fim. Mas isso ainda não é ruim o bastante. Só quando a França estiver em seus estertores finais, o senhor vai ter uma chance de realizar o seu projeto bancário. Só então o escocês John Law será o menor dos males.

— *Mesdames, messieurs, faites vos jeux* — disse John Law, observando as jogadoras e os jogadores. Suas expressões, seus movimentos, toda a sua postura se modificava enquanto dava as cartas. O duque d'Orléans estava sentado diante de John Law. Duas acompanhantes atraentes apoiavam-se em seus ombros. Ele pareceu estar em dúvida, hesitou, demonstrou com grande emoção o seu desequilíbrio interno e, finalmente, colocou com um gesto rápido uma pilha de fichas no número dois.

— O eclipse solar de nove anos atrás. Dia 11 de maio de 1706. Eu somei os dois algarismos do número 11.

Então os outros jogadores também fizeram as suas apostas.

— Nós apreciamos muito — disse a bela Duclos com alegria — o fato de o senhor ter honrado o meu salão com a sua apresentação de despedida, senhor Law.

Um murmúrio de surpresa percorreu o salão. Law percebeu aquilo com satisfação. Assim como tinha aprendido a detestar aquilo tudo nos últimos meses. Ele se sentia como um general sendo alimentado com soldados de brinquedo. Mas não deixou transparecer nenhum sofrimento:

— Eu quis me despedir devidamente dos muito estimados convidados do seu salão, senhora.

O duque d'Orléans beijou as suas duas acompanhantes e brincou:

— Nós precisamos matar o tempo de alguma forma. Até que a segunda perna do rei apodreça.

Risos cautelosos. Todos tentavam ler nos olhos do próximo o quanto o seu respeito por Luís XIV já tinha diminuído.

— O senhor está falando de despedida, senhor Law?

O duque olhou para John.

— Eu deixei escapar alguma coisa? — disse ele, engolindo o seu champanhe.

— Minha esposa e eu vamos deixar a França — respondeu Law, dirigindo-se novamente à mesa: — *Mesdames, messieurs, les jeux sont faits*.

Ele colocou o dedo médio elegantemente sobre o monte de cartas, empurrou a carta de cima um pouco para frente, enquanto virava a carta com o dedo indicador.

— O cinco ganha, o dez perde.

— Deixar? E por que é que eu só estou sabendo disso agora? — disse o duque chateado. — Alguém por acaso o humilhou? — falou ele com a língua pesada.

— Muito pelo contrário, *monsieur le duc* — respondeu John Law. — Mas algumas coisas mudaram na Inglaterra desde a morte do rei inglês. O rei George está demonstrando um grande interesse pelos meus projetos bancários. Ele mandou me dizer que poderei realizá-los na Inglaterra.

Os circunstantes reagiram surpresos, alguns chocados. O duque d'Orléans começou a fazer um esforço para pensar enquanto John Law recolhia as apostas perdidas e pagava os ganhadores com gestos elegantes.

— Não seria possível fazê-lo mudar de ideia?

— Eu aprecio tremendamente a atenção que a Corte em Versalhes dispensa ao meu projeto bancário — mentiu John Law — e aceito que a Corte não tenha nenhuma utilidade para a minha sugestão no momento. É por isso que eu peço compreensão para com o fato de eu me dirigir para o país em que a minha sugestão encontra ressonância. Para a Inglaterra. A Inglaterra tem uma grande demanda por capital para cobrir os custos de uma nova e produtiva era das manufaturas. Para isso é necessário um novo sistema, de crédito e bancário, para levantar a quantia de dinheiro necessária. E eu lhes asseguro que dentro de um ano cada um dos ingleses vai ter salário e pão.

O duque tentou manter a linha. Mas pareceu estar seriamente preocupado:

— A Inglaterra vai construir uma nova esquadra, forçar o comércio nos mares e nos guerrear em todos os continentes... Tem que ser logo a Inglaterra? Por que a Inglaterra?

— Porque a França não tem nenhuma necessidade, *monsieur le duc*. Eu produzo ideias. Eu preciso me dirigir para onde as minhas ideias são compradas. Os comerciantes de vinho e marceneiros não agem da mesma maneira?

— Naturalmente — concordou o duque, sem levantar objeções. — Mas, ouça, o senhor quer uma audiência com o rei? É isso o que o senhor quer?

— Seria uma grande honra ser recebido pelo rei da França...

— Eu levarei o senhor comigo para o *Petit Lever* de sua majestade!

Os presentes reagiram com grande surpresa. Eles acenaram benevolentes para John Law, como para demonstrar o seu respeito. Era uma honra excepcional ser convidado para o *Petit Lever* do rei.

— Nós sairemos amanhã às 5 horas, senhor.

O duque inspirou profundamente e suspirou.

— Bem, digamos às seis horas.

John Law inspecionou pela enésima vez sua indumentária. Ele repassou em pensamento os aspectos mais importantes do seu sistema e tentou simplificar as formulações que tinha em mente. O duque d'Orléans estava sentado na sua frente dentro da carruagem. Ele não estava com uma aparência muito boa.

— Por que não espera até que Sua Majestade finalmente morra! E por que é que Sua Majestade já não morreu há muito tempo? Há nove anos já se achava que o eclipse solar fosse um sinal inequívoco. Sua Majestade já deveria estar morta há muito tempo.

O duque respirou fundo. Estava passando mal.

— Nós não somente necessitamos de um sistema financeiro melhor, senhor Law, precisaremos também de vinhos melhores — arfou o duque. — Será mesmo aceitável sofrer tanto por um pouco de prazer?

— Somente quando se bebe mais de quatro garrafas — devolveu John Law.

— Quando eu for Regente, tudo vai ser diferente. Vou proibir estes vinhos mistos espumantes.

O duque recostou-se novamente e fechou os olhos.

— É verdade que o senhor acha que a cabala é uma das formas mais burras de superstição?

— Eu sei quem disse isso — respondeu John Law — e posso lhe assegurar que não foi nenhum escocês.

— Sim, sim, aquele velho fofoqueiro e rei das intrigas, Saint-Simon. Por um lado ele elogia o seu projeto bancário, por outro, acha que é imprestável para este país. Eu não consigo entender o apoio dele...

A carruagem atingiu seu destino um pouco antes das sete horas. Versalhes era mais do que um palácio real. Versalhes era monumental, gigantesca, um mundo em si. Lacaios, camareiros, secretários, carregadores de liteiras, mosqueteiros, policiais, soldados e visitantes de todo o mundo pululavam por ali. Cavalos, carruagens, caleches e liteiras moviam-se por toda a parte. Quem não pudesse apresentar um convite ou uma recomendação no portão de entrada tinha que passar por um procedimento extenuante para a comprovação do seu intento. Quem não estivesse vestido conforme mandava a etiqueta podia alugar as peças de vestuário necessárias. O palácio do Rei-Sol era parcialmente aberto ao público. Mas somente segundo um protocolo minuciosamente regulamentado.

A carruagem do duque d'Orléans foi logo sinalizada para entrar no pátio de entrada seguindo então até o pátio real, calçado, através dos imponentes prédios da administração. Criados aguardavam o duque. Eles abriram a porta da carruagem, abriram as portas duplas altas e acompanharam o duque e o escocês até o grande salão dos emissários. O lugar já estava repleto de pessoas que tinham chegado bem cedo, vindas de todas as partes da França para avançar no centro do poder. Criados surgiram do nada, inclinaram-se diante do duque e acompanharam-no através da multidão até a grande escadaria de mármore que levava aos aposentos do rei. Ali já havia mais mosqueteiros do que visitantes. Novos criados recepcionaram os visitantes no andar superior e acompanharam-nos através de uma longa galeria com 17 arcadas recobertas por espelhos. As janelas do outro lado estavam bem abertas e davam vista sobre um jardim aparentemente interminável. Viam-se fontes, lagos, e árvores com 30 metros de altura que formavam alamedas ao longo dos canais e dos lagos. Apesar de as árvores serem tão grandes, elas tinham sido podadas como se fossem cercas. Até mesmo o visitante mais desprovido de sensibilidade ficava entorpecido de respeito e admiração diante daquela pompa e grandeza. Tinha-se a impressão de estar olhando para os jardins de Deus. Aquele gigantismo não fazia nenhum sentido para um simples mortal. Só os deuses podiam podar florestas com 30 metros de altura como se fossem pequenas cercas de jardim, pois a terra não era para eles nada mais do que um pequeno jardim sob o céu.

John Law parou subitamente. Estava impressionado. O duque d'Orléans registrou aquilo com o esboço de um sorriso. Ele tomou ar diante de uma janela. Mas o ar que entrava na grande galeria fedia a urina ácida e a excrementos humanos. John olhou em volta e viu as dúzias de lustres, os grandes candelabros de prata, as cortinas pesadas de adamascado branco bordado a ouro, o ouro, a prata, o mármore, as pinturas, esculturas antigas nos altos nichos na parede, e as estátuas de bronze dourado. O teto mostrava pinturas monumentais, composições de le Brun, o pintor da Corte que retratara a vida do Rei-Sol nos tetos da grande galeria.

— Segundo a tradição da Antiguidade — disse o duque sorrindo, enquanto apontava para as pinturas no teto. — Mas ele poderia ter tomado emprestadas outras coisas da Antiguidade. Oito mil pessoas vivem dentro destas paredes, e a cada dia chegam 10 mil visitantes em Versalhes... e o senhor sabe quantos banheiros nós temos aqui? Nenhum. Só uns trezentos urinóis, só isso. E é exatamente este odor que o senhor sente aqui: xixi e cocô. A obra levou cinquenta anos, milhares de operários trabalharam aqui. Toneladas de ouro, prata e mármore foram trazidos até aqui para serem trabalhados. Mas não existem nem trezentos urinóis.

Eles foram recepcionados por novos criados no final da grande galeria e conduzidos até a antessala do rei. Três dúzias de pessoas já estavam esperando ali. As vozes eram abafadas. Cochichavam, sussurravam. John Law olhou à sua volta. Seu olhar parou num rosto conhecido — o marquês d'Argenson, que estava conversando com o banqueiro Samuel Bernard.

O duque d'Orléans dirigiu-se ao segundo camareiro do rei.

— O *Petit Lever* — disse ele.

O criado cumprimentava pessoalmente todos os que entravam na antessala:

— Senhor John Law de Lauriston, matemático e banqueiro. Seu pai era o tesoureiro real de Edimburgo.

O segundo camareiro fez uma reverência e abriu um caminho entre os presentes que aguardavam, até desaparecer nos aposentos do rei, que ficavam ao lado.

— O senhor será apresentado ao rei. Pelo amor de Deus não tire o seu chapéu. Não seja o primeiro a falar. E se o rei disser: "Venha até a mesa, senhor", o senhor deve obedecer, diariamente, até que ele o desconvide amavelmente. Mas só o rei vai comer. O senhor sentar-se-á à mesa numa cadeira de dobrar e deverá manter o chapéu na cabeça.

D'Argenson abriu caminho entre as pessoas que estavam aguardando e foi direto a John Law:

— Parabéns, senhor, por sua coragem. Nem todo mundo está disposto a morrer por suas ideias — disse ele sorrindo. Depois olhou rapidamente para o duque d'Orléans:

— O senhor combinou esta visita com Desmartes?

— Não — respondeu um homem que logo se apresentou como Desmartes, o ministro das Finanças. Ele dirigiu-se a Law: — O senhor acredita mesmo que o rei vai compreender as suas ideias?

— O senhor por acaso duvida da capacidade de Sua Majestade? — disse Saint-Simon, afiado, espremendo-se para a frente até ficar entre d'Argenson e Desmartes.

— Essa ideia foi sua, *monsieur le duc* de Saint-Simon? — perguntou d'Argenson num tom ameaçador.

— *Messieurs! Silence! Le Roi se lève.*

Sua majestade despertou. Um murmúrio percorreu as pessoas que esperavam. As portas do aposento de dormir do rei foram escancaradas. Os convidados colocaram os seus chapéus e entraram, devotos, no aposento de dormir do Rei-Sol. Os painéis de madeira, os tecidos das cortinas, as esculturas, as pilastras, tudo era ornamentado e recoberto com ouro — parecia que o cômodo inteiro tinha sido forjado em ouro. E atrás de um cordão dourado que servia de barreira, estava sentado ele, Luís XIV, rei de França, num roupão drapeado. Lá estava ele, cercado por dúzias de criados e sentado na sua *chaise d'affaire,* em cima do seu urinol. Em cima de um dos trezentos urinóis. Até mesmo a defecação matinal era um ato público. Um roupão drapeado recobria a visão da pele nua. Um criado secava o suor noturno do soberano com toalhas perfumadas, um segundo criado retirava o seu capuz de dormir enquanto um terceiro colocava uma peruca encurtada em sua majestade. Foram necessários mais quatro criados para servir um copo de água para o rei. O "pequeno despertar" do rei requisitava cerca de cem criados.

Sua majestade falou de forma calma, charmosa, culta, galante. Totalmente *gentilhomme.* Sua Majestade, o rei Luís XIV, não falou com ninguém em especial, ele apenas falava. A noite tinha sido boa. Isso soava como se sua majestade tivesse anunciado: nós derrotamos a Inglaterra. Sua Majestade causava uma impressão descontraída, de um impressionante equilíbrio espiritual. Cada gesto tinha uma elegância seleta, cada palavra era histórica. Um escriba anotava as palavras, um pintor fazia esboços da cena matinal. Sua Majestade era uma instituição pública, um Rei-Sol em forma de gente. E mesmo quando Sua Majestade estava sentado na *chaise d'affaire*, não perdia a dignidade. Sua Majestade suportou com calma estoica o esforço do intestino lento, trocou algumas palavras com os príncipes, duques e condes presentes, das dinastias dos

Rochefoucauld, Bourbon e Anjou. Enquanto isso, peidos fortes escapavam dos intestinos de Sua Majestade. O primeiro cirurgião e o primeiro doutor trocaram olhares significativos, enquanto Sua Majestade chamava o duque d'Orléans com um gesto insinuante, anunciando com uma voz melodiosa, quase alegre:

— *Monsieur le duc*, o senhor terá a honra.

O duque inclinou-se com imensa gratidão e dirigiu-se respeitosamente até a corda dourada. Um criado soltou-a numa das pontas permitindo o acesso do duque d'Orléans até onde estava Sua Majestade. O Rei-Sol inclinou-se um pouco para frente enquanto os criados ajeitavam o seu roupão. O duque d'Orléans inclinou-se diante do rei, ajoelhou-se, segurou o urinol, puxou-o de dentro da cadeira oca levantando-se em seguida. Dois criados ajoelharam-se atrás do rei e receberam de outros criados toalhas de linho embebidas em vinagre com as quais limparam e cuidaram do traseiro de Sua Majestade.

O duque d'Orléans estava de pé ao lado do rei com o urinol na mão. Enquanto isso, o primeiro doutor e o primeiro cirurgião examinaram o conteúdo do urinol e fizeram um teste de cheiro. Por fim, o duque foi até uma pequena mesa com o urinol e colocou-o ali em cima. Enquanto o médico e o cirurgião remexiam as fezes de sua majestade com dois pequenos pedaços de madeira, o duque retornou até Sua Majestade, inclinou-se diante dele e aguardou.

— Ouvi dizer que uma mulher está vendendo um biscoito italiano preparado com levedura. O biscoito cresce tanto no forno, que estão falando em bruxaria.

— Nada além de boato, majestade. Homberg não tem nada a ver com isso. Eu segui o conselho de Sua Majestade e não convidei mais nenhum químico para os meus salões.

O rei sorriu e percorreu os presentes com um olhar rápido.

— Ouvi dizer também que o senhor tem um convidado que sabe fazer crescer a quantidade de dinheiro de uma nação de tal forma, que dentro de poucos meses ninguém mais ficaria sem trabalho.

O rei sorriu. Ele esticou os braços para que os criados pudessem vestir-lhe as suas roupas.

O duque apontou para John Law.

— Eis o senhor John Law de Lauriston. Eu agradeço a Sua Majestade, em seu nome, por ter lhe concedido a honra de participar do *Petit Lever*.

— Que ele se... aproxime — disse o rei. Como de hábito, ele fez uma pequena pausa estudada antes da última palavra, dando então a esta última palavra um tom extremamente leve, melodioso.

O duque fez um sinal para John. O escocês caminhou até a corda e ajoelhou-se diante do rei. O rei não mudou sua expressão. Um perfeito jogador de cartas, pensou John Law ao levantar a cabeça e olhar nos olhos de um velho de 76 anos que não deixava transparecer as agruras e o sofrimento da velhice. O rei tinha excesso de peso. As bochechas tinham murchado devido à perda de uma grande parte dos seus dentes.

Quando ele falava, espalhava um cheiro de podridão. Mas ele era o poder. Ele era o Estado. Ele era uma instituição pública.

— John Law de... Lauriston, que ele fale e diga livremente aquilo que gostaria de dizer ao rei — disse o Rei-Sol. Law ficou fascinado com a elegância do gesto casual feito com a mão, com o qual Luís XIV orquestrou a última palavra.

John Law levantou-se.

— Que Vossa Majestade, o rei da França, me conceda a honra de poder lhe explicar a minha ideia sobre a fundação de um banco nacional francês. Com este banco, Vossa Majestade terá condições de reduzir em pouco tempo de forma considerável as dívidas do reino. Em um ano, as finanças estarão equilibradas. A população e os rendimentos em geral irão aumentar e, com isso, crescerá a demanda por novas mercadorias. Vai crescer também a arrecadação de impostos, sem o que os encargos aumentam para cada indivíduo. Vossa Majestade poderá recomprar cargos onerosos, aumentando a receita do reino, sem que ninguém venha a ter um prejuízo...

— Que o seu manuscrito seja recebido — interrompeu-o o rei.

Dois criados aproximaram-se pelo lado de dentro da barreira. Um deles recebeu o manuscrito de John Law e o entregou ao segundo criado.

— O que pensa *mon petit juif* das ideias do senhor Law? — perguntou Luís XIV.

O banqueiro Samuel Bernard deu um passo à frente e ajoelhou-se.

— Que ele se levante e fale — disse o rei.

— Uma ideia primorosa, Vossa Majestade, brilhante, genial...

John Law agradeceu com um aceno de cabeça.

— Porém — prosseguiu o banqueiro judeu, Samuel Bernard —, provavelmente não seria adequada para uma monarquia como a francesa. Um banco nacional é pouco adequado a uma monarquia.

— *Alors*, messieurs — deixou escapar o rei —, então nós teremos que abrir mão ou da monarquia ou do banco nacional.

John Law não estava nem um pouco satisfeito enquanto abria caminho com o duque d'Orléans pelos salões lotados para chegar ao pátio pela escada dos emissários.

— Fique, senhor Law — tentou dissuadi-lo o duque. — Quando o rei voltar da missa matinal, teremos outra oportunidade de falar com ele. Eu só preciso avisar o seu primeiro camareiro. Ele nos dirá em qual dos salões poderemos falar com o rei.

John balançou a cabeça.

— Não, *monsieur le duc*. Eu lhe devo muito. O senhor fez o que estava ao seu alcance. Mas o que foi que o senhor conseguiu? Sem levar em conta que o senhor teve a honra de segurar as necessidades de sua majestade nas mãos?

— Não faça graça, senhor! — indignou-se o duque d'Orléans. — Esta honra me custa 100 mil libras ao ano. E ela só é concedida àqueles que puderem comprovar uma árvore genealógica até o século XIV.

John deixou o prédio irritado, e o duque o seguiu.

— O senhor deve estar brincando — disse John rindo. — O senhor paga 100 mil libras por aquilo?

Eles chegaram ao pátio. O duque fez um sinal para um criado, mandando vir a carruagem.

— Sim. Na Antiguidade, os romanos não teriam se sentido felizes se lhes fosse permitido retirar as necessidades de um Zeus, um Mercúrio ou um Marte?

— Os romanos, senhor — respondeu John Law complacente —, já tinham instalações sanitárias há 2 mil anos, além de uma cultura de banho e de cuidados com o corpo com a qual nós, na Europa, nem nos arriscamos a sonhar.

— Lamento que esteja irritado — disse o duque, ao embarcar na carruagem. John Law seguiu-o, fechando a porta atrás de si. O duque deu a ordem para o cocheiro pegar o caminho pelos jardins de Versalhes. Mas John Law não achou mais graça nenhuma naquele jardim dos deuses.

— Cinquenta anos de obras, custos de mais de 100 milhões de libras... talvez Samuel Bernard tenha até razão. O meu sistema bancário não é compatível com uma monarquia. Um monarca deveria resistir à tentação de imprimir dinheiro irrestritamente para construir uma nova Versalhes e manter uma guerra por mais de cem anos. Quem é que pode trazer um monarca à razão?

O duque d'Orléans estava contrito.

— Na verdade, eu deveria repreendê-lo, senhor Law. Está ofendendo Sua Majestade. Algumas pessoas já foram mandadas para as galés por infrações bem menores.

— Eu peço desculpas, *monsieur le duc* — disse John Law sorrindo. — Eu adoraria oferecer os meus préstimos à França e servir ao país, ao povo e à Coroa.

— Isso o enobrece — respondeu o duque em tom conciliador —, mas tenha um pouco mais de paciência. Viu a perna esquerda de sua majestade? Já está fedendo a podridão. Tão logo eu seja Regente, o senhor irá fundar o seu banco. Eu lhe prometo! Sob uma condição: que me faça companhia esta noite.

John Law recusou o copo de vinho que a jovem trajando uma pele de pantera colante lhe ofereceu. Ele estava sentado num sofá azul-real adornado com lírios bordados a ouro. John Law esperou. Ele esperou com uma calma estoica. Mas a manhã não chegava. O duque d'Orléans dormia profundamente. Estava deitado no chão a alguns metros de distância, seminu, estirado como um soldado ferido de guerra.

Depois de algum tempo John falou:

— Eu acabei de dizer: injete mais dinheiro na cadeia econômica, e o paciente voltará a viver.

O duque d'Orléans só conseguiu emitir um gemido animalesco.

Era inútil. Absolutamente inútil.

— Trabalhando até tão tarde, senhor? — perguntou uma voz, enquanto luvas perfumadas se apoiavam nos ombros de John Law. Óleo de laranjeira.

— Nós estamos esperando o rei morrer, senhora — disse John Law com um suspiro.

— E o duque d'Orléans adormeceu enquanto isso? — soprou Catherine no ouvido de John, sentando-se a seu lado no sofá.

Eles ficaram sentados ali durante algum tempo, observando o duque ressonante. Então John disse:

— O passo para se sair da pobreza em direção a uma existência segura é excitante, motivador. Mas quando se é rico como o nosso duque, um pouco mais de riqueza não traz mais felicidade. Eles não conseguem consumir mais do que meio quilo de filé, três garrafas de vinho e um punhado de orgasmos por dia. Então para que trabalhar mais duro?

— Para o amor — sussurrou Catherine, beijando-o na bochecha.

— Sim, por você, Catherine, cada respiração vale a pena. Mas existe algo mais: uma ideia. Uma paixão.

— Uma visão? — disse Catherine sorrindo.

— Não, não, Catherine, nenhuma visão — disse John Law, segurando carinhosamente a sua mão. — Uma ideia. É assim como um grande jogo. E você quer ganhar. Não se trata de dinheiro. Trata-se de ganhar. Pela satisfação. Ela dura mais do que mil orgasmos, quinhentos bois e o conteúdo das garrafas de 15 vinhedos. Esta satisfação irá durar eternamente, pois uma nação inteira irá despertar para um novo patamar de bem-estar. E todas as pessoas neste país terão existências honrosas. A França precisa finalmente acordar!

Catherine apontou discretamente com a cabeça para o duque ressonante.

— Neste momento, ela parece estar ferrada no sono.

Violentas tempestades desfolharam as árvores, na primeira noite de setembro do ano de 1715, transformando-as em esqueletos de madeira que eram engolidos pela névoa cinza.

As folhas úmidas cobriam os caminhos, boiavam nas águas das fontes que jorravam, ficavam coladas nas monumentais estátuas dos deuses ou voavam sem vida sobre os montes e terraços, sobre as alamedas e escadarias. O frio chegara.

Ao longe, ouviu-se um coche deixando Versalhes. E depois outro. As amantes presentearam os criados com a sua louça, os seus vestidos e a sua roupa de cama, e retiraram-se da vida pública. A marquesa de Maintenon, o último grande amor do Rei-Sol, também foi. Fazia parte das regras, na Corte, que se partisse antes do falecimento do rei. A pensão vitalícia estava garantida e documentada num testamento.

As luzes estavam acesas por todo o castelo. Dúzias de pessoas aguardavam nos aposentos do rei. A fila chegava até a galeria dos espelhos.

— Por que estão chorando? — sussurrou o rei. Ele estava deitado na sua magnífica cama, quase totalmente afundado nos inúmeros travesseiros. — Vocês pensaram que eu fosse viver para sempre?

O rei perdeu novamente os sentidos. Seu pé esquerdo e o joelho estavam gangrenados, a coxa já estava dolorosamente inflamada. Quando ele voltou a si, banhado em suor, pediu vinho de Alicante e perguntou pela senhora Maintenon. Mas ela já partira silenciosamente de Versalhes. Então ele perdeu novamente os sentidos. Os médicos resolveram ministrar-lhe o remédio do padre d'Aignan, bom para a varíola. O rei não estava com varíola, mas, quem sabe, talvez aquilo enganasse a morte de alguma forma. Com a ajuda de Deus. Ainda fazia-se uma ou outra pequena tentativa.

O cardeal de Rohan já tinha ministrado a extrema-unção durante a noite. Agora ele estava murmurando um pai-nosso atrás do outro, um trabalho mecânico que uma máquina a vapor certamente teria executado melhor.

Luís XIV, o rei da França que escolhera o sol como símbolo da sua soberania, morreu no dia 1º de setembro de 1715, às 7h45 da manhã, três dias antes do seu septuagésimo sétimo aniversário. Seu reinado durara 72 anos. Todos os espelhos foram cobertos com panos pretos em Versalhes. Um grito ressoou pelo pátio de honra:

— *Le Roi est mort!* O rei morreu!

Capítulo XI

Filipe II, o duque d'Orléans, pediu toalhas molhadas e água gelada com suco de frutas, a limonada fria da qual o Rei-Sol tanto gostava. Ele estava deitado nos seus aposentos, cercado por Saint-Simon, John Law, Desmartes, d'Argenson e pelo banqueiro Samuel Bernard. Estava passando mal. Disse ter comido alguma coisa estragada na noite anterior. Mas as garrafas vazias debaixo da sua cama contavam outra história.

— É verdade que as pessoas estão cantando e dançando de alegria nas ruas de Paris? — perguntou o duque com voz fraca, apertando o pano molhado contra a testa.

— O Parlamento está esperando pelo senhor, *monsieur le duc* — insistiu Desmartes.

— Agora eu sou o Regente — interrompeu-o o duque com um sorriso de dor. — A Coroa pode ser do neto de Luís, o duque d'Anjou, mas até que o fedelho esteja crescido, se é que isso vai acontecer, eu estarei governando a França.

— Espero que o senhor não esteja querendo insinuar que poderia acontecer alguma coisa com o jovem rei? — observou d'Argenson, calmo. — Ou será que Homberg está novamente na cidade?

— O senhor está se esquecendo do duque de Maine — disse Saint-Simon pedindo a palavra. Ele falava nervosamente, com a voz baixa e conspirativa: — Parece que o rei determinou no seu testamento que o duque de Maine seja colocado ao lado do duque d'Orléans.

— Um testamento desses me transformaria em um mero fantoche! — disse o duque, enfiando a cabeça numa cumbuca com água fria, bebendo um pouco da água, bochechando e cuspindo a água no chão.

— Falarei no Parlamento dentro de uma hora. Mandem preparar o meu coche.

Samuel Bernard ajoelhou-se diante do duque e falou com firmeza:

— O Parlamento pode declarar o testamento inválido. Force-o a fazê-lo. O Parlamento já fez isso uma vez. Quando da morte de Luís XIII. O senhor precisa se livrar do duque de Maine. Aquele bastardo.

O duque de Maine era de fato um dos incontáveis filhos ilegítimos do rei. Os bastardos do rei formavam uma casta por si só.

— O Parlamento vai querer concessões — conjecturou Desmartes.

— Devolva os direitos ao Parlamento. Aqueles que Luís XIV lhe tirou.

O duque d'Orléans deixou-se vestir pelos seus criados. Agora ele estava completamente acordado e mal podia esperar pela sua aparição no Parlamento:

— O Parlamento poderá ter de volta o que Luís XIV lhe tirou. Desde que anule o testamento!

Desmartes e d'Argenson saíram do recinto. Umas cem pessoas já estavam esperando do lado de fora do salão. Elas insistiam em serem levadas até o duque d'Orléans. O duque fez um sinal para os criados fecharem a porta o mais rapidamente possível.

— Espero que essa tenha sido uma decisão acertada — disse sorrindo o duque d'Orléans, trocando olhares com Saint-Simon, John Law e Samuel Bernard.

— A Inglaterra não foi a pique por causa disso — respondeu John Law. — O tempo das guerras já passou. Não precisamos apenas revolucionar os sistemas financeiros, como também...

— Sim, sim — interrompeu-o o duque —, o senhor terá o seu banco, senhor Law.

— O senhor quer arruinar a França completamente? — apressou-se em dizer o banqueiro Samuel Bernard, tão calmo em outras ocasiões.

— Se as dívidas da França forem reduzidas à metade *o senhor* ficará arruinado, senhor Bernard. Mas o senhor não é a França, o senhor é apenas um dos maiores credores do nosso falecido rei. E ele está morto!

O duque d'Orléans saiu rapidamente do quarto, entrando no salão onde foi recebido com grande empolgação.

— Vou combater as suas ideias sempre que puder, senhor Law — disse Samuel Bernard.

Law inclinou-se levemente diante do banqueiro e sussurrou baixinho:

— Com o quê, senhor? O senhor quer duelar?

Já era meia-noite. Mas o Grand Palais brilhava como durante o dia claro. Milhares de velas tinham sido acesas. O tremular das chamas era multiplicado ao infinito nos inúmeros espelhos de parede da altura de um homem. As damas usavam diamantes, ouro, os cabelos adornados com pedras preciosas, trajes luxuosos. Elas brilhavam como se fossem figuras divinas. Os decotes eram pecaminosamente profundos, os seios postos fartamente à mostra. Cavalheiros galantes circundavam-nas procurando atrair a sua atenção. E no meio daquelas figuras iluminadas estava o duque d'Orléans, o novo soberano da França, o Regente oficial, tentando com dificuldade manter-se sobre as próprias pernas.

— *Monsieur le Régent* — sorriu o duque d'Orléans — chegou a uma decisão.

Desde aquela manhã, ele passara a se referir prazerosamente a si mesmo na terceira pessoa.

— Ele vai permanecer em Paris. Vai exercer a Regência em Paris. Adeus, Versalhes.

Um murmúrio exagerado preencheu o salão.

— Vou poupar as *demoiselles* da longa viagem até Versalhes — disse o duque sorrindo.

Risos. Aprovação.

— Ele passará a residir no Palais Royal a partir deste momento.

O duque d'Orléans estava visivelmente alegre e deixou, charmoso, que lhe enchessem o copo.

— Versalhes está totalmente... mijada.

Diante da escolha do duque por aquelas palavras chulas, os convidados permitiram-se então observações de apoio e admiração num tom mais alto. Risos e aplausos.

— Versalhes foi sendo mijada durante cinquenta anos. Vai levar anos até que tudo fique limpo. Os senhores podem abrir mão dos seus apartamentos malcheirosos, úmidos e frios e voltar para as casas de campo e palacetes aquecidos e espaçosos.

Os convidados presentes aplaudiram bem alto.

— O rei está morto, senhoras e senhores, seu sol apagou-se. Hoje pela manhã, depois da sessão no Parlamento, eu decidi introduzir um novo sistema de governo. No futuro, terei um colegiado de conselheiros ao meu lado para me auxiliar. Nomeei o duque de Noailles como presidente do conselho monetário.

— E Desmartes? — perguntou alguém, condoído.

— Desmartes? — respondeu o duque d'Orléans surpreso, olhando teatralmente ao seu redor. — Será que eu não o mandei para as galés por engano?

Enquanto isso, restavam poucas luzes acesas em Versalhes. Inúmeras pessoas tinham se reunido diante dos portões, escondidas pela escuridão. Gente do povo, trabalhadores, diaristas, camponeses, homens, mulheres e crianças. Gritavam e davam vazão ao seu mau humor. A falta de reação das sentinelas serviu para incentivá-los ainda mais. Eles começaram a atirar pedras e archotes acesos contra os portões. Alguns miravam estilingues para as sentinelas. Cada vez mais embriagados, começaram a cantar versos sarcásticos e a dançar diante dos portões de Versalhes.

O corpo do rei foi aberto no seu quarto, na presença de cirurgiões e religiosos. O coração do rei foi retirado cuidadosamente e colocado num recipiente. Depois foram retirados o fígado e os rins, também colocados em urnas. Os recipientes foram fechados hermeticamente. Às vezes, esses recipientes explodiam devido aos gases que se formavam. Tomavam-se os maiores cuidados para evitar um espetáculo tão desonroso quanto este.

Sua Alteza Real, *monsieur le Régent*, Filipe II, duque d'Orléans, gostava muito de festas. Ele achava que a ocasião ainda não tinha sido suficientemente comemorada. Ele convidou, e toda Paris acorreu. John e Catherine gostavam cada vez menos daquelas comemorações que iam até as primeiras horas da manhã. Naquele dia o duque d'Orléans também iniciara a noite com muito entusiasmo. Mas agora, com o dia raiando do lado de fora, ressonava deitado em um sofá. John estava sentado com Catherine ao lado da grande lareira e conversava com Saint-Simon, que ficara muito comovido com os acontecimentos dos dias anteriores. Estava até mesmo um pouco preocupado. Mas não era a morte do Rei-Sol que o estava ocupando, e sim a pergunta se ele ainda deveria incluir alguma honraria especial no seu diário ou fazer alguma retrospectiva de temas específicos. Assim como muitos escritores, ele degenerara para um alto nível intelectual e sentia mais emoções escrevendo o seu diário do que vivenciando tragédias reais que aconteciam na sua frente. Depois de alguns copos de vinho, que já fazia parte da sua corrente sanguínea, ele tendia ao sentimentalismo patético, sendo capaz de moralizar e julgar com voz firme. Mas, apesar disso, não ficaria nem um pouco emocionado caso testemunhasse, no caminho de volta para casa, uma velha senhora escorregar em fezes na rua e cair quebrando a perna, ou uma jovem mãe desesperada jogando o filho recém-nascido no Sena.

— Vocês estão vendo uma espécie de animais selvagens — disse Saint-Simon, citando o falecido historiador Jean de la Bruyère —, machos e fêmeas espalhados pelos campos. Estão pretos e pálidos, queimados pelo sol e curvados sobre a terra que cavam e revolvem com teimosia. Parecem com uma voz articulada e quando ficam eretos mostram um rosto humano. E vejam, são pessoas.

Alguns convidados tinham parado e escutavam o que Saint-Simon dizia. Outros deixavam as lágrimas escorrerem livremente. Mas eram somente o álcool e o sono insuficiente que os tornavam melancólicos e suscetíveis. Saint-Simon calou-se e olhou em volta com uma perplexidade estudada.

— Onde está a Justiça? — perguntou.

— Não existe a Justiça, duque de Saint-Simon — respondeu Catherine. — Nasci mulher e o senhor nasceu homem, onde está a Justiça aí? Um nasce cego e o outro morre ainda criança. Um perde a sua perna na guerra e o outro perde o juízo. Não existe justiça, e aqueles sonhadores que falam de justiça referem-se exclusivamente à justiça financeira. Isso não passa de inveja dissimulada, *monsieur le duc*.

— Oh, a senhora acha então que não se deve aspirar à Justiça?

— Nem mesmo Deus é capaz disso — pronunciou-se o duque d'Orléans com voz rouca —, caso contrário não teria deixado o meu tio, o rei, viver até os 77 anos.

John Law ficou irritado no seu íntimo com o estado lamentável em que o Regente se encontrava, mas não deixou transparecer nada.

— O senhor não pode produzir justiça, mas pode fazer com que as pessoas tenham condições justas. E é a isso que o senhor deveria aspirar. E o senhor pode fazê-lo. O senhor pode possibilitar trabalho às pessoas, rendimentos, propriedade, a perspectiva de uma vida melhor. Mas para isso a França precisa de um banco nacional. Um banco nacional que aumente a quantidade de dinheiro circulante pode fazer mais pelas pessoas do que um Montesquieu com seus escritos.

Saint-Simon olhou, perdido em pensamentos, para o duque d'Orléans, que estava se encaminhando para uma moça de seios fartos e cintura de vespa.

— O que é que ainda impede a criação do seu banco, senhor Law? Desmartes foi despedido — disse Saint-Simon.

— Desmartes se foi e o duque de Noailles veio. Tudo continua como antes.

— Confie em mim, senhor Law. O Regente me concedeu a honra de ingressar no seu colegiado de conselheiros. Vou fazer valer a minha influência e lhe conseguirei uma audiência com o duque de Noailles ainda amanhã.

Os risos reverberantes do duque d'Orléans interromperam todas as conversas. De repente fez-se silêncio no salão. Todos os olhos estavam voltados para o Regente. Ele rasgara o decote de uma jovem. Ele beijava os seios e apertava-a contra a mesa. Ela jogou o seu tronco para trás, copos viraram, louça caiu no chão fazendo barulho.

— La Parabère — sussurrou Saint-Simon —, a nova amante do Regente.

Saint-Simon olhou para John Law.

— O senhor está vendo — disse Catherine em voz baixa —, mesmo que o senhor decretasse justiça e presenteasse as pessoas com dinheiro e talento, uns conseguiriam fazer alguma coisa e outros iriam desperdiçar tudo de maneira insensata. E depois clamariam novamente por justiça.

— Oh — deixou escapar Saint-Simon —, se algum dia as máquinas a vapor fizerem todos os trabalhos femininos... difícil imaginar o que iria acontecer...

Catherine sorriu amável enquanto John tentava se controlar para não se tornar agressivo.

— Mas se as manufatoras tiverem que produzir máquinas a vapor em grandes quantidades, elas precisarão de um banco que lhes dê crédito para produzirem. Sem instituições de crédito nenhum progresso é possível.

John olhou de forma penetrante para Saint-Simon. Mas ele estava olhando furtivamente para o duque d'Orléans, que balançou em frente a sua amante seminua até cair repentinamente no chão como um saco de farinha.

Nas primeiras horas da manhã, quando John chegou com Catherine à Place Louis-le-Grand, o lugar já estava em chamas. Policiais atiravam contra a multidão. Alguns tinham escalado a estátua equestre e tentavam arrancar a cabeça de pedra do rei. Alguém abriu violentamente a porta da carruagem, enfiando nela um archote em chamas. John atirou-o para fora com um pontapé e puxou a espada. A carruagem foi parada. John e Catherine tiveram a presença de espírito de pular para fora e correr para casa. Eles foram ameaçados por todos os lados pela multidão revoltada. Mãos envolvidas em trapos agarraram as suas roupas. Alguns tentaram chutá-los, bater neles. John agitou a sua espada para todos os lados enquanto segurava Catherine bem firme ao seu lado. Ele então acertou o braço de um, abriu um rasgo sangrento na bochecha de outro, outro foi espetado na coxa. John Law estava convencido de que iria conseguir. Ele foi abrindo caminho até sua casa, lutando, passo a passo. Catherine tinha se armado com o punhal de John e estocava com rapidez toda e qualquer mão que tentasse agarrá-la. A distância da turba foi ficando maior. O revide violento daquele escocês grandalhão pareceu amedrontar as pessoas. De repente John parou e gritou:

— Quem quer medir forças comigo? Eu desafio cada um de vocês para um duelo!

Todos em volta pararam. Ninguém teve coragem de desafiar John Law sozinho. A criadagem, que até então aparentemente assistira a tudo atrás das janelas, acorreu, armada, formando uma barreira para proteger Catherine. Nesse meio tempo haviam chegado policiais que se postaram na frente da casa dos Law.

— Morte ao Regente! — bradava a multidão.

John e Catherine sentaram-se um pouco mais tarde à mesa, no salão, e observaram as crianças que estavam comendo. Do lado de fora ainda continuava uma exasperada batalha de rua. Os dois lados tinham se reforçado.

— Vocês querem sair de Paris? — perguntou John olhando para Catherine e, em seguida, para as crianças. Kate, com seus 10 anos, olhou para o irmão mais velho. Este sacudiu os ombros e lançou um olhar para a mãe.

— Nós não temos medo, senhora — disse o garoto.

— Nós realmente não temos medo, senhora — repetiu Kate.

— Você não dizia sempre que a França somente haveria de aprovar o teu projeto de banco quando Paris estivesse em chamas? — perguntou Catherine.

— Sim — murmurou John, respirando fundo —, o novo Regente tem tantos talentos, ele tem tanto poder. Ele poderia fazer mais coisas do que um Deus sobre a terra.

— Mas ele não tem disciplina — disse o filho de John, olhando por cima da borda do prato, bastante esperto para os seus 11 anos. — Sem disciplina, nenhum talento tem valor.

— E ele fica ao vento como se fosse um salgueiro — disse Kate —, mas só o carvalho tem firmeza.

John e a irmã começaram a rir alto.

— Eu vou dar mais quatro semanas ao Regente — disse John Law. — Se até lá ele não tiver saído da sua embriaguez, nós iremos embora de Paris.

Algumas semanas depois, quando John Law se dirigiu ao Grand Palais na companhia de Saint-Simon, aconteciam fortes contendas em frente ao palácio entre pessoas revoltadas e policiais. Ao verem a carruagem, guardas a cavalo empreenderam uma saída, abriram caminho entre a multidão e escoltaram a carruagem que se aproximava até o pátio interno do palácio.

John Law e Saint-Simon desembarcaram e correram para dentro do prédio, enquanto pedras e frutas podres voavam por cima das suas cabeças indo se espatifar no muro do palácio.

— *Monsieur le duc* está imprimindo uma velocidade impressionante ao dia. É incrível a rapidez com que ele desenvolveu esse novo sistema de administração e de governo. E ele raramente está sóbrio.

— E o senhor ainda faz parte desse grêmio de aconselhamento? — perguntou John Law, cético.

— Certamente, senhor — respondeu Saint-Simon com modéstia estudada. Ele quase explodia de orgulho. — O Regente agora dispõe de um sistema de colegiado, no topo do qual colocou o Conselho de Regência como órgão conselheiro. Recentemente foram subordinados seis conselhos a este órgão conselheiro, os departamentos de Relações Exteriores, de Guerra, Finanças, Marinha, Interior e Questões Religiosas.

— E esse Noailles está realmente substituindo Desmartes?

Eles subiram apressados a escada que descrevia uma curva ampla até o andar superior.

— Noailles, de qualquer modo, é sobrinho de Colbert. Tem apenas 37 anos, mas dispõe de uma inteligência enorme...

— O senhor conhece os meus pontos de vista, duque de Saint-Simon — disse John Law. — Inteligência não tem nenhum valor se não for acompanhada por disciplina, persistência e moral.

— Nem mesmo Deus dispõe desse tipo de qualidade — divertiu-se Saint-Simon —, mas talvez o senhor tenha razão. Dizem que esse Noailles não consegue nunca se decidir. É um irresoluto, um tremendo irresoluto. Se ele fosse cirurgião, todos os pacientes morreriam de hemorragia diante dos seus olhos.

— Conheço esse tipo de gente das mesas de jogo. Os mais inteligentes perdem do mesmo jeito que os mais burros.

Dois criados abriram as portas que davam no salão do governo. Uma mesa grande com inúmeras bebidas reinava no meio da sala. D'Argenson e o banqueiro Samuel Bernard já estavam lá. Assim que John Law e Saint-Simon entraram no recinto, ecoou a exclamação:

— *Le Régent! Monsieur le Duc d'Orléans.*

O duque entrou no salão com passos firmes, seguido pelo ofegante e subalterno Noailles que mal conseguia seguir os passos do Regente.

— Convidamos hoje o senhor John Law de Lauriston, que dispensa apresentações, para que ele nos explique o seu elaborado projeto bancário. Em seguida ele estará à nossa disposição para responder a perguntas.

O duque se sentou e convidou os presentes a fazer o mesmo. Estava com a aparência revigorada e cheio de disposição:

— *Monsieur le duc de Noailles*, o atual relator das Finanças.

— Posso falar francamente, duque d'Orléans? — perguntou Noailles.

O duque acenou afirmativamente com a cabeça. Ele aprendera com o tio a falar pouco para aumentar o peso do que era dito.

— A França está falida, meus senhores.

Os presentes não pareceram especialmente surpresos. Todos tinham tomado um maravilhoso desjejum naquela manhã, e quando um estado falido se sentia como naquela manhã não podia estar tão ruim.

— Poupe suas palavras, senhor, queremos ouvir números — respondeu o duque d'Orléans secamente.

— As dívidas do governo montam a 2 milhões de libras, ou, mais precisamente, em 2.062.138.000,00. Os juros anuais importam no momento em 90 milhões, ou seja, aproximadamente 5%. Os impostos a serem arrecadados nos próximos quatro anos já estão comprometidos. Os impostos mal chegam ao governo, porque o nosso sistema de arrecadação é podre e corrupto. Os culpados são os financistas que nos compraram os cargos e os direitos adquiridos referentes à arrecadação e cobram juros exorbitantes à população, repassando somente esmolas. Apesar de esses sanguessugas extorquirem cada vez mais impostos do povo, a Coroa recebe cada vez menos.

Ele olhou soturnamente para Samuel Bernard, que não alterou a sua expressão.

— Números, números, números, Noailles... eu não o nomeei para o judiciário.

O duque d'Orléans parecia estar na sua melhor forma. Ele devia ter se proposto a fazer muita coisa.

— As contas que chegam diariamente mal podem ser honradas, *monsieur le duc*, os atrasos nos pagamentos são tão enormes que mal podem ser computados. Nós já gastamos os recebimentos futuros há muito tempo. Dilapidamos o futuro da França. Seria melhor para todos se a França decretasse a falência. Então, começaríamos tudo de novo.

— Não — disse o duque d'Orléans —, a França decretar a falência está fora de questão, senhores.

— Mas a França *está* falida, senhor, quer decretemos ou não — acrescentou Noailles.

O duque d'Orléans apontou para John Law.

— Senhor, é possível salvarmos a França da falência com um banco nacional da forma como o senhor o projetou?

— Sim — respondeu John Law com voz firme. — Um banco nacional irá aumentar o dinheiro disponível através da emissão de dinheiro de papel, alavancando o comércio.

— Para quê um banco? — interrompeu Samuel Bernard. — Esta função já é desempenhada pelos financiadores da Coroa. O senhor Law quer substituir os beneméritos financistas da Coroa por um banco nacional. *Cui bono?* Quem vai lucrar com isso? Talvez o senhor? Mas não a Coroa.

— E quem vai pagar o risco? — acrescentou Noailles. — O governo, não o senhor Law de Lauriston.

O duque d'Orléans olhou para John Law, impaciente, porém Noailles ainda acrescentou:

— Também seria muito difícil vender ao Parlamento o projeto de um banco de um protestante, um protestante inglês.

— Noailles! — admoestou o Regente. — Não me levantei hoje para discutir com o senhor coisas que pretensamente não são possíveis.

O Regente levantou-se e saiu da sala com passos enérgicos.

Centenas de presos esfarrapados saíram da Bastilha e foram recepcionados do lado de fora por uma multidão em júbilo. Eles pareciam tímidos, desamparados.

A maioria não aguentou a forte luz do dia e ficou parada na sombra dos muros. Mas a multidão os arrastou para a rua, ergueu-os nos ombros e apresentou-os como se tivessem conquistado uma vitória. *"Vive le Régent"*, escandiu a multidão, *"vive Philippe d'Orléans!"*

Filipe não ouviu nada das exaltações na borda leste da cidade. Ele estava sentado no seu escritório no Palais Royal, anulando uma *lettre de cachet* depois de outra.

— São milhares, senhor Law, milhares de pessoas que estão vegetando dentro destes muros há décadas, sem terem sido processados — disse o duque olhando rapidamente para cima. Dois secretários de Estado lhe entregavam mais documentos. Seu teor era sempre o mesmo.

— Sem acusação. Delito desconhecido.

O duque pegou uma das *lettres de cachet*.

— Veja aqui: um infeliz de Marselha. Ele ficou ali por 35 anos, imagine só, uma saúde excelente, 35 anos. Ele pediu aos guardas que o deixassem voltar, porque não conhecia mais ninguém do lado de fora e não saberia mais como fazer para se virar.

O duque estava no melhor dos humores. Seu rosto, outrora pálido, agora estava liso e com uma cor saudável. Ele assinava e anulava. Ele se deu conta logo de que John Law não estava interessado nas suas histórias.

— O senhor está aqui novamente por causa do seu banco, senhor Law?

John acenou afirmativamente com a cabeça.

— O Parlamento não quer um banco, senhor. Eu lamento. *Voilà. C'est ça, c'est tout.*

John Law esforçou-se muito por esconder a sua decepção e a sua raiva. Mas ele não queria perder o controle. Se ele o perdesse, estaria tornando muito fácil para o Regente livrar-se dele. Então levantou-se e agradeceu a resposta do Regente com uma leve reverência.

— Compreendo a sua decepção, senhor Law — disse o Regente com voz enérgica. — Mas eu preciso do Parlamento. A Coroa espanhola está reivindicando o trono francês. Filipe V da Espanha está farejando ar matinal. De qualquer forma, ele é neto de Luís XIV e, portanto, com chances de ter sucesso. Ele está espalhando a notícia de estar reivindicando a Coroa francesa. Está fazendo intrigas no Parlamento. Preciso do Parlamento, senhor.

John Law ficou calado. Ele se deu conta de que o Regente parecia ter perdido totalmente o seu jeito coquete. O duque estava quase irreconhecível. John percebeu também como o rosto do Regente tinha ficado mais fino. Ele devia ter largado a bebida havia algumas semanas. O Regente olhou rapidamente para cima e pareceu espantado por John Law ainda estar ali.

— Sem Parlamento eu seria deposto amanhã e o senhor poderia guardar o seu projeto bancário para as suas memórias. Preciso do Parlamento, *voilà*, ele assegura a minha Regência. Em contrapartida, concedi de volta os seus antigos direitos. Por favor, não se esqueça: Sem Parlamento não teria sido possível anular o testamento de Luís XIV. Esse testamento teria me transformado num fantoche. Eu não teria nem mesmo o comando do exército. Dessa forma fui *eu* quem transformou o meu controlador, o duque de Maine, num fantoche. Ele está ocupado com a formação do pequeno rei. E eu governo a França, senhor Law. Foi esse o negócio. Eu estabeleci prioridades. Eu sinto realmente muitíssimo, senhor.

John Law ficou realmente impressionado ao ver como um *bon-vivant* como o duque d'Orléans, que no passado quase nunca era visto sóbrio, avaliara a situação em tão pouco tempo e manipulara as coisas a seu favor. John Law reconheceu que seu projeto bancário não tinha mais nenhuma relevância, comparado com os esforços do Regente para assegurar a sua Regência no longo prazo.

— Agradeço pelas suas explicações, *monsieur le duc* — respondeu John Law, amável. — Eu valorizo as suas palavras, ainda mais por que sei que o senhor não me deve nada. Apesar disso eu gostaria de lembrar que a introdução de um banco que conceda créditos em função de rendimentos futuros pode render mais para uma nação do que todas as guerras dos últimos cinquenta anos. Sim, um banco que concede empréstimos tem mais utilidade do que o descobrimento das Índias Ocidentais.

O duque d'Orléans continuou assinando apressado outras anulações.

— A utilidade dos bancos — prosseguiu John Law — é reconhecida hoje de tal forma por todas as nações mercantes que me parece estranho estar sendo questionada pelos seus conselheiros. Holandeses, suecos, italianos, ingleses... senhor! A França está perdendo a integração aos novos tempos!

— A audiência está terminada, senhor Law — disse o Regente com voz enérgica, sem erguer o olhar da escrivaninha.

John Law distribuiu as cartas como nos velhos tempos. Algumas semanas haviam se passado desde a sua última visita ao Regente. Os convivas no salão de Antoine Crozat, marquês de Châtel, falavam mais alto, de maneira mais estridente e alegre do que jamais haviam feito nos tempos do Rei-Sol. E o salão, sob a brilhante luz de milhares de velas, parecia ainda mais brilhante e claro do que nunca. Inúmeras moças com o torso nu, queimadas de sol como as camponesas, escassamente vestidas, com aventais na cintura e plumas coloridas nos cabelos negros até os ombros, divertiam-se com os cavalheiros, príncipes e convidados do patrão. Elas se moviam habilmente entre os convidados que ameaçavam sufocar sob pesadas perucas tipo *allongé* e roupas grossas, além do farto consumo de álcool.

O grande Crozat estava sentado ao lado de John Law na mesa de Faraó. Com o seu corpanzil imponente, o financista de 60 anos não conseguia passar despercebido. Antoine Crozat era uma lenda. Era chamado de *Crozat le Riche* — Crozat o rico.

— Ouvi dizer que o senhor se interessa por arte, senhor Law — disse Crozat, iniciando a conversa, enquanto colocava uma pilha de *louisdor* sobre o rei de espadas. Ele não colocou as moedas de ouro sobre uma carta de papel grosso. Colocou-as sobre a figura do rei de espadas bordada com fios de ouro, tal como as outras cinquenta e uma cartas, no pano verde da mesa. Empurrou os *louisdor* como se estivesse varrendo indesejáveis migalhas de pão para longe. Crozat usava uma peruca cinza que ia até os ombros, fazendo com que o seu rosto oval, inchado e pálido, parecesse ainda mais gordo.

— Não só por arte, marquês. O meu interesse também está voltado para novos instrumentos político-financeiros, para o saneamento do orçamento do governo.

Antoine Crozat sorriu.

— Se quiser quitar o déficit do governo, terá que acabar com a monarquia.

John Law olhou rapidamente para o marquês e verificou se ele estava brincando. O marquês pediu mais uma carta, perdeu e apostou novamente.

— Mesmo que o senhor quisesse acabar com a monarquia e introduzir o governo do povo, no sentido de Aristóteles, o Estado mais cedo ou mais tarde iria afundar num déficit. Existem sempre mais pessoas que *desejam* alguma coisa, do que pessoas que possam satisfazer estes desejos com os impostos que pagam. E a fraqueza humana e a falta de disciplina não são privilégios dos reis, fazem parte da natureza humana.

Crozat pediu cartas novamente e apostou. Os outros convidados que estavam à mesa ouviam suas palavras atentamente.

— Eu estive em Louisiana, no Novo Mundo, senhor Law. Lá me deparei com tribos indígenas selvagens que talvez ainda vivam como nós vivíamos há 2 mil anos. E nós constatamos o seguinte: o proveito é a mola de todas as ações humanas. O senhor até pode refrear um animal durante algum tempo, transformando-o numa pessoa com moral, leis e religião. Mas todos os domadores se desgastam ao longo dos anos, assim como todos os pais e mestres de esgrima. O senhor pode almejar alguma coisa, o senhor deve almejar alguma coisa. Mas jamais a alcançará.

— Que tamanho tem a Louisiana, senhor? — perguntou um jovem nobre que estava pouco interessado nos comentários filosóficos do marquês.

— Ela se estende por todo o vale do Mississippi, englobando a metade do continente da América.

— As riquezas do solo são realmente tão grande quanto se afirma? — perguntou John Law.

Crozat le Riche refletiu. Ele pediu uma nova carta e apostou mais dois *louisdor*.

— Há três anos eu adquiri do nosso falecido rei a exclusividade do direito de comércio sobre as colônias francesas na América. Nós investimos muito. Lá existe ouro, ouro em quantidades infinitas. Só é preciso garimpá-lo e trazê-lo de navio para a França.

— Ele é o homem mais rico do mundo — disse o duque d'Orléans.

— Mas em vez de ouro, traz jovens para Paris.

Ele aproximou-se da mesa de jogo acompanhado por duas jovens índias. Sua amante, La Parabère, assistiu à cena com tranquilidade. O duque entregou-lhe alguns *louisdor*.

— Aposte na dama de copas, *madame*, ela me traz sorte.

La Parabère fez a aposta.

— Senhor Law também investe em arte — disse o duque d'Orléans a Crozat. — Ele compra mestres italianos. Porém — acrescentou, dirigindo-se agora a John Law — Crozat le Riche já tem mais de quatrocentas pinturas, e a sua biblioteca deve ser maior que a do rei.

Crozat acenou desconcertado.

— Não seja tão modesto — brincou o Regente. — Eu vi que o senhor comprou mais de cem quadros do nosso falecido rei.

De repente, Crozat passou a se portar com muita calma.

— Alguns ministros ficaram muito zangados com isso, senhor — disse o Regente rindo. — Acham que o senhor se aproveitou da situação financeira precária do rei.

La Parabère perdeu e olhou desamparada para o Regente. O duque d'Orléans afastou-se novamente da mesa com um falso suspiro de lamento. Um criado ofereceu-lhe champanhe. O duque recusou, decidido, e saiu do salão.

— Se eu tivesse desperdiçado e esbanjado dinheiro como a falecida Majestade o fez — sussurrou Crozat —, hoje eu teria menos pessoas a me invejar.

— No entanto o senhor sabiamente investiu a sua fortuna em pinturas — respondeu John Law, concordando.

Crozat retribuiu a gentileza de Law com um aceno galante.

— Caso algum dia o senhor venha a fundar o seu banco, senhor Law, lembre-se da Louisiana.

John Law parou por um instante. Depois, continuou distribuindo as cartas. Ele olhou nos olhos de Crozat, examinando-os.

Crozat riu, irônico.

— Eu sou um grande apoiador do seu projeto bancário, senhor Law. Acompanho as suas ideias há mais de dez anos. Amo as pessoas que têm ideias, que perseguem um ideal.

***

John Law estava sentado junto à grande mesa de carvalho na sala da lareira, distribuindo dinheiro de papel para os filhos. Ele desenvolvera um tabuleiro de jogo especialmente para eles. As crianças ficaram tão empolgadas que não queriam mais ver nenhum outro tabuleiro ou baralho de cartas. Catherine estava sentada de costas para a lareira e lia. Kate e John Júnior jogavam os dados e moviam as suas peças, pequenos bustos de bronze, por cima das casas do tabuleiro de jogo, negociando mercadorias que o jardineiro entalhara em miniaturas de madeira. De vez em quando soltavam gritos de decepção ou grandes gargalhadas. Catherine desfrutava aquela atmosfera familiar. E quando John Law a encarava, ela ficava radiante.

— Não é curioso? — disse John depois de algum tempo. — Eu quis fundar um banco, modificar uma nação, revolucionar o mundo das finanças. Agora estou aqui sentado, divertindo-me com um tabuleiro que empolga somente três pessoas.

As crianças riram baixinho.

— Você poderia inventar jogos e fundar uma fábrica para produzir fichas, fabricar e pintar tabuleiros — disse Kate. Ela tinha um humor radiante e vendia saúde. Ao contrário do irmão, que adoecia frequentemente. — Você inventa jogos — divertiu-se Kate — e nós os testamos. Nós lhe diremos se eles são divertidos ou não.

— Não, Kate — disse o garoto com a voz séria. — Eu quero ser banqueiro.

Catherine colocou o livro de lado e tocou a mão de John.

— Você tentou de tudo, John. Esqueça Filipe d'Orléans. Você é um banqueiro bem-sucedido e um dos negociantes de arte mais afamados da atualidade. É sempre um convidado bem recebido nos salões...

John contraiu-se subitamente, segurando o ventre com as duas mãos. Sua cabeça bateu no tampo da mesa. As crianças ficaram atônitas.

— John?! — Catherine levantou-se com um pulo. — John, o que é que você tem? Devo chamar um médico?

— Não — gemeu John —, nada de médicos. Você acha que o duque confiaria as finanças do governo a um homem doente?

Ele endireitou-se novamente e sorriu para os filhos.

— Não se preocupem. São pedrinhas pequenas. Muito menores do que as pedras do jogo. Elas passeiam pelo corpo. E quando o caminho fica apertado, elas provocam dores. Mas a vida continua.

Enquanto a família Law ia para a cama, as ruas lá fora acordavam para vidas fantasmagóricas. O frio do inverno que se aproximava não tocava somente lobos e raposas na direção da cidade. Tocava também homens de tocaia, bandidos, bem como soldados desertores. Era um novo tipo de vagabundos revoltosos. A miséria social empurrara para a criminalidade milhares de pessoas antes honestas e trabalhadoras. Nas primeiras horas da manhã, ouviam-se gritos, tiros de pistola, o estilhaçar de vidraças quebradas, viam-se fogos. A polícia mantinha os seus homens nas guarnições. Não fazia sentido mandá-los para a morte durante a noite. A anarquia perambulava nas angulosas vielas de Paris protegida pela escuridão. As vítimas das escaramuças e incursões noturnas eram encontradas pela manhã. Homens e mulheres estocados, estrangulados, assassinados. E em toda a parte onde a lei não se mostrava mais, vicejava a violência. Aquilo relembrava as excrescências mais terríveis das guerras passadas. Mas nesta guerra não havia bandeiras nem uniformes. Não se lutava nem pela honra nem por uma nação. Lutava-se pela mera sobrevivência. Não se assassinava por um reino, mas por um punhado de farinha.

John Law recebeu o marquês d'Argenson, no escritório no andar superior do seu palacete na Place Louis-le-Grand, numa manhã daquele inverno do ano de 1716.

— Senhor — disse John Law —, não será necessária nenhuma intimação da sua parte para que eu saia deste país. Eu irei por livre e espontânea vontade, por meu próprio convencimento.

— Não vim até aqui para expulsá-lo, senhor Law — acalmou-o d'Argenson. — O duque d'Orléans me enviou. Ele sentiu a sua falta. Está preocupado. Pediu-me que lhe perguntasse se alguma coisa está lhe fazendo falta.

John Law pediu a d'Argenson que se sentasse e ordenou ao criado que servisse refrescos.

— O senhor pode dizer ao Regente que não me falta nada. Possuo o suficiente para cuidar de mim e da minha família até o fim dos nossos dias.

D'Argenson acenou em sinal de reconhecimento.

— Eu não preciso dirigir um banco para conseguir o meu sustento — prosseguiu John. — Os meus negócios financeiros particulares são suficientemente bem-sucedidos. Eu só teria tido o maior gosto em deixar o rei participar dos meus sucessos. Foi somente por isso que me empenhei durante dez anos pela fundação de um banco. Pelo bem da França. Mas não preciso desse banco. Não preciso mais desse banco.

D'Argenson segurou o copo de vinho que o criado lhe servira e levou-o ao nariz.

— Itália — disse John Law, levantando também o seu copo. — Veneza, Turim, Milão... meus conselhos são muito valorizados no sul. E eu valorizo os vinhos do sul.

Ambos beberam.

— Beber vinho italiano ainda não é proibido — brincou d'Argenson —, mas pode-se esperar qualquer coisa de Noailles.

— O que quer dizer com isso, senhor?

— Sob determinadas circunstâncias, pode-se imaginar que ele dê o aval para o seu projeto de banco. Ele ainda está indeciso — disse d'Argenson.

John Law refletiu, tentando reconhecer alguma estratégia por trás daquilo. Correlações, intenções ocultas.

— Isso seria um convite para que eu apresente mais uma vez um projeto de banco? O quadragésimo sétimo projeto bancário?

— Um banco estatal foi descartado, porque o Estado ficaria com os riscos, mas um banco privado, fornido exclusivamente com o capital de pessoas particulares, poderia... eu estou dizendo: poderia... realmente encontrar algum interesse.

Num primeiro momento, John Law pareceu ficar confuso, mas depois imaginou identificar uma tática de procrastinação nas palavras de d'Argenson. Talvez o Regente estivesse com dor na consciência, depois de John Law ter trabalhado tanto em tantos projetos durante todos aqueles anos, apresentando-os sem sucesso.

— O senhor não precisa me induzir a ficar em Paris por mais tempo com a vaga perspectiva de um sucesso mais para frente, senhor d'Argenson. Já aceitei o fato de que a Coroa não deseja a minha colaboração. Mas considere apenas uma coisa e, por favor, diga-a ao Regente: quando apresentei a minha sugestão ao Regente eu estava imbuído da ideia de ser útil ao Estado. Não era o meu interesse pessoal que estava em primeiro plano. Que estes motivos eram verdadeiros transparece da própria natureza da minha sugestão. Se eu quisesse enriquecer particularmente não teria sugerido um banco estatal, um banco nacional sob a supervisão do governo, e sim um banco privado que fosse de minha propriedade e que tivesse o privilégio de empreender tarefas do governo por incumbência do rei.

D'Argenson sorriu.

— E agora estou eu aqui, animando-o exatamente a apresentar o projeto de um banco privado.

— Sim — respondeu John Law.

D'Argenson sorriu.

— Mas, se o senhor sugerir um banco privado, lastreado em capital próprio, nem o Conselho de Governo, nem o Conselho das Finanças e nem o Parlamento serão contra. Somente os financiadores. Mas as cartas dos financiadores não estão muito boas hoje à noite.

— Hoje à noite? — repetiu John Law.

— Sim, principalmente hoje à noite — disse d 'Argenson em voz baixa. Havia alguma coisa soturna na sua voz. — Noailles está responsabilizando os financiadores pelo desastre financeiro. Principalmente o *petit juif* do nosso falecido rei. Ele acusa os financiadores de terem comprado muito barato os cargos que lhes dão direito a arrecadar os impostos. E de repassar somente uma ínfima parte dos impostos arrecadados para a Coroa. Se por acaso os financiadores resolverem sumir de Paris do dia para a noite, nós precisaríamos com urgência, com muita urgência, de uma substituição.

O criado serviu mais vinho. Law e d'Argenson permaneceram sentados frente a frente, calados.

— E eu realmente pensei que o senhor tivesse se levantado hoje pela manhã disposto a me expulsar de Paris — brincou John Law.

— Aprendi a admirá-lo ao longo dos últimos anos. O senhor sempre aceitou as suas derrotas com honra e decência e nunca cedeu à tentação de fazer intrigas no nosso confuso sistema político. Eu só me dei conta muito tarde de que o senhor não estava pleiteando a ideia do banco particular, que seria muito lucrativa para o senhor, mas simplesmente um banco estatal, no qual o senhor desempenharia um papel de servidor. Eu mudei a minha opinião sobre os seus motivos, senhor.

John Law agradeceu com uma reverência de reconhecimento.

— E o duque de Noailles?

— Ele está se debatendo como um bêbado. Há muito que não se trata mais da solução de uma crise financeira. Trata-se de evitar uma revolução. O povo quer ver culpados! É por isso que o senhor deve ficar em casa pelas próximas 24 horas.

Um jovem desleixado, vestido apenas com sacos de linho e com os pés envoltos em trapos, arrancou a peruca da cabeça do banqueiro Samuel Bernard e vestiu-a cheio de rancor. Bernard estava explodindo de raiva. Mas ele não podia se mover. A sua cabeça e as suas mãos estavam presas nas traves do pelourinho atrás do qual estava afixada uma placa: *Voleurs du peuple*, ladrões do povo. Uma multidão cercou o pelourinho gritando maliciosamente e atirando detritos e sujeira no banqueiro. Finalmente podiam dar vazão à sua raiva. Finalmente tinham nas mãos aqueles senhores nobres que passavam pelas ruas de Paris em suas carruagens puxadas por quatro cavalos. Eles não conheciam o banqueiro Samuel Bernard. Sabiam apenas que ele era rico e que tinha sido entregue ao povo pela Coroa para ser devorado. Toda a ira que tinham por causa da sua existência sofrida de fome e miséria estava sendo descarregada nele.

Ao longo da tarde foram levados para a praça outros financistas de Paris que até pouco tempo antes haviam gozado de excelente reputação. A multidão espreitava como lobos famintos testando os limites que podiam ser excedidos, sob os olhos dos guardas. Os financistas iriam sobreviver àquele dia, mas a lição que Noailles estava lhes dando não deveria ser jamais esquecida por nenhum deles. Todos deveriam ver e compreender que, sob a administração de Noailles, não reinariam mais tabus, e que qualquer um poderia ser atingido, independentemente de quão altos pudessem ter sido os seus préstimos no passado.

À noite já havia duas dúzias de financistas semivestidos acocorados nos dejetos. Eles tinham sido acorrentados nos pescoços pelos soldados que os fizeram desfilar pelas ruas como se fossem prisioneiros das galés. Todos carregavam no pescoço os cartazes: *Voleurs du peuple*.

Naquela noite Antoine Crozat estava na sua galeria particular, admirando uma pintura que mostrava a chegada de navios ao Novo Mundo, quando um criado anunciou a chegada de uma visita. Um pouco depois apareceu o duque de Noailles.

— Eu o estava esperando, senhor Noailles — disse Crozat le Riche sem desviar o olhar da pintura.

— Lamento o que está acontecendo com o banqueiro Samuel Bernard — começou a dizer Noailles.

— O senhor não lamenta nada, Noailles. O senhor expôs Samuel Bernard à execração pública. Muito convincente. Agora o senhor pode dizer o seu preço.

Noailles parou diante de um esboço de Leonardo da Vinci e fingiu estar interessado.

— Essa é sua famosa coleção de arte? Infelizmente eu nunca tive a honra de fazer parte dos seus convidados...

Tomado pela raiva, Crozat empertigou-se diante de Noailles e bufou:

— Adquiri honestamente esta coleção durante quarenta anos. E cada pintura que eu comprei da coleção real foi paga em dobro! Diga o seu preço, Noailles, mas em *louisdor*!

— Dez milhões de libras — respondeu Noailles secamente.

— Será que terei que arcar sozinho com o déficit público? — gritou Crozat. — É assim que se punem os capazes? É este o sinal que o senhor pretende dar? Tudo será tirado dos capazes. Primeiro expulsaram os huguenotes. Eles se foram e ajudaram Amsterdã a transformar-se numa economia florescente. Agora é a vez dos banqueiros? Logo o senhor estará sozinho em Paris, Noailles, sozinho com toda a vagabundagem.

Dez milhões! O senhor enlouqueceu! Eu não vou pagar pelas burradas do nosso falecido rei, pela sua Versalhes apodrecida e pelas suas guerras sem sentido!

Noailles sorriu calmo e altivo, fazendo um bico com os lábios.

— O senhor está subestimando as nossas preocupações — disse ele num tom de voz educadamente baixo. — O déficit do governo está aumentando de hora em hora até o infinito. Foi por isso que nós montamos um tribunal no Grand Augustin.

— Com uma câmara de torturas subterrânea, segundo me disseram — interrompeu-o Crozat, furioso.

— Sim — concordou Noailles, com sinceridade. — A comissão especial que foi instalada está realmente autorizada a condenar e a castigar os aproveitadores. Os sanguessugas da Coroa vão sofrer uma sangria! — acrescentou, triunfante. — Oito mil pessoas irão entregar 220 milhões de libras para a Coroa. Em todo caso, é o que eu espero, pois temos muito poucas galés para acorrentar todos esses sanguessugas nos bancos dos remadores.

— Três milhões! — sibilou Crozat.

— Se o senhor pagar 3 milhões — disse Noailles com um sorriso —, será apenas poupado da pena de morte. Nesse caso, terá direito às galés, na segunda fileira da esquerda. Com vista para o mar. Com 4 milhões eu lhe concedo a clemência da cama de tortura seguida da estadia na Bastilha. Por tempo indeterminado.

— O senhor está empurrando a França para a ruína total, Noailles! O senhor está decepando a mão que o alimenta!

— Seis milhões e seiscentos mil — respondeu Noailles, divertido. — Isso dará a impressão de que discutimos arduamente. Minha última palavra. Concorde ou despeça-se dos seus amores.

— Vou levantar o dinheiro — disse Crozat com a voz apertada. — Mas desapareça imediatamente da minha casa!

— Seis milhões e seiscentas mil libras — repetiu John Law.

— E isso imediatamente.

Crozat olhou obstinado pela janela que dava para o pátio interno da propriedade de John Law.

293

— Eu afianço com a minha coleção de pinturas.

Um criado anunciou a chegada de Saint-Simon. John dirigiu-se a Crozat:

— O senhor pode contar comigo. O respeito que eu dispenso aos seus resultados, à sua coragem e à sua pessoa é muito grande.

Crozat inclinou-se cheio de gratidão. Saint-Simon irrompeu no salão naquele instante, acenando com um jornal de Paris.

— A anarquia, senhores, a anarquia está eclodindo! — Ele desdobrou o jornal e leu: — "Impossível expressar com palavras a miséria que impera nas províncias. As terras descampadas estão coalhadas de ladrões. Com medo dos assaltos que ocorrem diariamente, não nos atrevemos a sair da cidade. Não há país como este e, se o rei não pagar, corremos o risco de haver uma revolta. Uma grande revolução."

Saint-Simon tinha praticamente gritado as últimas palavras.

— O rei não consegue mais pagar a sua guarda. Os oficiais ameaçam amotinar-se. E todos os financistas estão fugindo do país. O dinheiro está fugindo com eles. Nós temos menos dinheiro no país do que antes daqueles malfadados processos públicos. Centenas devem ter se enforcado só na semana passada. Centenas! Tal qual trapaceiros, as pessoas estão se esquivando a permanecerem vivas.

De repente um vidro da janela foi quebrado. Pedras voaram na direção da fachada. Ouviram-se pessoas iradas gritando. John Law desembainhou a espada e procurou cobertura ao lado do nicho da janela.

— Agora preciso lhe pedir asilo também — disse Crozat em tom de galhofa.

Saint-Simon acocorou-se sob a mesa e olhou para Crozat com os olhos arregalados.

— Pelo amor de Deus, procure cobertura, senhor.

Crozat não pareceu impressionado.

— Eu me acostumei a isso no Novo Mundo, *monsieur le duc.*

Ele desembainhou a espada com toda a calma.

— Lá o senhor se depara com uma nova situação a cada dia. Sempre existe alguém tramando contra a sua vida, mas ninguém quer lhe extorquir 6,6 milhões de libras.

— Não pague nenhum vintém — disse Saint-Simon. — Procure a amante de Noailles. Pague a ela meio milhão de libras, escondido, e ela convencerá Noailles a cortar a sua dívida pela metade. Esta é a cotação atual.

Assim que voaram mais pedras, Saint-Simon rastejou até a lareira e entrincheirou-se atrás de uma cadeira virada. John Law ordenou à criadagem, que acorrera ao salão, assustada, que recrutasse uma equipe de guarda.

Crozat andou cheio de coragem até a janela e olhou para a rua do lado de fora.

— A época agora está madura para o seu projeto de banco, senhor Law. Se a própria amante de Noailles está extorquindo dinheiro em troca de proteção, nós finalmente chegamos ao fundo do poço.

Um archote em chamas bateu contra a janela e ficou pendurado na grade de ferro forjado da janela enquanto ele proferia as últimas palavras.

— Noailles — berrou o duque d'Orléans —, que o escocês tenha o seu banco!

O Regente estava na escuridão, diante da grande janela do primeiro andar, que ficava bem em cima do majestoso portal de entrada. Ele viu novos soldados tomarem posição lá embaixo na praça e dispararem tiros de advertência no ar. Alguém acendeu uma luz no salão.

— Apaguem as luzes! — berrou o Regente, começando a andar. — Querem nos transformar em alvos?

O criado apagou a vela imediatamente e recuou até a saída fazendo reverências nervosas.

— Preciso de mais detalhes — sussurrou Noailles, indo até a janela e olhando para o pátio lá embaixo.

— Mais detalhes, mais detalhes. Diabos, Noailles, o senhor precisa sempre de mais detalhes. Nem Deus pode lhe dar mais detalhes. O senhor quer garantias? Não existem garantias, Noailles. Nós não temos mais nenhuma outra escolha.

— Posso dizer o que eu acho, *monsieur le Régent*?

— Eu sei o que o senhor acha, Noailles. O senhor pesa os prós e os contras, pesa cuidadosamente, confere novamente, cada aspecto...

— Eu sou cuidadoso, *monsieur le Régent*...

O Regente virou-se abruptamente e olhou diretamente para o rosto de Noailles:

— O senhor não sai do lugar, Noailles, se dependesse do senhor nós ainda estaríamos em cavernas aquecendo as nossas mãos numa fogueira... não, nem mesmo o fogo nós teríamos conseguido transformar em algo útil. Afinal, poderíamos queimar as mãos...

O Regente virou-se furioso para a janela novamente.

Noailles abaixou a sua cabeça.

— O senhor está sendo injusto comigo, *monsieur le Régent*. Eu tento simplesmente proteger o senhor e a Coroa contra danos.

— Nós estamos no fim da linha, Noailles. À noite reina a anarquia por toda parte, é só uma questão de tempo até que ecloda uma revolução. Se não fizermos nada, tudo irá se acabar. E se nós fizermos uma tentativa com esse escocês, talvez mesmo assim tudo esteja acabado. Mas não vou ficar parado aqui sem fazer nada, esperando que isso aconteça. Eu ainda vou fazer alguma coisa! Vou deixar o escocês fundar o seu banco!

— Um escocês protestante — lamentou Noailles — que vive com uma católica casada...

— Por mim ele pode ser um satânico fodedor de cabras, com patas de cavalo!

— Então conceda-lhe ao menos a cidadania francesa, já que isto vai acontecer de qualquer maneira...

John Law adormeceu de tanto cansaço. Um suor febril estava grudado na sua testa. Ele murmurou coisas durante o sono. Alguém bateu na porta. Ele não ouviu. Catherine entrou no quarto na companhia do duque d'Orléans.

— Senhor — sussurrou Catherine —, o duque d'Orléans, o Regente!

— Eu não posso — murmurou John Law —, eu não posso jogar... eu não quero que me vejam nos salões...

O Regente segurou a mão de John Law:

— Sou eu, senhor Law, o seu amigo, Filipe d'Orléans.

— Filipe — murmurou Law, abrindo os olhos com dificuldade.
— O senhor? — Os olhos voltaram a se fechar, cansados. Só o tórax
pareceu estar se movendo. A respiração ficou mais rápida. — Nada de
operação... O meu pai morreu disto.

— Eu sou o Regente, senhor, não sou cirurgião.

— Nenhuma mesa mais — murmurou John Law —, nenhuma operação. O senhor proíbe o jogo do Faraó. Nós mudamos o nome. Vamos
jogar "Faro". Tudo o que o senhor proibir, mudaremos de nome. Mas
eu não quero nenhuma operação.

— O senhor está com febre, o senhor está delirando.

— Vou morrer? — perguntou John Law, arregalando subitamente
os olhos. — O senhor veio para me dizer adeus...

O Regente sorriu amável e tocou o ombro de John Law de forma
quase carinhosa.

— Se o senhor for morrer, senhor Law, deveria pelo menos morrer
como francês. Eu vim aqui para lhe conceder a cidadania francesa.

John Law tentou erguer-se, mas estava muito fraco.

— Os franceses não morrem de febre também?

— É claro que seria melhor se o senhor não morresse somente como francês, mas se morresse como católico também. Como um francês
católico. Deus então pensaria duas vezes antes de deixá-lo morrer.

— Eu só queria um banco, senhor. Um banco para a França.

Catherine e o duque ajudaram John a se erguer.

— O senhor terá o seu banco, senhor.

John fez um movimento de desprezo com a mão e pediu um copo
de água para Catherine. Ela ajudou-o a beber.

— Eu pensei o seguinte, senhor Law de Lauriston. O senhor se torna francês, adia sua morte e funda o Banco da França amanhã.

John Law voltou-se para o Regente com um movimento violento. O
copo caiu da mão de Catherine.

— Eu não estou mais com disposição para brincadeiras — disse
John Law arfando.

— Eu também não — respondeu o Regente, desenrolando um per-
gaminho. — Isso é uma permissão para o funcionamento do Banco
Geral.

— Vigência? — perguntou John Law rápido como um raio. Ele pareceu estar completamente desperto.

— Vinte anos.

— Então acho melhor eu me levantar — disse John decidido, tentando colocar as pernas para fora da cama. — Vou poder emitir cédulas bancárias e conceder créditos?

O duque sorriu.

— Sim. E dispus também que no futuro os impostos poderão ser pagos com cédulas bancárias. E se isso não for suficiente, vai tornar-se uma obrigação nacional.

John Law já estava sentado na beira da cama.

— Ah, se Noailles tivesse um pouco da sua paixão, senhor — disse o Regente sorrindo. — Mas acho melhor o senhor permanecer na cama. Se se levantar agora, tudo vai ficar preto diante dos seus olhos e o senhor vai cair no chão. Seria um mau agouro para o Banque Générale.

— Posso confiar na sua palavra, senhor? — perguntou John Law, cético.

— Sim — respondeu o Regente decidido. — O tempo dos festejos acabou. Agora temos que trabalhar. Agora vamos fazer a França florescer novamente.

Capítulo XII

Uma cálida luz de verão batia nos degraus de mármore do palacete na Place Louis-le-Grand quando lacaios suíços trajando librés verdes abriram as pesadas portas de carvalho do novo templo do dinheiro, na primavera do ano de 1716. Alguns nobres e financistas acorreram para presenciar a fundação de um banco que vinha sendo detratado havia dias pelos jornais, especialmente pela *Gazette de la Régence*. O novo Banco Geral não dispunha de prédio próprio, estava sediado na residência particular da família Law.

Um comboio com várias carruagens chegou um pouco antes do meio-dia, para espanto geral dos curiosos que tinham ido até a praça naquela manhã para falar mal. Elas traziam as insígnias do duque d'Orléans. Criados do Regente saltaram e descarregaram pesadas arcas de carvalho reforçadas com cintas de metal forjado. O Regente estava trazendo dinheiro para o novo banco. O Regente estava dando um voto público de confiança a John Law. As arcas foram colocadas uma atrás da outra. Eram três no total. Seis criados postaram-se nos lados das arcas.

— Senhores — disse o primeiro-criado em voz baixa. Diante desse comando, todos os criados abaixaram-se simultaneamente para segurar as alças nas laterais das arcas, erguendo-as e subindo lentamente as escadas que levavam ao banco. Algumas das pessoas à volta seguiram a criadagem até o saguão de entrada no pavimento térreo, banhado de luz.

Um homem alto com peruca castanho-escura estava de pé atrás da balaustrada do primeiro andar. Começou a descer lentamente a escada que levava ao saguão, trajando um casaco bordado com fios de veludo vermelho-escuro. Era o dono da casa, John Law de Lauriston, diretor do Banco Geral. Os lacaios suíços agruparam-se à sua volta, mantendo uma distância respeitosa. John Law cumprimentou o primeiro-criado do Regente. Falou num tom bem alto e claro, para que todos pudessem ouvi-lo, e confirmou o recebimento de 1 milhão de libras em moedas de ouro e de prata.

— Um milhão de libras! — exaltou-se Samuel Bernard no seu salão, jogando o jornal na mesa. Noailles, d'Argenson e Crozat trocaram olhares significativos. Em seguida, todos se voltaram para Larcart, editor da *Gazette de la Régence*. Este se fez de inocente e ficou esfregando as palmas das mãos úmidas.

— Como é que isto pôde acontecer?! — gritou Samuel Bernard. As escoriações e feridas feias no seu rosto atestavam a execração pública à qual ele tinha sido exposto não fazia muito tempo. — Toda Paris está rindo desse banco — esbravejou Samuel Bernard pegando o jornal novamente. — O seu jornal deveria ter esmagado esse escocês como se fosse um piolho em poucas semanas. O senhor já esqueceu quem lhe deu o dinheiro para comprar seus prelos novos? No futuro vá procurar crédito com Noailles, o nosso ministro das Finanças.

Samuel Bernard lançou um olhar de desagrado para Noailles.

— Protesto, senhor — disse o editor Larcart pedindo a palavra enquanto pigarreava e tossia. — O Regente liberou centenas de lugares na Bastilha com a sua anistia. O senhor pode me repreender, mas a sua repreensão pesa menos do que a perspectiva de passar um ano na Bastilha!

Bernard pegou novamente o jornal, atirando-o em seguida na cabeça de Larcart.

— Nas suas redações, vocês se comportam como leões selvagens, lutadores destemidos. Mas aqui do lado de fora, ao ar livre, vocês não passam de coiotes, abutres, covardes, malditos covardes!

Ofendido, Larcart esticou o pescoço fazendo de conta que não tinha ouvido nada.

Bernard acrescentou:

— Até mesmo para um duelo honrado os da sua laia são covardes.

— Mesmo que eu o matasse num duelo, senhor, segundo a lei a pena de morte estaria à minha espera.

Bernard fez um gesto de desprezo com a mão. Larcart protestou:

— Se eu aceitasse todos os duelos, senhor, o dia teria muito poucas horas para que os leitores ofendidos pudessem tomar satisfações.

Bernard balançou a cabeça ainda mais irritado. De repente, todos se calaram. Finalmente d'Argenson tomou a palavra. Ele tentou apaziguar os ânimos:

— Agora que o Regente depositou 1 milhão no banco, toda Paris vai acreditar que, na verdade, o banco pertence ao Regente. E que o senhor Law é apenas um fantoche. Vejam assim, por favor. O banco é do escocês, mas pertence ao Regente de fato.

— Eu não opinarei sobre o assunto — retrucou Noailles, mal-humorado. — Mas se fundos reais fluírem para este banco, a *Gazette* pode escrever o que quiser. Enquanto o Regente se colocar em posição de defesa diante de John Law...

— O que pretende fazer? — perguntou Bernard, impaciente. — Quando se tratou de colocar os prestimosos financiadores da Coroa no pelourinho, o senhor também não ficou desconcertado.

— Só o Parlamento pode provocar a queda deste escocês! — murmurou Noailles, levantando-se da sua cadeira. — E o senhor, senhor Crozat, não tem nenhuma opinião? — perguntou Noailles, astuto.

— E um homem de quem se extorque 6,6 milhões de libras lá tem alguma opinião? Ele tem interesses próprios, senhor. Mas não pode se dar ao luxo de ter opinião própria. Eu tenho que desejar sorte ao senhor Law, sou seu devedor. Ou o senhor preferiria que eu lhe cedesse a minha concessão no Mississippi?

— Mississippi! Eu não aguento mais ouvir esta palavra. O que é esse seu Mississippi? Uma doença? Uma praga? Uma doença sexualmente transmissível!

Noailles saiu do salão. Um criado acompanhou-o até o lado de fora.

— Visite esse escocês amanhã — ordenou Samuel Bernard ao editor da *Gazette de la Régence.* — Descubra tudo o que ele está oferecendo e conte para toda Paris que nenhuma pessoa pode cumprir tais ofertas!

Já era tarde da noite quando Catherine entrou no escritório do marido.

— Toda Paris o inveja pela sua proximidade com o Regente!

— Eu só consegui colocar um quarto das ações. Somente trezentas ações. Para um valor de emissão de 6 mil libras, isso representa 1,5 milhão. E nós necessitávamos de 6 milhões para dispor de liquidez suficiente.

— De qualquer forma, é 1,5 milhão, John.

John Law riu, divertido.

— Na verdade, menos. O Regente fez questão de que as nossas ações pudessem ser pagas com os títulos da dívida pública, que neste meio tempo perderam praticamente todo o valor. Você sabe quanto ainda vale um título da dívida pública? Quarenta por cento. E nós temos que receber esse lixo sem valor como forma de pagamento das nossas valiosas ações. Mas nem isso foi suficiente para conseguirmos nos livrar de mais de um quarto das ações.

— Mas você agora tem o seu banco. Esta era a maior barreira. Todo o resto agora está em suas mãos!

A mão correu por cima do papel em branco com movimentos ágeis.

— O banco promete pagar ao portador deste papel a soma de dois *louisdor* em moedas que correspondam a este valor

John Law levantou o olhar da escrivaninha. À sua frente estava um cético Larcart, que colocou duas moedas de *louisdor* sobre a mesa.

— E eu posso voltar a qualquer momento para receber de volta as minhas duas moedas de ouro contra a devolução deste papel? — perguntou Larcart, desconfiado.

— O senhor receberá bem mais. Pois quando trouxer a nota de volta, mesmo que o dinheiro de metal se desvalorize no meio tempo, receberá moedas de ouro correspondentes ao valor de hoje. Com a troca por notas bancárias, o senhor estará se protegendo contra a desvalorização da moeda — disse John Law sorrindo. — E o senhor também poderá utilizar esta nota bancária como meio de pagamento no comércio cotidiano.

Larcart entrara no banco com o propósito de desmantelar o modelo daquele escocês, ganhando assim o reconhecimento dos financistas locais. Mas agora estava sentado frente a frente com aquele simpático escocês, descobrindo aos poucos o porquê de aquele John Law ter tantos inimigos na cidade.

— Eu não tinha pensado nisso, senhor. Se eu levar em conta que somente durante a minha existência as moedas francesas já se desvalorizaram quase quarenta vezes... Então a troca de moedas por notas bancárias é a única proteção contra a desvalorização do dinheiro.

— Esse é somente um agradável efeito colateral do meu sistema, senhor Larcart. Trata-se primariamente de ajudar a França a ganhar novas forças — disse John Law, bajulando-o. — Quando o senhor entrou aqui, possuía dois *louisdor*. Agora já duplicou a quantidade de dinheiro. O banco vai continuar trabalhando com os seus dois *louisdor,* colocando-os à disposição da economia na forma de crédito, e o senhor fará as notas circularem como se fossem moedas. Assim, multiplicamos o montante de dinheiro em circulação. E é exatamente por isso que a França vai sair novamente desta crise.

Larcart aquiesceu. Não podia mudar aquilo, gostara daquele escocês com o seu jeito calmo, superior. Ele refletiu, depois enfiou a mão no bolso e colocou um *escudo* de prata na mesa e disse, enérgico:

— Gostaria de transferir este *escudo* para a minha mãe em Marselha. Qual é o valor da sua taxa?

— Nós não cobramos taxas para isso, senhor Larcart.

— É realmente difícil não gostar do senhor — disse Larcart brincando.

— Sem taxas! — exclamou Samuel Bernard. — Ele está querendo nos arruinar completamente! Intervenha, Noailles!

Noailles, d'Argenson, Larcart e Saint-Simon estavam sentados no salão do banqueiro Bernard.

— Vai ficar ainda pior — murmurou Noailles. — Amanhã o Regente vai obrigar todos os recolhedores de impostos credenciados a transferirem, futuramente, a parte da Coroa em dinheiro de papel.

— *Notas* — disse Saint-Simon, sorrindo —, esse novo dinheiro de papel agora está sendo chamado de *notas*.

— E onde nós iremos pegar essas notas? — perguntou Bernard, excitado. — Nós teremos que trocar o nosso valioso dinheiro de metal por notas bancárias para podermos pagar nossos impostos à Coroa?

Algo desconcertado, Larcart tirou do bolso a nota bancária que John Law lhe entregara na véspera, erguendo-a como se fosse uma hóstia.

— Futuramente, a *Gazette* também pagará os seus impostos com notas bancárias.

— Law conseguiu mudar a sua cabeça completamente?

— Ele oferece transferências gratuitas para outras cidades e países. Nem mesmo o câmbio para outras moedas tem custo.

— Isso irá arruiná-lo! — disse Noailles, satisfeito. — Ele não sobreviverá a isso.

D'Argenson pediu a palavra.

— Os banqueiros da espécie dele irão arruinar-se com isso, senhor Bernard. Ouvi dizer que nem mesmo para o desconto de duplicatas o senhor Law cobra taxas.

Perplexo, Samuel Bernard calou-se. Saint-Simon examinou a nota bancária de Larcart e a passou para d'Argenson. Noailles não quis vê-la e a passou diretamente para Bernard. Este segurou-a na mão e ficou olhando-a fixamente.

— Cuidado, senhor, ela vale dois *louisdor*.

Samuel Bernard levantou a cabeça, olhou para Larcart e já ia responder alguma coisa, mas desistiu. Voltou a olhar para a nota bancária.

— E se o senhor devolver essa nota, ele lhe pagará novamente dois *louisdor*.

Não era uma pergunta, era apenas uma constatação sóbria.

— É exatamente assim — respondeu Larcart. — Assim será o futuro, senhores.

— Sei, sei — murmurou simplesmente Bernard. Um sorriso tomara conta do seu rosto. Um sorriso que adquiriu um ar irônico: — E se, de repente, milhares de pessoas devolvessem as suas notas ao mesmo tempo, querendo trocá-las por moedas de ouro...

— Então ele vai receber as notas e pagar com moedas — respondeu Larcart, dando de ombros. — Mas por que milhares de pessoas quereriam trocar assim de repente as suas notas por moedas?

Noailles agora também estava sorrindo com ironia.

— Veja, senhor Larcart — começou Bernard, com visível satisfação — o senhor Law não cobra tarifas e, com isso, arruína todos os financistas locais. Então fica a pergunta: onde o banco ganha? Concedendo créditos. As moedas trocadas por notas não ficam simplesmente depositadas no banco. Não, o senhor Law as repassa na forma de créditos. Por isso talvez ele não tenha uma quantidade expressiva de moedas no seu banco. Mas em cada nota está escrito o compromisso de que ele devolverá ao portador o valor original em moedas...

— Oh! — fez Larcart. — O senhor quer deter o futuro. Pois bem, os senhores podem provocar a queda desse escocês, mas não podem deter o futuro.

— Eu juro, senhor Larcart, que esta nota bancária nunca irá vingar. Existem coisas que são colocadas de forma simples: a existência de Deus, o cavalo como meio de transporte mais rápido, o papel social da mulher e a natureza do dinheiro.

As partes mecânicas tinham sido juntadas a um corpo em cujos lados estavam montadas gigantescas asas.

— Um filho de camponês que se tornou artista — raciocinou Crozat. Ele estava na sua pinacoteca e olhou para John Law: — Um artista que se tornou um gênio universal.

O esboço de Leonardo da Vinci mostrava um aparelho futurista para voar, que lembrava uma casca de noz provida com asas de morcego.

— O senhor acha possível que algum dia esses aparelhos venham a sobrevoar os telhados de Paris?

— Estou convencido disso — respondeu John Law com expressão séria. — Creio que tudo aquilo que imaginamos será realizado algum dia. Tudo. Não existem limites.

— O senhor está certo disto? — perguntou Crozat. Um sorriso estranho perpassou os seus lábios. — O senhor realmente acha que nós construiríamos estes aparelhos voadores se tivéssemos condições de fazê-lo? E que iríamos utilizá-los?

— Tenho absoluta certeza — respondeu John Law, sem compreender exatamente aonde Crozat queria chegar. Ele já estava admirando o próximo desenho de Leonardo, um helicóptero.

— Talvez os cocheiros protestassem contra isto aqui.

— Os cocheiros?

— Os objetos voadores provavelmente lhes tirariam os clientes. Principalmente nas lucrativas corridas através do país. Imagina só, os cocheiros iriam querer queimar estes objetos voadores.

— Eles poderiam vender as suas carruagens e aprender o manuseio destes objetos voadores — ponderou John Law.

— Um cocheiro não faria isso jamais, senhor Law — disse Crozat, com a voz séria. — Ele queimaria estes objetos voadores apesar de saber muito bem que fazem parte do futuro. Simplesmente porque atrapalham os seus negócios. O negócio dos cocheiros pode ser um negócio ultrapassado. Mas do que serve ao cocheiro todo o avanço se o seu rendimento diminui? As pessoas são preguiçosas e indolentes. Não gostam de aprender coisas novas, não gostam de abrir mão dos seus velhos hábitos. O progresso lhes dá medo. E elas sentem inveja e raiva daqueles que corajosamente se voltam para o novo. Este é o inimigo do progresso, senhor. Objetos voadores seriam uma coisa maravilhosa, mas mesmo que eles fossem possíveis seriam impedidos. Exatamente como o seu banco.

John Law voltou-se abruptamente para o marquês.

— É possível que alguém queira provocar a queda do meu sistema, senhor. Mas ele não pode ser detido. Algum dia o mundo todo irá utilizar notas bancárias como forma de pagamento. Estou convencido de que, num futuro distante, estas notas não terão mais a cobertura da prata e do ouro! Pois o maior perigo do meu sistema é a esquisitice da monarquia. Não o sistema.

Crozat respirou profundamente. Eles estavam diante de um esboço que mostrava um aparelho que podia se mover debaixo da água.

— Se o senhor acredita no seu sistema, então o senhor não acredita na monarquia.

— No dia em que todas as pessoas tiverem trabalho, elas vão querer educação. E educação não se dá muito bem com Deus e com monarquia. Acredito firmemente no meu sistema. Eles podem sabotá-lo, adiá-lo, mas não podem detê-lo.

Jovens índias natchez serviam o jantar. As moças vestiam apenas aventais de couro.

Em seus cabelos estavam espetadas penas exóticas e coloridas. Seus braços eram tatuados com motivos geométricos misteriosos jamais vistos na Europa. Elas entravam no salão com passos gingados, inclinavam-se amavelmente e serviam patê de pato, galinha assada, peito de pombo recheado, almôndegas de carne, filé de porco grelhado e travessas de legumes artisticamente arrumadas.

Crozat ergueu a sua taça.

— Ao seu banco, senhor Law. Ao seu sistema.

John Law agradeceu com um amável aceno com a cabeça e também ergueu a taça.

— À nossa amizade, senhor. À sua coleção, que não tem igual no mundo.

Os homens beberam e recolocaram os copos na mesa. Os criados serviram o primeiro prato.

— Senhor Law — disse Crozat, iniciando a conversa. — Fico extremamente contente por poder receber um experto em artes para o *dîner* no meu salão. Como colecionador, às vezes nos sentimos exatamente como o *marchand aventurier* em Louisiana. Mas a arte faz com que se pressinta muita coisa que o coração deseja e a razão não consegue expressar com palavras.

Crozat calou-se. John Law sentiu que Crozat queria chegar a algum lugar.

— Há algum tempo eu adquiri o privilégio real de explorar o Novo Mundo e de recolher as suas quase inesgotáveis reservas de ouro, prata e esmeraldas. A Louisiana é mais do que um lugar, o Mississippi é mais do que um rio. É um continente, senhor Law, um território maior do que a Europa. As nossas florestas dispõem de pouca madeira para a construção de barcos em número suficiente para recolher todas estas riquezas: café, chá, cacau...

Crozat olhou para uma das jovens índias natchez que estava saindo do recinto. O seu traseiro estava adornado apenas com uma tira de couro.

— Eu já tenho mais de 60 anos, senhor Law. Algumas pessoas não atingem nem a metade da minha idade. E se pudesse escolher entre morrer na Louisiana ou aqui entre as minhas pinturas e esboços, eu escolheria sem hesitação o Novo Mundo.

John Law acenou com a cabeça. Compreendera aonde Crozat queria chegar.

— A Coroa está me obrigando a tomar uma decisão. A minha coleção ou o Novo Mundo. Se eu fosse mais jovem, certamente me decidiria pelo Novo Mundo. Mas, infelizmente, não sou mais jovem.

— O senhor estaria querendo me vender a concessão real para o Novo Mundo?

— É isso, senhor Law. O senhor prometeu gentilmente me ajudar com um empréstimo para que eu possa comprar a minha liberdade junto àquela gentalha com 6,6 milhões de libras. Mas eu temo que só poderei lhe devolver esta soma se vender a minha concessão ou a minha coleção. Então é o caso de lhe oferecer a minha concessão. O senhor é mais jovem do que eu, senhor Law.

— Posso pagá-lo com notas bancárias?

— Lamento. A minha querida Louisiana o senhor terá que pagar com ouro e prata. As montanhas e os rios irão lhe devolver isso mil vezes.

— Mais de 6 milhões em moedas — queixou-se Angelini. — Se o senhor me tirar mais de 6 milhões em moedas, ficarei praticamente sem dinheiro de metal...

A grande galeria abobadada do porão do Banco Geral, onde antes ficavam nobres barris de carvalho, tinha sido protegida várias vezes com barras de ferro maciças. Entrava pouca luz do dia no pavimento subterrâneo através das estreitas aberturas para a Place Louis-le-Grand. Angelini acendia uma vela atrás de outra.

— Não é nada além de um gargalo temporário de liquidez, Angelini. Estou ordenando aqui que sejam pagos 6,6 milhões em moedas ao senhor Crozat ainda hoje.

— E se amanhã vier alguém ao banco e quiser trocar 3 milhões de notas bancárias em moedas?

John Law sorriu.

— Devo calcular a probabilidade de alguém vir amanhã até o banco para trocar notas no valor de 3 milhões de libras?

— Peço desculpas, senhor — concordou Angelini. — Essas grandes somas me deixam simplesmente nervoso. Eu o admiro, pois o senhor consegue fechar os olhos à noite.

— Bom senso e matemática — disse o escocês sorrindo.

Já era tarde da noite quando Angelini entrou novamente no escritório de John Law.

— Você não dorme nunca, Angelini? — perguntou John Law ao ver o secretário exausto. Angelini fez uma expressão séria. Parou ao lado de John Law e colocou uma anotação sobre a mesa.

— O sucesso do banco ainda vai lhe quebrar o pescoço. Estamos imprimindo muitas notas, a cobertura está muito rala.

— Levei isso tudo em consideração — murmurou John Law enquanto verificava cuidadosamente as anotações de Angelini. — Eu não esperava outra coisa, Angelini, isso não é um acontecimento inesperado. Só mostra como o comércio aumentou. Eu já esperava por isso desde o princípio. Nesse meio tempo, até os nossos piores inimigos estão pegando dinheiro e empréstimos em notas bancárias.

— Isso deveria nos surpreender, senhor.

— Até o pior inimigo se torna seu parceiro quando lhe é oferecido um negócio lucrativo.

— Senhor — tentou Angelini novamente —, as coisas estão indo muito rápido. As notas emitidas mal têm cobertura...

— Em compensação, temos a concessão de Crozat para o Novo Mundo. O gargalo é temporário, Angelini. Creia-me, dentro de poucos meses teremos chegado em águas mais mansas. E agora vá dormir, para que pelo menos um de nós dois durma!

— É uma grande honra que o senhor continue tendo tempo para me receber — disse o duque de Saint-Simon ao ser cumprimentado por John Law no grande salão do primeiro andar. Um número ainda maior de ágeis lacaios suíços em librés verdes circulavam pelo parquete. Havia bastante trabalho. Os clientes iam e vinham. As pessoas falavam baixo, com a voz abafada. Alguma coisa sacra permeava aquele imponente saguão com colunas. Meãs haviam sido colocadas nos nichos das janelas onde os clientes eram atendidos por secretários distintos. Havia filas de espera em todas as mesas.

— Logo precisaremos nos mudar — sussurrou John Law para Saint-Simon, visivelmente impressionado. Ele conduziu o duque a uma sala lateral, cujas portas, assim como todas as que davam para as salas dos fundos, era vigiada por guardas suíços.

Saint-Simon entrou no escritório de John Law. Quatro secretários estavam ocupados assinando notas bancárias e anotando à mão o número da nota.

— Um número cada vez maior de estrangeiros tem vindo até Paris para fazer câmbio. Ouvi dizer que as notas bancárias estão sendo negociadas em Amsterdã por um valor maior do que o de face. Imagine só: os títulos da dívida pública francesa já perderam mais do que 60% do seu valor, mas uma nota bancária assinada nesta casa tem mais valor do que a quantia que consta no papel.

— E onde o senhor guarda todas as moedas? — perguntou Saint-Simon baixinho.

— Isso é um segredo — respondeu John Law.

— Comenta-se em Paris que o senhor está com uma maciça falta de cobertura. Que já emitiu notas num valor dez vezes maior do que cada moeda recebida. Se todos os portadores das suas notas bancárias resolvessem descontar os seus papéis e receber moedas no mesmo dia, o senhor só poderia satisfazer a 10% deles.

— O que quer dizer com isso, *monsieur le duc*? — perguntou John Law, olhando com firmeza para Saint-Simon.

— O senhor tem inimigos — disse Saint-Simon.

Ele hesitou, como se estivesse indeciso sobre o quanto queria revelar. John Law foi até a grande janela frontal que dava para a estátua equestre na Place Louis-le-Grand. Saint-Simon seguiu-o.

— Estou sinceramente impressionado, senhor, com a rapidez com que o seu banco surtiu efeito — recomeçou Saint-Simon. — Conheço pessoas que fizeram empréstimos com o senhor e de repente estão investindo, contratando trabalhadores...

— Por que razão veio até aqui, *monsieur le duc*? — perguntou John Law. Ele estava falando muito sério. — O que o senhor veio me comunicar?

— Mesmo que o seu sistema vença, o senhor irá cair. Mas temo que esteja chegando muito tarde.

Saint-Simon viu a carruagem que chegou na Place Louis-le-Grand. Uma segunda veio logo atrás. E outras mais foram chegando.

— Eu cheguei muito tarde, senhor Law...

John Law viu o medo no rosto de Saint-Simon.

John Law se afastou.

— Queira me desculpar. Preciso descer para receber os meus clientes — disse John Law com voz contida. Quando ele desceu a escadaria em curva, Samuel Bernard já estava passando pelo portal.

— Senhor Law — exclamou o banqueiro com uma voz alta e ameaçadora para que todos no saguão pudessem ouvi-lo. — Senhor Law, vim hoje ao Banco Geral para trocar notas bancárias no valor de 5 milhões de libras por moedas de prata e de ouro.

— Eu lhe dou as boas-vindas, senhor Bernard. Nós ficamos lisonjeados com o fato de o senhor nos dar a honra de fazer negócios conosco.

John Law falou tão alto quanto Bernard. Depois continuou descendo lentamente os últimos degraus da escada. Cada vez entravam mais curiosos no saguão dos guichês. Pelo visto, já se espalhara a notícia do que iria acontecer no banco.

— Onde os meus criados podem receber o dinheiro? — perguntou Bernard, certo da vitória, virando-se para as pessoas presentes com um gesto teatral.

— Aqui, senhor. Neste saguão — respondeu John Law.

Samuel Bernard estava irritado. Seu rosto ficou vermelho de raiva. Apesar disso, acrescentou:

— Estou esperando, senhor.

— Amanhã às 10 horas — respondeu John Law. — Estamos aguardando hoje emissários da Rússia, da Holanda e da Itália. Peço sua compreensão, mas para uma transação de 5 milhões de libras nós precisamos de 24 horas. Posso lhe pedir que compareça ao primeiro andar? Algumas formalidades ainda precisam ser cumpridas.

John Law inclinou-se e passou por Samuel Bernard e pelos curiosos. Ele pediu a carruagem. Os guardas suíços abriram caminho para John

Law até a Place Louis-le-Grand. A carruagem de John Law, que agora tinha cores e um brasão próprio, chegou.

— John! — gritou alguém.

John olhou por cima do ombro e viu um homem que tinha ficado preso com a sua carruagem no meio da multidão. Ele tinha aberto a porta e estava gesticulando selvagemente no estribo.

— John, sou eu!

John pensou reconhecer a voz. Ela o fazia lembrar de cavalos e pastos molhados.

— John! — ouviu chamarem novamente. Dessa vez, a voz soou rude e autoritária.

John subiu na carruagem e bateu a bengala com força no teto.

William Law olhou desconcertado para a carruagem que abria caminho entre os curiosos que estavam em volta.

— E esse é o teu irmão? — perguntou uma voz feminina suave no interior da carruagem. Uma jovem estava sentada lá dentro.

— Ele não conseguiu me ver! — murmurou William entrando novamente na carruagem. — Mas o que houve? Eu quero fazer negócios com ele e não trocar reminiscências de infância.

A criada que estava sentada na boleia ao lado do cocheiro entrou na carruagem. Ela usava uma capa de viagem com capuz. Ela jogou o capuz para trás. Era Janine.

— Vá logo — ordenou. — Você mal pode esperar para voltar aos seus serviços. Para você, ele provavelmente vai dispor de mais tempo...

Antoine Crozat estava deitado debaixo de um baldaquim enfeitado com plumas coloridas em meio a peles de animais e almofadas bordadas com seda. Em seus braços, uma jovem índia natchez. Nos lambris de madeira banhados a ouro havia cabeças empalhadas de tigres, panteras, leões, ursos e um animal parecido com um boi, com chifres e uma barbicha.

— Eles são chamados de bisões — disse Crozat com uma voz jovial. Alguma coisa se moveu debaixo das peles e subiu até a parte de cima da cama. Então John Law viu que havia mais uma índia na cama de Crozat.

— O senhor sabe por que eu estou aqui, senhor.

— Não é nada pessoal, senhor Law, foram apenas negócios.

— Apenas negócios — repetiu John Law em voz baixa.

— Sim — gritou Crozat. As duas moças recuaram, assustadas. — Sim! Apenas negócios! Eu alguma vez me queixei por ter perdido tanto dinheiro nas mesas de jogo? Eu perdi centenas de milhares nas suas mesas de jogo! Eu me queixei alguma vez? E por quê? Porque não teve nada a ver com a sua pessoa! É um jogo! Nada além de um jogo! E quem não sabe perder não deve jogar! E quem não pode suportar prejuízos não deve conduzir negócios!

— Foi Noailles quem o incumbiu de fazer isso?

— Pergunte a ele! O senhor sabe onde encontrá-lo!

— Provavelmente este é o fim do seu sistema, senhor Law — disse Noailles depois de algum tempo. O Regente não pareceu estar muito impressionado. Ele olhou para Noailles e depois para John Law. Ficou brincando com as unhas dos dedos enquanto refletia.

— Não foi o sistema que falhou, senhor Noailles. O que sabotou o nosso banco foi a inveja dos financistas parisienses — disse John Law. Ele mal conseguia disfarçar as suas emoções. Quem conhecia John Law das mesas de jogo estava tendo uma surpresa naquele dia. John Law estava nervoso.

— Nosso banco? — Noailles riu. — Seu banco, senhor Law. E é o seu banco que vai falir amanhã.

— É o nosso banco, Noailles — interrompeu-o o Regente. — Eu quis este banco. O Parlamento me proibiu este banco. Então eu incumbi o senhor Law de dirigi-lo em seu nome.

— Senhor — exclamou John Law com a voz insistente. — Traga-me 5 milhões em moedas para o banco hoje à noite. E eu juro ao senhor que no futuro nada mais poderá impedir o sucesso do banco. Pela glória da França e da Coroa!

— Cinco milhões — disse Noailles. — Nós não estamos na mesa de jogo.

O Regente poliu as unhas da mão esquerda, pensativo:

— *Monsieur le duc* de Noailles, com todo o respeito pelos seus motivos, mesmo que o banco venha a fracassar amanhã, não terá sido apresentada uma comprovação da sua ineficiência. O sistema não terá sido derrotado com isto. Inveja não é uma grandeza matemática.

— Posso falar, senhor? — perguntou Noailles, irritado.

— Não, Noailles — respondeu o Regente. — Quando o senhor arruinou os financistas parisienses, foi apenas pelo bem das finanças, pelo bem da Coroa, pelo bem da França. Se o senhor agora estiver querendo levar o Banco Geral à ruína só para atingir o senhor Law, estará desprezando o bem da França. O senhor não deve se preocupar com o bem do senhor Law e sim com o bem da Coroa. E onde está a utilidade para a França se este banco for à falência amanhã?

— Senhor — exclamou Noailles novamente, fazendo repetidas reverências em sinal de submissão.

— Eu não lhe permiti que falasse, Noailles — interrompeu-o o Regente. — A França estava agonizante. Com este banco entrou mais dinheiro em circulação do que nos últimos vinte anos. A França está despertando da agonia. Membros mortos estão sendo irrigados com sangue fresco, as pessoas estão acreditando de novo no futuro, estão investindo no futuro, estão pegando empréstimos, estão comprando matérias-primas, estão empregando trabalhadores que por sua vez ganham dinheiro e compram mercadorias. D'Argenson me relatou ontem que até mesmo a criminalidade nas ruas diminuiu maciçamente. Noailles! O senhor está querendo derrubar este glorioso sistema somente porque quer derrubar o senhor Law?

Baixou um silêncio embaraçoso. O Regente ocupou-se novamente das suas unhas. Depois de algum tempo mostrou a Law as unhas da mão esquerda.

— O senhor está vendo estas manchas brancas na unha? Elas são causadas pelo champanhe, por aquele Dom Pérignon. Dizem que o vinho tinto é mais saudável. Mas de qualquer forma eu abdiquei deste prazer. Vou conduzir a França a um novo florescer.

Então o Regente virou a mão e mostrou o lado de dentro para John Law.

— Está vendo a minha linha da vida? Devo viver mais tempo do que o nosso falecido Rei-Sol — disse o Regente, irônico. — Para tudo existe um sistema, não é verdade? Sistemas são uma coisa maravilhosa quando funcionam. As pessoas gostam de se agarrar a sistemas. Deus também é um sistema, de alguma forma. Não é verdade, Noailles?

Noailles pareceu afrontado.

— Concordo com as suas argumentações, *monsieur le duc*, mas lamentavelmente devo informar-lhe que o tesouro real no momento não dispõe de 5 milhões de libras em moedas de ouro e de prata.

Noailles olhou diretamente no rosto de John Law:

— Nós gostaríamos. Mas nós não podemos.

O Regente ergueu os braços, como se quisesse implorar ao Espírito Santo.

— Lamento, senhor Law. Se os nossos alquimistas soubessem transformar titica de rato em ouro, eles já o teriam feito há muito tempo. *Voilá. C'est ça.*

John Law pareceu ter levado uma pancada na cabeça.

O Regente dirigiu-se novamente ao seu ministro das Finanças:

— Diga-me, Noailles, é verdade que sua amante ofereceu a Crozat le Riche um desconto de 50% na sua dívida caso ele conseguisse vender a sua concessão no Mississippi ao senhor Law e recebesse o pagamento em moedas?

Noailles, que acabara de esboçar com prazer um sorriso irônico, ficou branco feito cera.

— Então é verdade — murmurou o Regente ocupando-se novamente das suas unhas. — Cinquenta por cento representam um perdão de mais de 3,3 milhões de libras na dívida. O senhor desperdiçou 3,3 milhões de libras para satisfazer o seu ódio pessoal contra o senhor Law?

Noailles ficou calado e lançou um olhar irado para John Law.

— Se a vingança pessoal tem tanto valor para o senhor, o senhor deveria pagar do próprio bolso, *monsieur le duc* de Noailles.

— O senhor quer que eu apresente a minha demissão? — perguntou Noailles, submisso.

— Eu quero que o senhor vá até o tesouro da Coroa amanhã de manhã e levante a quantia em moedas de que o banco necessita.

Noailles acenou concordando.

— O senhor vai ajudar um pouco ao senhor Law — prosseguiu o Regente. — Afinal, ele agora é seu conterrâneo, ele agora é francês.

— Posso falar a sós com o senhor, *monsieur le Régent?* — perguntou Noailles.

— Senhor — disse o Regente dirigindo-se a John Law —, agradeço sua visita.

John fez uma reverência. Noailles sorriu descaradamente e só se recompôs quando o Regente olhou de novo para ele. Aquela expressão na face de Noailles não agradou nada a John Law. Será que Noailles ainda tinha um trunfo nas mãos?

Janine serviu um pequeno lanche na casa da Place Louis-le-Grand. Jean Law morrera havia alguns meses na distante Edimburgo, aos 70 anos. William arrendara Lauriston Castle e tinha viajado a Paris com sua recém-desposada Rebecca e com Janine, que já estava com 54 anos, para tirar proveito da fama do irmão. Depois de terem trocado inúmeras cartas, John Law finalmente concordou em receber o irmão William na sua casa e confiar-lhe uma posição importante no banco. Agora ele estava ali, o irmão mais novo, e ainda parecia chateado porque John não o vira naquela manhã.

John tentou lhe explicar a situação atual. William ouviu com ar rabugento. A seu lado, radiante, estava a extremamente bela e atraente Rebecca Dives, filha de um abastado comerciante de carvão de Londres. Ela tentou convencer o esposo num tom conciliador:

— Ele não quis te ofender, William.

— Ele não me ofendeu — resmungou William. — Só estou um pouco cansado da viagem.

John Law sorriu agradecido para Rebecca. Ela retribuiu espontaneamente, fato que deixou William ainda mais irritado. Kate e John Júnior trocaram olhares significativos. Eles gostavam de sentar-se à mesa quando os pais recebiam visitas. Eles os observavam bem calados, retirando-se educadamente para os quartos, rolando de rir enquanto imitavam o comportamento esquisito das visitas.

— Vocês podem morar conosco o tempo que quiserem — disse Catherine, tentando animar William.

Rebecca olhou para Catherine com um sorriso amarelo. Não gostara muito daquela mulher. Ela parecia tão dominadora, soberana, nenhum homem da sociedade jamais tentaria passar por cima dela só por pertencer ao sexo feminino. Algo que faltava em Rebecca. Rebecca era apenas bela. Bela e maçante.

— Pois bem — resmungou William, contrariado. — Vamos finalmente ao assunto. Você me escreveu dizendo que finalmente fundou o seu banco, e que havia muita coisa para ser feita. O que tem para me oferecer?

— Vamos falar sobre isso amanhã no banco — respondeu John Law. William não mudara nem um pouco. Ele ainda era o irmãozinho invejoso que sempre se sentia ofendido na sua honra. Mas apesar disso estava sempre disposto a passar por cima da ofensa, caso sobrassem alguns *louisdor* para ele. John viu que William estava remoendo algo.

— William — recomeçou John —, nós aqui temos uma situação diferente a cada dia. O Banco Geral é mais importante do que a descoberta da América.

— Alguém nos contou na fronteira que o teu banco está à beira da falência — disse William, indignado. — Ficarei muito irritado se tiver vindo à toa a Paris...

— William — disse Catherine sorrindo —, amanhã você vai ter muito tempo para ficar mal-humorado.

William e Rebecca pareciam contrariados.

— O duque d'Orléans prometeu o seu apoio a John — prosseguiu Catherine. — Meu marido e eu duvidamos muito que ele mantenha a palavra. Mas se ele vai ou não manter a palavra só ficaremos sabendo disso amanhã. Então por que devemos esquentar a cabeça ainda hoje com acontecimentos que só terão lugar amanhã?

— Você e os seus castelos de vento — respondeu William. — Você sempre foi um sonhador, John...

— Você confia mais num boato do que no seu irmão? — perguntou John. A sua paciência foi se acabando aos poucos.

— Vamos nos ater aos fatos, senhores — disse Catherine com a sua voz habitualmente enérgica. — O duque d'Orléans prometeu ajuda. E amanhã veremos se ele vai manter a palavra.

— A senhora está querendo proibir a nossa conversa? — perguntou William. Catherine olhou-o com desprezo. — Nesta casa não estamos habituados a ficar debatendo de forma interminável sobre coisas que não podemos influenciar. Não discutimos com as coisas. Nós as modificamos. E se isso estiver fora do nosso alcance, nós as aceitamos.

William e Rebecca se entreolharam. Depois olharam para John, como se esperassem uma palavra de ordem da parte dele. John, porém, sorriu amavelmente para ela, aquiescendo. John levantou-se como dando o exemplo.

— Teremos um dia muito cansativo amanhã.

William permaneceu sentado.

— É verdade que vocês ainda não são casados?

— Catherine é casada — disse John sorrindo —, eu ainda não sou.

— Como isso é possível? — perguntou Rebecca franzindo a sua bela testa.

— Catherine ainda é casada. John ainda não é — disse William sorrindo.

— Mas vocês não têm dois filhos? — disse Rebecca, desconcertada.

— A natureza não costuma levar em conta esses detalhes burocráticos — brincou John. Então o gelo pareceu ter se quebrado entre eles. John abriu a porta do salão. Ele queria se deitar. William levantou-se.

— Isso não é nem um pouco sábio, John. Se você morrer, Catherine não vai herdar nada. — Como ainda é casada, segundo a lei ela não pode ser sua esposa, e os filhos que ela teve não podem ser filhos legítimos seus...

— Você por acaso não pretende desafiar John para um duelo, não é mesmo? — disse Catherine, divertida.

— Ainda não, William — disse John rindo. — O Banco Geral ainda precisa de nós dois e eu te prometo, isso é tão real quanto eu estar aqui sentado, que isso não irá desfavorecê-lo. Eu manterei a minha palavra.

O comboio do banqueiro Samuel Bernard chegou à Place Louis-le-Grand às 10 horas em ponto. Cinco carruagens. Inúmeras pessoas tinham ido até a praça. Tinha corrido o boato de que o Banco Geral iria quebrar naquele dia. Nenhum financista de Paris faltou. Alguns saltaram das suas carruagens paradas discretamente na beira da rua e estavam agora diante da escadaria que levava ao banco, numa expectativa cheia de curiosidade. As cinco carruagens de Samuel Bernard pararam em frente ao banco. Um criado abriu a porta da primeira. O banqueiro saltou.

As portas do Banco Geral foram abertas por dois lacaios suíços naquele instante. John Law saiu. Seu olhar percorreu a praça. Ele desceu um degrau e ficou parado. Samuel Bernard ficou na parte de baixo da escada. Olhou para John Law lá em cima.

— Senhor John Law de Lauriston. Entreguei ontem na sua casa bancária, na presença dos nossos tabeliães, 5 milhões em notas bancárias. Nas suas notas está escrito que o banco promete pagar ao portador imediatamente o montante do valor de face em moedas. Aqui estou eu pedindo pelo pagamento em moedas.

— Senhor Bernard — respondeu John Law com voz bem audível —, o Banco Geral fica muito feliz de ter podido convencer um homem com o seu renome a utilizar os seus serviços.

John Law voltou-se então para o seu irmão, que ficara junto à criadagem na parte superior da escada, mantendo uma distância respeitosa.

— Que o desejo do senhor Bernard seja satisfeito.

Dúzias de lacaios suíços com librés verdes saíram então para o lado de fora carregando pesados sacos de couro com *louisdor* e escudos de prata escada abaixo. Eles foram conduzidos por John Law. John Law determinara que o pagamento não fosse feito com poucas caixas, e sim em pequenos sacos de couro. Uma infindável procissão de lacaios desceram as escadas um atrás do outro, entregando os seus saquinhos nas carruagens de Samuel Bernard.

O editor Larcart saiu de detrás de uma das carruagens de Samuel Bernard com um ar de espanto e incredulidade e ficou parado ao lado do financista. Quando Bernard o viu, arrancou um saco de dinheiro de um dos criados de John Law e o rasgou: um punhado de *louisdor* caiu no chão.

Larcart pegou algumas e segurou-as admirado na mão.

— Isso funciona — balbuciou ele.

— Onde esse sujeito conseguiu arranjar tantas moedas em tão pouco tempo? — perguntou Bernard, irritado.

— Isso faz alguma diferença? — perguntou Larcart com hipocrisia.

— O Banco Geral cumpriu a sua promessa, o sistema funciona.

Bernard fez um gesto de desprezo com a mão.

Larcart sorriu.

— O que pretende fazer agora com todas estas moedas? Vai trazer tudo de volta para o banco amanhã?

Samuel Bernard arrancou as moedas da mão do jornalista Larcart com raiva e embarcou na sua carruagem.

Dançarinas índias moviam-se sobre o palco do teatro ao som rítmico de tambores e flautas, enquanto índios de grande estatura com exóticos ornamentos de penas apresentavam estátuas de ouro. Depois foram apresentados papagaios amestrados, animais selvagens foram empurrados sobre o palco em jaulas com rodas. Via-se ouro por toda parte. Braceletes de ouro, colares de ouro, figuras de ouro e amuletos. Uma balança baixou ao palco com roldanas. Os pratos da balança eram tão grandes que cabia uma pessoa dentro deles. Os convidados empoados que estavam nos balcões ficaram bastante espantados quando de repente entrou no palco um índio com adornos sacros. Os tambores emudeceram. As dançarinas pararam. O índio trajava um casaco comprido com listras coloridas e segurava um bastão de ouro na mão. O cabelo negro estava adornado com penas de ouro que os convidados tomaram imediatamente por raios solares.

— Oh — disse com ironia o duque d'Orléans que estava sentado ao lado de John Law. — Isto é uma brincadeira, senhor? O novo Rei-Sol vem do Novo Mundo?

— O sol é adorado em todas as culturas — disse Catherine. — Sem o sol não haveria vida sobre a terra. Até mesmo as auréolas cristãs remontam ao deus persa Mitra.

— Ah, senhora — suspirou o duque —, se as damas da sociedade parisiense tivessem ao menos um pouquinho do seu espírito.

Catherine inclinou-se respeitosamente.

— Senhor, posso apresentar-lhe o meu irmão William e a sua esposa Rebecca?

John Law apontou com um gesto elegante para William e Rebeca, que estavam sentados na segunda fila. Ambos levantaram-se com vagar elegante, apesar de mal conseguirem conter a excitação. O duque d'Orléans parecia ter gostado especialmente da bela Rebecca. Um rufar de tambores desviou novamente a atenção do Regente para o palco. O sacerdote sentou-se num dos pratos da balança. Então entraram outros índios no palco, sob novo rufar de tambores, enchendo o segundo prato da balança com pesadas pepitas de ouro. O sacerdote foi subindo lentamente, e os convidados presentes aplaudiram. Eles estavam empolgados. John Law estava sendo festejado. A presença dele foi solicitada. Queriam vê-lo, queriam ouvi-lo.

John Law foi para a plateia e subiu ao palco. Ele declarou inaugurada a *Compagnie de la Louisiana ou d'Occident*. As suas colônias englobavam quase a metade do continente norte-americano. O escocês agradeceu ao Regente por ter concedido o direito de comércio pelo período de 25 anos à sociedade e anunciou que a nova companhia iria fazer com que a França prosperasse e se tornasse a maior potência do mundo. Mas ele precisaria de capital novo, num montante de 100 milhões de libras, para atingir esse objetivo. Para tal finalidade, ele iria vender 200 mil ações do Banco Geral, cada uma delas no valor de 500 libras. A partir do dia seguinte qualquer um poderia subscrever as cotas para participar da maior aventura do mercado financeiro.

O duque de Noailles, que estava sentado na plateia, ficou indignado com aquele espetáculo.

— Por que é que ele está transformando esse estranho no rei do Novo Mundo?

— Ele agora também é francês — respondeu Saint-Simon. — E além do mais é também o diretor da *Compagnie de la Louisiana ou d'Occident*.

— Pare com esta confusão de nomes — exaltou-se Noailles. — Para nós, franceses, ela ainda é a Companhia do Mississippi.

— Sem desfazer da sua irritação, *monsieur le ministre* — sussurrou Samuel Bernard —, mas como é que o senhor pretende deter este escocês? Ele agora já mandou até chamar o irmão. A questão não é a sua indignação, senhor, e sim um plano.

— Somente o Parlamento pode atingir este escocês — defendeu-se Noailles.

— O senhor precisa derrubar o seu banco. Assim também irá derrubar a Companhia do Mississippi — espicaçou Bernard.

— O senhor me arrancou a Companhia do Mississippi — lamentou-se Crozat — e agora um escocês protestante é o único a deter os direitos sobre o comércio entre a França e as colônias durante 25 anos. Isso é obra sua, Noailles!

Noailles afastou-se de Crozat buscando apoio junto a Saint-Simon e Bernard.

— Ele tem razão — repetiu Bernard —, é obra sua. Portanto, é seu dever colocar a coisa novamente em ordem.

— Duvido que o nosso ministro esteja em condições de fazer isso — disse uma voz grave. Todos se viraram. D'Argenson estava diante deles. Ele escutara a conversa.

— O que lhes falta, senhores, é uma estratégia. Quem declarar publicamente guerra ao escocês perde de saída.

— É o que eu estou dizendo — concordou Bernard —, precisamos de um plano!

D'Argenson riu e se afastou do pequeno grupo.

William Law e Rebecca desfrutaram a noite. Eles só estavam em Paris havia poucas semanas e já conheciam todos que tinham um nome ou uma posição.

— John! — exclamou William ao ver o irmão vindo na sua direção. — Como é que eu poderei agradecer a você? Eu fui injusto contigo.

John sorriu, conciliador.

— Você não precisa me agradecer, William. Mas, se você realmente quiser fazê-lo, retribua de alguma forma à minha família. A Catherine e aos meus filhos John e Kate.

— Estamos encantados — deixou escapar Rebecca. Seus olhos brilhavam como os de uma jovem menina. — Paris está endeusando você.

Ela olhou radiante para John.

— Como a um rei — acrescentou, lisonjeira.

John percebeu que Rebecca achava a sua companhia mais do que agradável. Ele sentiu pena do seu irmão William. Rebecca viu o olhar

322

mal-humorado do marido e repetiu, obstinada, que John realmente era tratado como um rei.

— Onde há um rei, os assassinos de reis não estão longe — disse John rindo.

— Nós encontramos alguns deles hoje — disse William baixinho. — Ouvi dizer que o Parlamento quer lhe prejudicar. Eles querem fazer uso do direito deles à Remonstranz, e lhe aniquilar.

— Sim — respondeu John, preocupado. — O Regente teve que lhes restituir este velho direito para que o Parlamento o aceitasse como Regente. Ele precisou fazer essa troca por causa da guerra contra a Espanha, que fez valer o seu direito à coroa depois da morte do Rei-Sol.

John despediu-se do irmão e da cunhada. Avistou o duque d'Orléans ao fundo e seguiu em sua direção, decidido. Para sua grande surpresa, o Regente só estava bebendo água naquela noite.

Quando o Regente avistou John Law vindo em sua direção, encaminhou-se até ele.

— Posso fazer mais alguma coisa pelo senhor? — perguntou altaneiro.

— Não — respondeu John Law amavelmente —, estou admirando a sua nova coragem para enxergar as coisas com clareza.

— Isso me agrada — disse o Regente, erguendo o copo com um gesto teatral. — Coragem para enxergar as coisas com clareza. Isso me agrada, senhor. Isso é bom, muito bom!

— O senhor provou ter coragem, *monsieur le Régent*, não irá se arrepender. Mas somente quando ousar o próximo passo é que a sua coragem terá valido alguma coisa.

— Mais um passo? — brincou o Regente com indignação estudada, recusando um copo de champanhe que um criado lhe ofereceu.

— A criadagem ainda precisa se acostumar com o fato de que Sua Alteza Real não enche mais a cara — disse o Regente em voz baixa. — Isso dá medo nos senhores ministros e nos parlamentares. Que nos últimos tempos eu esteja me interessando mais pelos negócios do Estado do que pelos traseiros de jovens mulheres. Mas o senhor me dá medo quando me insta a arriscar novos passos.

— O senhor não vai conseguir tomas as rédeas das finanças públicas com um pouco de pó de arroz, *monsieur le Régent*. O senhor não pode desvalorizar a moeda o tempo todo só para amortizar as suas dívidas. O senhor precisa ter a coragem da ofensiva. Nós precisamos nacionalizar o banco. O banco precisa ter mais autoridade, e precisamos transformar a companhia na maior companhia mercante do mundo.

— Para isso eu provavelmente teria que atirar o Parlamento na Bastilha — murmurou o Regente. Ele então pareceu ter ficado subitamente entediado.

— Comece com Noailles, não seria um mau começo.

O Regente acenou com a cabeça:

— Coragem para enxergar com clareza. Isso é realmente muito bom. Se o senhor me desculpar agora...

O duque d'Orléans descobrira uma jovem índia particularmente bonita e deixou John Law ali em pé, sem prestar atenção nas suas palavras de despedida. O duque d'Orléans divertiu-se até as primeiras horas da manhã com um punhado de jovens índias, em meio aos objetos do teatro empilhados atrás do palco. Ele estava deitado ali, quase totalmente nu, sobre uma espreguiçadeira romana, entre bustos envelhecidos de imperadores, fragmentos de colunas, animais empalhados, bonecos de porcelana cobertos com malhas de ferro e árvores artificiais, recortadas e pintadas em madeira. Quando Crozat chegou aos bastidores, as meninas se vestiram. Crozat fez um sinal para que elas o seguissem.

— Para onde pretende ir, Crozat le Riche? — disse rindo o duque d'Orléans.

Mas Crozat não lhe deu ouvidos. Quando voltou ao palco e desceu a escada estreita que dava para o salão com as moças, viu Noailles e d'Argenson.

— Onde está o Regente? — exclamou Noailles.

Crozat apontou para trás do palco. Então passou por Noailles e d'Argenson com as suas moças sem dizer uma só palavra.

— Onde estão as moças? — perguntou o duque d'Orléans enquanto ajeitava as suas roupas.

— Crozat le Riche levou-as embora — respondeu Noailles.

— Crozat le Pauvre — brincou d'Argenson. — Se o senhor continuar a ordenhar todos os parisienses abastados, logo logo não terá mais ninguém para financiar este país.

— Vamos deixar a conversa fiada de lado — disse Noailles num tom ácido. — É verdade, *monsieur le Regent*, que o senhor me tomou o cargo de ministro das Finanças?

O duque d'Orleans reprimiu um bocejo:

— Sim, sim, Noailles — murmurou ele. — O senhor não se mexe. O povo odeia o senhor. O Parlamento o despreza. Suas receitas... eu não consigo mais ouvi-las. A França pode muito bem ir à falência sem o senhor. Eu o odeio.

— Permita-me, *monsieur le Regent*...

— Eu não quero ouvir mais nada, Noailles. Às vezes é necessário ter a coragem para enxergar claramente. O senhor está destituído do seu cargo.

— E quem será o meu sucessor?

— Ele está ao seu lado, Noailles.

— D'Argenson? — perguntou Noailles, estupefato. — Permita-me perguntar: o que é que habilita o chefe de Polícia a assumir a direção dos negócios financeiros?

D'Argenson sorriu satisfeito. A afronta de Noailles não o perturbou. O duque d'Orléans empertigou-se lentamente.

— Ele é respeitado, Noailles. Respeitado.

— Ele é temido — gritou Noailles —, não respeitado. Porque ele estende a sua mão protetora sobre a cria mimada dos parlamentares quando eles estupram criadas nos seus porres e matam cavalariços em duelos infames.

D'Argenson sorriu divertido.

— Respeitado, temido, como queira, Noailles — prosseguiu o duque. — O Parlamento está fervilhando, sinto isso claramente; faltam-me com o respeito, tentam jogar pedaços de pau entre as minhas pernas, dizem que eu sou muito fraco. O senhor acha que eu sou muito fraco, Noailles?

— Não, *monsieur le duc*. Eu não compartilho essa opinião. — Noailles viu o largo sorriso no rosto de d'Argenson.

O novo ministro das Finanças inclinou-se na direção de Noailles e sussurrou-lhe ao ouvido:

— O senhor já está com um pé na Bastilha.

Espasmos violentos desfiguraram as feições do ex-ministro das Finanças. Ele olhou para d'Argenson, viu o seu olhar penetrante, o escárnio e o desprezo, e depois olhou para o Regente e ajoelhou-se:

— Eu acho que o senhor tomou a decisão acertada, Vossa Alteza Real — balbuciou Noailles. — E eu ficarei contente se puder lhe ser de alguma utilidade em alguma outra função

— Um cargo como conselheiro no estado-maior do Regente, se lhe agradar? — perguntou o Regente.

Cenas tumultuadas aconteceram no Parlamento. Noailles tinha sido demitido. D'Argenson tinha assumido o posto de ministro das Finanças. E ao mesmo tempo tinha sido divulgado que a libra tinha sido desvalorizada novamente em um sexto do seu valor.

Isso definitivamente foi demais. Os que tinham dívidas ficaram fe lizes, mas quem tinha zelado pelo seu dinheiro e tinha poupado estava sendo arduamente castigado. Os parlamentares revoltados decidiram dar uma lição no Regente.

— Vamos fazer valer o nosso direito de protesto e exigir do Regente que retire a desvalorização da libra. — O orador foi ovacionado. Outros parlamentares tomaram coragem e foram até a tribuna.

— Vamos exigir a separação do Banco Geral e dos negócios do Estado. O dinheiro público deve ser retirado imediatamente do Banco Geral.

Os parlamentares aplaudiram violentamente.

— A partir de agora os impostos não poderão mais ser pagos com notas bancárias — exigiu o próximo.

As exigências foram se tornando cada vez mais ousadas.

— Fica proibida aos estrangeiros qualquer atividade nos negócios do Estado. Isso vale também para os estrangeiros que já foram naturalizados.

— Alguém mencione uma lei que nos proíba de mandar o escocês para a forca — gritou de repente alguém na última fileira. Ele recebeu aplausos retumbantes.

Saint-Simon deixou o Parlamento apressado e seguiu no seu co-che até o Palais Royal. No meio do caminho escreveu rapidamente um bilhete. Quando chegou na frente do Palais Royal entregou o bilhete manuscrito ao cocheiro e ordenou que ele se dirigisse imediatamente ao Banco Geral e entregasse a missiva pessoalmente nas mãos do senhor Law. Depois Saint-Simon entrou no Palais.

O Regente ficou fora de si, de tanta raiva, quando Saint-Simon lhe contou sobre os tumultos no Parlamento e sobre as intenções dos par-lamentares. Ele ordenou imediatamente a convocação dos soldados da guarda e deu ordem para que todas as portas fossem vigiadas por guar-das armados. Ordenou ainda que os guardas suíços, mosqueteiros e guarda-costas fossem postados em locais estratégicos. Todo o entorno do Palais Royal deveria ser fortificado com linhas de defesa avançadas. Uma eventual luta não deveria, em nenhuma circunstância, se desenro-lar no pátio interno do Palais.

John Law olhou perplexo para o pedaço de papel com o bilhete de Saint-Simon. Ele olhou intrigado para o cocheiro que estava no saguão dos guichês, no andar de baixo. Mas este não pôde acrescentar mais nada.

Quando o cocheiro saiu de lá, já estavam chegando os primeiros guardas suíços à Place Louis-le-Grand. Eles postaram-se nas escadas externas do banco.

— Nós estamos sendo presos? — perguntou William, irritado. Olhou por uma das grandes janelas do escritório de John Law e viu a Place Louis-le-Grand.

— Eu não sei. Talvez eles tenham sido enviados pelo Regente. Para nos proteger — respondeu John. — Vá para baixo, William, e man-de fechar o banco — ordenou John. Depois ele dirigiu-se a Angelini: — Feche a tesouraria e reforce a guarda. Mande um enviado até os jacobitas. Recrute tantos soldados pagos quantos forem possíveis. De qualquer jeito, eles estão por lá sem fazer nada.

Quando a noite chegou, a Place Louis-le-Grand foi iluminada fan-tasmagoricamente por inúmeros archotes. Cerca de cinquenta guardas vigiavam o banco. Ocorreram pequenas escaramuças. Grupos de rapazes correram pela praça e jogaram pedras nos guardas, fugindo em seguida.

— Ainda são poucos — disse William. Ele ficou com John, junto à janela do primeiro andar, aguardando ansioso pelo clarear do céu nas primeiras horas do dia.

— Logo eles poderão ser centenas, milhares...

— Talvez, também pode ser que não — respondeu John com sensatez. — Mas eu duvido que os financistas parisienses fossem pagar tantos rapazes para jogar pedras à noite, só para assustar e meter medo no meu irmão.

— Eu não deveria ter vindo, John. Este foi o meu grande erro. Eu deveria ter ficado em Londres. Mas eu me deixei levar pelas tuas promessas. Como todos aqui em Paris.

William dirigiu-se a John:

— Este é o teu dom, John, você vira a cabeça das pessoas, das mulheres, dos financistas, dos jogadores...

— Então vá logo, William — disse uma voz feminina no escuro. John virou-se para Catherine. Ela entrou no cômodo e foi sentar-se ao lado da lareira. Um criado estava colocando madeira nova lá dentro. Rebecca ainda estava deitada na espreguiçadeira na qual adormecera na noite anterior.

— Ela está certa, William — disse John depois de algum tempo — Se você quiser ir, eu pago pelos teus serviços e mando te escoltarem amanhã até Calais. Todos os dias saem navios postais para Londres.

— Amanhã! Amanhã! Talvez amanhã tudo já tenha sido transformado em escombros e cinzas!

— O que houve? — gritou Rebecca de repente. As vozes altas tinham-na acordado.

— Não houve nada — respondeu Catherine calmamente —, estamos aqui sentados conversando. Algum dia iremos nos lembrar desta noite e morrer de rir dela.

— Sim, sim, rir! — gritou William. — Você não está compreendendo a gravidade da situação. Estão responsabilizando John pela desvalorização da moeda...

— Foi d'Argenson quem ordenou a desvalorização. Eu fui contra! — interrompeu-o John.

— Isso não faz a menor diferença para as pessoas lá fora! — gritou William. — Você é o escocês odiado...

— Francês — brincou John.

— Um escocês protestante que vive junto com uma católica casada e é financiado por banqueiros judeus! É isso o que dizem as pessoas lá fora. E eles estão responsabilizando você pelo que está acontecendo, você e mais ninguém!

— Fico honrado por estarem atribuindo a mim a proeza de ter conseguido em poucos meses provocar um fiasco maior do que aquele que o Rei-Sol levou cinquenta anos para alcançar.

William fez um gesto rude com a mão.

— Você sempre quis ser mais importante do que todos os outros. Agora você conseguiu. A tua cabeça está mais alta do que a de todos os outros. E eles querem ver esta cabeça no laço da forca.

— Quem tem medo de fogo não deve se tornar um cozinheiro, William! Eu nunca afirmei que os meus negócios não eram arriscados. Nunca! Se todos os negócios fossem lucrativos, todo mundo teria os seus próprios negócios. Eu sou um Law, William, nem insignificante, nem menor. Eu tenho um plano para o saneamento da economia. E estou me atendo a este plano. Porque ele está certo. E ninguém pode me impedir de fazê-lo, William.

— Nós deveríamos ir, William — pediu Rebecca com a voz amedrontada. — Nós deveríamos sair daqui imediatamente. — Ela estava quase chorando.

— Tenha coragem, William — disse Catherine levantando-se da sua cadeira —, distinga-se das outras pessoas! Mostre força!

— Fique quieta — pediu Rebecca —, eu não posso mais ouvir essas coisas, nós deveríamos sair de Paris e voltar para Londres!

— É muito tarde — respondeu William, resignado. Depois de algum tempo acrescentou: — Vou carregar minha pistola.

— Finalmente uma sugestão construtiva — disse John sorrindo.

O duque de Saint-Simon recebeu John Law de braços abertos.

— Estão dizendo que o senhor se entrincheirou no seu banco. Eu atestarei que não é bem assim.

John Law sorriu. Mas podia-se perceber que as últimas semanas tinham-no sacrificado bastante. Seu olhar estava inconstante, inquieto, como se ele esperasse uma nova catástrofe a cada instante.

— O senhor falou com o Regente? — perguntou John Law sem fazer rodeios.

— Sim — respondeu Saint-Simon sério, baixando o olhar —, o Regente está numa péssima situação. O Parlamento inteiro se voltou contra ele por conta da sua vida desregrada. Eles querem derrubá-lo. E protestam contra tudo o que ele resolve. Eles querem desfazer tudo. O Regente terá que sacrificar alguns dos seus peões se quiser sobreviver a esta crise.

— O senhor está se referindo a mim?

— Ele não tem escolha, senhor Law. O Parlamento quer ver o senhor enforcado. Foi muito imprudente de sua parte vir até aqui. Muito imprudente.

Saint-Simon ficou calado. Uma porta bateu em algum lugar. John Law estremeceu.

— É somente o meu criado, ele está esperando do lado de fora.

— Diga ao Regente que ele precisa mostrar força. Se me deixar cair, isto não irá salvá-lo, só irá deixá-lo mais perto do abismo. Diga a ele que eu vou ajudar a França a alcançar um novo florescimento. Mas ele precisa resistir.

Saint-Simon ficou calado.

Depois de algum tempo John Law perguntou:

— O senhor vai falar com ele?

Saint-Simon acenou afirmativamente com a cabeça.

— Ainda hoje? — perguntou John Law.

— Sim — respondeu Saint-Simon. — Vou levá-lo de volta para casa na minha carruagem. É mais seguro. Em seguida eu irei ao Palais Royal.

Quando as famílias de John Law e William Law estavam jantando mal foi trocada uma palavra. Os criados também pareciam aflitos. Aparentemente, não era mais nenhum segredo que queriam ver John Law na forca.

— Seria melhor — disse John Law depois de algum tempo — se vocês se preparassem para uma viagem o mais breve possível.

— E você? — exclamou o filho.

— Eles não me deixarão partir. Eu ficarei aqui.

John, com seus 13 anos de idade, olhou para seu tio William. Este olhava fixamente para o prato sem dizer nada.

— Eu também ficarei aqui — disse Catherine depois de algum tempo.

— Eu também — disse o filho. E sua irmã Kate acenou solícita com a cabeça. Ela já não conseguia dizer nada havia muito tempo, de tanto medo. Então todos olharam para William. Ele ainda estava olhando fixamente para o prato, como se uma ervilha da sopa de legumes o tivesse hipnotizado.

Capítulo XIII

PARIS, 26 DE AGOSTO DE 1718

Às cinco horas da manhã ouviu-se um rufar de tambores nas vielas em volta do Palais Royal. Várias centenas de mosqueteiros e soldados da guarda estavam em formação no pátio do palácio. Aos poucos foram chegando as primeiras carruagens com os parlamentares. Eles se reuniram em frente ao Palais Royal e depois seguiram a pé até as Tulherias. Duas horas mais tarde — nas ruas já havia uma multidão de curiosos — foram abertas as portas duplas do salão da guarda. Os parlamentares entraram no prédio. Na grande antessala na qual o jovem Luís XV costumava fazer suas refeições foi instalada uma sala do trono. Nos fundos do salão foi construído um palco. Quatro degraus levavam até o palco. No meio do palco ficava o trono. Foi estendido um baldaquim bordado a ouro por cima dele. D'Argenson, na qualidade de ministro das Finanças e supremo administrador do selo da Coroa, teve a honra de anunciar a chegada do rei:

— Sua Majestade o rei!

O salão estava repleto de parlamentares, soldados e nobres, o que transformou o ato de ajoelhar-se numa tarefa árdua. O jovem rei entrou no salão. Dois oficiais do seu corpo de guarda abriram caminho. Ele subiu os degraus que levavam ao pedestal e sentou-se no trono. Então o duque d'Orléans também entrou no salão e ajoelhou-se diante do primeiro degrau. Depois de algum tempo ele se levantou e subiu até o rei, ficando de pé à direita do trono. Em poucas palavras o Regente explicou por que havia decidido convocar o tribunal do trono. O Regente falou em alto e bom som. Podia-se ouvi-lo claramente até nas últimas fileiras. Por fim, ele pediu a d'Argenson, na qualidade de supremo administrador do selo real, que explanasse a natureza e o uso da Remonstração, o direito parlamentar ao veto.

D'Argenson levantou-se e explanou o porquê de a revolta dos parlamentares não ser de direito. Ele explicou as novas regras do jogo, que passariam a valer a partir daquele dia. Os presentes começaram a protestar. D'Argenson interrompeu a fala no meio da frase. Silêncio. Ele dirigiu-se até o rei e ajoelhou-se na sua frente. O jovem rei sussurrou alguma coisa no seu ouvido.

D'Argenson levantou-se e anunciou com voz alta e forte:

— O rei está exigindo obediência. Obediência imediata e incondicional!

Todos os presentes se ajoelharam. À exceção de três parlamentares. Eles foram retirados dali por oficiais da guarda. Nunca mais se ouviu falar deles.

Saint-Simon subiu desabalado a escadaria do Banco Geral. Ele estava sentindo vontade de cantar. No saguão já havia bagagem empilhada. William estava acabando de descer as escadas. John estava atrás da balaustrada do primeiro andar observando os preparativos de viagem do irmão.

— Senhor Law! — gritou Saint-Simon. — O rei exigiu obediência. Obediência imediata e incondicional!

William não compreendeu o significado daquelas palavras. Viu somente Saint-Simon passar correndo por ele como se fosse um pequeno menino excitado e seguindo na direção de John Law, que foi ao seu encontro abraçando-o cordialmente.

— O senhor está salvo! — gritou Saint-Simon.

Catherine e Rebecca apareceram na galeria.

— O rei manifestou a sua confiança no Regente, derrubando assim a revolta do Parlamento — rejubilou-se Saint-Simon.

— Sou-lhe muitíssimo grato — disse John Law abraçando Saint-Simon novamente.

— A sua amizade me é suficiente, senhor — respondeu Saint-Simon desconcertado.

— Nós jamais nos esqueceremos disso — disse Catherine abraçando por sua vez Saint-Simon. Quando o largou, seu olhar recaiu sobre William. Ele tinha subido a escada novamente e estava ali indeciso. Rebecca jogou-se nos seus braços e soluçou baixinho. William mal prestou atenção nela. Ele ficou procurando uma resposta nos olhares de John e de Catherine. — Nós jamais nos esqueceremos disso — repetiu Catherine. Porém suas palavras pareciam mais dirigidas a William do que ao comovido Saint-Simon.

John Law ficou trabalhando no seu escritório até as primeiras horas da manhã. Num primeiro momento nem percebeu as batidas na porta. Quando elas ficaram mais altas, levantou o olhar surpreso. Já estava clareando do lado de fora. Já deviam ser quatro horas da madrugada.

— Sim? — exclamou John.

A porta se abriu. William entrou no escritório.

— Estou te incomodando? — perguntou, inseguro.

— Pode entrar — disse John.

William fechou a porta silenciosamente atrás de si. Ele parecia estar dividido internamente, perturbado, movido por maus pensamentos.

— Não consegui pregar os olhos, John.

— Eu também estou trabalhando, William. Estou me queixando, por acaso?

— Eu queria te dizer...

John olhou rapidamente para o irmão.

— Você pode contar comigo! — disse William em voz baixa.

— Isso nós já vimos, William. Isso é tudo o que você tinha a me dizer?

— Por que é tão duro, John?

— A vida é dura comigo, William. Eu aceito esta dureza. Não me queixo. Também é duro ver o próprio irmão querendo empreender uma fuga. Não me queixo, William. Aceito o fato. Então, faça-me um favor: não banque a vítima. Você não é a vítima, é o agente.

John voltou-se novamente para os seus papéis. William ficou ali calado. Depois de algum tempo ele falou:

— Se você quiser eu posso comandar a expedição para o Novo Mundo. Ouvi dizer que ninguém está muito interessado nesse posto. Eu posso fazê-lo. Posso provar para você que sou um Law. Nem insignificante nem menor.

John Law colocou a pena de lado e olhou para o irmão.

— Vamos olhar para a frente, William. Eu tenho planos ambiciosos.

O Regente leu o documento. Hesitou em pegar a pena que o criado lhe estendia. Em vez disso, olhou com ar sério para a roda formada pelos seus conselheiros. À sua direita estava d'Argenson, à esquerda Saint-Simon, na sua frente estava John Law.

— Com este ato — disse o Regente pensativo — o banco particular de John Law, o Banco Geral, passa a ser propriedade da Coroa, passando a se chamar Banque Royale. O senhor Law continuará sendo o diretor do banco. No futuro a fiscalização da impressão das notas será incumbência da Coroa. O banco vai transferir a sua sede para o Hotel de Nevers. Quem quiser dizer alguma coisa a respeito que se manifeste agora.

D'Argenson não demonstrou nenhuma reação.

Saint-Simon pediu a palavra:

— O Banco Geral, *monsieur le duc*, dispõe hoje de uma reserva líquida, em moedas, da ordem de 10 milhões de libras. Em contrapartida já foram emitidas notas bancárias na ordem de 40 milhões de libras. Creio que esta seja uma relação saudável. Eu gostaria entretanto de chamar a atenção de que serão necessárias de nossa parte a sabedoria e a disciplina para que esta relação saudável seja mantida estável, e para não cedermos à tentação de emitir papéis novos de forma descontrolada.

O Regente tomou ciência do voto de Saint-Simon com um sorriso e voltou-se para d'Argenson. D'Argenson resmungou que estava completamente na alçada de Saint-Simon evitar que tal coisa acontecesse, uma vez que ele era membro do conselho da Regência e da comissão financeira de aconselhamento.

— Então é isso, senhores — disse o Regente. E com tais palavras assinou o documento.

— E, agora que o banco é propriedade da Coroa — disse o Regente — pleiteio que as transações que ultrapassem o valor de 600 libras tenham que ser efetuadas com notas de papel. Depois que o senhor Law demonstrou de uma forma tão impressionante a eficiência do seu sistema, nós queremos prover a circulação do sistema com o sangue fresco necessário.

Oito gráficos trabalharam dia e noite, nos dias de dezembro do ano de 1718, para atender à crescente procura por novas notas de 10, 50 e 100 libras. D'Argenson e John Law ficaram na gráfica observando a atividade assídua.

— É realmente fascinante — disse d'Argenson depois de algum tempo. — Durante séculos as pessoas trabalharam arduamente nas minas para extrair o metal das moedas. E agora nós estamos aqui, imprimindo dinheiro em papel.

Os dois passaram pelos soldados armados que vigiavam as portas da gráfica e saíram para a rua.

— No entanto devo confessar-lhe, senhor d'Argenson, que não fiquei muito satisfeito ao saber que o valor de restituição de uma nota bancária não deverá mais corresponder ao valor vigente na sua aquisição.

D'Argenson acenou com a mão.

— As pessoas aqui na França estão habituadas com o fato de que o valor de uma moeda está sujeito a uma constante variação. Por isso elas também não irão se incomodar com o fato de que isso passará a valer para as notas bancárias também.

— Isso contradiz um dos aspectos fundamentais do meu sistema, senhor. Sou absolutamente contra. Acho que se trata de um erro.

— Artistas e os seus sistemas — disse rindo d'Argenson. — Fique feliz por não estar mais suportando toda a responsabilidade sozinho.

— Enquanto tudo correr bem — brincou John Law.

— E as coisas poderiam ir melhor? Novas filiais do Banque Royale estão surgindo por toda a França. Quase 100 mil trabalhadores de todos os países da Europa já vieram para a França e abriram negócios aqui. Quase já não se encontra pessoas sem trabalho. Chega a ser praticamente um milagre. E nós sempre pensamos que as suas teorias eram alucinações de um jogador de cartas, um grande jogo. Senhor Law, ruas inteiras levarão o seu nome.

— Eu já fico satisfeito se não quiserem me enforcar — devolveu John Law despedindo-se de d'Argenson. A sua carruagem acabara de chegar.

— Aliás — perguntou d'Argenson quando John Law ia embarcando na carruagem — é verdade que o senhor comprou o Hôtel de Soisson?

— Sim. — Disse John Law sorrindo. — Estávamos precisando com urgência de uma nova sede para a Companhia do Mississippi.

— Seu décimo quinto imóvel, senhor.

John Law calou-se e depois dirigiu-se novamente a D'Argenson.

— O senhor está fazendo a contabilidade?

— Estou de olho no senhor — disse d'Argenson. — São poucos os franceses que dispõem de uma tal quantidade de imóveis.

— Me alegra o fato de o senhor também reconhecer que agora eu sou francês — disse John Law entrando na carruagem.

— Sim — disse d'Argenson olhando de forma penetrante para Law —, o senhor perdeu até mesmo o sotaque.

O Regente ouviu com atenção o que d'Argenson tinha a relatar.

— Agora ele está querendo comprar a Companhia das Índias Orientais e da China para fundi-las com a sua Companhia do Mississippi.

— Pois que ele o faça, que ele o faça — disse o Regente. — Essas duas companhias não passam de uma montanha de dívidas e causam anualmente prejuízos à Coroa. Mas de que servirão elas para o escocês? Ele precisaria de muito dinheiro para amortizar as dívidas e prover essas companhias podres com novos recursos.

— Ele quer emitir novas ações — intrometeu-se Saint-Simon. — Ele as chama de *filles*, por serem filhas das primeiras ações emitidas anteriormente por ele para a Companhia do Mississippi.

— Ele está oferecendo à Coroa a subscrição de uma parte das ações — disse d'Argenson chegando ao ponto. Ele o fez com um sorriso cansado, expressando dessa forma sua total aversão por John Law e a sua sugestão.

— Ai — gemeu o Regente revirando os olhos do jeito que se habituara a fazer nos últimos tempos —, estas reflexões me cansam. O que é que os senhores têm a propor, senhores? Law está nos fazendo de bobos? Ele quer realmente nos oferecer ações de companhias podres?

D'Argenson concordou com o Regente.

— Se o senhor Law estivesse realmente convencido do sucesso, ele próprio subscreveria as ações. Com capital próprio. — D'Argenson olhou para o Regente, como se estivesse esperando o reconhecimento pela sua audaz conclusão.

— *Voilá* — exultou o Regente —, dessa forma ficará evidente se o senhor Law estiver querendo nos passar a perna. Mas agora vamos comer. Estou com fome.

— Perdão, senhor — disse Saint-Simon pedindo novamente a atenção —, o senhor Law me deu a entender que estaria disposto a comprar toda a emissão de ações com o seu patrimônio pessoal.

— Ele colocou isso dessa forma? — perguntou o Regente.

— Sim — respondeu Saint-Simon —, ele disse que isso seria facultativo e que eu deveria lhe apresentar a coisa deste jeito, *monsieur le duc*. Ele honraria a sua palavra.

O Regente então fez uma expressão muito pensativa. Depois de algum tempo, disse:

— Conheço esse escocês tempo suficiente para saber que ele é muito esperto. Ele nunca na vida... Qual é o valor total da emissão?

— Vinte e cinco milhões de libras — resmungou d'Argenson já prevendo coisa ruim.

— Nunca na vida o escocês iria — prosseguiu o Regente — investir 25 milhões de libras de capital próprio se não estivesse absolutamente convencido de poder obter um ganho de várias vezes esse valor.

— Permita-me, senhor, mas isso é somente uma hipótese, pura especulação — tentou obstar d'Argenson.

— O senhor sempre foi um homem para as coisas grosseiras, d'Argenson. Mas aqui trata-se de nuances, o senhor precisa perceber as miudezas. O senhor precisa farejar o vento antes de os carvalhos tremerem. Compreende, D'Argenson?

— O senhor Law está inclusive oferecendo mais — interrompeu Saint-Simon novamente. — Ele está se oferecendo para subscrever todas as ações por um valor maior do que o de emissão. Ele pagaria 10% a mais.

— O que é que o senhor tem a dizer agora, d'Argenson? — disse o Regente com desprezo. — Nós certamente não iremos deixar escapar essa oportunidade. Law me deve muita gratidão. É por isso que ele está me fazendo essa oferta. Ele é um homem honrado.

D'Argenson lançou um olhar arrasador para Saint-Simon, que hipocritamente sacudiu os ombros.

— Eu decidi, senhores — anunciou o Regente com voz triunfal —, nós compraremos as ações. Tantas quantas o senhor Law quiser nos vender e lhe daremos o direito de fundir as companhias mercantes. E agora vamos comer! Isto é uma ordem! Quem deixar o Regente passar fome vai acabar numa galé de águas salgadas.

Aos 23 de maio de 1719 a nova companhia mercante mudou-se para o Hotel de Soisson, a mais recente aquisição de John Law, uma propriedade monumental, com uma fachada suntuosamente decorada e um extenso jardim. A sociedade englobava todos os direitos comerciais das antigas companhias, que até então atuavam na África, Índia Oriental, China e no Novo Mundo. Mas isso não impediu a voz do povo de continuar falando exclusivamente da Companhia do Mississippi.

Com a segunda emissão de ações houve então suficiente capital disponível para reavivar o comércio marítimo francês. Quem subscrevesse as ações não estaria doravante participando de uma companhia podre, como escarneciam os jornais, e sim da maior companhia mercante do mundo. O espetacular, no entanto, era o fato de que teoricamente qualquer cocheiro e qualquer copeira poderia comprar uma ação, participando assim, no estilo dos grandes financistas, nos lucros futuros de uma companhia. Com o resultado da emissão das ações John e William Law encomendaram 24 navios com uma capacidade de carga de 500 toneladas cada. Uma grande expedição seria iniciada, deixando na sombra tudo o que já tinha sido feito anteriormente.

— Estão se apresentando poucas pessoas dispostas a viajar — queixou-se William fazendo uma careta preocupada. — Nós temos 24 navios, mas muito poucas pessoas querendo se estabelecer no Novo Mundo.

John observou seu irmão sentado ali, debruçado sobre os mapas e as listas de provisões, quebrando a cabeça com problemas que na sua opinião eram fáceis de serem resolvidos.

— Por que você não está encontrando pessoas, William? — perguntou John com hipocrisia.

— As pessoas têm medo. Dizem que na Louisiana existem pântanos misteriosos com crocodilos enormes. Que o continente inteiro é um pântano fedorento cheio de mosquitos que transmitem doenças incuráveis.

— Mas você não tem medo?

William olhou irritado para o irmão.

— Você me concedeu empréstimos para comprar ações. Agora eu sou participante, John. Eu moverei mundos e fundos para obter sucesso. Mas como é que eu vou convencer pessoas completamente estranhas a se juntarem a mim?

— O homem sempre escolhe o mal menor, William.

— O que é que você está querendo dizer com isso, John?

Centenas de prisioneiros foram levados enfileirados e acorrentados até o porto e embarcados nos navios. Naquela mesma manhã seguiram algumas centenas de prostitutas que tinham sido recolhidas na noite anterior.

William Law estava no tombadilho do navio guia supervisionando o movimento. Curiosos estavam lá embaixo nas docas aguardando as âncoras serem levantadas.

— Ele me prometeu um boné de pele de castor — disse o filho de John Law olhando para o pai.

— Isso é o mínimo que ele deveria trazer de volta — respondeu John.

— O plano do seu marido é digno de admiração — atestou Saint-Simon, que gostava de estar perto de Catherine.

— Ouvi dizer que a população está muito zangada com isso — respondeu Catherine.

— Ninguém foi obrigado — respondeu John. — Se eu estivesse apodrecendo numa cela gélida também me candidataria à emigração para o Novo Mundo. Eles vão trabalhar muito, mas serão livres. E senhores de si. E Crozat le Riche me contou que o sol brilha o ano inteiro na Louisiana.

Saint-Simon pareceu um pouco cético.

— Talvez o modelo de empreendimento do bom Deus tenha sido um pouco mais promissor, quando ele simplesmente colocou Adão e Eva no paraíso. Adão não era um criminoso capital, e Eva não era uma prostituta.

— Quem pode saber isso hoje com tanta precisão? Pode ser que Deus tivesse um sistema melhor — brincou Law —, mas o bom Deus não tinha tantos acionistas no seu pescoço.

Poucas semanas mais tarde, quando os navios se lançaram ao mar, a bela Rebecca estava sentada desesperada no seu salão deixando as lágrimas escorrerem. Ela tinha se recusado a ir junto até o porto para se despedir de William. E agora estava sentada ali, sozinha, com os seus empregados domésticos, num palacete suntuoso, sem poder se alegrar mais com o fato de ter conseguido fazer com que William comprasse aquela casa grande demais, depois de passar semanas fazendo cenas e provocando briguinhas. Passou os dias seguintes ocupada com preocupações. Ela pintou milhares de catástrofes. Elas sempre terminavam com a dolorosa morte do marido, que era torturado até a morte por selvagens nus nos pântanos do Novo Mundo.

— A senhora deveria escrever romances — recomendou-lhe a criada.

Rebecca ficou fora de si de tanta raiva. Ela xingou a criada das piores coisas e expulsou-a de casa. Quando a criada estava descendo as escadas que davam na entrada principal com a sua pequena mala, a jovem foi atrás dela e lhe pediu, debaixo de lágrimas, que ficasse. Mais tarde, quando Rebecca mandou que a criadagem fechasse as cortinas e lhe servisse legítimo uísque escocês, a criadagem avisou Catherine. No entanto Catherine foi despachada na porta de entrada. A senhora estava doente e não podia receber ninguém. Catherine finalmente pediu a John que fosse visitar a cunhada.

John Law não foi impedido de entrar. A criada levou John até os aposentos de Rebecca. Estava tudo escuro. John sentou-se na beira da cama. Rebecca sussurrou que ninguém podia avaliar a dimensão do seu sofrimento.

— Você está doente? — perguntou John.

Rebecca abriu um pouco os olhos e os fechou novamente.

— Sonhei que não verei William nunca mais, John.

— Rebecca, você me fez vir aqui para falar de sonhos? — Ele mal conseguiu disfarçar a contrariedade.

Rebecca assustou-se. Ela abriu os olhos e ergueu-se. Seu tronco estava nu. Ela levantou a coberta muito devagar, até o seu peito ficar quase completamente coberto.

— Sim — disse Rebecca irada —, eu queria lhe fazer confidências, falar sobre os meus sentimentos, mas você só se interessa pelas suas ações. Falemos então de ações! A cotação não está saindo do lugar. Se William voltar algum dia, as ações dele não vão valer mais nada. E o que restará para ele de tudo isso? Dívidas! Nada além de dívidas!

John Law levantou-se e abriu as cortinas. Uma forte luz solar entrou no cômodo.

Rebecca colocou a mão diante dos olhos para protegê-los.

John Law foi até a cama de Rebecca.

— O que é que você quer, Rebecca? — perguntou, com a voz séria.

Rebecca baixou lentamente a coberta deixando os seios à mostra:

— Segure-me nos seus braços, senhor. Eu lhe pertenço.

John Law estava sentado junto à escrivaninha em frente à janela, com um olhar sombrio. À sua direita ficava a escrivaninha de Angelini. Angelini observava o patrão.

— O senhor parece cansado — disse Angelini tentando conversar. Ele olhou intrigado para John Law. Este retribuiu aquele olhar depois de algum tempo, sorrindo para si mesmo. Ia dizendo alguma coisa, mas desistiu.

— As aquisições do Regente levantaram a cotação, mas nós ainda estamos sentados em cima de uma enorme montanha de ações — disse Angelini.

— Faltam-nos boas notícias — disse John Law.

— Seu irmão terá que trazer um bocado de boas notícias para despertar a fantasia dos investidores.

— Ofereça aos acionistas a recompra das suas ações com um acréscimo de 20% do valor — disse John Law decidido.

— Aí nós ficaremos sentados em cima de mais ações, senhor.

— Nenhuma notícia é tão boa quanto a história que se desenvolve na fantasia dos investidores. Se a cotação subir 20%, alguns irão vender. Eles se gabarão por toda a parte dos seus lucros. As pessoas pensarão que existem novidades no Novo Mundo. Informações que elas ainda não têm. Elas vão comprar. Surgirão boatos. E cada profecia irá se realizar depois por si mesma. Temos que forçar os investidores a irem ao encontro da sua própria sorte.

— Eu agradeço a Deus pelos dois meninos se darem tão bem — disse a viúva d'Orléans enquanto os dois garotos galopavam ao longo do Grande Canal. John Law e Catherine fizeram uma reverência diante da velha dama que estava perto dos 70 anos e tinha acumulado um bocado de gordura devido ao sofrimento. Ela estava entronada majestosamente no banco forrado com almofadas da gôndola veneziana que seguia, conduzida por um gondoleiro veneziano, ao longo do canal que ficava atrás do Palácio de Versalhes. John e Catherine estavam sentados num banco um pouco mais baixo. A sociedade cortesã acenava na margem, sentada debaixo da sombra das árvores.

— É uma grande honra para nós, senhora, conhecer pessoalmente a mãe do nosso honorável Regente — disse John Law retribuindo o caloroso sorriso da princesa oriunda do Palatinado alemão.

— Filipe me contou tanta coisa sobre o senhor. Também é uma necessidade da minha parte travar conhecimento com o grande John Law. O senhor exerce uma influência maravilhosa sobre o meu filho. Ele não está bebendo mais nenhuma gota de álcool.

Ela acompanhou com os olhos a cavalgada dos dois meninos que tinham acabado de chegar ao final do canal e estavam enfiando novamente as esporas nos cavalos.

— Filipe odeia Versalhes. Mas todo ano ele *tem* que me visitar no dia 9 de junho. Seu pai, ele infelizmente também se chamava Filipe, mor-

344

reu nessa data há 18 anos durante um dos seus inúmeros banquetes. Sempre comemoro a ocasião com uma boa garrafa de Bordeaux.

John Law e Catherine trocaram olhares fortuitos.

— O pai de Filipe não ligava muito para as mulheres. O que verdadeiramente não se pode dizer do seu irmão, o Rei-Sol. O senhor pode imaginar que não foi um casamento muito divertido para uma jovem. Por esse motivo eu me voltei para a comida. A comida é, se o senhor quiser colocar desta forma, a luxúria da velhice — disse com um sorriso Charlotte do Palatinado, que na Corte só era chamada de viúva d'Orléans.

Os dois meninos estavam galopando ao longo da sociedade cortesã. Criados serviam sucos de frutas resfriados com gelo.

— O nosso jovem rei já está cavalgando muito bem, eu diria. Para os seus 9 anos. Quantos anos tem o seu filho?

— Quatorze — respondeu John Law. — Nosso filho já tem 14 anos. Ele até agora teve poucas oportunidades de cavalgar.

— Isso vai mudar — disse rindo a viúva d'Orléans. Ela tinha uma forma muito franca e direta de falar com as outras pessoas. — O jovem rei gosta muito da companhia do seu filho. A sua chegada a Paris é uma bênção para ele, e também para o nosso Regente. E para Paris. E, quem sabe, talvez para toda a nossa nação. — A viúva riu sacudindo todo o seu corpo. A gôndola balançou.

— Isto é o que eu mais anseio, senhora. Transformar a França na nação mais poderosa do mundo.

Charlotte do Palatinado sorriu divertida.

— Senhor, eu quero comprar ações!

— Diga-me a quantidade, senhora, e eu prometo que farei tudo que estiver ao meu alcance!

— Posso confiar no senhor? — perguntou a viúva d'Orléans, séria.

— Evidentemente... — respondeu John Law. Ele ainda ia acrescentar mais alguma coisa, mas a velha senhora ainda tinha mais coisas para dizer.

— Na qualidade de viúva, preciso me preocupar eu mesma para que as minhas condições estejam em ordem. Quando o meu marido morreu, há 18 anos, eu não fiquei abalada com a ideia de que ele estava morto, e sim com a constatação de que na condição de viúva só me restava ir para um convento. Devo gratidão eterna ao nosso falecido rei Luís XIV por ter me poupado desse destino ao me colocar discretamente à disposição os meios necessários para conseguir sobreviver como viúva em Versalhes. Meu filho também cuida de mim, mas ele infelizmente herdou uma ou outra virtude do pai.

Ela olhou de forma penetrante para John Law. Depois de algum tempo, disse:

— Aos 40 eu já tinha sobrevivido à peste, imagine só o senhor. Todos morrem e a gorda do Palatinado acorda toda manhã novamente. — A viúva d'Orléans riu estrondosamente fazendo a gôndola balançar outra vez.

— Eu posso lhe fazer uma oferta muito especial — começou John, cautelosamente. — Eu apresentei ao seu filho uma oferta para comprar os direitos da Casa da Moeda Real por 50 milhões de libras. Se ele concordar, vou financiar essa transferência com a emissão de uma nova série de ações. Com 50 mil *petites filles*, é assim que nós chamamos as ações da terceira emissão. Mas se a senhora quiser comprar uma ação da terceira emissão não irá precisar de dinheiro vivo, e sim de quatro ações da primeira emissão mais uma ação da segunda emissão. Dessa forma nós elevaremos a cotação das ações da primeira e da segunda emissões. Mas a senhora terá o que deseja.

— Com a condição de que o meu filho concorde com a venda da Casa da Moeda Real? — disse a viúva d'Orléans com ironia.

— É isso, senhora.

A carruagem aberta da viúva d'Orléans estava esperando no atracadouro. Três criados tentaram com algum esforço ajudar a princesa corpulenta a desembarcar. A viúva, John e Catherine embarcaram na carruagem. Eles pararam junto à sociedade cortesã.

— Senhora, vamos comer! — exclamou o duque d'Orléans para a mãe. Ele desvencilhou-se do abraço da sua nova amante e tentou se erguer. Mas só conseguiu ficar de joelhos.

A viúva d'Orléans virou-se um pouco preocupada para o filho e exclamou enérgica:

— É o sol, Filipe. Quantas vezes eu ainda terei que lhe dizer que você não deve beber vinho debaixo deste calor?

— O peixe estava estragado, senhora. Foi o peixe — gemeu o Regente. — Eu não toquei numa só gota.

A sociedade caiu numa gargalhada estrondosa.

— Pois bem — suspirou a mãe do Regente —, o caminho para o inferno é calçado com inúmeros propósitos.

Ela voltou-se discretamente para John Law e sussurrou:

— O peso do cargo ainda vai matá-lo. Ficarei feliz quando o nosso jovem rei for coroado, daqui a três anos. Então Filipe terá mais tempo para as belas-artes. Mas até lá, senhor, eu conto com a sua ajuda. Meu filho precisa do senhor — disse a velha dama, acrescentando com um ar maroto: — E eu preciso das suas ações.

Guardas suíços continham a multidão impaciente que tentava entrar na casa de John Law. Eles ficaram postados ombro a ombro na Place Louis-le-Grand: nobres, patifes, trabalhadores, prostitutas, enfim tudo que tinha dois pés em Paris e conseguisse utilizá-los. Eles exigiam entrar, pediam que lhes dessem ouvidos, berravam em coro, chamavam por John Law. O que unia todas aquelas pessoas, e as transformava em iguais entre iguais, era uma avidez: a avidez por mais ações. As ações da Companhia do Mississippi tinham subido, em apenas três meses, de 490 para 3.500 libras. Para que continuar trabalhando? Toda Paris se fazia esta pergunta. Os empréstimos eram muito baratos. Até mesmo uma cozinheira tinha condições de pedir um empréstimo e comprar ações. Caso ainda houvesse alguma disponível.

Algumas jovens da nobreza conseguiram se espremer pelo meio dos guardas suíços. Os soldados não ousaram entrar em ação contra as distintas jovens. As mulheres irromperam no saguão da Sociedade Comercial, subiram as escadas e forçaram a sua entrada no escritório de John Law. Naquele momento Angelini estava ali pagando um cocheiro que vendera suas ações.

Quando as jovens irromperam, o cocheiro estava aos gritos, querendo compartilhar a sua sorte com o mundo inteiro.

— Eu fui incumbido pelo meu patrão de vender mil ações por 2.500 libras e acabo de vendê-las por 3.500! Eu ganhei... — gritou o cocheiro parando subitamente. Ele agarrou a cabeça e olhou para John Law procurando ajuda.

— Um milhão — sussurrou John Law baixinho.

— Eu ganhei 1 milhão de libras! Um milhão! — gritou o cocheiro.

— Nós compraremos as ações! — exclamaram as mulheres imediatamente, cercando John Law.

— Minhas senhoras, eu tenho que resolver um negócio muito urgente — repeliu-as John Law. Ele esteve sentado ali desde as primeiras horas da manhã e ainda não tinha tido a oportunidade de se aliviar.

— O que é mais urgente do que nos receber? — bufou a mulher mais jovem que aparentemente estava tentando impressionar a sua amiga.

— Mijar, senhoras, simplesmente mijar — respondeu John Law asperamente.

— Não precisa se conter, senhor. Nós não nos incomodaremos se o senhor mijar aqui mesmo, mas venda-nos as ações!

O cocheiro abaixou-se até Angelini, que já estava visivelmente estafado, e perguntou novamente:

— Como é mesmo que se chama alguém que tem 1 milhão de libras?

— Milionário — grunhiu Angelini —, milionário!

— O que é um milionário? — perguntou uma das jovens.

— É alguém que possui 1 milhão de libras — respondeu John, enervado, enquanto esvaziava a bexiga num urinol no canto do cômodo.

— Nós também queremos ser milionárias! — gritou a mais jovem postando-se atrás do banqueiro, que urinava. Então vieram as outras mulheres também e gritaram que elas também queriam ser milionárias.

Uma delas ajoelhou-se diante de John Law, jogou o seu lenço no chão e descobriu-lhe os seios.

— Eu faço tudo o que o senhor quiser.

Então as outras também jogaram os seus lenços no chão e descobriram os seios. Catherine entrou no escritório naquele instante. Ela ainda pôde ver John Law guardando o membro dentro das calças enquanto Angelini martelava furioso em cima do tampo da mesa para acabar com aquele tumulto.

348

— Não deixe mais ninguém entrar, senhora! — gritou John Law. — As pessoas estão perdendo o juízo!

O cocheiro esbarrou em Catherine, desculpou-se várias vezes e deu logo de cara com várias pessoas que tinham conseguido forçar a sua entrada na casa de forma violenta e agora queriam ver John Law.

— Façam uma barricada na porta! — gritou Angelini. — Nós precisamos de soldados!

Nesse meio tempo o cocheiro saiu para o lado de fora, ergueu as suas notas no alto e gritou com toda a força:

— Eu sou milionário!

E a sua voz ecoou por toda a Place Louis-le-Grand.

— Milionário — disse rindo Larcart —, eis a nova palavra. Alguém que possua 1 milhão de libras de agora em diante é chamado de milionário.

Larcart estava sentado na sala de conferências em cima da gráfica, olhando para os convidados com ar divertido. Samuel Bernard fez um gesto de desprezo com a mão. Ele fervia de raiva, buscava as palavras e, mais ainda, uma solução. D'Argenson e Crozat trocaram olhares. Eles simplesmente não conseguiam compreender o que estava acontecendo em Paris.

Saint-Simon riu, irônico.

— Será difícil derrubar Law, já que todos os parlamentares estão comprando ações!

— Pelo menos cite Voltaire — ordenou o banqueiro Samuel Bernard ao editor Larcart. — Voltaire escreveu uma carta ao Parlamento. *Será que todos vocês ficaram loucos aí em Paris? Eu só ouço falar em milhões! Será que a metade da nação encontrou a pedra filosofal nos moinhos de papel? Será este Law um Deus, um patife ou um charlatão, que se envenena com a mesma droga que distribui para todos?* Faça uma citação desta carta, senhor!

— Realmente? — perguntou d'Argenson, cético.

— Sim, realmente. Eu admiro a capacidade do senhor Law, eu aprecio o seu jeito culto...

— A mãe do Regente contou que ele desnudou o membro na presença de cinco mulheres e urinou — protestou Bernard. — Isso é cultura?

— Ele foi obrigado a fazê-lo — intrometeu-se Crozat. — Ouvi isso de fonte confiável. Além disso, senhor Bernard, o senhor só irá compreender o que é cultura depois que tiver visto a Louisiana. Como é que o senhor quer avaliar o tamanho de uma maçã sem ter visto uma segunda maçã para poder comparar?

— Pare com essa conversa fiada, Crozat, o senhor provavelmente também já subscreveu ações! — gritou Bernard.

Crozat acenou afirmativamente e riu de orelha a orelha.

— Senhores — protestou Saint-Simon —, eu fui interrompido. Eu queria deixar claro que prezo muito o senhor Law, apesar de não concordar de forma nenhuma com os acontecimentos atuais. Mas estou plenamente convencido da sua honestidade. Os motivos dele são nobres. Ele não pensa em si, pensa na França!

D'Argenson dirigiu-se a Larcart:

— E o que vai estar nos jornais amanhã?

— Existem coisas — ensinou Larcart — que são totalmente sem importância, mas que são muito interessantes. E existem coisas que são desinteressantes, mas que são de grande importância.

Todos os presentes olharam para Larcart com grande expectativa.

— A partir de hoje existe uma nova palavra: milionário! Creio que essa palavra interesa a toda Paris. A toda França, a toda Europa!

— Oh — disse com um suspiro o duque d'Orléans —, outra vez uma palavra nova.

Ele deixou o jornal cair sobre a mesa. A manchete do artigo principal da primeira página era constituída por uma só palavra: Milionário.

O duque estava se esforçando por manter os olhos abertos. Ele estava cansado e não se sentia muito bem. Estava sentado na cabeceira da mesa de conferências e refletia. Não se sabia com muita certeza. Achava-se que ele estava refletindo. Mas era bem possível que tivesse acabado de adormecer. Depois de algum tempo disse:

— Senhor Law, hoje, quando visitei minha mãe nos seus aposentos, ela me disse: Eu sou cinco vezes milionária. — O duque d'Orléans manteve-se calado durante algum tempo. Depois olhou para Saint-Simon, que estava com um sorriso maroto.

— Existe uma palavra para designar uma pessoa que seja cinco vezes milionária? — perguntou o duque.

— Não sei, senhor. Mas acho que com um ganho de 5 milhões de libras num período de três meses pode-se muito bem suportar essa incerteza linguística.

— Temo que o senhor tenha razão. — O Regente dirigiu-se a d'Argenson: — O senhor também já é um... milionário?

— Sim — reconheceu d'Argenson com algum sacrifício. — Eu não sou maluco. Sou... milionário.

— Será então o duque de Saint-Simon um maluco se ele continuar se recusando, com uma teimosia exemplar, a comprar ações?

O duque olhou em volta e prosseguiu:

— Eu inclusive fiz a oferta de presenteá-lo com ações. Ele recusou.
D'Argenson sorriu.

— *Monsieur le duc* de Saint-Simon está anotando isto no seu diário para que a posteridade fique sabendo da sua rigidez. Esta ideia pode muito bem valer 1 milhão. Eu, no entanto... Eu não escrevo diários. Eu compro ações.

— Senhor Law — disse o Regente começando a parte séria da reunião —, eu não convoquei o conselho da Regência para ficar falando de filologia. A França está prosperando, mas nós precisamos de mais liquidez para podermos crescer ainda mais rápido. Os banqueiros parisienses estão negando empréstimos à Coroa. Muitos créditos foram afundados no canal que fica entre a França e a Inglaterra. Eu não posso culpar ninguém por isso. Mas o senhor Law se ofereceu para pensar sobre o assunto. O senhor fez isso?

— Eu ofereço à Coroa um empréstimo de 1,2 bilhão de libras com juros de 3%. Com isso a Coroa poderá amortizar a sua dívida pública da noite para o dia.

— E como é que o senhor pretende financiar isso? — perguntou d'Argenson. — Onde o senhor pretende arranjar o dinheiro? — Ele estava visivelmente irritado.

— Eu assumirei o direito exclusivo da arrecadação de impostos na França por 52 milhões de libras.

— Quem mais o senhor pretende transformar em seu inimigo, senhor? — perguntou d'Argenson olhando furtivamente para o Regente.

— Eu não sou pago pela companhia para ser amado, *monsieur le marquis* d'Argenson, eu sou pago para fazer negócios. Mas penso que a minha oferta é muito generosa. Até o presente momento o direito à arrecadação de impostos está arrendado para um sindicato de quarenta financistas parisienses. E isso por muito menos dinheiro.

— Eu não vejo problema, d'Argenson — intrometeu-se o Regente.
— A oferta do senhor Law é melhor. De que é que nos adiantam animosidades, inveja e ciúmes?

D'Argenson dirigiu-se diretamente a John Law:

— Como é que o senhor pretende fazer com que este negócio se torne lucrativo? O senhor pretende arruinar a população da França com novos impostos?

— Muito pelo contrário — disse John Law. Ele pareceu estar gostando daquela inimizade inflamada de d'Argenson. — Cortarei a metade de todos os impostos, sem reposição. Não haverá mais imposto sobre a madeira, imposto sobre o carvão, imposto sobre bebidas e imposto sobre gêneros alimentícios.

D'Argenson arregalou os olhos.

— O senhor vai pagar mais pelo direito aos impostos e já está contando com uma arrecadação menor. Será possível que eu tenha perdido alguma lição durante as aulas escolares?

— Todo francês disposto a trabalhar tem um trabalho hoje em dia. Meio milhão de pessoas acorrem de todas as partes da Europa para a França, o comércio está florescendo. Cada vez mais pessoas ganham cada vez mais dinheiro, e pagam, portanto, cada vez mais impostos. Mesmo que nós baixemos os impostos, teremos uma arrecadação maior do que há um ano!

— Ele é simplesmente brilhante — disse o Regente.

D'Argenson refletiu. O Regente olhou para ele. D'Argenson ficou calado. Depois de algum tempo d'Argenson sacudiu os ombros e levantou as sobrancelhas.

— Muito bem, eu não vou me opor, mas sob uma condição: transfira o local de venda da ações para a Rue Quincampoix. Ontem eu fiquei uma hora inteira preso na multidão com a minha carruagem. Todos queriam ações.

— Assim como o senhor — disse John Law.

Um rufar de tambores soou às sete em ponto nas duas extremidades da Rue Quincampoix. Um soldado da guarda bateu no gongo assim que os tambores emudeceram. As barricadas da rua foram levantadas. Os soldados deram passagem. Milhares de pessoas começaram a correr, gritando, berrando, batendo selvagemente com os cotovelos para a esquerda e para a direita, uns pisando nos pés dos outros, entrando na estreita viela daquela região horrível, decadente e fedorenta. Todos queriam uma coisa só: comprar ações. Quem caía ficava jogado na lama, que batia na altura nos tornozelos, acumulada ao longo da estreita viela, e era chutado e espremido como se fosse uma sola de couro.

A sede da Companhia do Mississippi, então a maior companhia mercante do mundo, abriu as suas portas, naquele dia 17 de setembro de 1719, na legendária Rue Quincampoix, que no século XII já tinha sido a rua dos cambistas. John Law lançou uma quarta emissão de ações. Desta vez foram 100 mil ações, que ele chamou de *cinc-cents* e ofereceu por 5 mil libras, com um valor nominal de 500 libras.

A avidez pelo ganho rápido fez com que todas as comportas sociais caíssem. As pessoas não se limitavam a comprar e vender ações na Rue Quincampoix. Elas também trocavam informações. Um marinheiro foi importunado ali, porque se supôs que ele talvez tivesse encontrado um outro marinheiro, que conhecia um marinheiro, que tinha relações com uma taberna do porto onde circulavam marinheiros que de vez em quando tinham contato com marinheiros que tinham voltado da Louisiana. E onde faltavam fatos e números, vicejava a especulação e a superstição. Soldados tentavam conter a multidão enlouquecida com ameaças e pela força. Mas, se uma criada gritasse que tinha ações para vender, ressoava uma gritaria parecida com um furacão, e as pessoas corriam naquela direção.

Daniel Defoe teve a maior dificuldade para conseguir alcançar a sede da Companhia do Mississippi. Mal ele conseguia dar alguns passos para a frente, era jogado para trás pela próxima onda de pessoas e espremido contra carruagens e paredes das casas. Era para se ficar completamente louco. Uns italianos que tinham vindo de Roma unicamente para comprar ações estavam xingando ao seu lado. Um jovem holandês cuja canela tinha sido quebrada por uma carruagem choramingava no chão. As pessoas queriam ações, ações e mais ações. E por 4 mil e quinhentas libras a unidade. Isso era dez vezes mais do que o valor de emissão há quatros meses.

— Ofereço 4.700 — gritou um cidadão esbelto, na casa dos 30, vestindo um libré ocre. Aquilo equivaleu a uma pena de morte. Inúmeras pessoas tentaram abrir caminho contra a corrente da multidão para chegar até o vendedor, que estava de costas para uma parede numa expectativa amedrontada. Daniel Defoe foi levado junto, não teve outra opção. Era impressionante como uma multidão se tornava forte quando entrava em movimento.

— Quatro-oito!

— Quatro-oito-cinco!

— Quatro-nove!

— Cinco-um!

As pessoas ergueram os seus punhos para o céu, balançando sacos de dinheiro e notas, abrindo caminho com braçadas, aos gritos e xingando, na direção do esguio criado com o libré ocre. Defoe foi novamente imprensado contra a parede.

Um sujeito gordo, trajando um hábito preto, esticou o braço para frente com a habilidade de um lutador e colocou as notas na frente do criado visivelmente assustado.

— Para a igreja — berrou ele —, oito unidades por cinco-um!

— Cento e vinte unidades! — gritou o criado. Ele pareceu estar à beira das lágrimas e revirou os olhos. Um jovem nobre, fedendo como um barril vazio de Bordeaux, enfiou o cotovelo com toda a força na barriga do religioso. Aquilo enfezou o capuchinho de tal forma, que ele implorou aos berros pela ajuda de Deus esticando os braços na direção do céu e acertando um soco no rosto de Defoe, que estava atrás dele. Dois jovens padeiros conseguiram abrir caminho até o criado do libré ocre. Enquanto um dos rapazes manteve a concorrência à distância, o outro comprou as 120 ações do criado exausto por 5.500 libras.

Seiscentos e doze mil libras por ações que quatro meses atrás tinham custado somente 54 mil libras.

Mal os dois rapazes da padaria puseram a mão nas ações, um deles gritou:

— Ofereço 5 mil e quatro...

Então a multidão moveu-se para o outro lado da viela. Daniel Defoe e o cidadão de libré tomaram fôlego. No meio-tempo algumas carruagens e cavalos ficaram presos na viela. Cada vez mais pessoas entravam em pânico. Outras estavam caídas no chão com ferimentos graves, mas ninguém se apiedava delas. As pessoas queriam ações, nada além de ações.

Daniel Defoe olhou para o cidadão de libré e sorriu. Ele sorriu de volta.

— Fui incumbido de vender por apenas 4.700 — arfou ele.

— Então os patrões ficarão contentes — respondeu Defoe num francês ruim.

— Vou dizer que consegui vender por quatro-sete. Os patrões ficarão satisfeitos com o lucro de dez vezes. Muito satisfeitos. Mas a diferença dos quatro-sete para os cinco-um é minha. Quarenta e oito mil libras correspondem ao salário de cinco anos, senhor. O salário de cinco anos em poucos minutos.

— E o que é que o senhor vai fazer com o seu lucro? — perguntou Daniel Defoe olhando novamente para as cenas preocupantes na viela.

— Dinheiro cinco-dois! — berrou subitamente o criado esguio. Tão alto que a sua voz falhou. Em seguida voltou correndo para a multidão, destemido e disposto a tudo. Ele queria se tornar um milionário. Daniel Defoe desviou-se e continuou abrindo caminho na direção do prédio. Não era difícil identificar a porta de entrada. Duas dúzias de soldados estavam postados nos degraus, afastando as pessoas com as lanças que mantinham na horizontal, na altura do peito. Atrás deles estavam outros soldados prontos para atacar com baionetas a qualquer momento.

Daniel Defoe tentou chegar até a primeira fila, mas em vão. As pessoas que aguardavam já estavam tão irritadas, que reagiam rudemente a qualquer um que tentasse passar por elas.

— Daniel Defoe. Eu preciso falar com John Law! — berrou ele para deleite geral dos que aguardavam.

— Todos nós queremos falar com o senhor Law — disse rindo uma jovem. O bronzeado dos seus braços e das suas pernas nuas, assim como os trapos que apareciam por baixo do seu casaco elegante, revelavam que até bem pouco tempo a dama ainda trabalhava no campo.

— Fui enviado pela Coroa inglesa! — berrou Daniel Defoe. Novamente ele provocou uma gargalhada geral.

— Mesmo que o senhor fosse o papa — escarneceu um aristocrata que disse ser advogado —, teria que esperar aqui como todos os outros. Todas as pessoas são iguais perante a Companhia do Mississippi.

— Deus abençoe o rei e o senhor Law! — gritou alguém. A multidão que aguardava aplaudiu vivamente. Então Angelini apareceu de repente nos degraus. Todos gritaram ao mesmo tempo, gesticulando selvagemente. Angelini manteve-se sob a cobertura dos soldados. Depois sussurrou alguma coisa no ouvido do capitão da guarda que estava no comando. O capitão inclinou-se para frente, entre os lanceiros, e apontou para um homem na multidão. Deixaram-no passar. Era Saint-Simon.

Daniel Defoe berrou:

— Eu sou o tio de John Law!

Angelini pareceu tê-lo ouvido. Ele olhou para a multidão procurando. Daniel Defoe berrou novamente:

— Eu sou o tio de John Law!

Então arrancou um livro do bolso do casaco e arremessou-o num longo arco até Angelini. Os soldados usaram suas espadas para aparar o livro com destreza. Angelini ordenou que o livro lhe fosse entregue. Ele o pegou e voltou em seguida para dentro do prédio com Saint-Simon.

No interior havia inúmeros guardas suíços. Diante de cada porta estavam postados lacaios e camareiros. Estafetas corriam em todas as direções. Reinava um verdadeiro estado de sítio. Angelini conduziu Saint-Simon através da grande sala de espera até a antessala e de lá até o escritório de John Law. Duas dúzias de pessoas já estavam ali aguardando que os secretários lhes entregassem as ações que lhes cabiam. Seis mesas estavam enfileiradas uma atrás da outra. Um secretário trabalhava com afinco em cada uma delas, subscrevendo à mão as ações impressas, datando-as e numerando-as.

John Law foi ao encontro de Saint-Simon com os braços estendidos.

— *Monsieur le duc* de Saint-Simon, o que é que eu posso fazer pelo senhor?

Saint-Simon olhou para os clientes que aguardavam ansiosos pela entrega das suas ações.

John Law compreendeu imediatamente e sorriu.

— Vamos passar para a outra sala.

— O seu tio está esperando lá fora, senhor Law — disse Angelini. Ele sacudiu os ombros com ar desamparado e entregou para John Law o livro que Daniel Defoe lhe atirara. John Law abriu-o. Um sorriso percorreu-lhe o rosto.

— *Robinson Crusoé*. Editado por ele mesmo.

— Mas isso foi escrito por um jornalista inglês — disse Saint-Simon, que se inclinara para frente com interesse. — Foi lançado em abril e esgotou em poucas semanas.

— Deixe-o entrar, Angelini. Conduza-o até a sala dos emissários.

Em seguida John Law entrou numa sala lateral com Saint-Simon. Era uma biblioteca maravilhosa, com gravuras fascinantes nas paredes, representando cenas do Novo Mundo — navios, nativos, plantas exóticas, animais misteriosos, paisagens estranhas.

— O senhor então mudou de ideia, meu caro duque? — perguntou John Law colocando amigavelmente a mão sobre o ombro de Saint-Simon.

— Nunca — sussurrou o duque —, a humanidade ficou possuída dessa forma. Nunca ouvi falar de uma loucura dessas, senhores. Perto disso a mania holandesa pelas tulipas não passa de uma pequena escaramuça.

— Tudo precisa do seu devido tempo, meu caro duque. No momento a situação está um pouco aquecida demais. Mas ela vai esfriar novamente.

— Sim — disse Saint-Simon com uma expressão sombria —, quem sabe onde isso tudo vai acabar...

— Vai dar certo, senhor — disse John Law com voz firme, pedindo ao duque que se sentasse —, porque a quantidade de dinheiro está

357

sob controle e porque em breve nós teremos provado que as ações da Companhia do Mississippi são valiosas.

— Valiosas? — perguntou o duque, perplexo. — Mais uma palavra nova. Nós precisamos diariamente de palavras novas para explicar essa loucura? Isso me mete medo, senhor Law. A mim parece que estão tirando dinheiro dos bolsos de um para depois repassá-lo para os outros. E quando este grande jogo acabar...

— Isso não é um jogo — disse John Law tentando dissipar as preocupações do duque —, isso é o começo de uma nova era.

Angelini entrou em silêncio no escritório e dirigiu-se a John Law:

— A Charité, senhor.

John Law acenou com a cabeça.

— Cem mil.

— E a Igreja St. Roche? — perguntou Angelini.

— Cem mil — repetiu John Law. Angelini retirou-se tão silenciosamente quanto havia entrado.

— A sua generosidade já está tornando o senhor mais querido do que o nosso rei — disse Saint-Simon, lisonjeiro. — Dizem que o senhor é mais caridoso do que o bom Deus.

— Acabei me tornando o súdito mais abastado da Europa, senhor, isso me obriga.

De repente alguém bateu no vidro da janela. Uma cabeça apareceu por um instante. Alguém estava tentando subir até a janela. John levantou-se imediatamente da poltrona e foi até a janela. Várias dúzias de pessoas estavam no jardim. Agora que tinham visto John Law atrás da janela, elas começaram a escandir o seu nome em alto e bom som, exigindo ações. Quando Saint-Simon se aproximou, soldados já tinham acorrido ao jardim e estavam empurrando as pessoas de volta para a entupida Rue Quincampoix.

— É assim o dia inteiro — suspirou John Law — de manhã até a noite. Todos querem ações. — Ele levantou o olhar: — Menos o senhor.

— Eu sei — disse Saint-Simon — já fiz inimigos por causa disso. Estive ontem em St. Cloud com o Regente. Na Orangerie. Ele começou novamente com aquela eterna discussão sobre ações e me chamou de presunçoso porque recusei as ações que ele me ofereceu de graça.

Ele disse que muita gente de nome e posição ficaria se rasgando para receber um presente do rei ou do Regente. E ainda por cima um presente na forma de ações da Companhia do Mississipi. Ele me chamou de insolente. Insolente ou simplório. Ele me deixou escolher. Eu lhe expliquei detalhadamente que não queria tomar parte nessas loucuras, que eu sou um homem do intelecto. Dinheiro não significa muito para mim. O Regente então ficou muito zangado e disse que as minhas explicações não diminuiriam em nada a minha insolência de me recusar a receber um presente do rei. — Saint-Simon respirou fundo.

John Law tentou segurar um sorriso. Naquela altura ele já conhecia todas as artimanhas dos potenciais pedintes.

— Pois bem — disse Saint-Simon procurando introduzir a parte mais difícil da sua fala —, eu lembrei ao Regente que durante as guerras civis o meu falecido pai defendeu durante 18 meses a fortificação contra o partido de *monsieur le Prince*. Eu disse a ele que durante esses 18 meses o meu pai fundiu canhões, fortificou praças, cuidou de quinhentos nobres e pagou o soldo de todas as tropas. Ao término das guerras civis o rei quis restituir ao meu pai as custas de 500 mil libras. Mas a Coroa nunca o fez. Então eu disse ao Regente que, já que ele estava querendo me dar um presente, que simplesmente mandasse que me fossem entregues ações no valor de 500 mil libras.

John Law teve dificuldade para segurar um sorriso e acenou bastante compreensivamente com a cabeça. Saint-Simon ficou surpreso com a facilidade com que conseguira meio milhão de libras e acrescentou sem jeito:

— Com os juros, e os juros dos juros, deve chegar a aproximadamente 1 milhão de libras.

— Vou providenciar imediatamente, *monsieur le duc*.

Saint-Simon levantou o dedo indicador em sinal de advertência.

— Mas vou queimar uma parte delas, para demonstrar a minha firmeza. E usarei somente uma pequena parte para reformar a minha propriedade.

— Mas o senhor não acha que isso ainda pode esperar? — retrucou John Law. — O senhor deveria considerar um pequeno adiamento para futuras reformas.

— Pois bem — murmurou o duque, absorto —, a casa realmente não é das mais novas. E no final acabamos não fazendo nada por nós mesmos, o senhor não acha?

Depois que o banqueiro se despediu do duque, pediu a Angelini que fizesse entrar o seu pretenso tio. John cumprimentou o escritor com um abraço afetuoso. Ele pegou *Robinson Crusoé*.

— Eu o congratulo pela sua obra, senhor Defoe, acabo de ouvir que o senhor obteve um grande sucesso com ela.

— Estou satisfeito — respondeu Defoe com humildade —, a primeira edição saiu em abril deste ano, e nós imprimimos novas edições todos os meses. Já estamos pensando em fazer traduções para o francês e para o alemão.

Defoe colocou um segundo livro sobre a mesa.

— Esta já é a continuação. Ela foi publicada em agosto. E ainda vai haver uma terceira parte. — Defoe observou John Law atentamente enquanto este folheava o livro.

— Estou sentindo falta do seu nome na primeira página — observou John Law.

— Eu apareço na terceira página, como editor — disse Daniel Defoe abrindo a página correspondente.

— *Robinson Crusoé*. Escrito por ele mesmo — leu John Law. Defoe riu.

— Eu quis dar a impressão de que a história aconteceu realmente desta forma. As pessoas gostam desta forma de escrita. Realista como uma reportagem factual nos jornais. Dizem que eu inventei uma nova forma de escrever.

— Estou orgulhoso do senhor! — disse John Law.

— Obrigado, senhor, o seu reconhecimento significa muito para mim. O meu *Robinson* incorpora a nascente burguesia empreendedora do nosso século. E o senhor torna isso possível. O senhor é parte deste impulso. Desde que a sua estrela subiu nos céus europeus as sociedades comerciais dos demais países começaram a decair. Dizem que com a sua Companhia do Mississippi o senhor vai colocar a Inglaterra de joelhos.

— Muitos inimigos, muita honra — disse John Law. — Assim que nos sobressaímos da multidão, aparecem os invejosos de plantão.

— Logo para quem o senhor está dizendo isso — respondeu Daniel Defoe, melancólico. — Estão me acusando de ter utilizado os relatos de viagem do médico de bordo Henry Pitman, e o livro *Krinke Kesmes* de Hendrik Smeeks, e de ter feito uma sopa nova com eles. Pelo menos reconhecem que a minha sopa é muito palatável.

— Fico comovido em ver que pensou em mim, senhor — disse John Law ao ver a dedicatória nos dois livros.

— Eu havia lhe prometido. Durante esse tempo, fui parar algumas vezes na prisão de Newgate. Aí eu tive que pensar no senhor. E jurei para mim mesmo que, se algum dia conseguisse sair, iria viajar até Paris e lhe entregar um exemplar. E agora já se tornaram dois.

— Obrigado, senhor Defoe. O senhor me permite algum tipo de compensação?

— Eu gostaria muito de investir os meus honorários de autor em ações da Companhia do Mississipi. Mas os preços lá fora estão muito altos para mim.

John Law sorriu satisfeito e pediu a Defoe que se sentasse.

Pouco tempo depois Daniel Defoe estava sentado em frente a John Law na carruagem que se movia lentamente na direção da Place Louis-le-Grand.

Uma grande multidão seguiu atrás dela. Ouviram-se gritos:

— Deus proteja o rei e John Law!

Daniel Defoe prendeu um pote de tinta do tamanho de um punho entre os joelhos. Ele escutava atentamente os relatos de John Law, enquanto mergulhava a sua pena na tinta e fazia anotações.

— Os meus leitores ficarão encantados — exultou Defoe, olhando rapidamente para as pessoas que continuavam seguindo a carruagem a pé. John Law retirou uma caixa de madeira de debaixo do seu banco. Ela estava aberta e cheia de escudos de prata. Ele enfiou uma das mãos na caixa enquanto abria a porta da carruagem em movimento com a outra e atirava o dinheiro para a multidão. Ele continuou jogando escudos de prata na rua enquanto a multidão irrompia numa gritaria histérica.

— Escreva que todas as pessoas encontram trabalho na França. Que a pobreza e a fome fazem parte do passado. Trabalhadores de todos os países vêm para cá. As manufatoras estão com encomendas para vários anos. As pessoas têm dinheiro como nunca tiveram. Os impostos estão caindo. Mais de quarenta impostos foram abolidos nos últimos meses, sem reposições. Escreva que nós introduzimos o dinheiro de papel na França e que o sistema funciona.

— Vou escrever que as pessoas dançam e cantam nas ruas...

— Escreva que nós estamos construindo pontes e estradas e que estamos investindo milhões na ciência. Escreva que a França está partindo para pesquisar novos continentes. A Companhia do Mississippi vai deixar na sombra tudo que a humanidade já viu até hoje.

John Law poderia ter ditado o que quisesse. Daniel Defoe era um feliz acionista da Companhia do Mississippi, e naquele momento estava entrevistando o homem mais poderoso do mundo.

— Dizem — falou Defoe cheio de admiração — que o senhor está investindo o seu dinheiro em imóveis, diamantes e terras; que o senhor está comprando bairros inteiros aqui em Paris. Um terço do continente americano é propriedade sua. A sua participação na Companhia do Mississippi vale bilhões. Qual é a sensação de ser o homem mais rico do mundo?

— Quando se tem dinheiro fica muito fácil falar disso de forma depreciativa. No entanto o dinheiro em si nunca me interessou, e sim o sistema. Eu não estou orgulhoso dos bilhões, estou orgulhoso porque o meu sistema funciona. Ele é tão importante para a humanidade quanto a invenção da roda. As pessoas têm novamente trabalho e o que comer!

— E — prosseguiu Defoe — o dinheiro traz felicidade?

— Tanto faz a situação de vida em que o senhor se encontre, com um pouco mais de dinheiro as coisas ficam sempre mais fáceis. Mas não se trata de dinheiro, senhor Defoe. Caso se tratasse de dinheiro, eu não estaria mais trabalhando. Mas trata-se de mais do que isso. Trata-se de uma ideia. Nós estamos nas vésperas de uma grande revolução. Depois dela nada mais será como antes. Não serão os pregadores que libertarão as pessoas, nem os Voltaire nem os Montesquieu, e sim as máquinas. E estas serão movidas por dinheiro. Por dinheiro que não existe.

* * *

A recepção da Companhia do Mississippi em dezembro daquele ano foi a festa mais grandiosa que o Regente promoveu nos últimos anos. Reis, príncipes, duques, condes, bispos, banqueiros, artistas, o núncio do papa; todos seguiram a fama da companhia mercante até Paris para ver o grande John Law. Seus filhos, John e Kate, tornaram-se os pretendentes a casamento mais procurados da Europa.

— O senhor está fazendo concorrência com a Corte — sussurrou o duque d'Orléans quando conseguiu levar John Law para um canto por alguns minutos.

— O que é que eu ainda posso lhe oferecer, John Law de Lauriston, governador da Louisiana, duque de Arkansas e membro de honra da Academia das Ciências?

— Um cargo — disse John Law —, um cargo público.

— O senhor quer se tornar o controlador geral das finanças? — perguntou o Regente, cético.

John acenou afirmativamente.

— Estou apenas no começo do meu trabalho, senhor. Dê-me o poder para que possa terminá-lo.

— Existem alguns problemas aí... — ponderou o Regente.

John Law interrompeu-o.

— *Monsieur le Régent*, a Coroa amortizou as suas dívidas neste ano e acumulou um patrimônio de 5,2 bilhões de libras. A França, o país mais populoso da Europa, tem trabalho para todos. O país está florescendo, dê-me o instrumento para torná-lo imortal. Com isso o senhor também tornar-se-á imortal. Deixe-me terminar o meu trabalho.

— Está bem — disse o Regente com surpreendente rapidez. — Vou destituir d'Argenson... e o senhor se tornará católico.

— Se for só isso — ironizou John Law.

— Vão investigá-lo até o último fio de cabelo, senhor. Comparada a isso, a fundação da Companhia do Mississippi terá sido uma brincadeira de criança.

— John — exclamou Rebecca naquele momento, seguindo junto com Catherine na direção do seu cunhado. Ela o abraçou, beijando-o na boca. E olhou-o como se estivesse querendo se agarrar a alguma coisa. Catherine percebeu aquilo calada.

— *Monsieur le Régent*, minha cunhada Rebecca — disse John Law voltando-se para o Regente.

— Ela sofreu muito quando o seu marido partiu para o Novo Mundo — acrescentou Catherine com uma ironia incontida. — Mas as cotações ascendentes da ações ajudam qualquer um a superar as separações mais difíceis. Não é verdade, John?

John ignorou o olhar de Catherine.

— Eu fui tão mal-educada — brincou Rebecca. No esforço de se virar para o duque ela cambaleou. O Regente segurou-a. Rebecca estava bêbada. — Nós agora somos todos mississippianos — disse ela alegre atirando-se novamente no pescoço de John Law. Ela beijou-o novamente na boca, passando rapidamente com a ponta da sua língua sobre os lábios de John. Ninguém percebeu aquilo. — Nós todos somos mississippianos — repetiu ela com ar cândido, olhando bem nos olhos do cunhado: — William é tão diferente de você, John. Ele é tão terrivelmente... chato. — Ela proferiu aquela última palavra cheia de raiva. Ela desejava John Law.

— Posso consolá-la, senhora? — disse sorrindo o Regente. Rebecca pegou o seu frasco de sais aromáticos e tentou cheirar um pouco, mas ele escorregou das suas mãos. O Regente e Rebecca abaixaram-se ao mesmo tempo para pegá-lo.

— Mesmo que a senhora beba toda a sua garrafinha, dificilmente conseguirá ficar mais ruborizada — sussurrou o Regente. Depois ele segurou-a pela cintura, puxou-a para perto de si e bafejou so seu ouvido: — Sua pequena tolinha!

John Law e Catherine tinham se voltado para Angelini, que chegara apressado com um punhado de bilhetes.

— Todos querem ações, senhor! Ainda mais ações! — disse Angelini, desconcertado, entregando as reservas a John Law.

— Todas as pessoas querem ficar ricas — constatou John Law lapidarmente.

— Às vezes eu acho — disse Catherine num tom sério — que nós deveríamos desarmar as nossas barracas e nos mudarmos para Amsterdã ou Veneza. Deve-se sair da festa enquanto ainda se é muito querido.

— Mas antes eu vou me tornar um católico — disse John Law.

* * *

A viagem até o mosteiro durou quase uma hora. John Law foi até lá, conforme lhe recomendara o Regente, nas primeiras horas da manhã. O lugar parecia deserto. Talvez as freiras estivessem assistindo à missa matinal. Uma freira mais velha abriu o portão e deixou-o entrar. Ela acompanhou-o até a galeria no primeiro andar. Depois abriu uma pesada porta de carvalho e convidou John a subir a escada.

Enquanto John subia a estreita escada caracol, a freira fechou a porta atrás dele. A escada estreita levava a uma pequena biblioteca. Uma única janela iluminava a mesa redonda no centro do cômodo sob o telhado. No cone de luz podia-se ver uma poeira grossa. John Law ficou na ponta dos pés em frente à janela do telhado e olhou para fora, por cima dos campos cobertos de neve.

Depois de algum tempo ele ouviu alguém abrir a porta lá embaixo e subir a escada. Uma jovem freira trouxe uma bandeja com um copo de estanho até a biblioteca. Ela colocou o copo sobre a mesa.

— Então o senhor quer se tornar um católico, senhor?

Por um momento, John Law ficou irritado:

— Com quem tenho a honra de falar?

— O abade de Tencin me pediu para ter a conversa inicial com o senhor.

A freira sentou-se na parte de trás da biblioteca. Só então John percebeu que ela era extremamente jovem e bonita.

— Sim, eu quero me tornar um católico — respondeu John Law.

— Houve algum acontecimento especial que fez com que o senhor amadurecesse a sua decisão?

John Law não respondeu de imediato.

— Não se apresse. Beba. Aceite a nossa hospitalidade.

John Law pegou o copo e bebeu tudo. Ele queria ganhar tempo. O Regente havia lhe dado uma ou outra recomendação, mas o mosteiro lá fora o deixava bastante inseguro.

— Houve, de fato — começou John cuidadosamente —, um evento muito especial.

— Por favor — disse a freira com a voz melodiosa, parecendo estar curiosa —, descreva o acontecimento que o trouxe para perto de Deus.

— Bem, foi a sugestão do Regente de me nomear controlador geral das finanças. Eu sou escocês, a senhora precisa saber. Escocês protestante.

A freira ficou calada. John provavelmente tinha dito a coisa errada. Surpreso, John percebeu que a bela freira o excitava vivamente. Ele tinha ido até ali para alcançar o seu último objetivo, e agora estava no sótão de um convento remoto, com uma ereção pétrea. Ele colocou o copo sobre a mesa, um pouco perturbado. Por um momento ele pensou se não teria sido a bebida que o tinha excitado. Mas isso estava fora de questão. Talvez se devesse ao fato de ele ter se dedicado nos últimos meses exclusivamente aos seus planos ambiciosos, negligenciando o corpo.

— Senhor? — perguntou a freira. — O senhor não está se sentindo bem?

— Não, não — disse John Law —, muito pelo contrário.

— Nós apreciamos a sua honestidade, senhor. O senhor pode ser um pecador, mas é um pecador honesto. Deus ama os pecadores honestos.

— Isso vem a calhar — murmurou John Law voltando-se para a janela no telhado. Talvez a visão do gelo e da neve minorasse a sua aflição. Depois de ter excluído inúmeras causas para a sua ereção completamente inadequada, ele acabou tendendo a acreditar que alguém tinha misturado alguma coisa no seu copo. Então virou-se e deu alguns passos na direção da freira.

— Eu devo testá-lo até o último fio de cabelo — sussurrou a freira. Ela estava sentada num sofá largo e tinha levantado o hábito. Estava nua debaixo dele.

— O senhor quer fazer negócios com a Igreja. Tudo bem. Façamos nós um negócio — disse divertida a mulher. — Eu sou Claudine Tencin, irmã do abade de Tencin que dentro de algumas semanas irá admiti-lo na Igreja.

John Law despiu-se afoito e jogou-se de joelhos em frente a Claudine de Tencin. Ele começou a beijar o seu corpo branco, impetuosa e apaixonadamente. A bebida tinha-o transformado num animal. Naquele momento ele teria dado todo o seu império àquela Claudine de Tencin.

Eles seguiram juntos a Paris na carruagem de John Law. Claudine de Tencin olhou divertida para o banqueiro.

— O senhor é um bom católico, senhor Law, um verdadeiro servo de Deus.

— Se eu soubesse disso já teria passado para o catolicismo há muito tempo — respondeu John Law. — Mas, diga-me, o que foi que a senhora misturou na minha bebida?

Claudine de Tencin soltou uma gargalhada.

— A maioria dos homens me pergunta se sou realmente uma freira. Mas o senhor é um homem prático. O senhor pergunta pela erva celta pagã.

John Law ergueu-se e sentou-se ao lado de Claudine de Tencin. Ele segurou-a pela cintura e beijou-a.

— O meu irmão sugere ações da Companhia do Misissípi no valor de 200 mil libras.

— E eu viro católico? — sussurrou John Law.

— Sim — respondeu Claudine. Ela parecia ter gostado muito daquele escocês. — Mas o senhor terá que vir regularmente para a confissão e pagar pelos seus pecados.

John Law calou-se e sentou-se novamente no banco em frente.

— Quem mais se confessa regularmente com a senhora? — perguntou John Law.

— O Regente, ele é tão fraco. E d'Argenson, um grandissíssimo pecador.

John Law ficou sem palavras. Ele ficou olhando incrédulo para a bela Claudine. Ela jogou-lhe um beijo com os seus lábios maravilhosos e sorriu de um jeito tão charmoso, que só era dominado pelas amantes e cortesãs mais abençoadas.

— Eu sempre achei que a Igreja Católica era uma coisa hipócrita. Mas que ela já estivesse tão desmoralizada e degenerada, nem nos meus sonhos mais atrevidos eu...

— ...teria ousado esperar? — divertiu-se Claudine. — Veja, senhor Law, o meu irmão desconfia que as novas ciências tornar-se-ão uma nova religião que irá expulsar Deus completamente do Olimpo. Nem mesmo depois de 2 mil anos alguém conseguiu apresentar nenhuma prova real da existência de Deus. O senhor, no entanto, coloca teorias sobre o dinheiro e o comércio no mundo e prova que elas funcionam. O senhor transforma pessoas em milionários, Regentes em bilionários, a nação mais populosa da Europa em bilionária.

— Estou completamente chocado, senhora, eu gostei disto, mas estou chocado — respondeu John Law.

— Veja. O catolicismo, para o qual o senhor passará brevemente, também foi uma ideia maravilhosa. Mas os súditos na terra fracassaram, e Espinosa afirma que o proveito é a mola mestra de todas as ações humanas.

— Pare com isso, senhora — disse John Law. — Eu tenho muito pouco vinho no meu porão, para conseguir me embriagar depois de ouvir tantos pensamentos contundentes.

— E por que é que o senhor acha que Jesus teve que transformar água em vinho?

John Law foi admitido na Igreja, no dia 22 de dezembro de 1719 com uma missa festiva. A cerimônia cristã foi dirigida pelo ambicioso abade de Tencin, irmão da sua não menos laboriosa irmã Claudine. John Law ajoelhou-se diante do abade de Tencin e recebeu o batismo, a bênção romano-católica, o Espírito Santo, e todo o programa que o recém-missississippiano abade de Tencin tinha para lhe oferecer. Ele entregou a hóstia consagrada para John Law com as palavras: *Corpus Christi*. Sem querer, John Law lembrou-se das histórias que Crozat le Riche lhe contara, sobre algumas tribos aborígines dos pântanos da Louisiana que praticavam o canibalismo. E agora ele estava ali ajoelhado, comendo o corpo de um homem transformado em Deus. Jovens meninos, com suas tocantes expressões ingênuas, estavam ali ajoelhados em pequenas almofadas de veludo vermelho, com as suas impecáveis túnicas de coroinhas, balançando incensórios da mesma forma como os antigos romanos o faziam quando oravam para os seus inúmeros deuses. Então soou o potente órgão e os fiéis louvaram ao senhor com toda a sua voz, enquanto o abade de Tencin estendia o cálice para John Law: *Corpus Christi*.

John Law acreditou ter visto um esgar de sorriso irônico no rosto do abade de Tencin enquanto bebia o vinho todo em poucos goles, olhando com ar cético por cima da borda do cálice. Talvez naquele momento o abade estivesse pensando na bebida que a sua irmã Claudine tinha oferecido ao futuro controlador-geral das finanças naquele sótão empoeirado. Depois que John se levantou e desceu os degraus até a nave central, ele viu o sorriso maroto de Claudine de Tencin, e o rosto petrificado de Catherine, que provavelmente tinha ouvido um ou outro boato. Viu também os fiéis e os infiéis, os comerciantes abastados, os latifundiários, os nobres e os que não eram nobres, e todos eles tinham se tornado... mississippianos.

Capítulo XIV

John Law permaneceu absolutamente quieto. Ele estava sentado numa cadeira de uma elegância fria, cujo revestimento bordado era ornado com cenas de fábulas. Uma pintura panorâmica representando navios mercantes na costa da Louisiana adornava a parede ao fundo. John Law estava posando de modelo para o famoso pintor Hyacinthe Rigaud. Para aquela ocasião memorável ele vestiu casaco, colete e calças amarradas na altura dos joelhos em simpáticos tons de marrom, além de uma camisa branca com punhos em ponta. O casaco e o colete eram ornados com pedras azuis de vidro transparente facetado. Na presilha das calças, na altura dos joelhos, brilhavam fivelas douradas. Sob as pontas do colete reluzia um relógio de bolso, aberto e preso por uma corrente. O escocês de 48 anos usava uma peruca tipo *allongé* até os ombros, empoada de cinza, apropriada para a sua idade. E no pescoço estava pendurada a medalha de controlador-geral das Finanças que o Regente lhe concedera naquele dia. Até então John era apenas o homem mais rico do mundo. Como ministro das Finanças da maior nação europeia, ele tornou-se também o mais poderoso.

A feitura do retrato do novo controlador-geral das finanças foi um ato público. Quase cem pessoas estiveram presentes, espremidas no salão da Sociedade do Mississippi, da mesma forma que outrora as pessoas acorriam para o *Petit Lever* do Rei-Sol.

Mas John Law não era um rei. Nem rei nem papa. Ele incorporava uma terceira força, a ciência. Ele era o homem que tinha reinventado o dinheiro. Ele era o homem que tinha desenvolvido o sistema monetário sobre o qual séculos mais tarde toda a economia global ainda iria se basear.

Enquanto Hyacinthe Rigaud misturava as suas tintas, colocando-as sobre a tela com grande dom artístico, Angelini e seus secretários assistentes entraram seguidamente no salão por uma porta lateral buscando instruções com John Law. John o fez praticamente sem mudar a expressão. Apenas numa das vezes ele não conseguiu conter um sorriso. Deu o consentimento a Angelini com um piscar de olhos.

— Senhoras, senhores — anunciou Angelini então ao público que observava com devoção —, a ação da Companhia do Mississippi acaba de transpor a marca mágica de 10 mil libras. Com isso o valor da nossa ação duodecuplicou em poucos meses.

Os convidados aplaudiram, alegraram-se em voz alta qual comerciantes novos-ricos. Tinham se passado os tempos em que se manifestava a sua alegria de uma forma contida, discreta e controlada.

O novo ministro das Finanças visitava o seu amigo Saint-Simon toda terça-feira de manhã. A subida das ações não tinha passado sem deixar marcas na casa do duque.

— O que estou vendo alegra o meu coração — disse John Law. — Novos móveis, novos talheres de prata, um novo coche lá fora, a fachada foi reformada, um estábulo adicional foi construído, mensageiros adicionais...

Embaraçado, o duque de Saint-Simon fez um gesto como se temesse que toda Paris pudesse escutar:

— Estou proporcionando um pouco de trabalho para algumas pessoas, e com isso estou contribuindo modestamente para o florescimento da nossa nação.

— Como o senhor permaneceu altruísta, meu caro duque de Saint-Simon! — exclamou John Law abraçando cordialmente o amigo.

— Eu aprecio demais a sua presença. Qual o homem na sua posição que ainda se disporia a visitar um homem insignificante como eu?

— Uma amizade nunca é insignificante, senhor — respondeu John Law com olhar sincero. — Eu aprecio a sua sabedoria, a sua sinceridade...

— ...e a minha proximidade com o Regente — disse Saint-Simon, irônico.

— Sim, de fato, e ele está me deixando bastante preocupado, o nosso Filipe d'Orléans.

— Sinceramente, a mim também — concordou Saint-Simon. — Ele precisa finalmente assumir as suas obrigações. Desde que a cotação das ações superou a marca de 6 mil ele não parou mais de dar festas. As suas andanças noturnas solapam a sua autoridade, a autoridade do rei. E, quando ele bebe, conta as coisas mais pavorosas. Ele tem mais amantes do que os cavalos que o rei tem na sua coudelaria. Quando falo com ele, se recompõe, arrepende-se de tudo e promete mudar de vida. Mas nada se modifica. O senhor precisa falar pessoalmente com ele! Ele lhe dará ouvidos!

Catherine atirou o copo em John e gritou:

— Toda Paris está rindo das suas escapadas. Como é que você pôde se meter com uma freira católica!

— Este foi o preço, senhora...

Catherine pegou o vaso de porcelana e atirou-o com toda a raiva na vitrine com as miniaturas chinesas.

— E este é o meu preço, senhor!

— Foi o preço da Igreja Católica! — exclamou John Law tentando se aproximar de Catherine. Mas ela correu em volta da mesa, pegou uma espada que estava presa na parede e colocou John em xeque.

— Não vai querer duelar!

— Por que não? Não existem limites! Não foi o senhor mesmo quem disse que um dia as mulheres também iriam duelar? Não está sempre se gabando de que estamos à frente do nosso tempo? Pois bem, pegue a sua espada, senhor John Law de Lauriston!

— Catherine, por favor! Crie juízo! — E depois completou com um sorriso irônico: — Eu sou o controlador-geral das finanças!

Mas Catherine não estava mais com cabeça para brincadeiras. Ela estava profundamente ferida. Partiu para cima dele com uma expressão feroz. Law recuou alguns passos.

— Eu o segui por toda a parte, pela Europa inteira. Sempre fiquei ao seu lado, encorajando, e lhe dei dois filhos...

— Eu fui seduzido com uma poção!

— Oh, o senhor foi seduzido... e ele se deixa seduzir novamente a cada dia! — gritou Catherine. Ela parou em frente a uma pequena mesa de bebidas e serviu-se de um copo de vinho tinto. A metade caiu fora. Ela esvaziou o copo de um gole. — O senhor exige circunstâncias atenuantes! — gritou Catherine novamente e derrubou copos e pratos da mesa com um movimento brusco.

— Nós íamos jantar, senhora — disse John Law com voz baixa. Abriu-se uma fresta na porta. Angelini enfiou a cabeça para dentro.

— Mais tarde, Angelini — disse John Law em voz alta.

— Eu só quis ver se estava tudo em ordem — disse Angelini baixinho, fechando a porta em seguida.

— Sim, sim — murmurou John Law.

— Nada está em ordem! — berrou Catherine tão alto quanto pôde, servindo-se de mais um copo de vinho.

— Pare com isso. Vai acabar acontecendo uma desgraça — disse John tentando acalmá-la. Mas Catherine não se deixou mais acalmar. Ela se abaixou como um gato selvagem e seguiu devagar e ameaçadoramente na direção de John.

— Ponha a espada de lado — disse John impaciente.

Quando Catherine chegou ao lado do novo retrato do marido, ela o atacou. Perfurou a tela e cortou-a com um golpe impetuoso para baixo. John Law quis partir para cima dela, mas ela colocou-o novamente em xeque com a espada.

— Você perdeu o juízo?! — gritou John Law.

— Eu perdi o juízo?! — gritou Catherine. — Você faz obscenidades com uma freira e sou eu quem perdeu o juízo? Você faz com a sua cunhada, com as empregadas...

— Ela não é mais uma freira desde o oitavo ano de vida! — gritou John Law. — É apenas um jogo...

Catherine enfiou a espada novamente na pintura e puxou a lâmina para cima.

— Vamos jogar, senhor!

A porta se abriu de repente e os dois filhos entraram na sala de jantar. O filho colocou-se imediatamente na frente do pai para protegê-lo e murmurou desculpando-se:

— Ele só queria se tornar católico.

Kate colocou-se soluçando na frente da sua mãe e acariciou a mão que segurava a espada. Depois de algum tempo Catherine deixou a espada cair. Kate levantou-a do chão e segurou-a com firmeza. Depois olhou para a retrato do pai na tela todo recortado. Seu irmão também viu. Kate tocou a tela com o dedo.

Ela riu.

— A tinta ainda nem tinha secado.

Catherine olhou para os filhos. Ela não conseguiu segurar um sorriso tímido.

D'Argenson estava meio perdido no seu escritório no Palais Royal. Dois camareiros seguiam as suas instruções e empacotavam seus pertences em grandes caixas. Quando John Law surgiu na porta, d'Argenson mandou que os criados saíssem e fechassem a porta.

— O senhor provavelmente mal pode esperar para assumir o meu lugar — observou d'Argenson mal-humorado.

— Poupe as suas insinuações para o seu diário, senhor. Ouvi dizer que toda Paris está escrevendo diários. Quem é que vai ler isso tudo?

— As pessoas terão todo o tempo deste mundo, *monsieur le Controlleur des Finances*, tão logo a sua bolha de sabão tenha explodido. — D'Argenson estava furioso. Ele queria vingança.

John Law caminhou lentamente na sua direção.

— O senhor se lembra... aquela vez no cemitério. Eu lhe disse que voltaria. O senhor poderia ter sido bem-sucedido ao meu lado, d'Argenson.

— Jamais, John Law. Naquela época eu já havia dito para a encantadora La Duclos que não temo ninguém, com exceção das pessoas com ideias. Eu não deveria tê-lo subestimado. Mas a partida ainda não terminou, senhor Law, ela acaba de começar!

D'Argenson assumiu uma postura triunfante. John Law não teve certeza se d'Argenson estava só blefando. Mas não quis perguntar pelo motivo, pois d'Argenson interpretaria uma pergunta desse tipo como fraqueza.

— Eu espero muito, mesmo — respondeu John Law sem se abalar —, que a partida não tenha terminado!

D'Argenson jogou alguns documentos aos pés de John Law.

— Esta é a primeira semana de janeiro. O preço dos imóveis subiram novamente 25%. Uma propriedade que há menos de um ano podia ser comprada por 700 mil libras, já está custando 2,8 milhões.

D'Argenson olhou para John Law com um olhar penetrante.

— Um novo aumento de 25%? — perguntou John Law. Ele desconfiou que d'Argenson queria chegar a um ponto determinado.

— As pessoas estão nadando no seu dinheiro de papel e estão fugindo para coisas palpáveis — constatou d'Argenson, seco.

John compreendeu o que d'Argenson tinha em mente.

— Eu contava com um aumento moderado nos preços. Isso faz parte do sistema. Mas se em janeiro já foi registrado um novo aumento de 25%...

D'Argenson levantou os braços num gesto teatral.

— Isso já não é problema meu, senhor. O documento está aos seus pés. E toda a França também.

John Law não pegou o manuscrito. Aproximou-se de d'Argenson e ficou parado na sua frente.

Eles estavam em frente à janela e ficaram se medindo. D'Argenson fulminou-o com o olhar.

— Com isso, a transferência de cargo está terminada, senhor — disse com amargura e ódio na voz. — Se o senhor ainda puder me dar mais uma hora para esvaziar o meu escritório...

John Law aquiesceu e afastou-se dele.

— Senhor! — exclamou d'Argenson enquanto ele se encaminhava para a porta. — Eu sempre lhe disse que o seu sistema merece respeito. Mas somente isso. Ele não é adequado para uma monarquia.

John parou na porta aberta como se estivesse em transe. Ele suspeitou algo monstruoso. Não era do feitio de d'Argenson colocar um mero boato no mundo só para irritá-lo, o seu eterno rival.

— Não é adequado para a monarquia... — murmurou John Law.

— E não diga que eu não o avisei!

* * *

A orgia estava em pleno andamento quando John Law entrou na sala secreta do Regente. A frequência era sempre a mesma todas as noites. Os jovens bon vivants que d'Argenson sempre protegeu tanto estavam se enchendo de vinho e champanhe e perdendo o juízo com pós exóticos e fumos estranhos. Um copulava sobre a mesa cantando salmos da Igreja, o outro molhava o peito da sua parceira com sucos gelados, alguns manipulavam-se mutuamente nos órgãos genitais enquanto se confessavam, outros cantavam canções obscenas enquanto o Regente se debruçava sobre o seu prato como um rato do esgoto, sem saber se vomitava ou dormia.

John Law encaminhou-se imediatamente até o Regente e ajoelhou-se ao seu lado.

— Senhor, eu preciso lhe falar imediatamente.

— *Non nobis Domine, non nobis, sed nomine tuo da gloriam* — vociferou o Regente naquele instante pelo salão, levantando o copo. Os homens no recinto responderam alto em coro:

— Não é nossa, senhor, não é nossa a glória, ela é toda devida ao seu nome — e também ergueram os copos. — O senhor está atrapalhando a convenção geral da Ordem dos Templários — murmurou o Regente, soltando um longo arroto.

— Eu lhe suplico, me escute! — implorou John Law.

— O senhor foi enviado pelo duque de Saint-Simon? — murmurou o Regente com a língua pesada. Seu rosto estava cinza, marcado pelas longas noites, pelos excessos e pelas escapadas.

— Está acontecendo um inexplicável aumento do dinheiro em circulação — disse John Law em voz baixa.

— O dilúvio — sussurrou o Regente, fitando o vazio com um olhar que previa uma desgraça.

— De onde está vindo esse dinheiro? — insistiu John Law com a voz contida, segurando o Regente com força pelo braço. — Ele está afogando toda a economia!

— Não me toque! — berrou o Regente. — Pois tudo que o senhor toca se transforma em ouro. — O Regente riu com satisfação.

— Senhor Mississippi — sussurrou uma jovem que estava se ocupando com as roupas do Regente.

— Nós estamos tendo uma inflação gigantesca, *monsieur le Régent*! — disse John Law segurando o Regente com força pelo ombro.

O Regente estremeceu, fazendo em seguida uma expressão choramingante.

— Então d'Argenson contou-lhe tudo?

— O que foi que o senhor fez? — instou-o John Law.

— Eu sei que sou fraco — choramingou o Regente. — Eu sei, eu sou tão fraco...

John Law levantou-se de novo. Irado, ele expulsou dali a moça que estava grudada feito carrapato no pescoço do Regente. John Law abaixou-se bem até o Regente, segurando-o pelo queixo:

— O que foi que o senhor fez?

O Regente desvencilhou-se com um movimento brusco.

— Devo lhe pedir, senhor. Exijo respeito! Imediatamente. Para o senhor eu ainda sou Sua Alteza Real.

— Respeito tem que ser merecido! O que foi que o senhor fez?

— O que foi que eu fiz? Deus é minha testemunha, eu fiz isto... pela Ordem dos Templários. Eu sou o quadragésimo quarto grão-mestre da *Ordre du Temple*... os templários não podem morrer, senhor, pois com eles morrerá o Santo Graal, o conhecimento sobre a descendência de Jesus...

— O senhor imprimiu mais dinheiro secretamente?

— Só um pouquinho, *voilá. C'est ça.* Dentro de dois anos o moleque será Coroado rei... e eu... o que será de mim e da minha mãe? — O Regente fez então uma expressão deplorável. Ele estava quase chorando.

— O senhor realmente imprimiu dinheiro às escondidas! — John Law estava fora de si.

— Só um pouquinho, monsieur, só um pouquinho mesmo.

— Quanto? — arfou John Law. Ele já não estava conseguindo respirar. Sua cabeça parecia que ia explodir. — Quanto?

— Primeiro só alguns milhões... — sussurrou o Regente com a voz rouca. Ele se moveu como se fosse uma enguia, hesitou e revirou a cabeça como se quisesse sair da própria pele.

— Seu louco! — bufou John Law. — Quanto dinheiro o senhor imprimiu no total?

— Já deve estar perto de... hummm... bem uns dois, hum... mais para 3 bilhões.

John Law berrou:

— Diga-me que isso não é verdade! — Ele agarrou o Regente pelos ombros e o sacudiu.

O Regente baixou o olhar e se desmanchou em lágrimas:

— Eu arruinei tudo, não é verdade? — disse ele chorando.

— O Regente está chorando! — exclamou alguém. Alguns riram. Alguns tentaram consolá-lo, dizendo-lhe palavras de encorajamento.

— Ele fez o Regente chorar — disse aos soluços a jovem que John Law tinha mandado embora.

Um jovem colocou-se no caminho de John Law. Ele parou ali, cambaleante, com a mão bem apertada no punho da espada.

— O senhor fez o Regente chorar, senhor — balbuciou. — Eu o desafio para um duelo.

— Em breve toda a França estará chorando — xingou John Law, acertando o jovem nobre com o joelho no baixo-ventre. Depois agarrou-o pelo colarinho e jogou-o com força sobre a mesa. Ele escorregou por cima do tampo de madeira como se fosse um peixe, caindo no chão pela outra ponta da mesa com um estrondo.

A fogueira no pátio do Banque Royale já estava ardendo quando Angelini atirou caixas inteiras cheias de notas no fogo. Atrás das janelas do prédio viam-se os rostos colados nos vidros, o seu espanto incrédulo.

— Um banqueiro que destrói dinheiro — murmurou Saint-Simon. John Law estava do seu lado junto à janela, olhando fixamente para o pátio lá embaixo:

— É a nossa última chance. A bolha pode explodir a qualquer momento. O Regente imprimiu muito mais dinheiro do que admitiu para mim. Na gráfica disseram que ele utilizou todos os estoques de papel.

— E é assim que o senhor pretende diminuir a quantidade de dinheiro? — perguntou Saint-Simon baixinho.

— O que eu devo fazer, *monsieur le duc*? Há dinheiro demais em circulação. O dinheiro está muito barato. Todos têm muito dinheiro. Os preços dos gêneros alimentícios estão atingindo alturas inimagináveis.

E amanhã o senhor vai precisar de um carrinho de mão para levar o dinheiro até a padaria, se quiser comprar uma bisnaga de pão.

— Ainda existe alguma esperança, senhor? — sussurrou Saint-Simon.

— O senhor alguma vez observou um rebanho de ovelhas, quando entra em pânico?

— O senhor acha que eu devo me livrar das minhas ações?

— Assim que a primeira ovelha perder o controle, tudo estará acabado.

— O senhor está perdendo gradualmente o autocontrole — divertiu-se o banqueiro Samuel Bernard ao cumprimentar em horas tardias no seu salão o Sindicato dos Banqueiros e Coletores de Impostos. Eram ao todo quarenta membros. Todos eles homens que haviam perdido o seu rentável negócio com a ascensão de John Law. — Ouvi dizer que ultimamente Law tem gritado muito, parece que ele treme no corpo inteiro quando se irrita.

D'Argenson e Crozat le Riche, que também tinham sido convidados apesar de não pertencerem ao sindicato, trocaram um olhar de pesar.

— Nós devemos ao senhor Law o crédito — disse Crozat pedindo a palavra — de que o seu sistema foi genial.

— Ele só não deveria ter podido experimentá-lo na França — acrescentou d'Argenson. — Nós sempre o prevenimos de que a monarquia não é o solo adequado para tais experiências. Como nós nunca teríamos ousado atribuir uma falta de disciplina à Coroa, deixamos que ela ficasse com uma simples advertência. Ouvi dizer que o Regente reconheceu, perante John Law, ter imprimido dinheiro secretamente. Por incrível que pareça, 3 bilhões de libras.

Uma gritaria percorreu o salão. Os homens tinham previsto alguma coisa ruim, mas nada naquelas proporções.

— Isso significa — disse Samuel Bernard assumindo o restante das explicações — que a sobrevivência do banco está por um fio de seda. Se nós devolvermos hoje as nossas notas bancárias, ninguém estará em condições de ajudar o senhor John Law a conseguir moedas suficientes a curto prazo.

— Concordo com o senhor — disse d'Argenson pedindo a palavra mais uma vez. — A cotação do senhor Law não valerá mais do que mijo de rato a partir de amanhã.

Angelini irrompeu no escritório de John Law sem bater.

— É um complô, senhor. Em poucas horas várias dúzias de banqueiros apresentaram as suas notas para trocar por moedas.

— Isso já nos aconteceu — murmurou John Law sem desviar o olhar da carta que estava escrevendo.

— Devemos proceder a troca?

John Law levantou o olhar. Ele parecia cansado e abatido.

— Estou promulgando um decreto pelo qual fica proibido, sob pena de prisão de até 15 anos, possuir ouro ou prata num valor maior do que 500 libras. Quem possuir mais, perderá tudo. Quem denunciar alguém que esteja escondendo moedas ganhará 10% da quantia salvaguardada.

— Permita-me dizer, senhor, isso é despótico — disse Angelini, abismado. — O senhor não pode fazer isso!

John Law apôs a sua assinatura no documento.

— Acabo de fazê-lo. O meu cargo me confere este poder.

Ele entregou o decreto para Angelini.

— Envie imediatamente um mensageiro ao Palais Royal. Estamos em guerra, Angelini. E cada um luta com as armas que estão à sua disposição.

John Law estava perdido nos seus pensamentos, sentado em frente à lareira acesa. Lá fora na rua podia-se ouvir alguns gritos, xingamentos terríveis. Depois seguiram-se alguns passos, ordens militares. Finalmente, a paz voltou a reinar.

Janine entrou no cômodo um pouco depois da meia-noite.

— O senhor deveria ir dormir — sussurrou ela. Porém mal ela entrou no quarto, Catherine surgiu na porta.

— Janine, nós não precisamos de você agora.

Janine hesitou por um momento. Depois controlou-se e disse acanhada:

— O senhor não deve desistir. Desde pequeno o senhor nunca desistiu. Eu sempre acreditei no senhor!

— Vá agora, Janine — repetiu Catherine amável, mas com determinação. Janine fez uma reverência e saiu do cômodo. Ela fechou a porta atrás de si. Catherine ficou de pé ao lado da lareira. Depois de algum tempo ela perguntou:

— Estamos no final?

— Aquele bruto decadente destruiu tudo. Tudo! Eu tinha conseguido demonstrar...

— Ele não o está ouvindo — interrompeu-o Catherine. — Se quiser ficar choramingando, vá visitar a sua puta católica.

Surpreso, John Law levantou o olhar para Catherine.

— Eu não sou uma mulher qualquer, John. Se o jogo está perdido, nós deveríamos ir embora enquanto é tempo.

— Isso nunca foi um jogo, Catherine! Minha intenção sempre foi fazer algo de bom. Com dinheiro pode-se fazer muita coisa boa.

John Law quis tocá-la, mas ela recuou.

— O Regente perguntou novamente por você. Ele o está esperando no Palais.

Quando John entrou nos aposentos do Regente nas primeiras horas da manhã, encontrou-o sentado na sua cadeira sanitária se aliviando. Mal John entrou no quarto, o Regente gritou irado:

— O senhor quer me derrubar? O senhor quer uma revolução?

John perdeu a paciência.

— Quem foi que imprimiu secretamente 3 bilhões de libras, desestabilizando todo o meu sistema? Foi somente por causa da sua fraqueza que eu tive que exigir esta dureza do povo!

— Eu o proíbo de falar comigo neste tom! — gritou o Regente levantando-se. Pareceu que ele ia pular em cima de John Law, mas esqueceu das suas calças arriadas. O Regente caiu assim que tentou dar o primeiro passo. A cadeira higiênica caiu com um estrondo e transbordou por cima do tapete.

— Vou mandá-lo para a Bastilha! — xingou o Regente enquanto tirava a sua mão da poça de urina, cheio de nojo.

Furioso, John Law bateu o pé no chão e gritou:

— O senhor ganhou mais de 5 bilhões de libras em poucos meses. Mas isso foi muito pouco para o senhor! Continuou a petiscar igual a uma criança mimada...

— O senhor e os seus frutos proibidos! As suas maçãs estão para lá de podres.

— Agora compreendo por que foi que sempre me desaconselharam a testar o meu sistema numa monarquia. Vocês são muito fracos, muito degenerados, muito decadentes...

— Cuidado com a língua. O senhor já poderia ser condenado a vinte anos nas galés.

— O senhor não está mais em condições de fazer isso! Ou o meu decreto entra em vigor amanhã, ou o senhor nomeia o seu bobo da Corte para ser o controlador-geral das finanças!

— O senhor por acaso está querendo a Coroa? — gritou o Regente.

— Tudo o que vejo aqui é um monte de merda! — retrucou John Law bem alto. — Eu me demito. Não sou mais o seu controlador-geral das finanças. Amanhã mesmo estarei saindo de Paris com a minha família!

— O senhor não fará isso! — urrou o Regente, assustado. — Vou proibir a sua partida! *Voilà*. E o senhor vai colocar tudo em ordem novamente!

— Vou queimar os 3 bilhões que o senhor imprimiu secretamente em praça pública! — gritou John Law.

— O senhor não vai fazer isso!

— E eu o proíbo de chegar perto da nossa impressora de notas — acrescentou John Law, furioso.

— Ninguém jamais falou com o Regente desta maneira — lamentou-se o duque d'Orléans. Ele estava sentado nos seus excrementos e começou a chorar como uma criança pequena.

John Law olhou para o Regente cheio de desprezo.

— O senhor tirou a confiança da França, a confiança no meu sistema. As cotações das ações estão em queda livre...

* * *

— O Regente está muito furioso com o senhor — disse Saint-Simon tentando abrir a tradicional conversa das terças-feiras.

— Ele nos pregou uma peça — respondeu John Law, amargurado.

— Já coloquei a metade do meu patrimônio no banco para segurar a cotação das ações da Companhia do Mississippi. A confiança acabou. Agora basta uma coisinha qualquer para que tudo desmorone definitivamente.

— O mais inteligente a fazer agora seria o senhor mandar todos os seus bens para o outro lado da fronteira e deixar a França. Não seria muito honroso, mas certamente seria a solução mais inteligente!

— O Regente proibiu a mim e a minha família de partirmos. Mas o meu decreto, por mais horrível que seja, irá trazer frutos, *monsieur le duc* — respondeu John Law com firmeza.

— O senhor não está subestimando a fantasia das pessoas, sua avidez prepotente por riqueza e a sua disposição para defender a sua posição?

John Law olhou intrigado para Saint-Simon.

— O senhor proibiu a posse de mais de 500 libras às pessoas. E o que é que as pessoas estão fazendo agora? Elas estão derretendo as suas moedas e utilizando-as para fundir objetos sacros: crucifixos, cálices para a missa sagrada, bustos de Maria...

— Isso é verdade? — perguntou John, incrédulo.

— O senhor por acaso está duvidando das minhas palavras? — perguntou Saint-Simon bem-humorado.

— Então vou proibir todo e qualquer dinheiro vivo! Vou abolir completamente o dinheiro vivo!

— Deus todo-poderoso! — gritou Saint-Simon. — Os maiores e mais sábios povos utilizam dinheiro de metal desde que Abraão pagou quatrocentas moedas de prata pelo enterro de Sara. E o senhor agora pretende acabar completamente com isso? Isso é suicídio!

A carruagem de John Law não conseguiu mais chegar até a Place Louis-le-Grand. Uma multidão enfurecida reconheceu sua carruagem e fez com que ela parasse. No instante seguinte cidadãos enlouquecidos abriram as portas, golpearam as rodas com machados, desatrelaram os cavalos e subiram no teto. John Law sabia o que deveria ser feito. Ele retirou a caixa de dinheiro de debaixo do seu banco e jogou o dinheiro bem para o alto no meio da multidão. As pessoas se dispersaram como uma revoada de pombos, abaixando-se para pegar todas as moedas que conseguissem amealhar. John Law aproveitou a oportunidade para fugir. Correu para salvar a vida.

Quando John chegou à Place Louis-le-Grand os soldados da sua guarda já vinham correndo na sua direção. Eles se postaram formando duas linhas em frente à estátua do Rei-Sol. John passou correndo por eles. O cocheiro veio correndo atrás dele. A multidão tinha arrancado quase todas as roupas do seu corpo.

Janine observou toda a cena pela janela dos aposentos da senhora. Ela não pareceu ter ficado perturbada. Então tirou o avental. Tirou até mesmo a roupa de baixo. Depois pegou as vestes principescas da senhora e as vestiu. Por fim, pegou o maravilhoso casaco com os bordados azuis e o vestiu também. Ela admirou-se no espelho, deu uma volta em torno de si mesma e depois escolheu uma bolsa na primeira gaveta da cômoda. Na caixa de maquiagem encontrou algumas moedas de ouro, joias e dois pequenos diamantes. Colocou tudo na sua bolsa e ficou escutando atrás da porta.

Janine fugiu pela parte de trás do jardim. Ela não podia passar pela Place Louis-le-Grand. Alguns soldados da guarda a viram, mas não fizeram nada. Eles a tomaram pela senhora, uma vez que ela tinha puxado o capuz bem por cima da testa. Nenhum soldado teria ousado tomar satisfações com ela.

Mas os ladrões de carteira e montadores de tocaia que já estavam observando a propriedade havia algum tempo também tomaram Janine pela senhora e partiram no seu encalço.

Só depois que Janine tinha saído do bairro nobre é que os seus perseguidores deixaram todo e qualquer cuidado de lado. Eles gritaram para que ela parasse. Janine começou a correr.

— Essa é a mulher de John Law! — berrou um deles. As pessoas que estavam passando ficaram atentas e juntaram-se à perseguição. Janine foi detida sobre uma ponte. Ela abriu a bolsa e jogou o dinheiro e as joias no rosto dos seus perseguidores. As pessoas abaixaram-se para pegar tudo e começaram a brigar. Mas eles eram muitos. Não foi possível satisfazê-los a todos. Ela parou de costas para a amurada, pálida feito cera.

— Eu não sou a senhora — disse Janine sorrindo. — Sou apenas a empregada.

Janine só conseguiu amealhar risadas rudes. Um segundo depois ela estava cercada por duas dúzias de sujeitos que não tinham nada mais a perder. Mas ninguém ousou tocar a mulher que eles supunham ser a senhora Law. De repente uma mulher de longos cabelos emaranhados passou pelos homens, foi para frente e atirou uma pedra do tamanho de um punho no rosto de Janine. O dique se rompeu. Os homens se jogaram em cima de Janine, bateram nela, chutaram-na no ventre, puxaram os seus cabelos e seios e por fim jogaram a criada desacordada dentro do rio por cima da amurada.

Um navio ancorou em Le Havre mais ou menos ao mesmo tempo. Os poucos homens a bordo estavam gravemente enfermos. A polícia portuária proibiu-os de deixar o navio. Os homens vinham do Novo Mundo. Como eles tinham sido colocados em quarentena, jogaram o saco do correio em terra. O comandante do porto perguntou se eram cartas do Novo Mundo.

— Não — respondeu um homem exausto —, são notícias do inferno.

— A sua guarda particular está exigindo um salário maior, senhor — disse Angelini no dia seguinte enquanto eles tratavam dos negócios em andamento no escritório de John Law na Place Louis-le-Grand.

— Então pague mais salário, Angelini. Sem a guarda nós não sobreviveremos nem mais um dia nesta cidade.

— O comandante está exigindo o quíntuplo do salário para os seus homens, e o décuplo para si próprio. Ele disse que em Paris até um pão já está custando mais do que o que se pode ganhar em um dia.

— Pague a ele, Angelini. O que mais temos?

John Law bocejou. Ele estava cansado a ponto de cair no chão. Seus olhos estavam envoltos por anéis escuros.

— Desde hoje de manhã a cotação está abaixo de 3 mil libras... com isso passou a valer a metade em poucos dias.

— Feche os escritórios da Companhia do Mississippi. As más notícias já foram absorvidas pela cotação. A situação vai se acalmar — respondeu John Law. — O próximo assunto.

— Uma carta da Louisiana.

John Law viu o espanto nos olhos do seu secretário italiano.

— A carta está endereçada à Companhia do Mississippi.

— Você acha — disse John Law, cauteloso, enquanto segurava a carta — que existem notícias que ainda não foram absorvidas pela cotação?

Angelini acenou afirmativamente com a cabeça. O lacre já estava rompido. John Law jogou a carta de volta para Angelini por cima da mesa.

— Numa frase, Angelini! — pediu John Law, impaciente.

— A famosa colônia mercante na Louisiana é composta por quatro casas modestas no meio de uma região pantanosa. Quando o seu irmão William chegou lá a maioria dos habitantes já estavam mortos. Disenteria, malária, febre amarela, quase ninguém sobrevive mais do que meio ano. A equipe do seu irmão já foi dizimada, restando apenas alguns colonos. Tribos indígenas atacam todas as noites. Colonos espanhóis executam atos de sabotagem durante o dia, e os ingleses tentam afundar os navios franceses pelo mar. Quase nenhum consegue passar.

— Angelini disse aquilo quase sussurrando.

— Eles encontraram ouro?

— Somente um tipo de óleo preto e pegajoso. Não existe nenhuma aplicação para isso. Óleo preto, isso é um escárnio da natureza, escreveu o seu irmão. Só sujeira e podridão.

— Sim — murmurou John Law —, essas notícias realmente ainda não foram absorvidas pela cotação. Quando é que ele volta?

— Ele ainda acrescentou alguma coisa no envelope. Ele já chegou e foi colocado em quarentena em Le Havre.

— Então é isso — disse John Law como se estivesse falando consigo mesmo. Ele sentiu que estava perdendo lentamente o chão sob os pés. Sentiu como se estivesse sendo tomado por uma pesada solidão e caindo sem parar. Um medo apoderou-se dele. Um medo tão forte quanto uma força da natureza, que o cobriu, prendendo-o com firmeza. Ele não podia imaginar que existissem sentimentos que pudessem se apoderar de alguém como ondas de muitos metros de altura, que se desmancham com uma força primal, enterrando e destruindo tudo.

— Além disso, ele também pede ao senhor que venda as ações dele o mais rápido possível.

— Quem? — John Law levantou o olhar. O que foi que Angelini disse, vender ações?

John Law ficou sentado afundado junto à mesa. Seu corpo inteiro tremia como se ele estivesse chorando, mas era um riso mudo que estava a sacudi-lo. Se ele quisesse vender as ações de William, primeiro teria que encontrar algum comprador. Exatamente: um comprador. John Law riu em silêncio e sem forças. Riu sobre o que o destino estava fazendo com ele naquele momento. Riu baixo, embora estivesse sentindo vontade de chorar.

— Ainda há mais uma coisa — disse Angelini, desconcertado.

— Ah, sim? Isso ainda não foi tudo?

— O meu velho pai... ele está gravemente enfermo...

— Está tudo bem, Angelini. Você está livre, você pode ir.

Angelini levantou-se com um salto e ajoelhou-se diante de John Law:

— Obrigado, senhor! Que Deus lhe pague, senhor Law!

Durante a ausência do marido, Rebecca tinha tomado gosto pelos belos e ricos da sociedade parisiense. No princípio John e Catherine a convidavam para as suas festas, para ajudá-la a aliviar o seu pesar. Mas a fama que Rebecca passou a desfrutar em pouco tempo na sociedade parisiense subiu-lhe à cabeça. Não foi uma vez só que ela afrontou Catherine deixando escapar casualmente que Catherine era casada, sim, mas não com o seu cunhado John Law.

John e Catherine tinham reduzido o contato com ela ao mínimo. Eles não estavam presentes, portanto, quando Rebecca deu uma festa em dezembro do ano de 1720. Ela estava flertando com um jovem príncipe, quando um grito estridente abalou a reunião noturna. Um vagabundo tinha entrado no salão. Um sujeito barbado, com cabelos desgrenhados. Os convidados recuaram diante dele. Todos se surpreenderam, sem saber por que a criadagem tinha permitido a entrada daquele sujeito.

Rebecca soltou-se do seu jovem querido e seguiu enérgica na direção do estraga-prazeres. De repente ela parou:

— O senhor?

— Sim! — gritou o estranho. — Eu sou William Law, o diretor da Expedição do Mississippi... de volta do Novo Mundo, de volta do inferno!

William agarrou um jarro de vinho que um garçom carregava numa bandeja de prata e bebeu avidamente. A maior parte escorreu sobre as bochechas e o queixo.

— Tem ouro lá? — perguntou Rebecca em voz baixa.

— Sim — perguntou um outro —, vocês encontraram ouro?

William retirou um jarro de barro de dentro do bolso e atirou-o no chão. O jarro se estilhaçou e um líquido preto e pegajoso se espalhou por cima do piso de mármore.

— Este é o ouro negro da Louisiana: óleo. Os colonos espanhóis derramam isso na boca dos índios aprisionados e perguntam a eles pelo ouro. Se houvesse ouro, eles diriam. Mas não existe ouro. Por isso eles não dizem nada. Então os espanhóis acendem o óleo e os índios ardem em chamas.

A multidão esperou mesmerizada pela resposta de William, mas agora as pessoas se afastavam desconcertadas daquela figura andrajosa, como se estivessem diante de uma aparição.

Cenas parecidas com as de uma guerra civil se desenrolaram em frente à sede da Companhia do Mississippi. Pessoas armadas dispararam tiros nos guardas, indivíduos jovens atiraram archotes acesos contra as janelas. Toda e qualquer carruagem que ousasse entrar na estreita Rue Quincampoix era desmanchada até o último dos seus componentes e queimada com archotes. Nenhum policial aparecia, nenhum soldado podia ser visto ao longe. Eles estavam totalmente ocupados protegendo os prédios estrategicamente mais importantes: o Palais Royal, as casernas, a Casa da Moeda.

À noite a plebe já tinha se amontoado numa multidão sem fim. Atirava-se a esmo por ali, casas eram incendiadas, pessoas pisoteadas até a morte.

Na manhã do dia seguinte, 22 de maio de 1720, a multidão revoltosa carregou os cadáveres numa longa procissão até o Palais Royal. O Regente teve que convocar 6 mil soldados, às pressas, para reforçar a vigilância da cidade.

John Law levantou-se com um pulo da cadeira na escrivaninha do escritório da Place Louis-le-Grand:

— Você ousa pisar na minha casa depois da sua aparição pública? — berrou ele para o irmão.

— Você por acaso vai querer duelar? — ironizou William. — Então vamos escolher pistolas, não espadas. O tempo das espadas já passou há muito, John. O seu tempo também já passou. Toda Paris já está rindo de você. Eles estão escrevendo versos irônicos sobre você e sobre o Regente.

— Eu tenho mais o que fazer — interrompeu-o John. — Diga o que você quer e depois vá embora.

— Eu quero vender as minhas ações, imediatamente!

— A venda está fechada, William, eu não posso recomprar as suas ações.

William tremeu na frente de John, a raiva fez o seu rosto ficar vermelho.

— Para que toda esta canseira, John! Eu quero ao menos ver dinheiro!

— Se a Companhia do Mississippi recomprar as suas ações hoje, eu serei punido e a compra será desfeita. É simplesmente tarde demais, William.

— Eu nunca deveria ter vindo para Paris, John! Nunca!

— Por que é que você sempre fica do lado daqueles que querem me destruir, William? Por que é que você não fica ao lado da família?

— Você guardou alguma coisa no exterior? — perguntou William. Ele agora estava inclinado por cima da escrivaninha de John, encarando-o cheio de raiva.

— Ouça, eu vou lhe entregar um quarto de milhão em moedas, William, particularmente. Do meu patrimônio. Na forma de um empréstimo sem juros.

— Isso não é suficiente — interrompeu-o William. — Tem que haver mais. Onde foi que você escondeu toda a prata da qual toda a cidade está falando? Onde? — William esgueirou-se em volta da mesa e ficou parado atrás do irmão. John permaneceu sentado.

— Não existe nenhuma montanha de prata, William, nenhum estoque secreto de ouro, nenhum tesouro enterrado... existe somente o meu pequeno e tolo irmão, que deveria ter ficado em Edimburgo, brincando com as suas pistolas.

William respirou profundamente. Ele ficou atrás de John, olhando fixamente para a sua nuca.

— Eu o estou prevenindo, William. Não se deixe levar por coisas das quais você possa se arrepender. Poderia acabar pior do que nos pântanos da Louisiana.

Bateram na porta.

— Sim — exclamou John Law.

Saint-Simon entrou no escritório.

— Entre, *monsieur le duc*. A criadagem está escassa nestes dias...

— Estou lhe incomodando, senhor? — perguntou Saint-Simon lançando um olhar amigável para os dois irmãos.

— Não — respondeu John —, William já estava de partida.

William hesitou. Ele olhou de forma ameaçadora para o irmão.

— Quando é que eu posso contar com isso?

— Pensarei em alguma coisa — prometeu John —, mas espero que você evite as aparições públicas nas próximas semanas.

William concordou com uma expressão sombria, inclinou-se um pouco diante de Saint-Simon e saiu do escritório.

Saint-Simon esperou até que William tivesse fechado a porta atrás de si. Aí então tirou o seu casaco e começou a falar com a voz agitada:

— O senhor precisa sair de Paris, senhor! O Parlamento está farejando novos ares. E quer retribuir as humilhações públicas dos anos passados. Em moeda viva. Eles querem aproveitar o momento apropriado. Eles querem enfraquecer o Regente. Por isso irão atacar primeiro o pilar mais forte do Regente: o senhor. Querem jogá-lo na Bastilha. Estão imputando ao senhor o fato de ter enriquecido secretamente e ter aplicado estoques gigantescos de prata no exterior. Estão lhe imputando ter levado o país inteiro à ruína e ter enganado o Parlamento e o povo. Estão exigindo a revogação de todos os decretos, a sua destituição imediata, a sua cabeça. Querem vê-lo enforcado! — Saint-Simon estava visivelmente preocupado. Ele prosseguiu: — Senhor Law de Lauriston. Passei a admirá-lo por ser um homem prudente com uma inteligência extraordinária. O senhor se tornou um amigo de verdade no meu coração. Talvez esta seja a última vez que nos vemos. Diga-me: É verdade o que está se dizendo em Paris?

— O meu sistema estava certo, senhor. Ele foi muito bem pensado. No entanto eu não poderia ter contado com o fato de que o Regente...

— ...fosse imprimir em segredo notas no valor de 3 milhões de libras.

John Law olhou irritado para Saint-Simon.

— Então tudo o que me foi revelado sob o manto do maior sigilo é realmente verdade?

— Sim, é verdade. Eu só poderei provar a minha inocência, se tornar pública a culpabilidade do Regente.

— Não, não — horrorizou-se Saint-Simon. — O Parlamento jamais tomará o seu partido. Ele não quer derrubar o Regente, quer somente enfraquecê-lo. O senhor precisa fugir!

— Nem tudo está perdido ainda. Saint-Simon, eu lhe suplico: diga para o Regente que ele precisa resistir. Se ele tirar as rédeas das minhas mãos agora, toda a nação irá afundar no caos!

— Os financistas de Paris arcariam com isso. Se o Parlamento mandar enforcá-lo. A inveja transformou-se em ódio.

Em frente à casa de John Law desenrolaram-se cenas iguais às da sede da Companhia do Mississippi. John Law tinha triplicado a sua guarda e decuplicado os seus salários. As casas da Place Louis-le-Grand, um terço das quais já havia sido comprado por John Law, tinham sido transformadas numa fortificação. A multidão revoltosa já não se contentava mais com os impropérios gritados em voz alta e com as pedras atiradas. Jovens corriam continuamente diante da casa de John Law, sob o aplauso jubilante da multidão revoltosa, disparando salvas de tiros. Todas as janelas foram se quebrando, uma após outra, e tábuas foram sendo pregadas pelo lado de dentro.

John Law estava sentado no salão escurecido no círculo da sua família.

— Não importa o que aconteça nos próximos dias — disse ele em voz baixa —, pensem sempre que eu amo vocês acima de tudo. Talvez eu não volte numa noite destas. Não se preocupem. Não duvidem de mim, eu voltarei para vocês. Eu farei tudo o que for humanamente possível para estar novamente com vocês.

Quando d'Argenson surgiu na Place Louis-le-Grand com uma tropa de cavaleiros, a ira do povo voltou-se contra as tropas reais. As pessoas atacaram os soldados da Coroa. Estes colocaram-se imediatamente em posição, dispararam uma primeira salva de tiros e depois uma segunda. Pessoas caíram mortas, outras ficaram gravemente feridas e tentaram colocar-se em segurança aos gritos.

Depois que a multidão se dispersou, d'Argenson desmontou do cavalo e foi até a residência dos Law.

John Law foi ao seu encontro no saguão. Um sorriso percorreu-lhe o rosto:

— Esta rodada é sua, d'Argenson.

— Temo que esta seja a última rodada — respondeu o marquês secamente. — Toda a maré de sorte acaba algum dia.

— A sorte nunca foi o meu ofício, senhor — insistiu John Law. Ele conduziu d'Argenson até o escritório.

— Estou sendo preso? — perguntou.

— Não. O Regente está se responsabilizando pela sua integridade física. É por isso que estamos colocando soldados da guarda real em frente à sua casa.

Por algum motivo, d'Argenson não pareceu estar desfrutando muito daquele seu triunfo. John ficou perplexo. Seria possível que d'Argenson estivesse com pena dele?

— Eu estou detido? — perguntou.

— O senhor foi destituído, com efeito imediato, de todos os seus cargos. O Parlamento iniciou uma investigação contra o senhor. Deve ser verificado se o senhor enriqueceu ilicitamente.

— D'Argenson, nós nunca fomos grandes amigos, mas eu lhe pergunto: o senhor realmente acredita que eu fiz tudo isso só para enriquecer de forma ilícita?

— Existem pessoas na Corte — começou a dizer d'Argenson — que acreditam que o senhor inundou propositalmente o mundo inteiro com os papéis monetários da França, auxiliado por misteriosos banqueiros estrangeiros, comprando em segredo bens valiosos para si próprio. O senhor teria comprado centenas de imóveis, terras, depósitos de matérias-primas e fábricas, obrigando os vendedores a aceitarem papel-moeda sem valor como forma de pagamento. E agora o senhor estaria propositalmente fazendo com que toda a cotação dos papéis despenque.

— E a única coisa que sobrou — sorriu John, balançando a cabeça — foram os meus bens valiosos, e todos os outros estão falidos.

— Esta é a teoria mais recente que circula pela Corte, senhor.

— Mesmo que ela tivesse alguma lógica, senhor, ela simplesmente não é verdade. Ou será que o senhor acredita nisso? — perguntou John Law, examinando d'Argenson com o olhar.

— O que eu acredito não foi objeto do decreto parlamentar. Crozat le Riche é quem vai conduzir a investigação, não eu.

— Eu gostaria de ouvir sua opinião, d'Argenson.

D'Argenson nem piscou.

— Posso pedir-lhe que me acompanhe, senhor?

— Se o senhor pretende me levar para a Bastilha, pelo menos deixe que eu me despeça da minha família — disse John Law.

— Vou apenas levá-lo até o Regente, e depois de volta para a sua casa. Eu já disse, o senhor está detido.

O Regente deixou que o esperassem. John Law estava numa antessala que dava para o salão do conselho da Regência. Ele conhecia cada canto daquele lugar. Ele tinha estado ali todos esses anos como se estivesse em casa. Um *habitué*, que entrava e saía dali diariamente. Agora tudo lhe parecia estranho. Os soldados montando guarda nas portas, o cômodo, o cheiro. Talvez aquela fosse a última vez que estaria ali. A última vez que andaria sobre as claras placas de mármore, que olharia para cima e veria o grande lustre no teto, que passaria pela porta para falar com o

Regente. Mas o Regente não veio. Os soldados foram rendidos. A noite caiu. Catherine já devia estar ficando preocupada. John Law sentou-se numa cadeira. Nas primeiras horas da madrugada ele adormeceu.

Um soldado o acordou.

— *Monsieur le Régent* o chama.

John foi levado até uma outra parte do prédio. Ele estava desconfiado. Contava mais do que nunca que fossem prendê-lo. Mas para sua grande surpresa ele foi realmente levado até o Regente. Na sua sala particular de jogos.

— Nós não temos muito tempo, senhor Law — começou o Regente sem rodeios. Ele estava sóbrio, parecia sereno. — Eu não posso me responsabilizar mais pela sua segurança. Toda Paris quer vê-lo enforcado. — O Regente colocou uma carta lacrada sobre a mesa de bilhar. — O seu visto de saída. Estou permitindo a sua viagem para o exterior. O senhor poderá levar o seu filho.

— E a minha mulher e a minha filha?

— Elas ficarão aqui como fiança. Até que a investigação esteja terminada. Então a senhora e a sua filha também poderão deixar o país. Até lá todas as suas propriedades e todas as suas posses serão confiscadas pela Coroa.

— Eu juro por Deus, *monsieur le Régent*, que exerci os meus negócios com a melhor das intenções, e que nunca — nunca! — enriqueci ilicitamente de nenhuma maneira.

— Esta constatação é uma tarefa da comissão de investigação parlamentar, senhor Law. Deseja mais alguma coisa?

John Law não pensou muito.

— Cheguei a Paris com um patrimônio de 500 mil libras. Deixo todo o meu patrimônio para a Coroa. Mas peço: deixe essas 500 mil libras para mim e para minha família, e deixe-me sair de Paris com toda a minha família.

— As 500 mil libras lhe serão concedidas — disse o Regente —, mas a sua mulher terá que ficar em Paris como fiança.

— Então também ficarei.

— Então o senhor será enforcado. Não posso mais garantir a sua segurança. É bem possível que o Parlamento o condene à morte amanhã.

A escolha é sua. Sua mulher pode vê-lo ser enforcado ou saber que o senhor está seguro no exterior! *Voilà. C'est tout.*

— Será que o Regente se esqueceu de tudo o que eu fiz por ele e pela Coroa? O senhor já se esqueceu o estado em que a França se encontrava quando eu me estabeleci em Paris? As pessoas não tinham trabalho, viviam na mais negra miséria, as dívidas públicas... — John Law caminhou na direção do Regente. — Eu lhe peço, senhor, eu peço justiça!

— Tudo o que o senhor fez será revogado por nós. Tudo!

— Mas ainda existe salvação! Tenha a coragem para ter forças! Se o senhor revogar tudo, o senhor levará o país para o caos! — John Law ficou desesperado. Ele estava convencido de que havia salvação. Só seria preciso resistir à situação atual.

— Senhor, eu já decidi. A minha decisão é irreversível. Se eu ainda puder de alguma outra maneira satisfazer algum desejo seu, eu o farei com prazer. Mas o senhor sairá de Paris deixando para trás tudo que lhe é querido e caro. Até que seja comprovada a sua inocência.

— O senhor também acredita que eu tenha juntado montanhas secretas de prata em algum lugar no exterior, *monsieur le Régent*?

O Regente permaneceu impassível.

— No caso de isso ter acontecido, aconselho que retorne esses valores para a Coroa. Em troca, sua família poderá segui-lo para o exterior.

— É simplesmente incrível! — explodiu John Law. — Eu juro por Deus que não mandei nenhum vintém para o exterior. É por isso que o senhor está me obrigando a sair do país? Para que eu lhe retorne esses valores imaginários? Ou não será talvez porque o senhor imprimiu em segredo 3 bilhões em notas...

— Se o senhor terminar essa frase, eu o mandarei jogar imediatamente na Bastilha! O senhor não pode nem pensar nisso! Não hesitarei em forçá-lo a se calar, caso o senhor volte a mencionar essa coisa!

John Law ficou como petrificado diante do Regente. Ele compreendeu por que o Regente não queria mais que ele ficasse na França.

— Eu sempre fui seu amigo, senhor — sussurrou John Law —, eu teria dado tudo pelo senhor, tudo. Eu sempre acreditei na nossa causa. Nem em sonho pensei em mandar para o exterior... — A voz falhou.

— E para quê, senhor? O meu sistema funcionou. Eu provei isso. Por que é que eu deveria fazer reservas secretas em ouro e prata no exterior? Eu sempre quis ficar na França, ao seu lado, servindo ao senhor e à Coroa. — John Law levantou o olhar, transtornado, procurando no olhar do Regente um sinal que lembrasse a velha solidariedade.

Mas o duque d'Orléans desviou a cabeça. Ele devia saber que estava sendo injusto com o escocês.

— Se o senhor não tiver mais nenhum desejo — disse o Regente em voz baixa —, vou mandar que o levem de volta a casa. Amanhã o senhor deixará Paris. Todos os papéis necessários lhe serão entregues quando da sua partida.

— Assistir mais uma vez à ópera — disse John Law, de repente. — Eu gostaria de ir à ópera com a minha família mais uma vez. Amanhã à noite. Em seguida, partirei de Paris para sempre.

— Que o seu desejo lhe seja concedido — disse o Regente com a voz comovida. E saiu do salão de jogos sem dizer mais nenhuma palavra.

Duas sentinelas entraram e acompanharam John Law até o pátio. A carruagem de d'Argenson já estava esperando.

Todos que tinham nome e posição assistiram à ópera *Teseu*, de Lully, no dia 12 de dezembro de 1720. John Law e sua família tinham obtido um dos camarotes reais. As pessoas olhavam para cima, as pessoas comentavam. Onde é que aquele escocês, que o Parlamento queria ver enforcado, tinha conseguido a coragem para ir à ópera. John Law não estava se escondendo. John Law estava se despedindo de um mundo do qual nunca mais iria participar. Ele tinha desejado aquela última noite na ópera para facilitar o recomeço de Catherine e de Kate. Se ele tivesse escapado às escondidas de Paris, ela ficaria sendo a mulher abandonada de um jogador. Dessa forma, ele estava se despedindo oficialmente para uma pretensa viagem de negócios ao exterior, e Catherine continuaria sendo a mulher do grande John Law.

— Neste momento eu lamento todo o sofrimento que lhe causei — sussurrou John Law com a voz embargada.

Catherine olhou para John.

— Diga-me sinceramente, você teve um caso com Rebecca também...?

397

— Não — respondeu John Law com firmeza —, eu tive muitos casos, mas não com Rebecca.

Catherine acenou com a cabeça. Depois de algum tempo, disse:

— Também não fui nenhum anjo, John. Talvez dizendo isto hoje eu torne a sua despedida mais fácil. Eu não fui nenhum anjo.

As lágrimas escorreram-lhe aos borbotões sobre o rosto.

— Cuide bem do nosso filho — sussurrou ela começando a soluçar baixinho.

— Eu prometo! Farei tudo para que o destino volte a nos unir.

— Eu sei, John — disse ela em voz baixa, apertando o rosto molhado de lágrimas contra o dele.

— A comissão vai provar a minha inocência! — sussurrou John.

Ela acenou levemente com a cabeça e deixou-se cair exausta nos braços de John Law.

— Não comente com ninguém o que você sabe sobre o Regente. Ele aniquilaria você por isso.

Catherine limpou os olhos e ergueu-se novamente.

— Como pode o mundo ser tão ruim? — sussurrou Catherine. — Nós já não fomos suficientemente punidos com sofrimento e preocupação, com doenças e mortes? As pessoas ainda precisam magoar umas às outras?

— Sim, foi por isso que o homem subjugou a terra. O homem é ruim, o seu Deus é ruim. Mas eu a amo, Catherine. Não importa para onde eu vá, você estará em todos os lugares. Vou sussurrar o seu nome à noite, sentir o seu calor, adivinhar os seus pensamentos, e quando a saudade me doer eu falarei com você.

— E eu ouvirei você, John, onde quer que você esteja. Você é um pedaço de mim, John Law de Lauriston.

— Para sempre.

John Law levantou-se antes da ópera terminar. Ele apertou Kate contra o peito uma última vez, e Catherine, o seu grande amor, também. Kate despediu-se do irmão, abraçou-o com força, segurou-o por um longo tempo. Depois o jovem John despediu-se da senhora deixando-se apertar uma última vez contra o peito. Por fim os dois homens saíram do camarote.

Capítulo XV

John Law atravessou a França, que estava coberta de neve, em dezembro de 1720. Foi na direção de Marselha, com o filho de 15 anos, três camareiros e uma dúzia de soldados a cavalo. Ele queria fazer a travessia de navio até Gênova. No entanto Marselha estava isolada do mundo exterior por um cordão militar. Um navio trouxera a peste para a Europa. A peste! Diante disso a criadagem saiu do seu serviço e fugiu de volta a Paris. John e o filho ficaram para trás, sozinhos, com os seus acompanhantes a cavalo. Eles decidiram seguir viagem até Gênova por terra.

Seus papéis foram verificados na fronteira com a Itália.

— *Monsieur du Jardin?* — perguntou o soldado.

John Law acenou afirmativamente com a cabeça. O soldado examinou o passaporte mais atentamente. Em seguida verificou o passaporte do rapaz. Depois de algum tempo, olhou novamente para cima e repetiu:

— *Monsieur du Jardin?*

John Law acenou afirmativamente:

— Sim, *Monsieur du Jardin.*

O soldado entrou com os vistos de saída na cabana de madeira e desapareceu por um longo tempo. John e o filho ficaram aguardando sentados na carruagem. Estava fazendo um frio de rachar. Depois de algum tempo, o soldado voltou na companhia do oficial superior. Este instou John a sair da carruagem. O rosto do superior pareceu estranhamente familiar a John. Ele tentou se lembrar. Então se lembrou. Por um instante teve a sensação de que a vida conspirara contra ele.

— Nós nos conhecemos? — Aquela pergunta escapou-lhe da boca.

Porém o oficial superior limitou-se a sorrir.

— O senhor acredita me conhecer, mas eu simplesmente o faço lembrar-se do meu recém-falecido pai. Sou o filho mais velho do marquês d'Argenson.

— Então o senhor sabe quem eu sou — respondeu John, surpreso, entregando-lhe outros dois documentos.

— Nós temos vistos de saída. O Regente emitiu-os pessoalmente, garantindo a nossa passagem pela fronteira.

O jovem d'Argenson ignorou as explicações de John Law. Ele entrou na carruagem que estava aberta e retirou de lá uma pesada arca que estava sob o banco.

— Tenho também uma carta do Regente que me permite sair com essa quantia — disse John Law.

D'Argenson abriu a arca sorrindo. Dentro dela estavam 800 *louisdor*. Sem olhar para John Law, ele estendeu a sua mão.

— Os papéis...

John Law entregou-lhe o documento com o selo do Regente. O jovem d'Argenson passou os olhos nele. Depois o rasgou.

— *Voilà* — disse ele friamente —, o senhor mesmo determinou num dos seus decretos que não se pode possuir de mais de 500 *louisdor* em moedas.

— O senhor está exorbitando da sua competência — disse John Law. O jovem d'Argenson sacudiu os ombros. Era evidente que estava querendo causar uma boa impressão em Paris, em busca de uma recomendação para missões mais importantes.

— Isto é uma forma de rapina sancionada pelo governo? O senhor pretende me roubar, deixando que eu atravesse a fronteira com apenas um *louisdor*?

O jovem d'Argenson permaneceu impassível.

— Senhor, segundo um outro decreto que brotou da sua pena, é proibido sair da França com prata e ouro. Portanto, não posso lhe permitir a saída de um único *louisdor*. Estou confiscando a caixa inteira!

— O senhor está desobedecendo a uma determinação do Regente! — gritou John Law.

— Não existe nenhuma determinação do Regente, senhor — respondeu o jovem d'Argenson chutando com um dos pés os pedaços de papel que estavam caídos na sua frente. — Muito bem, agora o senhor pode atravessar a fronteira para a Itália. Ou ficar aqui e continuar enchendo a minha paciência. Aí eu mando levar o senhor até Marselha. Um terço de toda a população já deve ter sucumbido à peste. Tudo morre, senhor, até mesmo os navios da sua Companhia do Mississippi nós tivemos que queimar por ordem da comissão sanitária. Quem sabe o que mais o Mississippi não poderia nos ter causado de ruim.

John Law olhou para o filho, que estava ao seu lado pálido feito cera, congelando.

— Insisto em que o senhor me entregue um documento atestando que o senhor confiscou os meus 800 *louisdor*.

— Eu o farei com prazer. A ordem deve ser mantida. Só espero que o senhor tenha compreensão para o fato de que eu temo muito mais a ira da minha família do que a repreensão do nosso Regente. Pois enquanto o Regente continua se entregando como sempre ao seu dispendioso estilo de vida, a família d'Argenson perdeu todo o seu patrimônio com as suas malditas ações da Companhia do Mississippi.

Agora podia-se ver a raiva nos olhos inflamados do jovem d'Argenson. Todo o ódio que ele nutria pelo escocês. Ele voltou pisando forte até a cabana de madeira e um pouco depois entregou a John Law o recibo pelo confisco dos 800 *louisdor*.

Pouco depois, quando a carruagem entrou de novo em movimento, o jovem John, que até então se mantivera calado, dirigiu-se ao pai:

— Parece até feitiço... que nós tenhamos encontrado um filho de d'Argenson aqui na fronteira.

— Não, não, John — disse John Law tentando consolar o filho —, a coincidência acontece com uma frequência maior do que pensamos. Isso tem a ver com a nossa percepção. Mas não precisa se preocupar, eu ainda tenho dois diamantes na minha bota. Nós vamos penhorá-los em Veneza. Teremos o suficiente para nos mantermos à tona num primeiro momento. Estou convencido de que o Regente irá liberar as 500 mil libras prometidas dentro de pouco tempo.

— E se ele não o fizer? — perguntou o menino, preocupado.

— Então nós pensaremos em alguma outra coisa, John. Sempre existe um caminho. Eu sou um Law, você é um Law. Nem insignificante nem menor.

VENEZA, PRIMAVERA DE 1722

Mais de um ano depois, John Law estava sentado num café em Veneza, aguardando com o filho que o Ridotto abrisse. Enquanto isso, John ia escrevendo a sua carta, e quando levantava o olhar via o movimento no Canal Gande. John Law tinha alugado um Palazzo do Conte Colloredo, bem ao lado do Ridottto. O café também ficava a poucos passos de distância do cassino mais famoso de Veneza.

Não era a primeira carta que John escrevia ao Regente, lembrando-o das 500 mil libras prometidas. E não era a primeira carta na qual ele explanava ao Regente novas medidas para remediar a crise do governo. Ele recomendou os seus serviços ao Regente. Mas acima de tudo ele solicitou a liberação da sua amada Catherine e da sua filha Kate.

— Ele não responde às suas cartas, pai — disse o filho. O ar travesso tinha desaparecido do seu rosto. Os meses anteriores tinham feito com que o jovem amadurecesse. Ele estava sentado ali, sério e decidido, separando a correspondência do pai.

— Ele vai responder — murmurou John Law —, ele não vai poder continuar ignorando os meus pedidos por muito tempo.

No meio-tempo ele já havia se acostumado com o cheiro podre que subia do canal com a neblina, espalhando-se por cima de toda a Piazza Grande.

— A peste fez sucumbir todo o trânsito de navios entre a Europa e o Novo Mundo — disse o jovem, enquanto lia por alto mais uma carta. Seu pai lhe dava pena. Doía-lhe ver que o homem mais poderoso da Europa até bem pouco tempo agora estava adoentado e sentado numa cadeira de madeira desconjuntada junto ao Canal Grande, com um simples chapéu de três pontas e coberto com um horrível casaco preto feito com tecido barato.

— A peste vai passar, John — murmurou o pai com firmeza —, tudo passa. Veneza já foi um dia a maior potência comercial e marítima no mar Mediterrâneo. E hoje? Hoje tudo passou.

— Mas Veneza não vai voltar, pai. Nem tudo se repete. Nem tudo volta.

— Mas a peste vai passar. E tenho certeza que o Regente ainda vai me chamar de volta a Paris um dia destes. Eu não saberia quem mais pode resolver o problema dele.

— Por que Paris, pai? A Dinamarca e a Rússia estariam dispostas a aceitar os seus serviços. Por que precisamente Paris?

— Não se trata dos 100 milhões que eu deixei em Paris. Trata-se de Catherine. Eu adoraria voltar a viver como antes, como empresário, sem o peso de um cargo público. Veneza é maravilhosa. Tudo o que se precisa para viver pode ser alcançado em poucos passos. Eu não preciso de criados nem de guardas. Estive em Veneza muito tempo atrás. Com Catherine. Você ainda não tinha nascido. Nós só tínhamos posses modestas, mas éramos felizes. A lembrança dela está viva aqui em Veneza. Eu pensei que isso fosse me fazer bem. Mas dói. Ela está em toda a parte e em lugar nenhum.

John Law olhou para a pilha com os lacres quebrados.

Seu filho sacudiu os ombros, embaraçado:

— Não tem nada importante aí. Muitas pessoas escrevem dizendo que gostariam de visitá-lo. Elas estão dispostas a empreender viagens penosas para isso.

John Law pigarreou. Primeiro bem fraco, depois começou a tossir baixo, cada vez mais forte e mais alto, o seu rosto ficou vermelho. Ele buscou ar desesperadamente. Seu filho levantou-se imediatamente e bateu nas suas costas com a mão espalmada. John Law pediu-lhe com um gesto que parasse.

— Você vai acabar quebrando todas as vértebras das minhas costas.

O jovem John ficou muito preocupado.

— A manhã ainda está muito fresca, pai. O senhor não deveria escrever as suas cartas ao ar livre.

John Law passava os fins de tarde e as noites no Ridotto. Ele jogava Faraó. Mas o lucrativo posto da banca lhe era cedido cada vez mais raramente. Assim John Law passou a propor apostas aos clientes do Ridotto. Podia-se apostar, por exemplo, que ele tiraria nos dados quatro vezes seguidas um seis, alcançando com isso um ganho imenso. Mas a probabilidade de conseguir tirar o seis quatro vezes seguidas era evidentemente muito pequena. A partir de então John Law passou a ganhar o seu sustento daquela forma. Às vezes ele ganhava o suficiente para poder se entregar a uma outra velha paixão: ele comprava pinturas e logo passou a ser conhecido em Veneza como um colecionador de artes excêntrico.

"Querida Catherine", escreveu John Law no dia seguinte. Ele estava sentado junto à escrivaninha em frente à porta aberta da varanda e olhava para o Canal Grande, "Você não deve desistir. Requisite salvo-condutos novamente. O Regente não poderá negar esse pedido eternamente."

Alguém entrou no pequeno escritório. Era John, acompanhado de uma bela jovem.

— Você esteve fora a noite toda, fiquei preocupado — disse John Law. Ele sorriu como se estivesse orgulhoso pelo seu filho ter passado a noite nos aposentos de outra pessoa.

— Sinto muito, pai — disse John, colocando um braço sobre o ombro do pai e beijando-o. Ele só fazia isso raramente. — Posso apresentar Maria ao senhor?

John Law ergueu-se e cumprimentou a jovem. Ele percebeu imediatamente pela sua expressão que ela conhecia todas as histórias que se contavam em Veneza sobre ele, o escocês. Ela possuía olhos quentes e simpáticos, e um rosto radiante que fazia com que todos os corações batessem mais forte. Ela parecia tão feliz e despreocupada como se ainda não tivesse ouvido falar das maldades do destino. Ficou feliz por John, por ele ter encontrado Maria.

— Alguma novidade? — perguntou o filho cauteloso, enquanto colocava a correspondência nova sobre a escrivaninha do pai.

— Estou acabando de escrever a sua mãe, para que ela requisite novamente salvo-condutos. Ao mesmo tempo vou escrever mais uma vez ao Regente. Vou acentuar o tom. Vou dizer-lhe que pretendo oferecer os meus préstimos a outras nações, caso ele não responda.

John acenou com a cabeça. Depois despediu-se do pai. Ele ainda queria ir passear com Maria. Depois que os dois saíram, John Law sentou-se novamente junto à escrivaninha. Sentiu que o filho logo estaria trilhando os seus próprios caminhos. Isso tocou-o profundamente. Por um instante sobreveio-lhe um sentimento de tristeza. Pensou em Catherine e em Kate. Sentia desesperadamente a falta delas. Ele sentiu-se velho. E sentiu as pequenas mazelas da idade com mais intensidade do que nunca. Seu corpo estava perdendo a força, a vitalidade.

Desanimado, passou os olhos pela correspondência que o filho lhe trouxera. Havia uma carta de Catherine no meio das outras. Ele leu a carta. E leu-a novamente. E à noite, quando estava novamente sentado junto à mesa no Ridotto fazendo as suas apostas, ouviu a voz de Catherine como se ela estivesse de pé ao seu lado. Ali no salão, em algum lugar na penumbra, como daquela vez no salão do irmão.

"Meu querido John", escreveu ela. "Kate e eu vamos bem. Todo mundo em Paris acredita que você vai ser finalmente chamado de volta. Crozat terminou a investigação a seu respeito e relatou ao Regente que você conduziu todos os negócios de forma correta e que não enriqueceu ilicitamente nem direta nem indiretamente. Muitas pessoas acreditam que foi cometida uma grande injustiça contigo. Só alguns poucos invejosos ainda espalham o boato de que você teria acumulado tesouros imensuráveis no exterior. Eles falam de um tesouro em prata, de proporções salomônicas. As ações da Companhia do Mississippi se recuperaram novamente. O Novo Mundo parece que vai cumprir o que você prometeu tempos atrás. Kate e eu estamos criando nova esperança. Nós vamos nos rever em breve, John. Eu pedi novamente, através do duque de Saint-Simon, que perguntassem se o Regente se dignaria a emitir salvo-condutos para mim e para Kate. Ouvi dizer que ele ficou novamente debaixo de muita pressão depois que o jovem rei adoeceu gravemente. Está correndo o boato de que aquele químico, Homberg, estaria novamente na cidade. Espero que o jovem rei fique bom logo e que o Regente possa se ocupar com os nossos salvo-condutos. Nós estamos confiantes. Uma fuga não seria aconselhável. O teu irmão William tentou fazê-lo. Ele foi detido, não muito longe de Paris, com vários milhões de libras em ouro e prata. Desde então está preso na Bastilha. Eu o visito todos os dias, levo-lhe comida e presto assistência a sua mulher, Rebecca. Mal posso esperar para tê-lo novamente nos meus braços."

— Senhor Law? — perguntou novamente uma voz. John Law olhou para cima. Ele tinha se esquecido de tudo à sua volta. Os jogadores na mesa de Faraó estavam esperando mais uma carta. Todos olhavam para ele. John Law, o mestre supremo dos cálculos de probabilidades, o virtuoso, o pensador e estrategista genial, estava sentado à mesa, perdido nos seus pensamentos, olhando à sua volta incrédulo como se mal pudesse compreender o que o havia desnorteado naquele Ridotto.

Nas primeiras horas da manhã do dia 2 de dezembro de 1723 Saint-Simon levou ao Regente mais uma carta de John Law, vinda de Veneza. Ele foi conduzido por um camareiro até os aposentos do duque d'Orléans. Ele perdeu completamente a tenência desde a morte da viúva d'Orléans e trocou a sala de reuniões pelos seus aposentos.

— Senhor — começou Saint-Simon —, permita-me lembrá-lo da sua promessa de consentir ao senhor Law of Lauriston o retorno a Paris, caso a investigação a seu respeito comprovasse a sua inocência? Permita-me também pedir-lhe, ainda, que emita finalmente os salvo-condutos solicitados pela senhora Law, agora que a inocência do marido foi comprovada.

Saint-Simon ficou de pé em frente à cama, aguardando pacientemente pela resposta do duque d'Orléans. Ele estava nos braços da duquesa Marie-Thérèse de Falaris, tal qual um bebê adormecido nos braços da ama. A duquesa estava sentada ereta, com o torso nu. Ela acariciava mecanicamente os ralos cabelos do amante.

— Ele não está ouvindo o senhor — disse a duquesa depois de algum tempo.

— Quando é que eu posso tentar novamente, senhora?

— O duque d'Orléans está morto — respondeu a duquesa.

Um resfriado forte deixou John Law novamente de cama na primavera do ano de 1724.

— Veneza faz mal aos seus pulmões, pai — disse-lhe o filho ao trazer o chá quente.

— Você remeteu as cartas? — perguntou John Law, preocupado.

— Sim, pai, leva algum tempo. Leva semanas até que as cartas cheguem, e outras tantas semanas até nós recebermos resposta.

— Sim, sim, — respondeu John Law mal-humorado enquanto tentava se erguer. — A sua mãe precisa sair de Paris, ela tem que fugir. Nunca irão lhe conceder os salvo-condutos. Agora que o Regente morreu e que o Parlamento determinou uma nova investigação contra mim, não existe nenhum motivo para ter esperança. O Parlamento acionou 800 investigadores, 800! Eu não viverei mais para ver isso. Só a minha morte pode salvar vocês. Só depois da minha morte é que eles vão finalmente reconhecer que eu morri completamente pobre.

— Pai, quem é que está pensando em morte aqui? — sussurrou John, limpando o suor da testa do doente com um pano úmido.

— O duque d'Orléans tinha 49 anos de idade, John... Eu brevemente terei 53...

— O senhor não vai morrer, pai, creia-me, não é nada além de um resfriado.

— Sim, sim — brincou John Law depois de ter bebido o benéfico chá —, provavelmente serei a primeira pessoa a atingir a imortalidade.

Catherine e Kate empreenderam uma tentativa de fuga no dia 24 de janeiro de 1724. Elas levaram tudo o que conseguiram colocar dentro da carruagem. Elas foram detidas por cavaleiros da guarda real num trecho de floresta nas proximidades de Orléans. Depois da sua recondução a Paris foi-lhes revelado que elas tinham perdido todas as suas posses. Todo o seu patrimônio tinha sido confiscado pela Coroa.

Catherine e Kate alugaram um cômodo na água-furtada de uma pensão. Até mesmo os meios para escrever e remeter uma carta elas precisaram mendigar com amigos. Catherine escreveu para o marido, contando que tinha sido baixado um novo decreto em Paris, segundo o qual qualquer pessoa que julgasse ter perdido dinheiro por causa de John Law podia contactar um dos oitocentos investigadores. Mais de meio milhão de pessoas teriam se apresentado...

Ela não contou ao marido que agora estava morando numa pensão deplorável.

Na primavera, depois que John se recuperou da febre, ele levou o filho até um grande depósito que havia alugado décadas atrás no Palazzo da família de banqueiros genoveses, Rezzonico.

— O que é que o senhor quer me mostrar, pai? — perguntou-lhe o filho. John Law sorriu. Seu filho notou o fogo nos olhos do pai. Coisa

407

cada vez mais rara. — Então é verdade que o senhor desviou alguma coisa secretamente?

— Não — respondeu John Law. — O que você vai ver aqui, eu o comprei há muito tempo. Você ainda não tinha nascido. Já faz muito tempo — disse John Law com um sorriso ao abrir a porta que dava na galeria. Em todas as paredes havia pinturas enfileiradas como livros numa estante.

— Ao todo, são mais de 488, John — disse o velho homem com uma ponta de orgulho. Mas, quando viu o olhar admirado do filho, ele aparentemente ficou um pouco desconcertado.

— As pessoas afirmam que uma pintura nunca se valoriza, pai. Elas dizem que se você comprar hoje uma pintura de Leonardo amanhã ela não terá se valorizado nem um pouco.

John Law parou abruptamente. Doeu-lhe saber que o filho era daquela opinião, que era da mesma opinião das outras pessoas.

— E de que maneira as pessoas que são dessa opinião se destacaram?

O filho ficou calado. Seu pai o conhecia suficientemente bem para saber o que estava passando pela sua cabeça.

— Tudo bem — prosseguiu John Law —, você pode achar que apesar dessas pessoas não terem produzido nada relevante nas suas vidas, elas estão numa situação financeira melhor do que a minha.

— Eu não disse isso, pai.

— Eu quero que você algum dia mande levar todas estas pinturas para a Holanda. Combinei com sua mãe que Amsterdã é o lugar onde vocês irão se reencontrar.

— E o senhor, pai?

— Vou vender algumas pinturas. Você vai poder continuar pagando o aluguel e o transporte até Amsterdã com o resultado da venda. Valores serão sempre permanentes. Valores verdadeiros. Um Ticiano, um Rafael, um Tintoretto, Veronese, Holbein, Michelangelo, Poussin ou Leonardo, estes são valores, John. São testemunhas únicas da nossa história. Se o milagre que eu realizei em Paris tivesse perdurado por mais tempo, as pessoas estariam comprando pinturas agora. Até mesmo a cozinheira estaria comprando pinturas. Outras nações vão assumir o meu sistema. Um dia o mundo inteiro só efetuará pagamentos com dinheiro de papel. E as pessoas vão comprar ainda mais pinturas.

O filho fez uma careta. Ele não compartilhava as ideias do pai. Era cético. De alguma forma, as palavras do pai lhe soavam como as profecias de um alquimista fracassado que ainda acreditava poder transformar chumbo em ouro.

Como sempre, John Law passou a noite de 29 de agosto de 1728 no Ridotto. Ele fez novas apostas. Ele ofereceu 10 mil Doublonen caso alguém conseguisse jogar seis números diferentes, um após outro, com os dados. Em frente a ele estava sentado um homem que se apresentou como Montesquieu. Ele não queria jogar dados. Ele queria jogar uma partida de Faraó.

— O famoso escritor e filósofo? — perguntou John Law com uma ponta de escárnio. Ele não gostava daquele francês. Ele encontrou frequentemente esse tipo de gente na sua vida e nunca gostou delas. Aquelas pessoas eram cultas, tinham presença de espírito e tinham uma inteligência brilhante. Mas as suas análises erravam tantas vezes o alvo, porque faltava aos seus criadores uma boa porção de um saudável bom senso. Eles eram os eternos moralistas, que pregavam a água mas bebiam o vinho, e que não se diferenciavam em nada daqueles a quem condenavam com palavras violentas. — Eu li há pouco tempo as suas *Cartas persas* — prosseguiu John — e não estou surpreso que o livro esteja vendendo bem. Livros moralistas sempre vendem bem. Quem é que não concorda prontamente com esse tipo de autor?

O francês pareceu surpreso com a postura de desaprovação de John Law.

— Por que o senhor está vivendo aqui em condições tão precárias? — perguntou Montesquieu.

— Estou vivendo dentro das condições que a minha situação financeira permite, senhor — disse John Law distribuindo as cartas para Montesquieu. Estavam somente eles dois. Já eram altas horas da madrugada. Quase todos os clientes já tinham ido embora do Ridotto.

— O senhor ainda deve dispor de alguns valores — insistiu Montesquieu.

— O senhor está tirando as suas conclusões baseado nos outros?

— Só um louco teria perdido a oportunidade de mandar dinheiro para fora do país durante os prósperos anos da Companhia do Mississippi — contestou Montesquieu.

Ele era o representante clássico daquele tipo de moralista irado que nunca conseguia se satisfazer com as próprias pretensões. Eles chafurdavam na ideia de serem sábios e famosos, fazendo-se passar por humanitários, amantes da natureza, protetores dos fracos e apesar disso não tinham o menor interesse pelas pessoas reais. A vida deles era vivida no intelecto. Sobre o grande moralista e filósofo Montesquieu se dizia que nem pelos membros mais próximos da família ele nutria alguma simpatia, e que podia viajar durante anos sem escrever uma única carta aos parentes. Montesquieu era o egoísta clássico, o egocêntrico, a alma aleijada. Tão convencido da sua pessoa, que nem conseguia suspeitar das suas falhas humanas.

— Senhor Montesquieu, o senhor nunca entendeu o meu sistema e apesar disso emitiu a sua opinião sobre o assunto. Naquela época, creio que foi no ano de 1715, o senhor entregou ao Regente um documento de sua própria lavra, sobre o saneamento das finanças públicas. "Memorial sobre as dívidas públicas", acho que era esse o título...

Montesquieu sorriu e acenou satisfeito com a cabeça. A sua reação de satisfação, no entanto, não se deveu à prodigiosa memória de John Law, mas à circunstância de que a sua obra deve ter sido muito importante, pois ainda se lembravam dela.

— Pode ser que a sua inimizade ainda venha daqueles tempos. Duvido, no entanto, que com o seu memorial o senhor tenha pretendido conseguir mais do que um jantar com o Regente. Eu, porém, acreditei no meu sistema. Por que então eu deveria ter tomado medidas contra um eventual fracasso? Talvez algum dia a história venha a ensinar que eu correspondi muito bem àquela pessoa moralmente atuante que Montesquieu preconizava, mas que não fui reconhecido como tal, exatamente porque os moralistas como Montesquieu não acreditavam na existência de tais pessoas. E muito menos na figura de um banqueiro.

Montesquieu fez a sua aposta e pediu mais uma carta. Ele perdeu. Então colocou as cartas de lado:

— Senhor Law, então eu gostaria de lhe pedir que me explicasse o seu sistema. Eu não quero que pese sobre a minha pessoa a responsabilidade de ter condenado as suas ações somente porque o senhor enriqueceu com elas.

John Law também colocou as suas cartas de lado. E depois John Law de Lauriston explicou a essência do dinheiro, a essência do comércio, a essência do crédito. Tal como nos seus melhores dias, ele dissecou os problemas econômicos e monetários do presente, explicando e fundamentando o motivo pelo qual somente o seu sistema poderia ajudar as nações a florescerem novamente.

Enquanto John Law falava e falava, Montesquieu ia formulando na cabeça o relatório que estava sendo aguardado em Paris: "O senhor Law ainda é o mesmo, com poucos meios, mas ainda assim jogando com ousadia, ocupado no seu intelecto com novos projetos, a cabeça cheia de fórmulas e de cálculos. Ele é, de fato, mais apaixonado pelas suas ideias do que pelo dinheiro. E mesmo quando está com muito pouca sorte ele ainda é capaz de jogar um jogo realmente grande."

John Law estava de pé na sua varanda, deixando o olhar flanar pela Piazza San Marco, sobre os canais, as gôndolas e as figuras coloridas que vinham visitar a cidade alagada pouco antes da Quaresma, para se entregar aos festejos carnavalescos com as suas máscaras e as suas fantasias. Pessoas fantasiadas com longos casacos de seda preta fluíam das vielas adjacentes em direção à praça. Elas usavam capuzes até os ombros e máscaras brancas. Outros usavam o traje vermelho dos mercadores venezianos com uma máscara negra, ou a fantasia de retalhos coloridos com a máscara abaulada de nariz achatado. Cada fantasia tinha a sua história, o pierrô francês, o médico da peste com trajes sombrios e o característico nariz comprido. Mesmo naquele dia colorido de carnaval de 1729 podia ser detectado, através das inúmeras máscaras e figuras novas, o fortalecimento de uma burguesia consciente. Apesar dos ânimos descontraídos, que se manifestavam através das decorações festivas e dos bailes lascivos, não passava despercebido que tanto a monarquia quanto a espiritualidade tinham perdido o seu resplendor por conta da força de uma burguesia ansiosa por conhecimento. Os Parlamentos oprimiam as monarquias, a ciência expunha a espiritualidade ao ridículo.

— Você está vendo? — disse John Law, olhando para todas aquelas pessoas lá embaixo, apoiado pelo filho. — Quando estive aqui pela primeira vez com a sua mãe, só havia poucas fantasias. Tudo era severamente regulamentado, como se quisessem evitar que o mundo saísse da linha. E hoje? As máscaras permaneceram. Mas debaixo de cada uma delas pode se esconder quem quiser.

John Law riu baixinho. Seu filho não compreendeu muito bem o pai. Ele não estava prestando muita atenção, pois estava muito preocupado. Estava se esforçando por evitar que o seu pai se resfriasse de forma ainda pior.

À noite, quando John Law estava deitado, a febre voltou a subir. Seu filho mandou chamar novamente o médico. O padre veio no meio da noite. O filho disse com lágrimas nos olhos que não tinha pedido um padre. O padre acenou compreensivamente com a cabeça e murmurou que tinha sido enviado por Paris para prestar uma última homenagem a um grande homem.

— Eu agora vou tomar a confissão do seu pai, se o senhor puder nos desculpar enquanto isso.

— Não — sussurrou John Law, procurando a mão do filho —, eu não tenho nada para confessar.

O padre debruçou-se por cima de John Law e sussurrou no seu ouvido:

— Onde está o tesouro, senhor? Coloque a sua vida em ordem e revele à Igreja onde o senhor escondeu a prata.

— Eu não tenho nada. Quero apenas morrer — arfou John Law com a voz fraca. Seu filho pegou a mão do pai, segurou-a contra o peito e apertou-a com firmeza. Ele sentiu que tudo iria acabar a qualquer momento, e sentiu medo do vazio entediante que iria se apossar dele, atirando-o num sofrimento inconsolável.

— Devem ser milhões em escudos de prata, senhor, escondidos em algum lugar, procure se lembrar — insistiu o padre.

— Com a minha morte livrarei a minha família desta maldição horrível — arfou John Law.

Quando o padre tentou novamente convencer John Law, o jovem John levantou-se com um pulo, agarrou o padre rudemente pelo antebraço e arrastou-o para fora do quarto. Depois jogou-o pelo corredor afora. Uma dúzia de pessoas já estavam por ali.

— Ele revelou? — perguntou alguém. Um outro tentou forçar a passagem até a frente. Ele tinha uma orelha mutilada, e bufou, dizendo que tinham que deixá-lo ver aquele escocês de qualquer jeito.

John bateu a porta e trancou-a com a chave. Sentou-se ao lado do pai e afagou-lhe carinhosamente a cabeça quente de febre.

— Eu o expulsei — sussurrou o filho baixinho.

John Law abriu os olhos de novo e sorriu.

— Agora nós estamos a sós?

— Sim, pai.

— Não fique triste, John. Enquanto eu viver não será feita justiça, nem para mim nem para a minha família. Só a minha morte pode encerrar o assunto. Por isso é bom que eu morra, John. Eu morro com prazer. Diga a sua mãe que morri com prazer. Diga a Catherine que com a minha morte estarei extinguindo a maldição que trouxe para cima da minha família. E não se esqueça da bengala. *Non obscura nec ima.*

As palavras cansaram John Law. A respiração ficou mais agitada, mais rápida. O velho homem arqueou-se um pouco para cima. Depois um longo suspiro escapou do seu peito. Sua respiração se estabilizou. John Law segurou novamente a mão do filho. Ouviu-o dizer que ele tinha sido o seu melhor amigo. Ele só conseguiu reconhecê-lo de forma embaçada. Ele ouviu os sons do cortejo carnavalesco, que estava passando lá embaixo na Piazza San Marco. Ele ainda tentou abrir os olhos novamente, mas só conseguiu ver a névoa leitosa que cobria o rosto do filho. Teve a sensação de estar caindo numa profundidade infinita. Então a névoa o alcançou. Ele acreditou ter reconhecido o atracadouro dos *gondolieri*. Os postes de atracamento tinham o brasão da família dos Longhenas. Ele não hesitou em embarcar na gôndola. Ele sabia que aquilo era bom. O gondoleiro acenou lentamente. Ele estava usando uma fantasia de seda preta e a máscara do médico da peste, a máscara da morte. Ele entregou uma moeda de ouro ao gondoleiro e sentou-se no banco com estofamento vermelho. O gondoleiro subiu na parte traseira da gôndola e segurou cautelosamente o remo com a pá ranhurada. Ele saiu da margem quase sem fazer barulho. Ao longe formou-se uma névoa ainda mais espessa. John Law acreditou estar vendo uma ponte ao longe. Mas não havia ponte. Só havia um abismo sem fim. John Law virou-se. O gondoleiro tinha desaparecido. Ele não conseguiu mais distinguir nenhum contorno, nenhuma casa, nenhum canal, só uma profundeza preta sem fim. Talvez o último caminho fosse sempre percorrido a sós, pensou John Law. Ele não pensou em mais nada. Estava tudo bem assim...

Epílogo

John Law morreu em Veneza durante o carnaval, no dia 21 de março de 1729, pouco antes de completar 58 anos de vida. Seus opositores acreditaram até o fim que ele tinha escondido um tesouro de milhões em prata no exterior.

Depois da sua morte as investigações contra ele foram finalmente suspensas. John Law foi inocentado postumamente de toda e qualquer suspeita.

Seu filho retornou com o testamento a Paris. William Law, irmão de John Law, foi libertado da Bastilha. Ele contestou o testamento com a justificativa de que John e Catherine não eram casados. Com isso, nem Catherine, nem os seus filhos em comum, ilegítimos, poderiam ser os legítimos herdeiros. O tribunal deu razão a William, mas não colocou o queixoso William como herdeiro, e sim os seus filhos.

Catherine mudou-se para Utrecht com o seu filho John. O navio que deveria levar a coleção de pinturas de John Law de Veneza para Amsterdã encontrou sérios contratempos em alto-mar. As pinturas foram muito danificadas por causa disso.

John comprou uma patente de oficial e serviu no regimento austríaco dos Dragões. Ele morreu de varíola cinco anos mais tarde.

Marcada pelo destino, Catherine se recolheu a um convento. Ela morreu muito idosa no ano de 1747.

Ela compartilhou com Montesquieu a concepção segundo a qual devia-se ficar de luto quando do nascimento de alguém, e não quando da sua morte.

Sua filha Kate mudou-se para Londres onde desposou lorde Wallingford, seguindo uma vida luxuosa e feliz na condição de dama famosa e benquista da sociedade londrina.

A coleção de pinturas que John Law amealhou em Veneza, hoje valeria bilhões. Ela compreendia obras de Ticiano, Rafael, Tintoretto, Veronese, Paolo, Holbein, Michelangelo, Poussin, Leonardo da Vinci, Rubens, Canaletto, Gianantonio Guardi, Giovanni Antonio Pellegrini, Marco Ricci, Giambattista Tiepolo, van Dyck e Rosalba Carriera, que também havia retratado a filha de John Law, Kate. Setenta e sete pinturas da coleção de John Law foram leiloadas no dia 16 de fevereiro de 1782 pela casa de leilões Christie's.

John Law foi sepultado na igreja veneziana de San Gimignano, na Piazza San Marco. Quase cem anos depois, Veneza caiu sob o domínio napoleônico. Quando a igreja teve que ser demolida, o então governante de Veneza, Alexander Law, um sobrinho-neto do nosso John Law, determinou a transposição dos restos mortais para a igreja de San Moise, ali perto. John Law está enterrado ali até hoje.

Posfácio

John Law é um dos mais importantes teóricos monetários de todos os tempos. O mundo das finanças se baseia até hoje no sistema de John Law, apesar de termos introduzido nas democracias modernas mecanismos de controle e de direcionamento mais amadurecidos e refinados, que limitam as instabilidades devastadoras. Enquanto John Law reconheceu, já no final do século XVII, a necessidade de abolir o lastreamento com metal das novas cédulas de dinheiro a serem colocadas em circulação, o governo americano (e com ele o resto do mundo) só se despediu no ano de 1971 da suposição de ter que lastrear a cotação da moeda com ouro físico. Inúmeros produtos derivativos, como o mercado futuro ou as opções de compra, já tinham sido inventadas e introduzidas por John Law.

As barreiras sociais foram superadas pela primeira vez com o *boom* do Mississippi no início do século XVIII: o cocheiro que se tornou milionário da noite para o dia comprou nos brechós as roupas da nobreza empobrecida, e a camareira que se tornou milionária comprou gargantilhas de diamantes e se insinuou presunçosa na alta sociedade. A euforia do Mississippi deu — temporariamente — a todas as pessoas, independente do seu status, a possibilidade teórica de se tornar milionário. Reinou na rua Quincampoix — temporariamente — aquela *égalité* que décadas mais tarde a Revolução Francesa iria escrever nas suas bandeiras e que compõe até hoje a essência de todos os estados democráticos.

John Law foi comprovadamente um idealista que quis melhorar o mundo e as condições de vida das pessoas com a matéria-prima dinheiro. Até mesmo Montesquieu, que nutria uma inimizade por John Law e as suas ideias (e visitou-o em Veneza pouco antes da sua morte), teve que constatar no final que John Law "era mais apaixonado pelas suas ideias do que pelo dinheiro".

John Law não levou em consideração o fator homem nos seus modelos matemáticos. Ele não contou nem com a falta de disciplina da Sua Alteza Real, nem com a *madness of crowds*.

E por último, mas não menos importante, a história de John Law e da sua época também é um impressionante exemplo de que — apesar de todos os mau agouros — tudo melhora. Quando o rei Luís XIV morreu, as pessoas na Europa tinham quarenta anos de guerra atrás de si; a taxa de desemprego era de aproximadamente 90%; num único inverno morreram em Paris mais de 30 mil pessoas; de cada dez crianças, morriam oito a nove, qualquer doença sem importância podia significar a morte.

Ocupar-se com John Law e com sua época também pode trazer coragem para suportar os adversos, e muitas vezes inesperados, golpes do destino, e sempre tentar o impossível.

Este livro foi composto na tipologia Lapidary 333 BT,
em corpo 13/15, impresso em papel off-white 80g/m²,
no Sistema Cameron da Divisão Gráfica
da Distribuidora Record.